**图书在版编目（CIP）数据**

花季·雨季：精装本 / 郁秀著. -- 深圳：深圳出版社, 2025. 1. -- ISBN 978-7-5507-4070-9

Ⅰ. I247.5

中国国家版本馆CIP数据核字第2024KD0101号

**花季·雨季**

HUAJI·YUJI

出 品 人　聂雄前

责任编辑　曾韬荔

责任技编　梁立新

责任校对　叶　果

封面设计　Lizi

---

出版发行　深圳出版社

地　　址　深圳市彩田路海天综合大厦7-8楼（518033）

网　　址　www.htph.com.cn

订购电话　0755-83460239（邮购、团购）

设计制作　深圳市斯迈德设计企划有限公司（0755-83144278）

印　　刷　深圳市华信图文印务有限公司

开　　本　787mm×1092mm　1/16

印　　张　26

字　　数　350千

版　　次　2025年1月第1版

印　　次　2025年1月第1次

定　　价　68.00元

---

郁秀 著

# 花季雨季

深圳出版社

# 目 录 CONTENTS

## 第七章


## 第八章


## 第九章


## 第十章


## 第十一章


## 第十二章


## 第十三章


## 第十四章


## 第十五章

# 第一章

## 又搞突然袭击

上课的预备铃刚刚响过，教语文的陈老师就走进了高一（4）班。她摇晃着手里的一沓考卷说：“开学到现在已有两个星期了，今天进行一次单元考，桌面除了笔和涂改液，其他东西都收起来！”“又搞突然袭击！”“完了完了，死定了！”有人习惯性地嘟囔着。但是卷子一接到手，便只有春蚕进食声了。陈老师出的卷子总是满满当当，不抓紧时间很难做完，埋头作答是正道。

不过，半个小时后，有些人像化学反应中不安分的原子，开始活动了。余发首先想到的救兵是王笑天。他瞄了老师一眼，老师望着窗外，好像在欣赏什么。余发放心了，将问题写在小纸条上，揉成一团扔给最后一排的王笑天。就在这时老师转过身来，巧的是纸团不偏不倚正好落在后面的垃圾桶里。老师皱了一下眉，没有言语，低头改作业。余发连忙又扔了团纸过去。老师走下去捡起来，一看是张白纸，说了句“上课不要乱扔垃圾”，又回到讲台。

作弊虽然未遂，但是也没被老师抓获，余发暗自得意：“老师怎么斗得过学生！”

五六十年代的学生视作弊为“大逆不道”，到了八九十年代，学生则视之为“值得同情的行为”。本来嘛，平时不读书的想捞个及格，成绩不差的想考好，成绩好的想得第一。作弊在他们看来，并不怎么可耻，相反，作为考试的一种“对策”成了公开的秘密。所以考试前，同学之间常半真半假地开玩笑：“兄弟，这次考试全靠你了。”“通点水来。”“你要会do才是。”……

不过现在余发不敢轻举妄动了。陈老师看起来在改作业，实际上是一心两用。她不时用眼睛余光扫描全班。递条子、翻书、窥测左邻右舍均无从下手，只能自己硬着头皮做了。

先易后难，这个最基本的考试技巧余发当然懂，但是找来找去，居然找不到一题容易的！看来只能撞运气了——用拈阄儿的办法来对付选择题。弄几个纸团拈来拈去肯定是不行的，老师看见你手上有纸团，准把它当作是别人传递过来的“情报”。只能是“点指兵”了。余发坐直身子，右手扶着笔，煞有介事地停在卷子上；左手握成拳，把那凸起的食指、中指、无名指、小指关节依次编成A、B、C、D，然后默念儿歌并用眼光点指。儿歌结束时停止在哪个指头上，就把它的编号填到选择题上。老师从高处往下看，看到的是余发用心思考认真书写的情景。

一位同学站起来：“老师，给多张纸。”

一听这话，便知道是广东人，广东人讲话才如此，“你先走”说“你走先”，“多给张纸”说“给多张纸”。

他叫陈明，头发有点乱，不知是独特的发式造型，还是不梳头的结果。他是这个班的学习委员，是个……用现今校园里最流行的话叫“好窜好cool”。班上的王笑天曾经想以他为素材写篇小说什么的，题目起得怪怪的：“他真是个人物”。

老师拿了张白纸从讲台上下来，看着陈明的卷子，又看看其他同学的卷子，有比较然后才知高低，老师的脸上浮现出了笑容。

所有的人都不由得抬起眼睛盯着陈明，那些目光有赞叹，有妒忌：这家伙又要“独领风骚”了！

一直往头上搽万金油的戴眼镜的女孩是林晓旭，无论大考小考她都抹万金油，一上考场，她就觉得头昏昏的，哪怕是面对最拿手的语文。

谢欣然坐在一个不前不后的位置上，她正对着几个作家名寻思：《长江三日》的作者：A.李健吾，B.刘白羽，C.吴伯箫，D.郑振铎。好像是刘白羽，李健吾也对吧。欣然犹豫着，考前明明还翻过这一课，怎么这会儿全糊涂了呢？我这是怎么啦？

慌乱中欣然扭头去看萧遥。他正奋笔疾书。考试前，谁都说“我没看书啊”“我没背啊”“我什么都记不住”“我肯定考不好”，可是真考起来，一个比一个答得快，答得多。看来，中学生也够虚伪的。

下课了。

“收卷吧，到时间了。”

“老师，等会儿吧，没做完呢！”几位同学嚷嚷道，仿佛是老师把表拨快了。

“到时间了，好了好了，交吧！”

“老师延长点时间吧！”

“不行。各组长收卷！”

怨声四起：“这次题目怎么这么难！”“好多都超纲了！”

“谢欣然，”老师在讲台上拿着一摞卷子大叫，“快点，别的小组都交了。别写了，把你们组的卷子收上来！”

欣然把笔一丢，站起来，把他们组的卷子交上去。老师一边整理卷

子，一边对欣然说："这次考得怎么样？上次小测你就明显退步了。怎么，好像有什么心事？"

"没……没有。"欣然跟老师站在一块儿，足足高出一个头。

"没有就好，女孩子大了心容易散，不要认为自己基础不错就放松。女孩子就担忧没心机，千万别放松。"

欣然心想，我哪敢放松啊，一天恨不得有32小时才好。因为她知道自己毕竟不同于其他同学。

"回去坐好，同学们都坐好了！和大家说一件事，这是我最后一次给你们考试，我要住院开刀去了，以后出院也不能再带你们了。从下星期起，有位从西安调来的老师教你们，他姓江，教学经验十分丰富。我还是那句老话，任何时候对自己都不要放松。特区条件好，养人也害人。想想自己在内地的同学是怎么努力的，再看看郑新那届，百分之九十考上大学，郑新就更不用说了，你们都知道，全省理科'状元'。你们千万别放松……"

九中上上下下无人不知，去年高三的郑新在高考中荣摘了全省理科"状元"桂冠，登了报纸，上了电视，出尽风头，连同校长、教导主任、班主任以及任课老师也风光了一阵。

"这回考试，题目是难了点，就是想给一些同学敲一下警钟，不要松劲。萧遥，你把班上的情况写份总结报告，明天下午交给我。林晓旭，你跟我到办公室一下。下课！"

同学们并没有像往常一样急不可待地冲出教室。大家或站或坐，不约而同地打量起这位早该注意的班主任，一个矮矮瘦瘦黑黑的小干巴老太婆。

"老师，您得什么病啊？"一位长得很出众的女孩子站了起来，她叫

刘夏。

“老师，您在哪家医院治病？是市人民医院还是联合医院？”女孩子们七嘴八舌地问。

陈老师显然很激动：“同学们，听你们这么说，老师很感动。也没什么大病，年纪大了病也多了。你们好好学习就是对老师最好的安慰。”

同学们这才零零散散地离开教室。

“小老太真要开刀？”

“真可怜。原来也没听说有什么病啊。”

余发心里也挺不好受的。别看他平时大大咧咧，毛毛躁躁，看似对什么都满不在乎，平日里作弊也不是一次两次了。可这次——余发觉得说不清。

语文课代表林晓旭走近谢欣然：“你等我一下，一会儿就回来，咱们一起走。”

欣然站在走廊上等晓旭，心里虚得要命。她总自信临场的心理状态很好，无论什么样的考试都能冷静应对。但是这回……难道是因为他？

欣然倒吸几口冷气。

这时，她看见王笑天、萧遥在打篮球，心一下热了起来。

王笑天是校篮球队的主力队员，是个“小帅哥”，虽然脸上有几颗“星星点灯”似的青春痘，却不影响他在不少女生心目中“白马王子”的地位。他篮球打得特棒。每次比赛，王笑天那漂亮的带球过人三步上篮，定能引起观众席上一片喝彩声。每当这时，王笑天总回头兴奋地奔跑几步，冲球迷们扬扬拳头——他还真当自己是乔丹了——同时，头往后一甩，头发便也随着潇洒地上下一颤，有型有款的。这更加深了那伙爱激动的球迷的兴奋程度。

不隐瞒地说，九中不少女生背后悄悄地给王笑天打过“100分”。可欣然认为男孩子光是靓仔是不行的，还要讲能力、讲才气、讲性格。她心目中也有打“满分”的人，那就是萧遥。

萧遥是他们的班长。他的父母都是驻外的经贸人员。萧遥和爷爷奶奶在深圳。

才华和英俊相比，女孩子们更容易为才华所倾倒。欣然觉得自己的那情感是淡淡的、浅浅的，但是并不轻松……这种感觉她是绝对不会对别人说的，甚至包括林晓旭，何况也说不清楚。

欣然望着萧遥的背影，若有所思。

一辆赭红色的山地车出了校门。欣然一眼就看出是陈明的车子。在同龄人中，陈明可谓是佼佼者。他拥有许多同龄人梦寐以求的东西，多次代表市中学生参加省级和国家级的竞赛，多次捧着奖杯回来。他本人的照片也被放大到24寸贴在校门口的橱窗里。本班同学多以“英才生”作为对他的称呼。

班上能和他“比试”的只有萧遥。欣然觉得有些方面他们蛮相似的，但更多方面他们截然不同。欣然觉得陈明像一本经书，不容易读懂。

…………

“欣然，等谁呀？”有人拍拍欣然的肩。

欣然扭头一看：“啊，刘夏啊，不回家呀？”

“回家干吗！”刘夏没好气地说。

欣然一愣。班上早有传言说刘夏父母关系紧张，时有“两伊”战争，看来这事是真真切切的了。欣然灵机一动，开玩笑附和道：“就是，回家有什么意思，还不如看王笑天打球呢！”

刘夏笑骂一句“黐线（神经病）”，就和欣然打闹起来。

这时，林晓旭过来了：“你们笑什么？”

“我在笑青梅竹马。”欣然一说完，晓旭“扑哧”也笑了，大家都心领神会。刘夏和王笑天的事啊可是热门话题。

欣然拉起晓旭就跑：“刘夏，我们走了，你在这儿等他吧！”

“陈老太和你说什么来着？”走远了，欣然把手插到晓旭的胳膊里亲热地挽着她。

“别‘老太老太’的，多难听。其实陈老师挺好的。”

“嗬，想当初，陈老——师要求交日记，第一个反对的就是你！”

“不过话又说回来，她倒真是个好人，就像许多文学作品、电影电视里的那种‘蜡烛’似的老师。至于现在的学生是否还接受还认可，那是另一回事。不过同学们都认为她是好人。刚才，我到办公室去，老师就叮咛我半天，要协助新老师搞好语文学习。她还要熬夜改试卷，后天就要住院了。陈老师挺可怜的。”晓旭用了“可怜”这个词后，突然有点后悔，“可怜”仿佛比“笨”“坏”“差”更严重。

“你今天的日记素材有了——到你的日记里抒情去吧！”

## 每天的太阳都是新的

天没亮，闹钟就响了。5点半。欣然按了下闹钟，翻了个身又睡了。欣然有个习惯，喜欢把闹钟拨前一点，因为闹钟响过，她还要再睡上一会儿。等她再醒来时，5点50了。欣然一起床，全家也都跟着起来了。

今天要出校板报，欣然的那手好字画是全校闻名的，搞板报的任务自然落到她身上。欣然迅速梳洗完毕，拎起书包就要走。

“出板报啊？”

“嗯。”

“不吃早点？”

“街上吃。”

“街上的东西不干净。没看昨晚的《深圳新闻》吗？现在地下工厂特多，都很脏，什么死猪、病猪都卖……”

妈妈也不知什么时候变得这么爱唠叨，欣然真觉得烦。有一次她看了一本杂志，说这是妇女到了更年期。

欣然挎上书包出了家门，把妈妈的唠叨关在门里。

一路风景好极了。深圳的绿化真不错，空气也新鲜。从上海来的欣然特别有体会。上海的空气太糟了，一大早，那些退了休的老人只好抱着棵树，与它进行“氧气和二氧化碳的交换”。深圳好多了。每次“十佳卫生城市”评比，总能名列榜首。道路的两侧是修剪得整整齐齐的柏树墙。由于没有空气污染，柏树叶碧绿发亮，周围的小草也是嫩绿可人。晨风轻轻拂过，犹如婴儿的小手摸在脸上。

前面的朝阳红彤彤的。太阳是欣然最喜欢的。太阳总是欣欣然的。每日东升的朝阳、西落的夕阳总有一种无可抵挡的力量。“每天的太阳都是新的”，欣然欣赏这句话。

要穿过很大的广场，才能到九中。广场大而空。这个广场是深圳人举办各种书展和提供义务服务等活动的场所。广场对面，在一片绿油油的荔枝园的尽头，有一座高高的铝合金门窗的楼房，那就是九中的科技馆。房顶尖尖的，真有“攀登知识顶峰”之感。馆内的设备相当先进，就电脑而言，连内地许多大学都可望而不可即。

学校大门口有一座花坛。那尊少男少女的塑像高高矗立在喷泉之中。

这种深蕴在动态形象之中的朝气、热情、腾跃感，叫人为之一振。

寄宿生已经在体育老师“一二一”的号令下开始跑步了。欣然老远就看见他们班的柳清。柳清很胖，跑步对她来说倒真是一种很好的减肥运动。

“柳清。”欣然打了个招呼，仅此而已。可柳清一听见，立即向老师说了些什么并且跑了出来。

“谢欣然，”柳清说，“叫我吗？”

“嗯。”欣然犹豫了一下，“我们出板报缺人手，你帮个忙吧。”

“我行吗？”柳清乐得眼睛只剩下一条缝，“我去换下衣服，很快就来。”说完就跑了，就像有多光荣的任务在等着她，缺她不成似的。

“体育老师会同意吗？”欣然追问一句。可柳清已经跑远，也许没听见。欣然摇摇头，完全是老师对学生的姿势。

柳清是个热心肠，不管对谁，都是有求必应，不过有点“E.T.”，就是“外星人”的意思。这是班上女生对她的评价。同学们不太愿意搭理她，和她在一起总觉得不太光彩。刘夏还说她是“猪八戒的表妹”，可认真分析她的为人，她的品行，又都挑不出什么。

柳清换好衣服乐颠颠地跑到板报前。她是这样向体育老师请假的：“学生会宣传部部长找我一起处理一点事。”其实柳清所能干的，也就是帮谢欣然用一根涂满粉笔末的棉线，在光洁的黑板上轻轻一弹，留下一条淡淡的痕迹，不至于把字写斜，再就是递递板擦儿。可柳清很兴奋，时不时地没话找话。

“今天气温多少？”“吃早餐了吗？”

欣然一面画画，一面听柳清自言自语：“听说新老师40多岁，是男的。”

欣然没理她："这字齐不齐？"

柳清退后几步："挺齐的。"

"是吗？"欣然不放心，还是从椅子上下来，看了看，"不齐。"擦了，再写。

谢欣然在那光洁的玻璃黑板上画一组人物：爱神丘比特、美神维纳斯……标题是"请指出他们是谁"。

"欣然，你画得好极了，太棒了！"柳清拍着手称赞。谢欣然的那手好字画全校无人不晓，在小学时她的书法就漂洋过海到日本展览。

欣然得意地笑笑。

"不过，那个女的怎么不穿衣服？"

这句话差点没把欣然噎死。这时，同学们陆续进校了。欣然发现他们也只是对画像的生动赞叹不已，至于画像的内容却无人理睬。

"欣然，"一个披着长发的女生走过来，"欣然，我有事找你，昨晚给你家里打了几次电话，都不通。"

她叫唐艳艳，高三的。欣然在学校里知名度很高，几乎没有人不认识她，她也认识许多高年级同学。

"别急，先猜猜这一组人物是谁。"

"哎呀，我们都高三了，一大堆历史大人物的名字都没背，哪有工夫猜你的这些小人！你有初中《地理》吗？"

欣然叹口气："有，是不是复习要用？"

"是的，我所有的初中课本都放在上海，没带来。你有就太好了，借给我。"

"行，我帮你找出来。"

欣然他们家从上海迁到深圳，几乎没带一件家具。所有的家当就是爸

爸的十几大箱书，包括欣然的一架子书。尽管许多书是再也用不上的了，但爸爸都没扔，格言是“懂得爱书才懂得读书”。

## 最喜欢的格言

林晓旭经过板报时，对柳清打了个手势，把手指压在嘴唇上，蹑手蹑脚地上前用手蒙住正专心写字的谢欣然。欣然吃了一惊，“呀”的一声叫了起来。“谁？谁？晓旭，一定是！”欣然一边摸一边猜。晓旭笑着松了手。

林晓旭说：“怎么，又没吃早餐吧，这个板报可让你饿了三个早上。早上不吃东西不利于健康。早餐是很重要的。我给你带了两块蛋糕，你看我对你侍候得多周到！”

“真是贤妻良母！”欣然接过蛋糕，开玩笑道。

“去你的吧！”

“欣然你画得真好！”晓旭对欣然的人物画像赞不绝口。

“猜猜他们是谁？”

“我只知道这个是维纳斯、丘比特、安琪儿，别的就不知道了。”晓旭有些抱歉。

连晓旭都不全知道，欣然很难过。

“欣然，你画得真好，很有神韵，怎么画得这么好？”

“我认为有风格是作画的关键。有的画家，画画太墨守成规了，画树笔直俊秀，画山高大雄伟，画人美丽妩媚。那只是临摹而不是创作。”

“我看书法家比画家好当。临摹人家的画叫抄袭，而把人家的字学到

手的，却能称为书法家。”

欣然和晓旭只顾着自己两人讲话，柳清为了不使自己过于尴尬，便凑了一句：“新老师40多岁……”

“是吗？”欣然和晓旭一块儿问。

终于有了发言的机会，柳清赶紧把昨天路过办公室时听到的只言片语倒了出来。

“据说，”柳清强调这两个字，假如情况有出入，也好开脱自己，“据说新老师40多岁，从西安一所重点中学调来……”

“40多岁？我很希望换个年轻点的老师，大家比较谈得来。”欣然说。

林晓旭说：“我倒希望是个年长的老师，那样才有经验。最好也有一个和我们一般大的女儿。”

这时，刘夏匆匆地跑过来：“谢欣然，‘老古董’找你。”

欣然丢下粉笔头，急忙从刘夏身边擦过去，嘟囔了一声“谢谢”，便向教务处跑去。

在走廊里，她迎面撞上了萧遥和一位学生会干部。欣然猛地收住脚，道了句“不好意思”。

“谢欣然，我们看了你出的板报，维纳斯、安琪儿、丘比特、普罗米修斯等都像得很。你很有灵气！”萧遥说。

欣然欣慰地笑了。他懂，她画的他全懂，真谢谢他了。他还夸她“很有灵气”，听见了吗，不是“漂亮”“可爱”，是有“灵气”！哪个女孩子不喜欢别人的赞扬，特别是含蓄而有哲理的赞美？欣然起初的不快云消雾散了。她放慢脚步朝教导主任办公室走去，刚才的一幕揣在心底反复播放。

教导主任办公室门是半掩着的，平时很少有学生到这儿来，即使到了这儿也放轻步子。这儿十分安静。

“古主任，您找我？”

“谢欣然，有几件事和你谈谈。”古主任曾教过欣然初中数学，粉笔在黑板上一圈，绝对的圆。他原本是内地一所大学的老师，来深圳只教了中学，近两年才当上教导主任。据统计，这种事还不少。大家都往深圳涌，人才济济，竞争激烈，要想在最短时间里办成调动，最好的办法是去中小学。

“你们班主任治病去了，萧遥又在准备参加竞赛，所以这些事也就由你负责了。”古主任呷了一口茶，“你要协助搞好新旧班主任的交接工作。班务日记整理一下，考勤表也整理一下，星期一交给新班主任。新老师姓江，在教育界赫赫有名，第四节周会我会向你们简单介绍一下的。”

古主任脸颊宽阔，下巴重重叠叠的。开学初，林晓旭曾在一篇作文里这样描述谢顶：中间是个溜冰场，周围是圈铁栏杆。大家都评价这形容精彩，并很快传播开来。于是古主任对他的头顶也敏感起来，一见人，就不由自主地用小拇指捋捋那几根稀疏的头发，以“地方支援中央”。

“可是，古主任，班务日记和考勤表一直都是由萧遥负责的，我不太清楚怎么个情况。何况‘十一’板报评比……”欣然有些为难。

“萧遥正热衷于竞赛活动，他没有心思了。”古主任用带着几分不屑的口吻说。

欣然听古主任这么说便不好再推诿了。萧遥这段时间正在为参加市中学生知识竞赛忙乎着，能做的替他做了，也算帮他一点忙吧。不过古主任的态度真叫人不解。

“哟，还有，”古主任站起来，整理着桌上的文件，“陈明是怎么

个人？”

欣然更不解了，古主任为什么突然这么问？她想了一会儿，说：“我们班的学习委员，成绩全年级第一，初三得了省数学竞赛一等奖和电脑程序设计竞赛二等奖，是保送上九中的……”

“这些我知道。”身为教导主任，对这些自然是很了解的，“我是想知道他思想上怎么样。”

“思想上？”欣然下意识重复一遍。

“他的为人处世，与同学的关系。”

“他不是很愿意与同学交往，挺不好相处的，还有……我对他并不很了解。”

这是真话，欣然对陈明是不怎么了解，但主要的是，欣然不习惯去评价一个人。

“一个班长对班上一个典型人物不了解，工作做得很不够啊。”古主任不太满意地看了欣然一眼。

“副班长。”欣然小声更正道。

古主任摘下眼镜，不太高兴地又看了欣然一眼：“你们这次语文试卷的作文题目是《我最喜欢的一句格言》，你写的是什么？”

没等欣然回答，又问：“你对‘吃得苦中苦，方为人上人’这话怎么看？”

“‘吃得苦中苦，方为人上人’，”欣然琢磨着，“我……我也说不清，好像蛮对的，当然……我说不清。”

古主任重新戴上眼镜：“好吧，你先回去吧！”

欣然感觉到古主任对她今天的表现很不满意。欣然也不明白平时口齿伶俐的她，今天怎么变得反应迟钝，甚至连一句完整的话都讲不了。

# 想起的便全是好处

## 晓旭日记

（×月×日）

陈老师住院去了。人真是奇怪，与你朝夕相处时不觉得有什么，一旦离开，想起的便全是她的好处。

陈老师是个好人，但同学们并不喜欢她。若不是她这一病，大家还是管她叫“陈老太”。现在我们喜欢什么样的老师，连我们自己也说不清。是活泼潇洒？是才华横溢？是能说会道？是勤勤恳恳？还是……最好是把所有的优点统统集中起来，不，不，若真那样，恐怕只能让人敬而远之了。

现在的儿童片真没劲儿，我只能用“儿童片”来形容一些反映中学生的作品，都是有几个好学生，几个坏学生，几个从坏变好的学生，这些仿佛就是小说的架子。情节也是俗套得不得了。无非是一个学生犯了错误，许多老师都拿他没办法，来了位慈母型的好老师，接下来就是这位老师一系列的“感化”工作，譬如带病上课，在课堂上往嘴里塞药片；冒雨去学生家里补课，扔下自己正发着烧的孩子不管；中午学生没有饭吃，把自己的盒饭让给学生……之后学生大彻大悟，重新做人了。老师用“慈母的温暖感化了他那颗冰凉的心”（这都是小说的原话）。这

类作品太没意思了。

我不明白先进人物的事迹为什么全是那样：“为了事业”有家不回，年节不过，父母病危不到床头，孩子出世漠然置之……难道他们没有想到自己还有责任要做个好儿子、好丈夫、好父亲吗？这些人虽然值得赞颂，但我总觉得少了点什么。

现在的中学生思想复杂着呢，可不是吃顿饭、补节课就能感化过来的。比如萧遥、陈明、余发、王笑天，这些男孩子可不像书上写的那么单一性；而我、欣然、刘夏、柳清这些女孩子更不是三言两语可以概括的。

新来的老师是什么样子的呢？

他将会怎样教育我们呢？

外头传来“咿咿咿”的“锯木声”——隔壁家的小贝贝又在练小提琴了，难听极了。都练了半年了，还是这种锯木头的声音。

# 第二章

## 特殊的见面礼

晓旭日记　　（×月×日）

在同学们的种种猜测声中，新老师来了。

“先自我介绍一下，我叫江楠。从今天起和大家一起学习语文。”

江老师并不像其他老师那样，初次见面必定是点名认人。江老师讲了一个谜语给我们做见面礼。

“世界上有一个奇怪的银行，它给每个人都开了个账户，每天都往大家的账户上存入同样数目的资金，让你当天用完，不准把余额记账，不准预支和超支。如果用不完第二天就自行报废。请问，这个银行每天给我们存入的到底是什么？”

原来，这竟是时间！！江老师还说：“设想一个人的

寿命为65年，其中睡觉就占了20年，其中成长又需10多年，想想人的一生真正拥有的时间有多少？你们最大的资本就是你们的年龄。珍惜青春！珍惜时间！这是我对你们的全部希望！”

这话真叫人激动不已。我对江老师一下子有了好感。

后来，还发生了一件“大事”：余发赶写上周的日记作业，江老师发现后却让我们以后不必交了。

他说：“你们交上来的日记大多数是为了应付老师的，真话不说，假话连篇，不写还好。我希望你们自觉记日记，写下自己对生活的真实感受和认识，体验到的欢乐和悲伤。而这些东西属于个人隐私，我哪有权收来评阅！”

这话真说到我心坎上了。

不知从什么时候起，我觉得自己长大了，不能像以前那样在妈妈面前畅所欲言了，就喜欢独处，希望无论在家里还是在自己的头脑里，都有一个属于自己的空间。我总爱一个人想许多事。我是一个爱幻想的女孩，想得多了，便会有记下来的欲望。日本有位作家说“文学是苦闷的象征”，我觉得有道理。一个作家，有时候他的痛苦也是他的财富。其实，无论我情绪如何，我都会记日记，就像与一个最最知心的密友交谈。在这位朋友面前，我毫不羞怯地敞开心扉，告诉她一个女孩子的迷惘、困惑、快乐和愉悦。高兴时我会一气写下许多，不得意处就寥寥几笔。当

然，这些内容只记在自己的日记本上，交给老师的那本，只是写写读书心得什么的。

我妈的观点就和我不一样，别看她是个编辑，还主持个《知心大姐》的栏目，可她却说，记日记是小女孩常玩的游戏，十五六岁的女孩子能写出什么，尽是些没出息的悄悄话，没什么价值。而且说自己年轻时也写过，现在再看，只看十几页就看不下去了，全是些无病呻吟的句子。

妈妈如果听到江老师这番话，会作何感想？江老师就是不同于别的老师，我总觉得他像一个人，一个既遥远又亲近的人。看我想到哪儿去了，总之，我对江老师特别有好感。

隔壁家的小贝贝又在拉小提琴了。难听的锯木声还夹杂着她妈妈的斥骂声，“你怎么这么笨！”“我们为你学琴花了多少钱，你知道吗？”“再不好好练，看我不打死你！”之后就是小贝贝的哭声。琴声、骂声、哭声已是必然的合奏了。

## 翡翠咖啡屋

夕阳满怀羞涩地亲吻着大地，将万物染成金黄色。最后一道铃声响过之后，各班学生从门口一泻而出，涌向各个街头巷尾、各间时髦店屋。

“佐丹奴”“百佳”“环宇”“国贸”“麦当劳”都不乏他们的身影。他们熟稔地挑选着最爱吃的进口零食，购买各种昂贵的名牌货，一会儿小声嘀咕某歌星来深举办演唱会的消息，一会儿高声评论中英关系，一会儿又咬牙切齿地咒骂一通该死的课本和没完没了的考试。

他们像一群刚放出来的鸽子，叽叽咕咕地闹腾着。

“走，今天我埋单（付钱），上翡翠咖啡屋。”余发一边招手一边说。

“什么事，那么开心？”有人逗他。

“日记不用写不用交了，你说这次是不是发达了！”

“行，我们都去，不吃白不吃！”王笑天说。

萧遥问陈明：“你去吗？”

“不，我有点事，不去了。”瘦高个拽了拽书包，朝另一方向走去。

“哼，窜得他！”余发冲着陈明背后撇撇嘴。广东人用“窜”来形容一个人的高傲和神气。余发和不少学生一样，瞧不起成绩特别好的学生，认为他们只是背书匠。

翡翠咖啡屋不大但很幽雅。灰白色调，是近年来的流行色。柚木地板泛着光亮，映得出人影来。看得出来老板在装修上很是费了一番心思，他用一面十分大的镜子弥补了空间的窄小。

余发他们找了一个靠墙的地方坐下，尽管他们知道老师是绝对不会上这地方来的，但是因为带着书包，中学生的标志简直等于刻在额上，他们觉得还是不要太张扬为好。

刘夏专注地欣赏着枝形吊灯，上头的水晶石实在太漂亮了，折射出的色彩真是难描难绘。“这一定是正宗奥地利水晶。”刘夏估摸着。她觉得坐在这种地方就是一种享受，一种满足。

突然镜子里映出一个熟悉的身影，“爸爸。”刘夏险些叫了出来。爸

爸携着个女人往雅座那边走去，那人不是妈妈，是任娜。刘夏有点害怕了。爸爸昨天说今天有应酬，应酬到这来了。

刘夏的爸爸是个音乐指挥，刘夏的名字就是爸爸起的。念小学的时候，经常有同学对着她喊“刘夏（留下）夏刘（下流）”。刘夏就哭着跑回去告诉爸爸。爸爸说，这个名字多艺术，刘是爸爸的姓，夏是妈妈的姓，留下美好的回忆，多好的名字，过耳不忘。

曾几何时，爸爸再也不说这样的话了。刘夏隐隐约约觉察到形势不妙。来深圳不久，父母之间的矛盾越来越大。妈妈说爸爸是“经不起‘糖衣炮弹’袭击，腐化了”。刘夏念初中的时候，爸爸就打算离婚。刘夏给姑姑写了一封信，声称：父母如果离婚，她就跳楼。这以后家里倒是平静了很长时间。再后来爸爸出名了，又被另一家剧团聘去当兼职指挥。爸爸在家的时间越来越少，有时一个月都不回来一次。妈妈很紧张，叫刘夏到剧团看看，爸爸究竟在干些什么，到底和什么人在一起。

刘夏敏感地预料到什么，带着一种使命感去了剧团，看见爸爸和一个30岁左右的女人在一起。婚外恋对刘夏这代孩子来说已不再陌生，只是刘夏印象中的第三者都是浓妆艳抹血红大口叼支烟的性感女人，可这个女人不是。爸爸看见她，很不自然：“刘夏，你坐会儿，我去给你们买点饮料。”

爸爸走了，剩下那女人和刘夏。

“刘夏，上初三了吧，马上要考高中了，功课一定很紧张吧！”

“你怎么知道？”

“我是中央情报局的。我还知道刘夏拉得一手好小提琴，刘夏将来想当艺术家。”

“你知道得够多了，可我不认识你呀！”

“现在咱们不就认识了。我和你爸爸是一个单位的，是舞蹈演员，叫任娜，你就叫我任姨吧。”

“哪有这么年轻的阿姨。上次，有个小孩管我妈叫奶奶，我妈不知多不高兴，你却愿意老，真逗。”

两个人都笑了。

“我想你还是叫我任姨，我听了顺耳。”

“成。任姨。”刘夏甜甜地叫了声。她觉得任娜不错，活泼、热情、有个性，和妈妈一点也不一样。任娜衣服穿得也好，简单而大方，不俗不艳；头发只是随便用丝带一束，全身散发出青春的活力。

“我走了。”

“你有什么事吗？”

“刚才有，现在没有了。”刘夏说，“我挺喜欢你的。”

“真的？”

“真的。”

回家什么也没说。妈妈问她：“你爸有没有和别的女人在一起？”

“没有。”当刘夏回答“没有”时并不是有意替爸爸打掩护，只是她没有将任娜归到“别的女人”的行列。她反怪妈妈多心。

妈妈不相信，终于，在一个地方堵截到了爸爸和任娜。此后，家里就像埋了地雷，一不小心就踩爆。妈妈还叫舅舅教训了爸爸一顿。尽管这样，爸爸妈妈谁也不敢提“离婚”二字。

…………

同学们已经从新老师的到来谈到香港新机场的兴建。

“刘夏，上去唱一首。”有人提议。

刘夏很有音乐天赋，大概是继承了爸爸的基因。小学的时候她是全

校有名的“金嗓子”，无论参加全市中小学生什么样的汇演，她的演唱准是压轴戏；小提琴也拉得好。当初，爸爸要求刘夏每天练一个半小时，那可真难熬，简直是受罪。那四根弦枯燥无味。她真恨，世界上为什么有小提琴这种玩意儿。小提琴一搁上肩膀，她就望着钟表发愁，真想把它调快一些。现在想练琴了，功课又压得她喘不过气了，根本没时间玩它。人真怪，总干一些不想干的事，真想干的事却不能干；不能干，心里就越想干，于是什么莫扎特、肖邦、舒曼、威尔第整天挂在嘴边，班上的女生都说她爱炫耀、爱吹。

“刘夏，唱一首吧！”

时下正风靡卡拉OK，刘夏也很愿意在同学面前亮一手，可是今天……刘夏没想到那个让自己叫“任姨”的女人正是把爸爸抢走的“坏女人”。

“刘夏，怕什么？”王笑天说。

就是，怕什么！刘夏站了起来，上台唱，气气他们！

对，唱潘美辰的《我想有个家》：“我想有个家，一个不需要太大的地方……”

感人至深，在众人的掌声中，刘夏分明感受到爸爸和任娜复杂而又尴尬的目光。

制造尴尬后悄然离去，这种做法是聪明还是愚蠢，刘夏没有细想。不过她唱完歌后，毫不犹豫地离开了那里。

“刘夏，其实我也看见了。”不知什么时候，王笑天跟了上来。

“你不要以为自己很聪明。”刘夏瞪着眼对王笑天吼道，“看到什么了，同事之间出来喝杯咖啡很正常的事，大惊小怪，封建佬！”

刘夏一下子矛盾了起来。自己是爱还是恨？模糊不清。对任娜，是讨

厌、嫉妒还是喜欢呢?

“对不起。”刘夏耸耸肩，“烦透了!”

## 一只孤独的小鸟

柳清在马路对面，看见刘夏和王笑天，本想打声招呼，嘴巴张了张，竟没喊出声，也就作罢。

现在的中学生开party已成风气，经常是一帮人到一个同学家里做饭，或到一个公园玩，或到一个餐厅什么的开大食会。这种事，高一（4）班有两个同学一般是不参加的，一个是陈明，另一个就是柳清。如果说陈明是最不愿意理人的，那么柳清则是最没有人理的。像今天这样，几个同学出来吃东西，没有人想到去叫柳清。

柳清知道同学们在背后叫她“E.T.”，她很伤心，却又阿Q精神得很：“E.T.是English teacher（英语老师）的首字母缩写，谁叫我英语好呢?”她想方设法去接近别人，结果总是适得其反。有一次，大家在一起聊天，一个同学打了个谜语，出了个问题：“有4只母鸡，一只叫‘wō’，一只叫‘wó’，一只叫‘wǒ’，一只叫‘wò’，有一个蛋，不是‘wō’下的，不是‘wó’下的，也不是‘wò’下的，那是哪一只母鸡下的?”这个问题一说完，立刻有人大笑起来。这位同学就问柳清：“你猜猜是哪只母鸡下的?柳清。”柳清知道一说出答案，便会笑声四起。可是为了亲近大家，她还是舍弃女孩子的尊严，装傻地说：“不就是wǒ（我）下的吗?”柳清一说完，果然立刻引得哄堂大笑。

“哈哈，柳清还会下蛋!”

“嘘——嘘——”

柳清原本是想调节一下气氛，也想让大家开心。没想到，情况更糟了，她被人家看成了笑料，更没人愿意和她玩了。这件事在此后许多场合还被人提起来，柳清不知如何是好，她觉得与人相处是非常困难的。

柳清家姐妹三个。大姐柳叶嫁到香港，父母乐开花；二姐柳眉嫁到澳大利亚，父母逢人便夸；到了老三柳清，父母对她期望更高，恨不得她能嫁到天上去。成天说：“别的学不好没关系，英语要学好，找老公要找好。”遗憾的是，柳清没有姐姐们的姿色，当然也就没有姐姐们的“福气”。柳清长得矮，而且胖。这是女孩子最忌讳的。但是她却有一个很好听、琼瑶味十足的名字：柳清。初时，不少人以为一定是个亭亭玉立、楚楚动人的女孩儿，见面后可就大失所望了。

柳清自己也很苦恼，这么胖怎么办呢？她想节食，可是肥人喝水都长肉。初中时，柳清听人家说，跑步能减肥，于是跑了3个月。原以为跑步的都是一些胖子，没想到，路上跑步的都是一些“条很顺”的人，用柳清的话说，是一些很“玉”的人，真是好了还想好。柳清觉得跟她们在一块儿很寒碜，便不跑了。没想到这么一停又长了两斤，以至于体检称体重的时候，柳清格外谦让，最后一个称。不称不知道，一称吓一跳：120斤。柳清忙拉住班主任：“绝对保密！”

到了高一，体育课是分班上的，有排球班、篮球班、艺体班。柳清很想进艺体班，可是不好意思报名，怕被同学笑话，只好报了篮球班。

她对篮球毫无兴趣，她不明白那么多个人同抢一个球到底有啥乐趣，她更不习惯在观众的嘘声中去抢一个意义不大的球。没有拍档把球传给她，她也从没有投过一次篮。她仅仅是跟着大家跑来跑去。她觉得她在那激烈的赛场上的样子很狼狈。而最狼狈的还数比赛分队那一会儿，没有伙

伴愿意要她。双方队长几个回合“锤子剪刀布”，赢家先选队员。这时柳清心里特别沉重。因为“锤子剪刀布”的输赢仅仅意味可不可以不要柳清加入本队。最后，输队的队长在无可奈何的情况下，冲柳清点点头，意思是叫她过来，同时队长还要加个撇嘴的动作。这个动作让本来就伤心的柳清更加沮丧。

柳清极陶醉于艺体班的训练。她偷偷地跑去看艺体班上课。艺体班的女孩儿们穿着紧身的体操服，在婉转缠绵的乐曲中，那举手投足间都流淌着校园女生那种特有的纯净、柔美的青春气息。柳清看着看着，自己仿佛也成了其中一员……

柳清没有朋友。

柳清原来和刘夏还不错，常在一起。后来有一次，刘夏到合唱队排练，柳清在外面等，6点了，刘夏才出来，柳清不耐烦地说了句：“烦死了，这么晚。”刘夏顶了句：“我又没叫你等我。”说完，和合唱队的人一起走了。柳清觉得好委屈，想想刘夏这个人太醒目了，自己和她在一起，简直成了参照物。于是，跟刘夏的关系也就淡了。

柳清渴望有个朋友。她觉得身边的同学，要么是自成一堆一伙的，要么就是她也不想理的人。有时候虽然大家在一起，可都只能算朋友的朋友。“我是一只孤独的小鸟。”柳清曾这样写过。

柳清很羡慕刘夏，她长得那么漂亮，琴拉得好，歌也唱得好，许多男孩子都喜欢她；要不像欣然那样也行，同学和老师都挺喜欢她的，她人缘好，成绩又好，性格也好……自己就没用了，什么都不行，要才没才，要貌没貌。

# 第三章

## 硕士、博士也能买吗

短短几天工夫，新来的江老师给林晓旭留下一个挺不错的印象，所以她跑办公室更勤了。原来迟交作业的必须自己去办公室交，现在林晓旭都替他们再跑一趟。

“老师，这是今天的语文作业。”

“谢谢了，把作业放这儿吧。”江老师继续改作业。

“老师，上次语文测验可以发了吗？好多同学都问了。”

“噢。”江老师抬起头，“明天发吧。林晓旭，你觉得上回的作文题难吗？”

“《我最喜欢的一句格言》，这题目不难，比升学考的作文题容易多了。”

“好……好。”江老师点点头，“这么晚了还不回家，你妈妈要等急了。”

“您不也没回家吗？”

“是，我也该走了。”

当他们经过教室时，发现里面的灯还开着，于是打开门，发现里面只

有一个男生在做作业。

林晓旭说："陈明，老师来了。"

陈明把头抬起，头发乱乱的。他欠了欠身，叫了声"老师"，又低头演算。

"陈明，这么晚了怎么不回家？"

"现在是下班时间，人流高峰期，太挤了。"

江老师点了点头。林晓旭知道江老师还要和陈明谈一些话，自己在场会妨碍他们，于是礼貌地说："老师，陈明，我有事先走了。Bye–bye。"轻轻地拉上了门。

教室里只剩下江老师和陈明。教室在暑假里又装修了一下，还留着淡淡的油漆味。陈明继续做代数题。江老师望着眼前这位想当"人上人"的学生，又看了眼他手上的高二代数书，说："陈明，有时间的话，咱们谈谈吧。"

"什么，谈什么？"陈明放下笔。

"随便，谈什么都行。"

"深圳有句话，'时间就是金钱'，我不习惯闲聊。"陈明眼睛没离开书，嘴角微微抽动。

江老师一愣，深圳人的时间观念是很强，路边随处可见大块的宣传牌：时间就是金钱，效率就是生命。学校办公室就标有"私人电话不超过3分钟"，校长办公室门口则标着"来访不超过10分钟"等字样。但这么一句话在这么一种场合下出自这么一位学生之口，江老师有点吃惊，也有点难堪。

"陈明，你能说说'吃得苦中苦，方为人上人'这句话，你对它的理解吗？"江老师没有放弃，往陈明这边凑了凑。

陈明猛地抬起头，张张嘴，可没有出声，即刻，又低下头。

江老师说：“你什么时间愿意和老师谈，就什么时间来找我，我随时欢迎。”

陈明还是没吱声，默默地坐着，连江老师什么时候走的都不知道。好久，他才瞥了一眼门口，露出极难捉摸的有些玩世不恭的神态。

陈明是地地道道的深圳人，和绝大多数本地人一样，家境是阔绰的，自家盖了一幢四层带前后花园的别墅，存折得用7位数来计算。父亲早年干过走私什么的，后来有了钱便洗手不干了，开了家公司。陈明上面有3个姐姐，都已出嫁了。陈明最小，又是男孩子，宝贝得不得了。但陈明和许多本地孩子不一样，他不喜欢父母和姐姐他们的生活方式，总觉得浅得很。他从小书就读得好。80年代后，内地人大量涌入深圳，班上几乎每天都有新同学。老师告诫大家，现在来了许多好学生，大城市重点学校来的，厉害得不得了。深圳本地孩子与之相比就像井底之蛙，要与强者竞争，就必须付出双倍的努力。老师的话在陈明幼小的心灵里打下深深的烙印。起初仅仅是为了替本地小孩争口气，渐渐地，他确确实实喜欢上了学习，特别是数理化——那些枯燥无味的公理、公式、定理、定律，学起来竟然很神，而且使人老练起来。课堂上老师要照顾到大多数学生，只能按教材讲，陈明常常觉得“吃不饱”，就自己买了好多参考书来看。有人发现陈明差不多是一天换一本参考书，眼镜的度数也一百一百地增加。他天赋好又很用功，成绩在同学中一直遥遥领先。每学期学生手册上的分数是他最大的慰藉，是他耀人的光环。

可是有一件事对陈明冲击不小。

中考结束了，许多学生如释重负，不管考好考坏，反正是给爸爸妈妈考过了。俗话说：“7月考学生，8月考家长。”进考场是孩子的任务，考

得上考不上，进哪一所中学是爸爸妈妈的事。初中三年，这个暑假是再轻松不过了，没有人给他们布置作业，也没人要求他们进补习班，彻彻底底解放两个月！

陈明不想让自己放松。他是保送生，尽管升学录取还没发榜，他已明明白白是九中的高中生！他要买些参考书利用暑假预习起来。许多老师担心学生买了参考书，上课会无心听讲。其实有相当一部分学生，都是做完作业后，对照参考书的答案进行自我检验的。陈明正是如此。

去书店的路上，陈明碰见余发，他俩是一个村的，两家挨得很近。他们的父母共同投资做生意，还是老牌友，大人的关系很不寻常。按理，陈明和余发不是好朋友也得是好同学，可奇怪的是，陈明看不起余发，余发也看不惯陈明。

在陈明的眼中，余发是个“烂仔”。平日里，陈明从不与余发多说一句话。可现在，陈明产生了“一次中考即将他们分成两等人”的同情心，他对余发笑笑。

“陈明，去书店？”

“噢，走走。”

“保送生就是不同。”

陈明笑笑，带着明显的优越感，说：“你，还上学吗？”

“不幸让你言中，一样。”

“一样？”陈明不知道什么意思。

“我爸爸给我在九中买了个学位。就那么回事。”

陈明知道钱的作用，因为他们家的话题总少不了钱，因为他们家也很有钱。可他从未想到金钱的威力竟如此神奇！那一张张的纸钞竟可以换取9年的寒窗之苦！陈明冷冷地笑了。那一天他没买书，一个人跑到蛇口伶

仃岛，去体会文天祥当年的心境。

这件事对陈明的震动很大。上了高中，除了学习，还是学习，把所有的精力和时间都投入学习。高中学位可以买，那么大学呢？硕士、博士，也能买吗？

于是目标更明确了：上名牌大学，读研究生、博士、博士后……他要直升，他要鲜花、奖章、热烈的掌声。他的自尊心告诉他只能这么想。这个原先模模糊糊、朦朦胧胧的意识随着年龄的增长逐渐清晰起来。

陈明在床头上贴了“吃得苦中苦，方为人上人”的条幅，他相信“自古英雄多磨难”一说。陈明的功课很好。这是众所周知的，可里面有多少艰辛，只有他自己知道。寒暑假，是学生休养生息的阶段，陈明却从来没有放松过。上课期间就更不用说了，不到万不得已，他从不和同学“搞”在一起。当同学呼朋唤友逛商场轧马路时，他正在背单词做作业，典型的“天马行空，独来独往”。陈明从不深究自己这样有什么好或不好，对或不对。他只认定“要为‘人上人’，须吃‘苦中苦’”。当然，现在吃苦的概念已大不同于过去了。何况是生活在特区里。那种“劳其筋骨、饿其体肤”的苦陈明是尝不到的。如果说独生子女在家庭里是处于“小皇帝”的地位，那陈明在家里可是一位“太上皇”。所谓的“苦”，不过是不看电视，不打电子游戏，不跟同学拉拉扯扯，把自己禁闭在房间里而已。话又说回来，一个男孩，能够将自己管束得那么严，也的确得有“吃苦”的精神。所以那次作文老师要求大家写自己最欣赏的警句格言，陈明自然而然就把这句话写上了。

# 爱因斯坦的名言

第二天发卷子，陈明没拿到，便去问林晓旭。林晓旭说在古主任那里。

陈明意识到这篇作文出事了。

无论在哪一所学校，陈明都是出类拔萃的，都是学校重点培养的对象，都会被推到一个榜样的位置上；陈明也确实不简单，三次市里得奖，三次省里得奖，两次全国性的，换了别人早松懈或骄傲了，而他始终像一把绷紧的弓。做到这一切容易吗？可是有谁明白他呢。

“这步算走错了。”

中午放学，陈明去办公室。陈明平时很少到这里来。照理来说，学习委员应该经常到办公室才是，陈明不，他不愿意让同学们觉得他是那种成天围着老师转的好学生。办公室里只有江老师一个人，好像专门在等他。

“老师，我不该写那句话，那句话不对。”陈明还没走进办公室，就开门见山做了检讨。

“噢？陈明，进来吧！”

陈明走进了办公室。江老师平静地问：“那你说说怎么不对？”

“当然不对。要是对，我的卷子就不会放在古主任那里了。”

江老师觉得90年代的中学生和他那个年代的中学生真是有着明显的差异。五六十年代的中学生接受的教育比较单一，思想也比较单纯，老师说什么就信什么，强调的是为他人、为社会，个人离不开集体，有了成绩归功于党，归功于人民。而90年代的中学生接受的教育是多元化的，信息量大，尤其深圳，是中西文化的交汇处，他们接受的教育是立体的。比如幼儿园就设有英语课，而且有些用的是香港教材，受的是中西结合杂烩式的

教育。现在的中学生对谁的话都不全信，他们有强烈的自我意识和竞争观念。他们认为，必须有才华、有实力，才不会被淘汰，他们的成绩是自我奋斗来的。也因为他们奋斗，不断完善自我，社会才会前进，历史才会进步。与此同时，自私与“以我为中心”的现象也严重了。不仅是深圳，中国，甚至整个世界的青年都有这种现象。西方教育家已经开始借鉴中国的“集体本位”思想，那么我们中国的老师教育学生的时候又该如何？这是一个崭新的课题。

江老师仍然平静地笑笑，他知道这个年龄的学生对社会、对人生开始形成自己的一套看法，尽管不成熟，但却很执拗。江老师拉出一把椅子给陈明坐，说：“陈明，现在，我们不是师生，是朋友，朋友谈心是很自然的。”

这种故作轻松而亲热的开头往往意味着接下来的谈话绝不轻松和亲热，陈明这样认为。

“老师，你把卷子还给我吧。我再写一篇，这回我最喜欢的格言是‘好好学习，天天向上’！”

“陈明，我不知道从哪儿说你好。”江老师认真而严肃地说，“我接这个班时领导第一个就是介绍你。在荣誉室看到你的奖杯，古主任指着它说，这是陈明得的，你们班的。你是个勤奋的学生，天分又好。可你的弱点是目光不远大！”

江老师话音刚落，陈明猛地站起来：“老师，也许我有许多不足，但你说我目光不远大，我不认同。小学的时候，我看了《爱因斯坦传》。人追求什么？应追求科学，而不是世俗的东西。那时我便发誓，我对人类要有爱因斯坦那样的贡献。老师，这是目光短浅吗？”

江老师也激动起来：“你讲得很好。我同意人应该追求科学，老师也

相信你的誓言。但是你忽略了一点，爱因斯坦之所以有巨大的成就，不仅因为他追求科学，还因为他有思想境界的追求。你看过《爱因斯坦传》，应该知道爱因斯坦为探索人生价值的青年留下了一句名言：一个人的真正价值首先决定于他在什么程度上和什么意义上从自我中解放出来。生命的意义不仅是索取，也应该有奉献。陈明，你说基点是不是可以放高一点？”

陈明冷冷地说：“你直接说我是个自私自利的人不就得了。”

“过去过于强调集体力量、社会价值；现在青年人又太注重自我。我始终认为两者是不可分的，是辩证统一的。否则，结果只能是像鸡蛋壳，碰不得硬点的东西。”

好久，他们没说话。

“也许对吧。可你说服不了我，我想的东西，别人代替不了。”

“也许我讲话的方式你一下子接受不了，话也重了些。可是，你应该清楚，做老师的都希望学生成才，希望学生好。”

半晌，陈明闭紧嘴点了点头。

## 他不允许自己失败

陈明正在教室里做化学作业。他要求自己必须在学校里把功课做完，回家好腾出更多的时间复习和预习。陈明的确是勤奋努力的学生，这有每天傍晚陪伴他的日光灯为证。他希望能赶在同学们之前把功课做完，因为总是有许多人问他。说不上他多愿意帮助别人，可是他喜欢他的作业本被四周的人传阅和自己被人包围着的那种气氛。

老师的信任和期望，家长的娇宠和企盼，同学的羡慕和嫉妒，这些

使他产生过强的自尊心和优越感，他不允许自己失败，哪怕是一次很小的课堂听写，他都要力争第一。何况在九中，他的压力还挺大的。比如已经毕业的郑新，他中了理科状元，人走了，照片还高高地挂在校荣誉室的墙上，“他已成了一颗星”，陈明要超过他。在自己班上，他也感受到压力。那就是萧遥。萧遥虽然平时话不多，但他在台上的“口若悬河”和他的组织管理能力，都让陈明不知所措。萧遥来自北方，又游览过许多地方，要知道，一个人的经历有时就是一个人的能力。他陈明却像旧式女子，深居简出。难得去外地参加一回竞赛，离开了家，老师又像保姆一样，除了赛场没有跟进去，其他时间是分分秒秒伴随着。和萧遥相比，陈明不免觉得自卑。尽管他好多时候不承认，但他内心却无法否定。

现在的学生可以分几类，第一类，是那种学习很刻苦而对其他事一概不过问的；第二类，是学习不错又喜欢参与社会活动的；第三类，是那些什么都不在乎，吊儿郎当，疲疲沓沓的活宝。

如果说陈明是第一类学生，那么班长萧遥就属于第二类学生。

现在萧遥正在参加全市中学生知识竞赛。

这次竞赛地点就在九中。九中有个一流的演会大厅。

观赛的人真不少，九中是自愿参加，外校可是精心挑选出一批人派专车送来的。萧遥望着入场口不断涌进的人流，不由得有些紧张。他看到王笑天、刘夏他们来了。他知道他们是来给自己助威的。王笑天还高高地举起右手，伸出食指和中指呈“V”字形来祝他成功。萧遥挥挥握紧的拳头，可心里还是很慌，这毕竟是一场竞赛，是几所中学之间的较量。谁不渴望成功呢？

与萧遥并坐在第一排的，是其他中学的参赛者。萧遥觉得他们的态度、神情，好像不是来参赛，只是来观赛的，个个泰然处之。这样一来，

萧遥觉得更紧张了。

这时有人拍了一下萧遥的肩，回头一看，是江老师。

萧遥喜出望外：“老师……”

“紧张吗？”

萧遥点点头：“有点紧张。”

“没事的。刚才我听别校参赛者说，‘听说九中的很厉害，心里怪没底的’，瞧，你紧张，他们比你更紧张。”江老师疏导他。

在一阵铃声中，萧遥既兴奋又有些紧张地和其他参赛者进入主席台上的小考场。

近来，谢欣然也忙得焦头烂额。根据古主任的意思，把班级日记整理了出来，又忙着出校板报迎“十一”；最近一周来，还为萧遥找资料、练答辩词……今天下午的竞赛，欣然自然要去观看。可偏偏这时，校团委老师找各班副班长开什么板报评比会。

等欣然从办公室出来，这边的竞赛已经开始一个多小时了，欣然狠狠跺了一下脚，转身朝演会大厅奔去。经过教室，她看见陈明正在做题，想起那次古主任曾向她打听他的“思想”，便邀他一同去看竞赛。

“陈明，还在用功啊。演会大厅搞知识大赛，一起去听听吧！”欣然对陈明说的是“白话”（粤语），她的白话学得不赖。

陈明皱了皱眉，说：“我没兴趣。我认为那些只是哗众取宠、华而不实的东西。没有什么意思。”

欣然吃了一惊。这位“英才生”怎么这么看问题？有位作家说，当人与人互相不理解的时候，即使是同龄人，心的距离也相去甚远。陈明与萧遥都是优秀学生，可他们之间距离却那么大，欣然觉得自己明显倾向于萧遥这面。

不过，欣然没说什么。毕竟刻苦学习是一件好事。

## 功败垂成竞赛场

等谢欣然赶到演会大厅时，前两轮的比赛已经结束。欣然没有惊动任何人，在后排找了个位子坐下来。

6名参赛者都正襟危坐，以不同的心态迎接下一轮比赛。桌前的自动计分器上，已亮出他们在前两轮比赛中各自的得分。

1号，120分；2号，90分；3号，100分；4号，170分；5号，110分；6号，170分。

6号就是萧遥，现在他和4号参赛者并列第一。关键就是第三轮了，萧遥深深地吸了一口气，再轻轻地吐出。刚才的不安和畏惧消失了，剩下的是冲刺前的兴奋和机敏。

萧遥在这之前，经过了两次选拔赛。这使他在九中增加了不少知名度。你去问任何一位老师或同学："萧遥在哪儿？"他们都会准确地告诉你他在哪儿。

半个月来，萧遥都泡在图书馆，翻卡片、查资料、做笔记，就是为了今天的决赛！

演会大厅响起一段音乐，主持人宣布最后一轮比赛开始。这轮是选答题。

A组题难度最大，30分；

B组题难度一般，20分；

C组题比较简单，10分。

这个得分形式一出来，观众席上也激动起来，大家都在为自己的同学选题着急。参赛的同学更是紧张地为自己“预测”。凡事预则立，不预则废。事关重大，千万错不得！

除了4号，萧遥对其他人的选题漠不关心，因为即使他们选了A组题，也答对了，他们的积分也超不过他。他只关心4号实验中学的女生，她太厉害了，只有她和他同分。

1号积分120，处于中游，所以他也甘于维持现状，又选了B组题。答对了。

2号的积分最低，选A组题显然是在作“背水一战”。可惜错了，注定是老末。

3号积分为100，所以她犹犹豫豫，在选题前一秒还定不下来，稀里糊涂选了A组题，幸好她答对了，积分一下提高30分。她像捡到什么大便宜似的乐滋滋的。

轮到4号了。

这个女生一看上去就是那种很自负的样子。一个明亮而高凸的额头，只有她那种女孩子才拥有。她的选题、她的得分对萧遥有直接影响。

“下面，”主持人提高声音，“4号选手选题。”

4号不急于选题，她扑闪着那双咄咄逼人的眼睛，挑战地盯着萧遥。萧遥没有正面看她，但是他觉得自己左边的脸正在发烧。

主持人又重复一遍：“下面是4号选手选题。”

4号定了定，头一昂：“众所周知，我的积分和6号是一样的。一方选什么题，都对另一方有直接的影响。也就是说后选题的比先选题的占有优

势。如果评委允许的话，我想先问一下6号选哪组题。”

全场骚动起来。主持人与大会评委商量了一下，回到话筒前：“刚才4号选手的要求是违反比赛规则的。下面还是先由4号选手选题。”

4号狠狠地盯着萧遥，轻轻地吐出“B组”二字。显然她是不服气的。

主持人取出嵌在“B”档下面的信封。

“请4号选手回答：太平天国天王是洪秀全，东王、南王、西王、北王、翼王各是谁？”

4号紧紧抿着嘴，皱着眉，歪着鼻子，真不好看。可她不在乎，苦苦搜寻着记忆，一梗脖子，回答：“东王杨秀清、西王萧朝贵、北王韦昌辉、翼王石达开、南王冯什么，南王冯……”4号选手皱紧眉头，最后实在答不出，十分潇洒地摊了摊手：“我忘了。”

主持人向观众席征询答案，一位男生答对，得了一份礼物。主持人不得已忍痛倒扣4号20分。

4号选手的失败，引起全场哗然。同时观众的眼睛就像聚光灯似的集中到6号身上。轮到萧遥了。

萧遥一站起来，全场寂静下来，大家注视着这位“冠军”。因为前面5位选手的分数已经全部排列出来：

1号140分

2号60分

3号130分

4号150分

5号130分

这一选择至关重要。选C组题最有保障，无论答对答错，都是“冠军”；选B组题答对固然好，加20，就是190分，遥遥领先，答错，扣20分，还是可以与4号打成平手。

几乎所有的人都是这么认为的，包括4号，她不屑地冲他撇撇嘴，表示他的选择是在她预料之中的。只有观众席上的欣然有点担心，具体担心什么她又说不上来，女孩子是相信自己的第六感觉的。欣然心跳加快，就像刚刚跑完800米，心在“咚咚”跳动。“皇上不急，太监急”，欣然这样自我解嘲。

“下面由6号选手选题。”

“我……”萧遥站在主席台中央，目光炯炯地扫向会场，他既紧张又激动，再一次感受到4号那灼人的眼光。萧遥猛然转回头，盯着她。她歪着嘴，充满嘲笑，好像在说，我知道你不敢选A组。

萧遥再也无法忍受了，像一头被激怒了的斗牛，他坚定地说：“我选A组！”

哗，全场轰动。

显然，主持人也猜不透萧遥的心思，问了句：“可以谈谈你为什么要选A组题吗？”

“选C组或B组，大部分人会离开大厅的。”

主持人马上称赞道：“我们应该为6号选手的魄力鼓掌！”

顿时掌声四起，而且时间长达数分钟。萧遥懂得掌声的含义，他知道这会儿全场的人都在注视自己，更感受到4号的掌声和火辣辣的目光。这次轮到萧遥不屑了。他很有绅士风度地向大家点点头。

此时，观众席上的欣然真想为萧遥叫好。她想起现在仍在教室里演算习题的陈明，还有他那头乱乱的颇艺术的头发和他那总是高昂的头。

“人与人就是不同。”欣然想。她欣赏的男孩子总是才气和胆识并存的，像……

“完了，6号完了！”前排的女孩叫了起来。

欣然这才回过神，什么，答错了，扣掉30分。天哪，只剩140分了。与第一名无缘了！

欣然惊住了。

人们在议论声中离开，欣然没动。

主席台在授奖，音响播着进行曲，几个参赛选手相互握手。4号女孩十分诚恳地走到萧遥面前：“你没输。”接着伸出一只手。

萧遥愣了一下，虽然看过《阿Q正传》，但阿Q的精神胜利法却学不到，萧遥犹豫着也伸出自己的手。

女孩又道：“我叫李赛南，实验中学高一（1）班的，交个朋友怎么样？！”

“我叫萧……”女孩太大方，萧遥反而不自然。

“不用介绍，我知道，你叫萧遥，高一（4）班的，对吧？”女孩很自信地笑笑。

“Bye–bye。”萧遥离开大厅。

看见欣然，他冲她笑笑，算是打了招呼。欣然想对他说几句安慰话，可是这会儿伶牙俐齿的她为难了，嘴唇动了两下，才挤出一句“没事的”。萧遥又笑笑，欣然看得出他笑得很勉强。

“谢欣然，谢谢你，刚才第一轮的第一题就是你板报的那组人物。”欣然也想起那板报的事儿，后悔没早些来看萧遥的回答。可萧遥那“谢谢”似乎把他们之间的距离拉得很远很远。

萧遥走出大厅。刘夏看见，想叫他，身旁的王笑天扯住她：“别叫

他了。”

欣然也离去。萧遥不高兴，她也跟着不好受。经过教学大楼，高一（4）班的灯仍旧亮着，陈明还在学习。

踏着路灯斜下的影子，欣然用脚在地上画着圈。

## 自己的双手最可信赖

萧遥从车棚里推出辆变速车。车棚很大，全校师生的车都放在一块儿，有好几百辆。不过要分开师生的车却很容易，越是新，越是讲究的，那就是学生的车；越是旧，越是老土，除了铃儿不响哪都响的，那肯定是教师的车。

萧遥将车速调到中挡。他一向爱骑快车，可今天不知怎么回事，两腿像灌了铅一样，沉重无力。

萧遥的经历不寻常。在几乎是在蜜罐里泡大的同龄人中，他的生活有点“坎坷”。他出生在塔克拉玛干大沙漠。妈妈没奶，他是喝马奶长大的。当时爸爸在上大学。稍大一些，在北京的奶奶把他接了去。1986年，他们全家又迁到深圳，不久，父母被派往英国。萧遥不知道自己和父母亲相处的时间加起来有没有一年，因为他对他们的面孔总觉得很陌生，如果在街上相遇，他会打量半天而不敢叫，生怕认错人。

萧遥从北京转来时只有10岁，正是好动贪玩的年龄，加上父母刚调来，人生地不熟，草草地在一所渔民小学就读。父母被派出国时，很不放心萧遥，几乎想放弃机会。

有天，萧遥的单车爆胎了。前后都没有修车店。萧遥打了个电话回

家：“爸爸，我拿不动，你快来接我。”

“自己拿回家，我不能永远帮你。”爸爸说得很淡漠。

小萧遥委屈地推着单车，步行了一个半小时才到家。

爸爸把萧遥叫到书房，语重心长地说：“萧遥，我和你妈妈要去英国了。你爷爷奶奶年纪大了，不但照顾不了你，最好还要有人照顾他们。你能不能让我和你妈在国外的日子里不要总为你操心？”

萧遥没说话，他顿时明白，今天爸爸为什么不帮他拿单车。

“不要依赖任何人，不要因为生长在一个有后台的家庭，有人为你操作一切，就自己懈怠下来。最可信赖的是自己的两只手！‘爹会娘会不如自己会’‘家有千万金，不如一艺随身’，旧时代人都懂得怎么样立身处世，不要时代越发展，你们越倒退。想想吧，假如有一天，我和你妈妈都离开了你，你失去了靠山，那怎么办？

“对自己一定要有坚强的信念。我和你妈都是在北大荒、大西北生活过的人，与我们一道的许多人，有的已经是部长什么的，有的仍然在农村，而且以后还要一直待下去。这里我不想与你讲他们对社会的贡献，只想告诉你，人要奋斗。这也是我和你妈为什么这么大年纪还要来深圳，还要出国的原因。你出生和成长在一个平静的年代，许多事你不明白。

“爸爸和你说这些也许太早，但我们就要远离你了，我们不想看到你走弯路。萧遥，爸爸和你说的这些，你都能理解吗？”

萧遥还是没说话，那么一点大的孩子理解这些确实有些困难。但他完全明白和理解父母对他的爱。

“爸爸，我小学毕业后要考一所重点中学。”萧遥只是这么回答父亲的问题。

爸爸满意地笑了。

打这以后，萧遥开始埋头苦读，初中考上了一所不错的中学。升高中时，萧遥被列入免考之列，直接保送上本校高中部。萧遥不愿意，他要参加中考，在全市竞争中，看看自己的实力。学校怕人才外流，一再动员他留在本校，告诉他，学校对他们这批尖子生会有什么优惠政策。萧遥对这些全不在乎，他希望通过竞争踏进市重点中学。他如愿以偿，上了九中。初三班主任拍着他的肩膀说："小伙子，有出息！好好学，3年后我听你的喜讯。"

果然，九中为他提供了更广阔的天地。教学设备更加先进，教学要求更加严格。而且重点中学的学生不像人们想象的那样个个只会死读书。同学们兴趣广泛，爱好多，相互之间取长补短，真是让人获益匪浅！

他回想起一刻钟前发生的事儿，如果他不选A组题，是能稳拿第一名的。选了A，赢了，人们自然认为他有魄力、有胆识；可现在却败了，大家是不是认定他爱表现、爱出风头呢？当时自己选A组题，就完全是理智的？就完全是想证明自己实力的吗？

萧遥不免冷笑。

一阵风吹来，萧遥有点清醒，但他还是不懂自己是对了还是错了，别人是错了还是对了——总有一个对错吧。

# 第四章

## “深圳绿卡”情结

“要是高考之前，户口还来不了呢？”欣然问赤脚盘在沙发上的唐艳艳。

唐艳艳没说话，她外婆倒插了句：“打道回府。”

“外婆！”唐艳艳站起来，撒着娇将老人推进厨房，又跳到沙发上，“若是那样，我就回上海参加高考。”

唐艳艳比欣然高两个年级，高三的，和欣然一样，也是从上海来的，而且她们的父母是校友，所以两人成了好朋友。更主要的一点，欣然和唐艳艳一样都没有深圳户口。没有户口，不方便不说，就是在学校里也总是遇到难堪。学校动不动就“统计无深圳常住户口的人口”，还总要求把手举得高点，以便他们看得明，数得清。点完之后，还要将名字复述一遍，以免有落下的。最可气的是老师那似笑非笑的表情，简直是把无深圳户口的同学当作必须清理出城的“三无人员”。

一开学，原来的班主任陈老师就统计过一次，像以往一样，欣然边做作业，边举手。她总故意装出一副无所谓的样子。

“谢欣然，你也没有深圳户口吗？”陈老师有点怀疑。

这么一问，许多同学都回过头来看她，搞得欣然浑身不自在。其实大可不必，班上同学基本上都是外地人，平日里大家还常常开玩笑，把从西北来的叫“孔雀东南飞”，从西面来的叫“一江春水向东流”，从北边来的叫“雁南飞”，大家都是移民嘛，干吗又瞧不起人家呢？

陈明最不喜欢没有深圳户口的人，认为深圳治安有问题，都是外来人员搞的。什么小偷小摸、拦路抢劫等等十有八九是“三无人员”所为。

深圳本地人有的是钱，绝不会去当“三只手”。

柳清也回头：“你没深圳户口啊？”

“没有。”欣然回答。她的户口还在上海。想当年，“上海”说出去多神气，多派头，如今不同了，真是“三十年河东，三十年河西”。

“好，放下手。”老师话刚说完，柳清就附在欣然耳边说：“没事的，要深圳户口还不容易，我二姐想出国，就嫁给鬼佬，现在已经入澳大利亚籍了。女仔只要靓就行了，你这么靓……”

柳清话没说完，就看见欣然瞪着她，便没敢说下去。她知道自己又说错话了，连忙解释道：“我没恶意，我只是想告诉你一个好办法，我……”

“黐线。”欣然骂道。

唉，没深圳常住户口的中学生！

“也许不回上海，”唐艳艳双眼望着天花板，“我爸说也许我的户口快过来了。”

“噢。”

“唉，现在我只能走一步算一步了！”唐艳艳叹了口气，转问欣然，“你呢？”

“不知道，我爸说他们单位今年有指标，可能可以轮到我们家，不过也很难说。”

欣然后面那句“不过也很难说”纯属不愿在唐艳艳面前露出优越感才附带的。欣然知道自己家的户口迁移眼下可算是“三根手指捏田螺”。

这是妈妈说的。

“这就好了。就是一时来不了，你也不用担心，反正你还小，还有两年才高考，而我却是迫在眉睫。”

“我们换个话题吧。”欣然说。她觉得每次与唐艳艳谈话，都需要用“户口”这个话题做开场白，真没意思。

“那就谈高考吧。”唐艳艳还是双眼望着天花板，“我不是为户口着急，就是为高考发愁。我现在的生活就这两样！”

唐艳艳曾经说过，在高考前如果不能把户口迁来，她就必须回户口所在地上海参加高考。考上了大学——外省没法报考深圳大学，深大不向外省招生——得把户口迁往大学所在地，想随父母迁入深圳就不可能了。

唐艳艳的心情欣然很理解，来深圳4年，还没解决户口问题能不焦虑吗？

“你现在紧张吗？”欣然知道这话问得多余了。但她一时找不到其他话题，又实在想换个话题。

“我快淹死了！”唐艳艳说。

“？”

“快被卷子、书本淹死了！”

“你考哪所大学？”

“不知道，不过我想考海洋大学，跟海打交道。跟人打交道太没意思了。你不懂，你才16岁——花季。而我们这个年龄被称为雨季。”唐艳艳

又苦笑了一声。虽然她比欣然才大两岁，却总是喜欢摆出一副姐姐对妹妹的样子。

“那别人呢？”

“噢，苏拉，你认识的，你还记得吧？”

欣然脸一红。

“你脸红什么，”唐艳艳哈哈大笑，“我又没说什么！”

“你好讨厌的。”欣然噘着嘴。

苏拉，欣然当然不会忘记的。她刚来深圳那年念初二，就收到苏拉的一封“情书”。她很害怕，就告诉了父母。麻烦从此开始，妈妈找到他的班主任……幸亏深圳的老师比较开明，没拿苏拉怎么样。可欣然后悔极了，总觉得对不起苏拉。苏拉见到欣然，也是冷冷地板着脸……

“他可能会被保送上深大，他活得多滋润，哪像我……对了，他向我借初中《英语》，你有吗？”

“我的书都借给你了呀！”

“再帮帮忙，向你的同学借。”

“我试试看吧。”

从唐艳艳家回来，都已经傍晚6点半了。一到家，她就觉得气氛不对。爸爸十分委屈地坐在沙发的一角，妈妈则坐在另一头。

“怎么了，爸、妈？”

“问你爸去吧！”

“爸怎么了，发生什么事了？”

“我……唉。”

“你说啊，说啊，也让女儿知道一下你是如何发扬风格的！”妈妈的

声音又提高了八度。

“欣然，”这是爸爸的声音，“我把户口指标让人了。”

“欣然，”这是妈妈的声音，“听到你爸说什么了吗？”

欣然发出“噢”的一声，不知是表示惊讶还是表示怀疑，抑或只是一种回应。欣然自己也不相信这一声是出自她的口，又加了一句：“真的吗？”

“是真的，让给快退休的老李。”爸爸也有几分歉意，“老李马上要退了，如果再进不了户口，以后就没有机会了。”

“就你积极，想当先进？想当劳模？那么多党员、先进工作者，怎么就你品德高尚！”妈妈又气又急。

“话不能这么说，领导有领导的难处嘛……”爸爸总是很豁达。有一次爸爸去理发，耳朵被师傅刮破了，用一块小纸片粘着止血。一进家门，妈妈就看到了，问他怎么回事，爸爸解释说：“……人家小师傅说了，她剃了那么多头，还从来没有割破过。”妈妈哭笑不得，说：“难道人家还会告诉你，这是我第九次剃坏了？”

爸爸就是这么一个人。欣然想：完了，我大概得和唐艳艳一样，准备“打道回府”了。

“你有没有为我想过？你户口没来，我也调不进来。这地方鬼政策，要男方户口来了才能考虑女方。好不容易盼到了，你却发扬风格了。这一等不知要多少年，你不为我想，也应该为欣然和浩然想想。”

浩然是欣然的哥哥，是爸爸和前妻生的，住在广东农村爸爸的老家，和爷爷奶奶生活在一起。他很少和欣然家来往，兄妹之间很陌生。父母也只是每月按时寄去生活费。但从今年9月起，妈妈就不同意再给哥哥寄钱了，因为他已满18岁了。

爸爸还是可怜巴巴地坐在沙发的角上，手抱着头，像个小媳妇。

最后，妈妈把所有的不满和怨恨汇成一句话：“你啊，就是太窝囊！”转身去厨房了。

突然，欣然大声说：“面包会有的，房子会有的，一切都会有的！”

话虽这么说，却不见得这么想。户口指标不是“三根手指捏田螺”吗？怎么，这只田螺还是从手里溜走了？如果真像妈妈所说，这一等不知要多少年，那怎么办？欣然想到，不知哪一天，也许是后天，也许就是明天，老师又要统计一下无深圳户口人数，她又要举手了。深圳，现在不属于她，以后呢？

## 刀架在脖子上也不去

哥哥来了一封信，主要内容是希望爸爸看在死去的生母分上，看在父子情分上，帮他把户口迁到深圳。信写得很客气，好像是亲戚间请求帮忙。也正是因为这种客气，更有一种压迫感。爸爸为此伤透了神。

浩然把许多事想得太简单，他以为深圳是遍地黄金，以为迁户口是三下五除二的事。

爸爸是孤立无助的。

爸爸总觉得亏欠了哥哥很多。哥哥希望来深圳打工，爸爸连一张暂住证都办不到。没有暂住证、身份证、高中毕业证、未婚证、待业证等一大堆证件，工厂就进不了。爸爸一直希望儿子能回到自己身边，以了却多年的心愿。可这次……爸爸无可奈何地坐在沙发一角发愁，不知如何向儿子交代。

“唉，老谢，我们医院最近住了个大人物——公安局副局长，人蛮和善的，前两天刚出院。你看能不能请他帮个忙？”妈妈冥思苦想了一番之后，提了个建议。

“这，怎么可以呢？”爸爸一再摇头，“不可以，不可以。”

“你这个人……唉，你这辈子……”妈妈也大摇其头，“现在都什么年代了，你还这么不开化！”

“送礼求情，这是怎么一回事，我至今还不知道。”

“你以为这就清高了吗？别人只当你是傻子！”妈妈急了，“你现在在单位也算是顶梁柱，户口问题总归是要给解决的，找找人，提前一点，这怎么了？！我话说到这儿，你想怎么办就怎么办，儿子是你的，我不管。”

爸爸是个自尊心极强、脸皮极薄的人。从来不收别人的礼，也从不给别人送礼。无论多大的事，都自己顶着。可他毕竟年纪大了，希望儿子回来，不要对他有这么深的隔阂。当初他决定来深圳的目的之一，就是希望接近儿子，弥补十几年的遗憾。这件事，欣然妈妈说她不管，可欣然知道，妈妈是刀子嘴，豆腐心。终于，爸爸决定星期日去一趟局长家，问欣然跟他一块儿去好不好。

欣然讨厌这些，因为她只有16岁，她希望自己的生活是一片阳光，不希望有任何阴影部分，但她很可怜爸爸，也同情哥哥，勉勉强强委委屈屈地答应了。

爸爸是个公认的安分人。1983年，深圳急需一批科研人员。有人推荐他，他想换了地方，一切得重新整治，多浪费时间啊，便谢绝了人家的好意。1986年，爸爸妈妈到深圳迎接从台湾取道香港回大陆的外公，看到深圳的建设速度，爸爸动心了，但是一想到自己已不是血气方刚的年轻人，

拉家带口的，很多麻烦，又犹豫了。后来之所以到深圳，是因为评职称问题对全家人打击太大。一个40多人的单位，仅有4个晋升名额。论学历、论工龄、论成果或者兼而论之，爸爸均应评上。可是结果却出乎意料。妈妈愤愤不平，说，你的同学都已经是研究员了，你连个副研都评不上，知道的说你老实，不知道的以为你无所作为，这样的单位你还准备在那里吊死啊！妈妈当机立断，决定去深圳，爸爸还是犹犹豫豫的。妈妈说，去了深圳，离你父母、儿子也近些……爸爸听了这话，才下定决心。可这回不像前两次了，不能马上解决户口问题。户口不能迁移进去，便牵涉到一系列问题，诸如住房、煤气、入学等等，也包括浩然的事儿。妈妈老是埋怨爸爸不早几年来，搞得现在进退两难。爸爸面对着许多一年半载还解决不了的问题，也很伤脑筋。如果说头两回不来是个错误，是个失误，那么后来来，是否又是个失误呢？

“欣然，王局长刚出院，要懂礼貌。”爸爸叮嘱道，但自己却一个劲地摇头。

“老爸，后悔了？”

“后悔什么？”

“后悔把指标让人啊！”

爸爸想了想，“有点后悔吧，不过……”爸爸又想了想，“如果时间倒回那一天，我还是会让给老李的。”

“为什么？”

“做人嘛……不能太自私。”

欣然困惑了。爸爸是品德高尚呢，还是像妈妈说的“窝囊，不敢竞争”呢？欣然不知道。她觉得自己好像是越长大，越分不清是非了。小时候，看电影、看书，她都能说出谁是“好人”谁是“坏蛋”。现在，对

许多事情，都感到说不清，至少是不能一时说清。就像分不清天和海一样。也许海跟天本来就没有界线。于是欣然又多了一句口头禅：“说不清楚。”欣然想，也许这就叫长大。

这是一片高级住宅区。名字很美，叫“怡心花园”。住在这儿的人全是有些来头的。这个住宅区欣然在电视《希望之窗——中国深圳》节目里见过，今天身临其境，觉得比电视里还漂亮。王局长家就在这儿。

到了局长家门口，爸爸已渗出一头汗，连忙擦了擦。进了屋，爸爸先和人家寒暄着，一直不好意思谈主题。倒是人家问有什么事，爸爸才开始讲，讲得有点语无伦次。讲完后，立即转移话题，生怕被人家当面驳回。

“我爱人讲，你这病一定要注意休息。”

局长没反应，爸爸也找不到话题，只尴尬地坐着，极不自然，突然用目光向女儿求助。欣然却装得全然不知似的避开爸爸的目光，将头扭向一边。

爸爸越发不自然起来，喃喃地说道：“王局长，你好好养病，我们告辞了。”

说罢起身，王局长也跟着起身，指着爸爸不知什么时候悄悄放在茶几旁的一袋礼品说：“你把它拿回去。”

“一点意思，一点意思！”爸爸嘴上这么说，心里肯定不这么想。

“拿回去拿回去！”王局长提起袋子硬塞给爸爸。

“也就是一瓶酒和一些人参茶而已。”这瓶XO人头马和几盒美国鹰牌花旗参茶是专门为局长买的。

王局长半开玩笑半认真地说：“怎么，还想让我再来次脑溢血，再住回医院啊？”

爸爸就像电影中的定格镜头，手上拿着礼品，呈上不妥，收回也不妥，嘴角僵了似的，笑不是，不笑也不是。

欣然冷眼看着他们俩。看看爸爸那模样，笨拙、无所适从、不知所措，真是又可怜又可气。

欣然很失望。父亲在她心目中的高大形象顿时消失了，她一直把父亲当作生活里的偶像崇拜着，可现在“斯文扫地”了，欣然不由得用鄙视的目光瞥了他一眼。

就在这时，王局长家的门开了，进来一个男孩：“爸！”

欣然一看，是王笑天，差点晕倒。天哪！她居然到一位同班同学家送礼走后门来了。

毕竟是新学年，相互不太了解。欣然哪里会知道王笑天是公安局长的公子呢？要是知道，就是刀架在她脖子上，她也不会来，也不会让爸爸来。“丢人！”欣然心里骂道。这个年纪的女孩子都极为敏感，自尊心最强。她把头勾得很低很低，假如此时地上有缝，她一定一头钻下去。

王笑天挺热情：“谢欣然。”

欣然更是尴尬万分，极不自然地抬起头，冲王笑天笑笑，又赶紧把头埋下去。

这时，欣然的爸爸趁机把礼品搁在角落：“啊，贵公子真是一表人才，哈哈……欣然，你们认识？”

“同班同学。”王笑天用手在欣然和自己之间画了画，对欣然的爸爸说，“叔叔，你们谈，我进去了。”

“好，好。”爸爸应道。欣然悄悄地、重重地揪了一下爸爸的衣角，爸爸立刻明白了，“不了，不了，我们走了。王局长，好好养病，改日再来，改日再登门拜访。”

出了门，欣然重重地吐出一口气。中午的太阳亮得耀眼，晒得人发昏。欣然在太阳下闭上眼睛，爸爸不停地抹着额头上的汗水。

“幸亏那儿子回来，不然真不好收场。幸亏那儿子回来，不然真不好收场。”爸爸自言自语地重复着同一句话。

欣然厌恶起来，一个人一个劲儿往前走，像竞走似的。

“欣然，别走那么快，等等……别那么快。”爸爸在后面叫着。欣然还是在前面快速地走，后来索性跑起来。渐渐地，爸爸的声音遥远了，消失了。

欣然走在树荫下，阳光穿过树叶，漏下一地碎金。欣然从碎金上走过，被碎金包裹着。“是这些树叶把阳光遮掩了，不然就没有这么多阴影。”欣然想，“我只需要阳光。”

自己的爸爸怎么会对人家的爸爸低声下气，窝囊！欣然忽然想起妈妈常常数落爸爸的这个词，觉得十分贴切。真是窝囊！丢人！王笑天怎么看我？他那么口无遮拦，还能不在班上传播开来？自己的威信名声无疑要一扫而光了。欣然越想越气，越气越想。

## 一点意思一壶酒

谢欣然认真地审查王笑天的入团申请。欣然本来有发展王笑天的意思，可自从知道王笑天的家庭情况后，她琢磨开了：送不送上去？立马送，有巴结之嫌；不送，太昧良心了。

学校规定每周星期一早自习要听广播读报纸学时事。在这个时间里，各班副班长都要站在讲台前组织同学学习、发言。这天广播里正在批判请

客送礼等不正之风：“有些人为了达到自己的某种目的，贿赂一些经不起糖衣炮弹袭击的人……”王笑天插嘴说：“这股风是该好好刹刹了。”全班开始议论，吵吵闹闹的。别的听不明，“贿赂”“送礼”等字眼却清清楚楚地不断跳进欣然耳朵里。欣然觉得自己站在讲台上，不是组织者，倒像个接受批判的人，同学们的话好像都是冲她说的，就像“文化大革命”时开批斗大会。欣然忍不住了，大声嚷道：“不要吵，听广播！”王笑天蹦了起来：“本来就是嘛，难道你不这样认为吗？”还虎视眈眈的。欣然记不清她是怎么回答的，又是怎么结束这堂自习课的。

当她坐到自己的座位时，她觉得头昏。林晓旭过来问她哪儿不舒服。

“心不舒服。”

“心？”林晓旭眨眨眼睛，表示不解，“要上医务室吗？”

“不要。我坐会儿就好了。”

欣然虽然趴在桌上，可她还是能感受到班上的气氛。王笑天又和别人“侃”上了。欣然又紧张起来：他在说什么，是不是讲我给他们家送礼的事？王笑天和刘夏在说话，说了什么好笑的？怎么两人都笑了？一定是王笑天告诉刘夏了。王笑天就会来这套讨女孩子欢心。这件事萧遥知道了吗？他一定会认为我很势利，很俗气。欣然很在乎萧遥的想法，很在乎他对她的看法。

真是个多事之秋！上小学时学习“愁”字，老师就讲“愁”是“秋”字下头加上“心”。

课间，欣然特别注意王笑天的一举一动。欣然先是听见王笑天和萧遥谈论什么“π减去2等于1.14159”，最近作业都没有用到圆周率，他们提这个数字干什么？对了，王笑天分明在说“一点意思一壶酒”，他在嘲笑我！一会儿，又听见刘夏和王笑天在说话：“王笑天，昨天你上哪儿去了？”

“没上哪儿。”

“那你怎么没给我打电话，不是说好对作业来的吗？”

“噢，我昨天去打球，回来看见谢欣然来了，就忘了……”

“什么？欣然昨天去你们家？干什么？”

欣然听到这儿，心提到了嗓子眼。

“噢，谢欣然她……她来给我送数学作业。”王笑天说，“数学我不会，她教我。”

王笑天为什么这么说，欣然惊讶不已。

“欣然，谢欣然！”刘夏叫她。她装作什么也没听见，刚刚被人叫住的样子，问刘夏：“刘夏，你叫我？”

刘夏笑着说：“欣然，王笑天怎么贿赂你了，你教他做题。数学我也不行，你也教教我。”

欣然一听“贿赂”就神经紧张：“我……我……”

欣然算是彻底糊涂了。王笑天到底是怎么样一个人？他是在演戏，还是好心？欣然又重新拿出王笑天的入团申请书，交还是不交？

自从去了王笑天家之后欣然变得不爱说话了，尤其是在家里，更是一句话不说。

一向粗心木讷的爸爸似乎也察觉出来了。他依旧少言寡语，但总想用目光和女儿接触，而欣然的目光难以捕捉。她不肯原谅爸爸，不愿进行交流，哪怕是目光的相碰。她无法接受父亲目光所传递的任何信息。她知道父亲此时的眼神一定是充满哀怨和自责的，但这一切已无济于事了。

这么一来，欣然突然发现了爸爸的一串缺点，比如胆小懦弱，时时附和着妈妈，极没主见。对了！爸爸还会打毛衣。欣然有几件毛衣就是爸爸打的。这一点妈妈很得意，可欣然连说都不好意思说。欣然甚至奇怪以前

怎么会对爸爸有那种崇拜的。

爸爸是个不善表达自己情感的人，他唯有默默地努力着，一天，他端着一盘糕点给欣然：“这是正宗的广东点心，尝尝看……”

“这点心自己吃吗？”

爸爸一时间没反应过来。

“怎么不拿去送给哪位可以巴结的大官呢？”

爸爸怔怔地看着她，腮帮子抽动了两下，什么也没说，蹒跚退去，不停地摇头。

望着爸爸离去的羸弱身躯和灰白的头发，欣然哽咽了。可她无法对自己刚才的行为负责什么。她也好难受啊。

在王笑天家的事欣然久久无法忘掉。看来要消除这隔阂并非易事。

# 第五章

## 莫非他像爸爸

晓旭日记　　（×月×日）

今天是国庆节，昨天星期天我们补了一天的课，所以从今天起连放3天假，直到4号才上课。放这么长的假，好开心的。

我们计划好怎么利用这3天。

今天第一天，我和欣然、王笑天、萧遥等好多同学约好到江老师家玩。刘夏没来，她说她有紧急任务，今天是她父母结婚纪念日。

江老师为我们的到来一定清扫过屋子，尽管这样，江老师也不是个高明的“主妇”。“家里不能没有女人”，这话不假。

与江老师谈话很轻松，用不着考虑下一句说什么。我

们谈了很多，还谈起他的高中生活，他们那一代人真有意思。

我看过《青春万岁》，心里奇怪极了；我也看过“文革”时的电影，更是觉得不可思议，那时候的人怎么那样啊！

中午，我们在江老师家包饺子吃。江老师书教得好，没想到包饺子也是一把好手。这活儿我在家里也常干，“技术”不比江老师差。和面、擀皮，我忙得不可开交。那几个男生没有一个是正经干活的，拿面团当橡皮泥来做老鼠、小人和坦克。16岁的大男生，竟像6岁的顽童。直至江老师宣布“谁包谁吃，自己包多少就吃多少”，他们才开始包起来。我看他们乱捏一气，口都没封住，就说：“算了，我来包吧，你们的饺子一下锅就要跳脱衣舞的。”那几个男生立即油嘴滑舌地说：“林晓旭同志，党把任务交给你了，你任重而道远啊。”江老师说：“养这么个女儿真是舒服了。”同学们听了都笑了。

我却笑不起来。

“女儿”，为什么会是女儿？我记得我第一次见到他就觉得面熟，像一个遥远而又熟悉的人，莫非他像爸爸？

我想起了爸爸。我们至今想他，永远。妈妈更思念他，不然也不会离开“上有天堂，下有苏杭”的杭州。

爸爸……

## 父母之间出现第三者

自从刘夏在翡翠咖啡屋见到爸爸和任娜以后，她发现爸爸干脆不回家了。

刘夏知道父母之间的矛盾已发展到水火不相容的地步。她看过不少小说，是描写孩子怎么使感情破裂的父母重归于好的。比如说孩子买了一条妈妈一直想买又舍不得买的围巾送给妈妈，却说是爸爸送的；买一把爸爸很需要的刮须刀送给爸爸，却说是妈妈送的……刘夏觉得这类办法老土了点，至少不适合她父母亲。她有一绝招，决定试一试，利用自己的孩子气，利用父爱母爱化解他们的矛盾，挽救这个家庭。

于是，刘夏跑到剧团。不是找爸爸，而是找任娜。任娜和一班女演员正在排练。

“啊哈，刘夏，你好！”任娜一见她便热情地跑过来，“一定是来找你爸的，我去叫他。”

“不，我找你。”

“找我？”

“是，我是找你帮个忙的。”刘夏认真地说，“我向你借爸爸一个星期。”

“刘夏，你真会开玩笑。”任娜显然在掩饰自己的不自然。

“不是开玩笑，我是认真的。行还是不行？”

“当然，他是你父亲。”

“那就好。”刘夏说，“谢谢了。”

刘夏和爸爸到了翡翠咖啡屋。

“你的‘特邀嘉宾’呢？ 6点了。”

“就是……”刘夏望了望门口，“来了，来了！”

刘夏的妈妈穿着一身绛红色的西服裙套装过来了。

“妈妈，你今天好靓噢！”刘夏迎上前去，“你平时也该这么穿，这样才能配上风流倜傥的‘重要人物’。”

“行了，今天这样，还不是遵守你的规定，为了你的那位‘重要人物’！平时也这么穿，还怎么干活？你的‘重要人物’来了吗？”

刘夏背过身去偷偷地笑了。

这时，爸爸看见了妈妈，妈妈也看到了爸爸。他们相视一会儿后，好像同时明白了什么，一起向刘夏抗议。

“刘夏，你玩什么把戏，我的事那么多，没时间和你玩捉迷藏。”爸爸说。

“刘夏，这是怎么回事，你不是说‘重要人物’请吃饭吗？”妈妈说。

刘夏看看父母，忍不住失声笑了。

“爸爸、妈妈，你们都坐下。我给你们介绍一下。”刘夏把手伸向爸爸，“妈妈，这位是刘宗耀先生，也就是我说的‘重要人物’。”又把手伸向妈妈，对爸爸说，“爸爸，这位是刘太，夏佳冰女士，所以是‘特邀嘉宾’。”

“爸妈，今天我请客。”刘夏一边说，一边把钱摆在桌上，“这是我的全部家当，20块人民币，10块港币，剩下的请‘重要人物’和‘特邀嘉宾’赞助。”

“刘夏，你以为这种游戏很有意思吗？我觉得无聊！”爸爸很少用这种嘲弄的口气对女儿说话。

“刘夏，你肯定以为自己很机灵吧？假天真、假活泼！”妈妈也没有

好声气。

这时候，爸爸和妈妈倒是一个鼻孔出气了。

“看来你们确实忘了今天是什么日子。”刘夏停下来，望着父母，目光充满了期待，可是爸爸妈妈毫无反应，刘夏失望了，“今天是你们结婚17周年的纪念日，你们都忘了？记得从前，那时还在内地，家里没有现在阔，可那时多好啊，每年这天，我都会像念绕口令似的说，刘是爸爸，夏是妈妈，刘夏是我，我们永不分离……早知现在这样，不如不来，我宁愿在内地。”

刘夏觉得鼻子发酸，喉咙哽咽了，眼泪涌上了眼眶，随时会掉下来。

“是啊，17年了，日子过得真快。”爸爸把头仰在椅背上，沉沉地说。

“可不，又一个‘十一’了。”妈妈说时，眼睛不时偷看爸爸，那腼腆的样子像个大姑娘。

这时，一位服务员过来：“要点什么？”

“我们还没想好，等一下。”妈妈说。

服务员刚刚离去，妈妈就说，既然是结婚纪念日，当然在家过了。

妈妈真聪明，一箭双雕。既要求爸爸回家，又省下一笔钱。

“这是女儿的心意，”爸爸说，“就在外头吃吧。”

“不，”刘夏站起来，“今天听妈的！”

爸爸叹了口气，从椅背上取下外套，也站起来。

最后，妈妈买了菜，准备回去自己做：“要是将花在饭店里的那么多钱，投在家里不知能吃多好。”这时，爸爸想回单位。刘夏说：“爸，回家吧，前头你不是答应过我吗？再说，再说任娜也答应了。爸，回家吧！”

爸爸望着女儿，点了点头。

一家三口往家走，却分成三段。妈妈走在最前头，爸爸走在最后，刘夏在中间。这个位置使她不得不一会儿加快几步赶上妈妈，和她说几句，一会儿在原地蹭几步，等着爸爸，再和他聊几句。

就这样，也还是走到家了。

“哎呀，这肉整整少了二两！”妈妈一到家，就找秤来称，“这些小贩太黑了，40块钱的虾也少一两！”

“妈，你现在再称一遍，纯属自找气受。短斤缺两，你会跑回去找他们算账？不去算账，称了又有什么意义？再说，人家小贩也不容易，都是为了三餐，亏就亏点吧！”

“刘夏，我发觉你现在越来越大手大脚了。你当钱那么好赚，要不是来深圳，一个月还是几百大毛，我看你气粗！你们都变种了，这叫忘本！”

“行了，妈，现在都快8点了，我饿得两眼昏花、直冒金星。”

妈妈换了衣服下了厨房。

客厅里就剩下爸爸和刘夏。客厅的摆设很有艺术味。墙上有一幅乐谱图，是《圣诞歌》的五线谱；客厅中央有架钢琴，主要是爸爸弹；台上的小提琴是刘夏的。只是妈妈用一些大红大绿的花花草草和极现代化的电器冲击着这艺术气氛。

爸爸倚着沙发，抽着烟，闭目养神。

电视开着，是香港翡翠台，正放着广告，是铁达时石英表的广告，讲的是爱情故事。它的广告词是“不在乎天长地久，只在乎曾经拥有”。这个广告在内地一定流行不起来，中国人讲的是“从一而终”“白头偕老”，怎么可以“只在乎曾经拥有”呢？应该是“永远拥有”。内地人用“一旦拥有，别无所求”作为飞亚达表的广告词，是巧合还是有意唱对台戏？

对这两种表截然不同的广告词，刘夏很有感触，但要叫她选择，还真

不知道选哪一种好。

“爸，你愿意要铁达时的‘曾经拥有’还是飞亚达的‘别无所求’？”

爸爸睁开眼：“你是愿意一辈子戴块‘别无所求’的飞亚达还是愿意‘曾经拥有’一块又一块的铁达时？”

“当然是一块又一块的铁达时。”刘夏笑道，“不过，如果是将来男朋友送的话，我可不乐意他送铁达时。人是不是很矛盾？”

爸爸被刘夏的一番话给逗乐了，用食指弹弹烟头的灰：“来，刘夏，最近学习怎么样？爸爸也没时间管你了，就看你自己的了。”

“那是，咱穷人的孩子早当家嘛。”刘夏很懂事，“但是爸爸，我……”

爸爸爱抚地拍了拍刘夏的肩，脸上的表情严肃起来：“刘夏，你长大了。可你毕竟还是个孩子，很多事你不明白，也理解不了。”

“爸爸，我理解。可你总把我当小孩看。我知道你不是妈妈说的那种陈世美。”

开始，知道家里出现第三者，刘夏很气愤，坚决和妈妈统一战线。可是妈妈一天到晚数落爸爸的不是，倒把刘夏搞得不胜其烦，反而同情和理解爸爸了。不管爸爸出于什么心态，理亏也好，大度也好，爸爸对自己的事缄口不言，也绝不当着女儿的面说妻子的坏话。

这时，爸爸的BP机响了，他复了机：“好，好，我马上就去。”

妈妈已经把饭菜摆好。

“剧团临时有点事，我去一趟，你们先吃吧。”爸爸从衣架上取下外套。

妈妈的脸立刻拉长下来：“什么事连饭也不吃，大概是狐狸精要睡觉，没人打洗脚水，等着你呢。”

“你讲话不要这么难听。今晚剧团彩排，要我去一下。你这么疑神疑

鬼干什么？”

“行，你完全可以改行，当个编小说的。瞧你编的，比珍珠还真。”

“成，我不去总可以了吧？”爸爸一屁股坐下去。

“别不去……人家还等着你打洗脚水呢……”

…………

两人唇枪舌剑，谁也不甘示弱，最后爸爸愤愤地丢下句：“这个家我没法再待下去了，我想我还是走！”

“可不，你不去，待会儿人家要找上门来啰！”妈妈连讽带刺。可是当爸爸跨出家门，把门重重关上时，妈妈却又号啕大哭起来。

刘夏知道妈妈对爸爸还存有感情，从刚才在咖啡屋里妈妈的一个眼神，刘夏就看出来了。

“妈，你还是喜欢爸爸的，对吗？”

“放屁！我恨死他了，恨！”

刘夏却全然一副世故的样子，她指着自己那对水灵灵的大眼睛：“妈，你骗不了我的这双眼。”

妈妈悄悄瞄了一下刘夏的眼，仿佛真的被她窥到自己的隐秘，浑身不自在起来。

“你爸爸一直想离婚，跟那个女人结婚，我绝不会离的，不能便宜了他们。拖他个十年八载的，拖老为止。”

“妈，这有意思吗？”

“刘夏，我好懊恼啊！”

“懊恼”，妈妈用了一个新词。刘夏有些奇怪：“什么意思？”

“就是懊悔加恼怒啊。找了一个臭男人，比坐牢还难受，简直是慢性自杀。我算看透他了！”

妈妈说看透爸爸了，其实她根本就不懂爸爸。她就知道丈夫变了，为什么变了，却全然不懂。爱着一个自己完全不懂的男人，这实在是女人的悲剧。刘夏想如果她是爸爸，也会选择任娜，而不是妈妈。这话当然不能对妈妈说，否则她非气得背过去不可。

刘夏想了一会儿，说："妈妈，你应该去竞争，和任娜竞争，把爸爸抢回来！"

"神经病！要我去和狐狸精竞争？想得美！"

## 男生是另一半天空

"王笑天，你看那个三角形。"刘夏指着块黄色的交通标识牌，上面画着非常非常醒目的粗黑粗黑的三角形，"老师说，三角形是最稳定的，移动不了。我看三角形最不稳定。"

刘夏已经代爸爸向任娜请了一个星期的假，可是昨晚仅仅几个小时，他就回单位了。她的努力毁于一"刻"。

"我真不知道怎么办。"刘夏停住脚步，望着王笑天，目光充满了信任和希望。发生这样的事，刘夏非常渴望有个好朋友能听她的倾诉，给她智慧和力量。可是和女生谈，人家说就像两只井底蛙看天，都是那么大。只有和男生谈，才能更受启发，才能得到力量，男生是另一半天空。她认为只有王笑天懂得她，所以今天专门找来王笑天，把事情告诉他。

王笑天和刘夏初中就在一个学校，一个班。那时刘夏只是个小组长，工作却非常认真、负责，班上男生老起哄她，王笑天也不例外。不过自从全班传阅了一期《读者》之后，再也没有人对刘夏起哄了。因为《读者》

上有一篇《初恋时光》是这样写的："当一个男孩子喜欢上一个女孩时，却总是会和她作对……"为了避免有"暗恋"之嫌，班上的男孩子一下子安静下来。王笑天也在自问，是不是喜欢上刘夏了？

初二下学期，期中考过后的一个中午，王笑天走到车棚发现单车钥匙忘在教室里，就倒回去。在教室外头，听到里面有人在大放悲声，原来是刘夏对着期中考试的红白榜哭泣。要是平时，他也会逗一下刘夏，因为她太自负、太高傲了。比如说她看人时，那目光就叫人受不了，总是自上而下，用的是眼角的余光。可是现在，刘夏在哭，王笑天最怕女孩子的眼泪。

"喂，你怎么了？"

刘夏看见王笑天，哭得更悲伤了。王笑天慌了，以为这哭是冲他来的："我没做错事啊，我怎么你了……我给你作揖，你别哭了。"

"不关你的事。我这回几何不及格，进了白榜，要是我妈知道，一定会骂的。"

"嗨，我当什么事。"王笑天松了一口气，故作深沉地道，"三毛说，不曾失败的上智，虽然不会流泪，同时却也失去了一种得到补救机会的快乐和安慰。"

刘夏被王笑天说话的语气逗笑了："那不是三毛说的，是席慕蓉。"

"我知道是席慕蓉，我故意说错，让你笑笑。"

刘夏很受感动，继而叹道："平时，我总觉得别人不如我，现在好了，被别人找到笑柄了。"

王笑天猜想她说的"别人"肯定也包括自己，不自然地说："不会的。"

"你就好了，几何那么棒，95分。"

王笑天吃了一惊，想不到刘夏还很注意他，要不怎么知道他考95分？王笑天乐坏了：“你的英语就很好啊，是女生中的第一啊！”

王笑天一说完，也发觉自己一直很注意刘夏，有点不好意思。刘夏也腼腆地笑了。

“我可以帮你补英语。”

“我可以帮你补几何。”

说完，两个人都乐了。

“唉，这回不知怎么过关了，准备挨骂吧。”刘夏望着白榜，可怜巴巴地说。

王笑天一抬手把墙上的红白榜都撕了。

由于撕榜的事，王笑天被老师狠狠地训了一顿。他刚被从办公室“释放”出来，看见刘夏竟在走廊的另一头等着他。王笑天异常兴奋。

“笑天。”刘夏把“王”字去掉，搞得王笑天怪不好意思的。

“老师骂你了吧？”刘夏问，“都是我害的。”

“只要知道是为了你就行。”王笑天想。他装着没事一样，两手插在裤兜上，大有“英雄救美”的架势：“湿湿碎（小意思）啰。”

刘夏笑了，王笑天也搔着后脑勺直乐。

这时，王笑天看见耿杰扶着单车站在校门口。耿杰是高二学生，学生会的干部，常来找刘夏，还给刘夏写过一本《有这么一位女孩》的诗集。不过这些都是“据说”，是否确有此事，谁也没有查证过。耿杰倒是真的经常在校门口等刘夏，和她一起回家。王笑天看见耿杰，挺不高兴的，酸酸地说：“你那位在等你呢！”

“你……”刘夏气呼呼地瞪着王笑天。

王笑天故意眯缝着眼，嘴角歪向一边，这种神态肯定是模仿史泰龙的

哪个镜头。

好一会儿，刘夏的气消下去了，说：“我们没什么，他也是合唱队的，常常在一起排练，有时一起回家，都是他找我，就这些。我都说了。”

王笑天一愣。刘夏“都说了”什么？他言不由衷地问：“这关我什么事？”

“是啊……这……这关你什么事呢？”刘夏喃喃自语，扭头跑了。望着刘夏离去的背影，王笑天心里有种说不出的滋味。刘夏冲出校门，也没理耿杰，朝另外一个方向跑去。

“我真衰！”王笑天骂道。

两个人就这样，像小孩玩“过家家”似的，老闹别扭又老和好。同学们传得可神了，尤其是那些喜欢刘夏的男生和那些对王笑天有好感的女生，不知出于一种什么心理，总喜欢说他们的事。不过，两个人确实也太那个，比如篮球赛，如果刘夏在场，王笑天绝对是自个儿带球突破上篮，再也不把球传给旁人。

就连老师有时也拿他俩的关系开开玩笑。有次，教英语的白老师下课时说：“王笑天，留下，到我办公室来一下。”王笑天和刘夏一起去了办公室。老师问：“刘夏，你来干什么？”刘夏说：“不是你叫我吗？”白老师说：“我是叫王笑天留下，没有叫你，你们就这么形影不离啊！”说完，咯咯地大笑起来，搞得王笑天和刘夏满脸通红。

## 爱情到底几个解

“你说我以后怎么办？”刘夏又问了一遍。

刘夏和王笑天没法走在一块，这是“老街”，游人如织，总有一些“马路先锋”挤开他们。两人呼唤着，又拼命扒开人群设法走在一起。

“你真的愿意听我的看法？”王笑天挺得意的，望着刘夏一脸的求助和虔诚，他感到自豪。男孩子都希望被女孩子崇拜。过了商业街，街面冷清了许多。

“我觉得你父母还是离婚的好。”

这句话吓了刘夏一跳：“为什么？”

“你听我说完。有人总结过，‘自杀办法有300种，和艺术家结合是其中一种’。不少音乐家，像贝多芬他们的婚姻结局都很不幸。搞艺术的人都有种常人无法接受的性情……”

“那我妈妈呢？”刘夏不动声色地问。

“你妈妈，简直就像电视剧里小市民的典型人物，总觉得男方变坏了，可自己不读书不看报，一天到晚为些鸡毛蒜皮的小事斤斤计较。”

“还有我，我怎么样？”刘夏还是不露声色。

“你，太喜怒无常了。有时好好的突然一下子‘晴转阴’，而且有时太任性，老要别人迁就你，还有就是……”

“王笑天！”刘夏生气地说，“你把我们家的人各打五十大板，是不是觉得自己挺行的，洞察能力挺强的，分析挺准确的……”

“你看看，我说什么来的，又生气了！”王笑天说，“你怎么就那么听不得群众意见，我不过是就事论事罢了。”

刘夏不吱声了。

王笑天接着说：“你父母不仅仅是感情不和，更不单单因为那个姓任的女人。他们根本不是一路人，这样僵持下去，不是活受罪吗？”

“他们以前都过得好好的，还是有爱的基础嘛！”

“那就算他们过去爱，现在总不爱了吧？”

刘夏诧异：“难道爱一个人不是一辈子的事吗？”不过她没对王笑天说出来。

“如果我父母闹到这地步，我就不会反对他们离婚。中国人就是这样，死活圈在一起，这样活得多累。离了反而有好日子过了。”

“你真的这么认为？”

“真的。”

刘夏没说什么。她过去觉得自己对爱情挺理解的，今天才发现自己并不理解。真正的爱情是什么样？爱情到底有几个解？

王笑天望着天空对刘夏说：“你看那两片云，过一会儿，它们会怎么样？”

“变成一片大云呗。”

“不，”王笑天摇摇头，“它们是不同层次的小云，是碰不到一块的。即使相碰，变成一片大云，实际上只是一种重叠，两者之间有距离，最终它们还是会分开，分道扬镳。”

王笑天说得很认真，像个大人，可还是流露出未脱的稚气。

果然，一会儿时间，两片小云相碰，变成一片大云，再分开，变回两片小云，分道而行。

“看到没有，它们又变回两片云，虽然形状、大小与原先不同了，但它们到底分开了。因为它们是不同路数的。”

刘夏看着云不知怎的竟想到自己的事，他和她是同路的吗？会不会也只是偶然相遇的两片云呢？

初三下学期，两个人都想知道对方考哪所中学。

刘夏问：“你考哪所中学？”

王笑天有点担心他们不考同一所中学："你呢？"

"我爸爸要我考九中。"

"太好了，我也想考九中的。"

刘夏一下子高兴起来："我还担心你不考呢。"

"我还担心你不考呢！"

两人都笑了，脸也红了，却觉得特别快乐。

紧接着，是复习得天昏地暗的日日夜夜。他俩担心过，为自己，也为对方，假如其中一个考不上九中怎么办？"一定要考上。"两个人都这么想。

闯过了那难熬的3天，他们相视而笑，却不轻松。

发榜那一天，两人拿着九中的通知书迫不及待到对方家里去，在路上就相遇了。尤其王笑天更高兴，他没有让爸爸帮忙，是自己考上的。他俩就像今天这样走了很久，说了很多，笑得很大声。男生和女生在一起，就是快乐，就是有话说。男生在女生面前更像个男生，女生也只有在男生面前才更像个女生。别人都说他和她好，是"幸福的一对儿"。刘夏却说不上是不是和他"好了"。"好"的标准是什么？不过她知道他喜欢她，尽管他没说过，不过她知道，就是知道。她也喜欢他，她也没表示过，不过，她相信他也知道。这样，这样的两片云是同路的吗？再以后，还有高考，如果一个考上，一个没考上，怎么办？还有工作，也可能使他们分开，还有数不清的"可能"，怎么办？就算是同路的云，在风雨交加的恶劣条件下，在晴空万里的大好天气里，都能一直走到一块吗？

父母婚姻的不幸，给她的冲击太大了，教训太深了。她不要太早许下什么承诺，这几乎也是不可能的。她宁愿保持现今的单纯、真诚、善良。每个孩子从自己父母婚姻生活上都会吸取教训，尤其是不幸的婚姻。她和

王笑天的感情也许将来会有结果，也许中途各奔东西，也许……现在的他们谁也无法向对方承诺什么，预言什么，承担什么，像张信哲的《别怕我伤心》中所唱：我从不敢给你任何诺言，是因为我知道我们太年轻。现在彼此尊重，彼此珍惜，才是最可贵的。

刘夏愣着发傻，王笑天一捅她：“唉，想什么呢？”

“我是一片云。”刘夏痴痴地说。

王笑天大笑：“唉，你是琼瑶小说看多了吧？都中毒了！”

刘夏叹了口气：“早知这样，他们真不该结婚，更不该有我。”

这时，尽管她还不能完完全全同意和接受王笑天的观点，但已觉得他的话多多少少有一点道理。

“可是，他们离婚了，我怎么办？”刘夏又发现一个大难题，“我跟谁？”

“是啊，这个……我也说不上。”王笑天也难住了。

两人正说着，正愁着，刘夏眼尖，发现迎面走来了一个人：“不好，江老师来了！”

王笑天也看到了，江老师就在不远的前方。两个人迅速分散走开，像谁也不认识谁一样。

这时，江老师也看到他班上的两个学生。既然学生都避开了，他也就装作没看见，趁人多从中间走了过去。遇到这种事，学生不好意思，老师也会不好意思起来。

# 第六章

## 《课室铭》风波

第四节课，因为老师开会而改为自习。

余发坐在那儿一边哼歌一边数钱。他的桌子上不知是哪届学生在上面刻了“学海无涯苦作舟，书山有路勤为径”，余发在下面加了句“商海无边钱作舟，世上无钱难做人”，不伦不类的。

“莫名我就喜欢你……你知道我在等你吗？”余发哼着。

柳清在看《过把瘾》。80年代中学生兴起的“琼瑶热”“岑凯伦热”已渐渐过去了。听说一家书店在拍卖这些言情小说，中学生也不理不问。毕竟不能永远当泪水女孩子。校图书馆也有这些小说，一位家长发现他女儿的这类书中有的竟盖了校章，大惑不解，还问到学校。其实，若是真迷上这些书，学校借不到，便买，根本无法控制。实际上这些书也没什么，看多了自然不看，在不断分析中，更知道哪些书适合看。柳清看着，突然笑了起来。

前面的林晓旭正在为一道难题发愁，听到笑声转过身莫名其妙地看着柳清：“你看书怎么还会笑出声来啊？”

陈明正在看英语。真奇怪，这么吵，陈明还能看得下去。刘夏就不

行。余发哼得越来越大声，坐在邻近的刘夏喊了起来：“拜托！今天天不热，用不着你在这降温！”

余发更来劲了，索性唱起来。

“难听死了！”刘夏捂住耳朵，“哆来咪都念成一二三，还唱歌呢！”

“你唱唱，你还不会呢！”余发掉过头反问，眼睛有节奏地一眨一眨的。

“……你知道我在等你吗……”刘夏真唱起来。

“是吗？哪里？”余发故做认真状问。周围的同学哄地笑开了。没听见的同学问：“你笑什么？”听见的同学就告诉他，于是，一传二，二传四，全班都乐了。刘夏气得咬牙切齿。王笑天狠狠地瞪了余发一眼，余发又叫了起来：“有人吃醋了！”王笑天一下子从位子上站了起来，余发大叫：“刘夏，王笑天要打我！”

大家笑得更欢了。班上乱哄哄的。

每个班差不多都有几个活宝，高一（4）班首推余发。用王笑天的话说，余发是“活力28——沙市日化”。

陈明用眼瞟了一下余发，他不喜欢余发这种哗众取宠的人，觉得像小丑。他根本看不起余发，评价余发是“口袋里满了，脑袋里空了”。他不喜欢别人因自己和余发是同一个村的，又是近邻，便把他们相提并论。余发也看不惯陈明这种孤芳自赏的人。

等大家笑完不笑了，余发又翻出一张纸来高声朗诵：“《课室铭》。分不在高，及格就行；学不在深，作弊则灵。斯是教室，唯吾闲情。小说传得快，杂志翻得勤。琢磨下象棋，寻思看录像。可以打瞌睡，写情书，无书声之乱耳，无复习之劳累。是非跳舞场，堪比游乐厅。心里云：‘混张文凭！’”

这不知是哪一位中学生创作的仿《陋室铭》，有张报纸把它作为反面教材刊登出来。余发看到了如获至宝，马上复印下来。现在这样的“编撰”特别多，也特流行。

这内容太对余发心思了，所以念起来也就声情并茂。有些同学没听清，就要求看看。余发说：“别抢别抢，挨个传下去。”

正传到刘夏那里，有人小声叫起来：“老古董来了！”顿时教室里鸦雀无声，各就各位。这就是古主任的“权威”。古主任快步走到讲台：“这是教室，不是农贸市场！”一道严厉的目光扫视着所有的同学。

“你们看看隔壁3班，人家是怎么自习的，你们呢？都是十七八岁的大人了，说你们，你们不难为情，我还不好意思呢！”

“16。”有个很弱的声音在更正这个年龄错误，幸亏老师没听见。古主任走到刘夏桌前，拿起《课室铭》，问：“这是谁开始传的？”

无人回答。

“余发。”古主任叫道。

“不是我。”余发不打自招。

有人吃吃地笑了。

“我说是你了吗？我问你在干什么？”

“读书啊！”余发回答得理直气壮。

这时全班的目光都聚集在他身上，突然，大家哄地都笑了。

古主任还是很严肃：“余发你是不是有什么特异功能？”

余发莫名其妙，看了看书皮，原来是倒过来了，也忍不住笑了。古主任把写着“语文”字样的书皮撕开，是蔡志忠的漫画册子《老子》。

“挺有学问的。”古主任话里有话。

“刚才那个是谁传的？”古主任声音不高也不低。

没有人吭声。

“再问一遍，是谁传的？”声音依然不高不低。

余发站起来。

他知道，他终究逃脱不了古主任那双X光眼，而且对古主任那“蛮不讲理”的时间计算法，甚为后怕：“为你一个人耽误了5分钟，全班40个同学加起来就是200分钟，就是5堂课，也就是讲了两到三篇课文。你这是在犯罪啊！”古主任引用那句名言：浪费别人的时间等于谋财害命。古主任这套在小学还行得通，到了中学显然是不行的，可古主任照用不误。

果然不出所料，古主任抬起手腕，看了看手表，说：“瞧，为你一个人耽误了7分钟，全班40个同学，四七二十八，整整280分钟。你跟我到办公室去。”

余发跟古主任走了，不像是被叫去的，倒像是被请去的，昂首挺胸跟了出去。

余发的学位是买来的，反正他老豆（老爸）有的是钱。一个学位几千元，对他老豆来说像在老牛身上拔根毛。

“余发，你解释一下吧，刚才为什么捣乱？”

“没有啊。”

“没有？这种事哪一回少得了你啊。”古主任不满地瞪了他一眼，“这是九中，你爸爸使那么大劲让你进九中不是让你来玩的。帮帮忙，好不好？”

古主任是上海人，他一急，上海话就冒出来。“帮帮忙”余发不明白，直直地问：“帮什么忙？”

古主任啼笑皆非：“帮忙读书，读书的重要性你就一点没体会到吗？”

读书的重要性余发是没体会到，而钱的重要性余发是切切实实地体会

到了。不然，他能进九中吗？余发毫无忌讳地摇摇头："现在这时代，读那么多书根本没用。"

古主任皱起眉头："你，你怎么这么鼠目寸光，光有钱没有知识……"

余发也皱起眉头："古主任，我知道，你后面又该说'其实还是一个穷人，一个富裕的穷人'，还有'书到用时方恨少'，这话你已经讲过4次了。"

"不要以为这是老生常谈，你爸为什么花那么大力气把你弄进来，你想过没有？你也想像你爸那样……"古主任点到为止，后头的话不说了。

余发不乐意了，后头不就是想说什么"穷得就只剩下钱了"之类的话吗？余发认为这纯粹是吃不到葡萄的狐狸说出来的话。穷得只剩下钱也好过穷得叮当响。余发喃喃道："我老豆怎么了？现在我老豆到哪都有人请。"

"余发，你，你不要忘了你是怎么进九中的！"古主任无力辩驳时，总是亮出最后一张王牌，就像托塔李天王抛出铁塔一样。

平时，余发总像噎着似的，可今天，余发梗梗脖子："是我老豆花钱送我进来的。我老豆每年给学校交那么多钱。"意思很清楚：我进九中是理所当然的。

看来，古主任这招今天失灵了。

古主任气结，有点理亏。对于这类学生，古主任倒也不是十分反感。相反，有时候还想找来谈谈话，希望学生多少能听进去些。可这类学生偏偏软硬都不吃，还喜欢强词夺理。

正好放学铃响了，古主任这次反常，也不留堂什么的，挥挥手让他回家。

## 钱真是万能的吗

余发的家在深圳的老街古水村。过去不知是当地人普通话发音不准，还是别有用意，都叫它“苦水村”。现在大概教育水平提高了，普通话普及得好，再也没人叫它“苦水村”了。

过去这里很穷，许多人偷渡或以其他方式去了香港。“士别三日，当刮目相看”，建起特区后此地日新月异，到如今，已经肥得漏油，当地顺口溜是“十万不算富，百万一般户”，可知他们手头上的存款大概是几位数了。

余发家也不例外，依靠政策富起来了，是“一部分先富起来”的人中的一个。真应了他的名字，余发——愈发——越来越发。

刚建立特区时，村里卖了一部分土地给政府，这样每家便分到几万元。村民们第一次得到这么一大笔钱，都舍不得花。余发他爸不同。他知道经商好赚钱，就开了间小吃店。开始只是卖点云吞、肠粉什么的，后来改做饭馆。很快就鸟枪换大炮，店面扩大了好几倍，生意红火得很。想想“大发餐厅”这个店名太俗，就换上“丽娜餐厅”这个不俗的名字。与此同时，家里也盖了栋五层的楼。按规定，只允许盖三层半，但村民几乎都超建了。旧家具全部淘汰，地毯、空调这些体面的东西也早早去他家报到了。

三口人，五层楼，哪里住得了。三、四、五楼都租出去了，光是房租一个月就有八九千元，不用干活都够吃够穿的了。

家里就余发这么一个儿子，花钱是慷慨的。儿子要什么就买什么。余发的口袋随着爸爸钱袋的膨胀而膨胀，完全成正比，从先头的一元两元到现在经常是百元大钞。

余发成绩差使得爸爸很恼火。爸爸思想很矛盾。虽然他认为读书没什么用，自己初中都没毕业，金钱不是也大把大把地赚吗？可真这么想时，他又觉得心虚，脊梁骨不硬，何况村里还出了个陈明这样的才子，余发完全像个陪衬物，以致自己在陈明爸爸跟前都好像矮了半个头。

余发想念完初中便不再念了，爸爸吼道："你敢！人家是读不起书，我高价让你读，你敢不读！"赶忙替他请了几个家教临阵磨枪。英语、数学、物理和化学全都请到。一个钟头30元。平时小测能在70分以上，不但余发有奖，老师也有赏。妈妈有点心疼钱，爸爸说："这是智力投资。"对余发说："乖仔，你好好读两个月书，给我考上高中，回头，老豆给你买一辆赛车。"爸爸这样鼓励儿子。

余发也真安安稳稳、老老实实读了两个月书，考得也不算太差，上个次一点的中学是没问题的，可就九中离家近，名气大，于是爸爸又到学校加加油，投资建个校办工厂什么的。这样，余发就被照顾进了九中。不过，这类照顾生有个规定，那就是不能犯错误，如果被记了过，就要自行退学。管他呢，进了再说。爸爸说到做到，真奖给余发一辆千把元的进口赛车，而且逢人便说"我仔不比别人愚"，见了陈明他爸爸也说："这回陈明和余发又考在一所中学了，余发就是顽皮，聪明还是很聪明的，学两个月，九中也上了……"说多了，爸爸便忘了余发是怎么进九中的，好像真是他自己考上的。好在余发心里明白，是老豆的钱买的。"钱真是万能的吗？"这个余发还不能肯定，可他敢肯定"没有钱万万不能"。

上了高中，老豆就不再管他了，那就混呗。3年混张高中"砂纸"（文凭）。

余发家常有一帮人打麻雀（麻将牌），村里有些人有了钱就成天打麻雀，包括陈明他爸。"日出而作，日落而息"的古训在这里变成了"日出

而息，日落而作”了。一上牌桌，他们好像老少不分，大小不分，肆无忌惮地大喊大叫，开着“儿童不宜”的玩笑。说来也奇怪，课堂上的东西装进脑子那么困难，这玩意儿倒可以无师自通。还在小学时，他只看了几次，就全都明白了。看着人家打，心里痒痒的，真想上桌过把瘾。可爸爸不让，一看他站立一边，便喝道：“是你玩的吗？去看书！”

爸爸越是训斥，越是拒绝，余发对麻雀越感兴趣。如果麻雀不吸引人，怎么可能让他们通宵达旦地干呢？怎么可能让他们笑得那么开心呢？

余发虽然人在书房里，心却飞到麻雀桌上参与他们的算计。

有那么一天，一个牌友没来，“三缺一”，无法开场！

“来，发仔，三缺一！”陈明的爸爸招呼他。

“不，不，我不会……”余发装出一副很为难的样子，眼睛却瞄瞄爸爸，希望从他那得到信号。爸爸一言不发，也不看余发。余发战战兢兢坐下，刚伸手出去拿牌时，心里惴惴的，摸了几回后，手脚也就放开了。

一盏灯拉得很低，泛黄的灯光散洒在各具特色的脸上，同时照在红绒布铺的台子上。那种格调、那种气氛似乎都是为了打麻雀而设的。8只手在昏昏的灯光的笼罩下，哗哗哗地洗牌。爸爸手上几万元的金表和两只大钻戒闪闪发亮，像迪斯科舞厅里的灯光在来回闪晃。余发摸着一个个发黄的象牙牌，表现出少有的默契、兴奋。

“碰！赢啦！哈哈哈……”余发发现自己在这方面颇有天赋。

“行啦，发仔，这么好手气，将来一定本事过你老豆。”

爸爸还是不出声。不过，余发知道，老豆没有不高兴。

“这比读书有意思多了。”余发下了个判断。

有了第一次，便有第二、第三……次。

余发玩上了瘾，作业也没心绪做了，常常去借同学的来抄。

今天又被“老古董”捉了去，虽然这次“老古董”没把他怎么样，可余发猜到好戏在后头——《今夜有暴风雪》。

果然，刚打几圈，江老师一头撞了进来。

场面极其难堪。牌友们扫兴地告辞，嘴里喃喃：“有冇搞错。”妈妈匆忙地收拾“残局”。最尴尬的还是老豆：“老西（老师），我们……呵呵……我们……”

“余发你出去一下，我想和你父亲单独谈谈。”江老师皱皱眉，对余发说。

余发退出了屋，从窗口往里瞄了一下。看得见，听不着。这个老师太多事了，家访什么呀，又不是小学生，都高中生了，还家访！他会和老豆说些什么呢？

## 男生带女老师是OK的

兰老师提着一篮子菜从市场出来，左手提累了就换右手，继而再换回左手。

兰老师高中毕业后就教初中，她缺一张“砂纸”，在学校里总像矮人半截似的。为此，她唯有下苦功夫，教出尖子生，教出模范班，才能在同事心目中有一席之地。在20多年的教学生涯中，她还真培养了不少优秀生。最得意的是上一届，也就是陈明那一班，不仅升学率最高，而且不少学生上了九中。

“兰老师。”兰老师听到叫声，回过头，是余发，踩着辆“小绵羊”。

“兰老师，你好！”

“好，好。余发又高了。陈明他们好吗？”

“陈明他行，还是第一。”

兰老师欣慰地笑了。

“余发，你可要向陈明好好学习啊，不要贪玩。”

“哦，”兰老师像想起来什么重要的事一样叫了一声，“陈明还像过去一样不吃早餐吗？”

“嗯？”余发没料到兰老师会这么问，不知怎么回答。

陈明是兰老师的高足。作为老师，无不希望自己的学生成名成家，兰老师更是如此。她认为即使培养出100个不错的学生也不如培养出一个出类拔萃的人物更能显示教师的价值。这是她的教育理论。所以她特别看好陈明，也难怪她偏心了。对陈明的关心不仅在学习上，在生活上也是无微不至。陈明有不吃早餐的习惯，兰老师天天检查，天天督促，简直就像妈妈。而陈明却没有感动。就像流行歌曲中唱的：“我为你付出了这么多，你却没有感动过。”

“余发，你回去也提醒陈明，一定要吃早餐，吃早餐等于进补。”

“嗯。”余发点头，心里却不快。本来嘛，大家见面谈谈彼此的事，怎么老谈陈明呀。

不过，余发知道兰老师是个好人。兰老师原先没少骂他，他也常顶嘴。可是她照样希望自己能上高中。兰老师就是太偏心了。不是吗，一见面，谁也不问，就问陈明。唉，都过去了。兰老师真的还是很好的。

余发注意到老师的那篮子菜，不由分说地接过放在车后：“老师，我载你回去吧。”

老师有些客气：“不用，没几步路，一会儿就到。”

“老师，如果我们俩性别调过来，你的犹豫还是有道理的，现在犹豫

是没必要的。”

“嗯？”

“如果我是一个女学生，你是男老师，我带你就有些说不清了，而男生带女老师是OK的。老师，上车吧！”

兰老师忍不住大笑起来。余发就是笑料多。兰老师上了车，定定地望着余发的脊背，心里顿生一种内疚感。余发这孩子虽然皮了点，但心眼还是很好的。可自己，对他几乎是只有批评没有表扬。毕业后，倒是这个余发，嘴巴特别甜，老远看到都会跟她打招呼，还到她家去玩过。而陈明却一次也没见到……

“你回来干什么？”老豆吼道。

余发没说话，他知道每次家访过后，老豆都这样，像谁欠了他钱似的。久而久之，余发也习以为常了，心理准备非常充分。像这会儿，他就不能硬，硬了，老豆会一巴掌甩过来；也不能软，不能吞吞吐吐，不能让老豆觉得他“做贼心虚”。他得要点小“无赖”。

“回来睡觉。”余发回答。

“睡你的鬼人头，死衰仔，你这个样子，看你以后怎么办！”

余发没说话。

“没鬼用！没出息！你看陈叔的仔，多本事，多争光，你呢？将来只配和我一样做生意！”

“做生意有乜嘢唔（什么不）好。”余发嘟哝了一句。

“你……”老豆一时找不到词，就恶狠狠地说，“你……你睡你的死猪觉去吧！”

余发缩缩脖子，进屋了。

## 雷震子的崇拜者

江老师此时感想颇多。特区少年，尤其本地孩子的教育问题是一个新课题。

江老师想起他在西安时，曾在《参考消息》上看到一则短讯：深圳本地学生厌学现象严重。报上分析了几点，其中一点就是本地人生活过于富裕，而上层建筑没跟上，物质与文化脱了节，致使孩子安于现状，懒于学习。余发身上就明显地表露出这一点，这不能不说与家庭环境有很大关系。他想起当年下乡的情景，虽然物质生活极其贫困，但他们对知识的探求，对人生的向往，对理想的追寻，却坚韧不拔。他们的行为举止是现在一些只知自伤自怜，只知高喊“理解”“苦闷”，只知对物质无止境追求的青少年根本无法理解的。在这些孩子眼里，他们也许相当于堂吉诃德。三毛曾说过，中国二三十年后可能会发生比“文化大革命”更不堪设想的事，那就是一代人的精神失落。

是一种时代病吗？脆弱加懒惰的时代病吗？青年人危机！令人忧心！

江老师觉得自己也许想重了，想深了。不过江老师也有些庆幸，余发还是个好孩子。孺子可教，这就可以了。自己既然到了深圳这块被不少人称为“文化沙漠”的地方，就应该尽自己绵薄之力为之增添绿色。知道吗？大人有时是多么希望帮帮你们啊，江老师想。

那么同村的本地子弟陈明呢？都是本地的孩子，家庭环境差不多，年龄一样，进的是同一所学校，可两人无论在哪一方面都找不到相似之处，是什么因素造成的呢？突然，江老师很想去了解和接近这位比较特别的学生。

江老师顺着村里人的指向走去。两家相距不过百米，不一会儿就到了。听人说，当地人对教育看得很轻，对老师也不尊重。可他家访余发的父母时，觉得并不尽然。也许出于敬畏，他们对老师是毕恭毕敬的。陈明家呢？

陈明家围墙很高，门楣上“出入平安”四个字很显眼。院里养了两条德国犬，几万元一条，防贼用的。钱多了，防范措施也得同步发展。名犬终归是名犬，见了生人，立刻吠起来。一个20多岁的少妇抱着孩子出来。

“找谁呀？”

“陈明是住在这里吧，我是他班主任。”

“噢，老师。”女人开了院子里的大铁闸门，引江老师进了客厅，“阿爸，明仔他老师来了。”

陈明的爸爸把目光从电视屏幕移到江老师身上，立刻又是一种窘状，他们刚刚打过照面，在余发家的牌桌上。

“老师，你坐。”爸爸说着十分生硬的普通话，“陈明他在学校做错事了？”

“不是……”

“学习退步了？”

“不是……”

“那……那你来干什么……”

“我来看看，主要想了解一下……”

爸爸一听有几分怀疑，他上下打量着江老师。江老师想：“难道非要做错事和学习退步才能家访吗？”

刚才开门的女人端了杯茶：“老师，饮茶。”广东人管“喝”叫“饮”，接着冲楼上喊：“明仔，你班主任来了！”

陈明的爸爸像想起什么，说：“老师，你是不是担心陈明会像余发那样玩麻雀？不会的，放心。陈明连电视都不看……”

“江老师。”陈明叫了声。

陈明站在二楼楼梯口，高高在上，有几分冷漠。他慢慢走下楼。

“老师，你找我有什么事？”

“来看看，我刚从余发家出来。”

“老师，你来了，我也想问些题。”陈明拿着书请教起来，他可够会利用时间的！江老师解答完了，问：“明白了？”陈明点点头，道了谢。只有在学习中，陈明才一改他的傲气，变得温顺起来。

“陈明，将来打算考哪所大学？”

“清华。”声音不大，却很坚定。

江老师满意地点点头，这时候陈明爸爸插了句：“清华在哪里？”

陈明没有作声，也没有要回答的迹象，江老师便说：“在北京。”

“在北京啊！”爸爸很吃惊，“那很冷啊，不好，不好，出去户口就回不来了……傻仔，考深大啦——”

陈明仍不作声，江老师又解释道：“清华是全国最名牌的大学之一。”

“哇——”小孩的哭啼声打断了江老师的说话；爸爸看港产片突然笑了起来。陈明不满地看了小孩一眼，陈明的姐姐立刻捂住孩子的嘴：“别哭，舅舅要生气了。”陈明又看了爸爸一眼，爸爸也是满脸歉意，立刻把音量调小：“你们谈，你们谈。”

“老师，到我房里去说吧。”

“不了。陈明，我们以后再谈，我先走了，你有什么事也可随时找我。”江老师临走又问，“还有什么问题吗？”

送走了江老师，陈明便对爸爸说：“阿爸，我好心（希望）你不要再

去余叔家玩麻雀。”

“我又不是天天玩，得闲无聊时玩一次嘛。哪知你老师那么多事，还家访！”

“是呀！”姐姐抱着女儿也附和道，“阿爸玩一次两次也没所谓嘛！”

“还有你！”陈明又对姐姐说，“你的女儿很吵，你知唔知（知不知）？”

陈明噔噔噔地跑上楼，他姐姐委屈地说：“爸，你看细佬（弟弟），细佬仔（小孩）哪里会不吵不哭嘛。”

爸爸却说：“你也是，谁叫你那么没本事，生女不生男，叫婆家给赶回来，你看你两个姐姐，个个都生仔……”在此地，生男生女关系太大了。生男丁，满18岁就可分到一块地皮盖房子，难怪姐姐婆家怨声载道。

“阿爸，你怎么可以这样偏心，怎么可以这么说话！”

陈明进了房，这是一间20多平方米的大房，他何止有一间，自从3个姐姐出嫁后，三楼、四楼都是空着的，阿妈说留着给陈明娶老婆用。在他们的思维里，人生莫过于赚钱、娶老婆、生儿子这些事。陈明不屑，他根本看不起腰缠万贯却连“清华”在哪都不知道的老豆，看不起只会对父亲唯唯诺诺服侍得好好的阿妈，看不起整天为生不出男仔愁眉苦脸的家姐。只有那个小叔叔，在英德县的小叔叔在他心中占点位置。因为家里只有小叔叔有文化，讲话还有点水平。

陈明把门锁上，关上铝合金门窗，把丝绒窗帘拉严实。他常常这样把自己与外界隔绝，制造出个学习气氛。

门背后贴着雷震子的画像。家里有许多年画，什么门神、财神、寿星，一大堆。一次，他妈妈竟擅自拿了些画张贴到陈明房里，说讨个吉利。陈明二话没说，动手就撕。发现这张人长翅膀的画后他歇了下来，他知道这是《封神演义》中西伯侯姬昌在燕山收养的儿子，名叫雷震子。雷

震子在终南山学道时，吃了两枚仙杏，两肋长出了一对肉翅，经师父云中子点化，变成风雷二翅，从此本领更加不凡。那阵子正播放《封神榜》，陈明瞟了几眼，觉得雷震子失真。无论是电影《封神榜》还是电视《封神榜》，里头的雷震子都不是他心目中的那种形象。倒是这幅画，与他的想象很接近，莫名地，他就喜欢这张画。他将它贴在门背后，进进出出都能看到的地方。当许许多多中学生都疯狂地崇拜痴迷于港台歌星影星时，这个生活在毗邻香港的深圳少年却崇尚起几千年前的一个神话人物，不是有些让人费解吗？

看着这幅画，陈明有一种超然世外的感觉，他意识到，自己将不同凡响，与众不同。

楼下又传来电视声、爸爸的大笑声、小孩的叫声、姐姐的哭声，他知道只要他下去一趟，爸爸会立刻关掉电视，姐姐也会抱着孩子去睡觉。此刻，他不想这样，他有些可怜爸爸、姐姐，他们的生活似乎没有什么意义，有钱又有什么用？无聊！那自己呢？

陈明往那张“雅兰”床垫一躺，反弹了一下。陈明双手交叉抱着头，脑海里重复同一个镜头：在一片昏暗的大森林里，他独自一人；他不知怎么走，似乎哪儿都没路；他徘徊，树上的叶子纷纷落下，杂草向他伸来，他被包围缠绕。突然，他看见前方有丝亮光。他拼命向前跑，跑了很久，抬起头，那亮光还是在前方，近在咫尺，却终不可得。

就这样胡思乱想，脑海里不断出现那丝亮光，自己不停地跑。

只有这个时候，他才感到自我，但仍无法完全肯定，是不是真正的自我。他抬头，又看见那个非凡的雷震子，他笑了。

他起身回到桌前，因为明天考语文。

# 第七章

## 重阳节登梧桐山

农历九月九是重阳节。在南方，很重视这个节日，很重视登山这个风俗，认为登到山的最顶峰，将带来一年的好运气。

学校很精明，把秋游放在这一天，这样不会影响教学计划，因为这天正是星期天，可谓“精打细算”了。

当江老师告诉同学们重阳节去登梧桐山时，原以为会得到同学们的一片欢呼，没想到，竟有不少同学喊：

“老师，我们根本不想玩。”

“就是，星期一还要考化学呢！”

“要念书，没工夫玩。”

江老师有点吃惊。这班学生太难“对付”了。平时说功课重，没有时间玩，还会写信给某份刊物，说“我想休息”……现在让大家玩了，又一个个不愿意，嚷着要读书。江老师站在讲台上，有些不解地看着这一群叽叽喳喳议论不休的学生，一连说了4个“安静”，但寡不敌众，声音被同学们的喧闹声淹没。江老师拿着板擦儿往桌上重重一拍，吵闹声才压了下去。

“你们为什么不愿去？”

“没意思，九中专找星期天游玩。星期天本来就是休息日。再说年年秋游都大同小异，没新意，没意思！”王笑天把书狠狠地往桌上一摔。

“可这是集体活动，学校规定学生一律参加，总不能咱们班搞特殊不去啊！”老师摊了牌。

这回轮到学生吃惊了。学校怎么回事，平时总说学习任务重，不要浪费时间，时间就是分数，现在不去又不允许。

“老师，我有病，去不了。”一个学生还是不死心。

“行，医院开假条。”老师也不高兴了，“集体活动必须参加，否则，记旷课！”

这位同学扫兴地叹口气，与那些愿意去的同学唠叨：梧桐山如何如何不好玩，风景如何如何单调，某时某人在梧桐山发生了什么什么不快之事。一些人马上附和。

江老师见状，有些哭笑不得：“大家说，16岁是花季，17岁是雨季，是最美好、最活泼、最灿烂的时光。可我看咱们班同学怎么都像落叶，像老爷子老太太似的！拿出一点活力来！”

江老师一说，同学们都笑了：“灿烂不起来，星期一考化学。”

“先把考试的事放在一边，登上了山，一年都顺利，次次考试好！”

“先把考试放一边？老师，这可是你说的。考不好，可不怪我们了！”同学们肆无忌惮了。

尽管班上仍然吵吵闹闹的，但气氛很融洽，同学们说着说着都变成愿意去了。

最后，江老师说：“重阳节那天，全班都去登山，讨个吉利，轻轻松松玩一天。有位名人说，学要学得踏实，玩要玩得痛快。就要这样。

别学习时老想着玩，玩时又念着学习。听好了，星期天早上7点准时到校集合！”

“老师，我6点来可以吗？”余发嬉笑道。

“行，你夜里12点来，我也没意见。”

班上又笑成一团。

林晓旭想，江老师就是不像其他老师。

接着，老师找班委商量活动计划，同学们开始自行分组。这场合总是让柳清很难过，她又在可怜兮兮地等老师把自己当产品推销到人少的组。可这次却出乎意料，欣然叫她：“柳清，我们几个一组好不好？”柳清受宠若惊，鸡啄米似的点头。

重阳节那天，是晴朗和煦的日子。

按照计划，同学们在校门口集合。女生们今天穿得很漂亮，由于是登山，学校允许大家不穿校服，因此姑娘们十分珍惜这一天，都把自己最中意的衣服穿起来。刘夏穿一件很普通的T恤，一条牛仔裤，一双Bossini，既大方又精神。青春嘛，穿什么都好看。

同学们分别上了两辆车。林晓旭发现江老师已在她要上的那辆车上，十分高兴，拉着欣然在老师旁边坐下。文艺委员刘夏捧着花名册，一共点了3遍，还是闹不清人是否到齐了，搞出了“没来的请举手”诸如此类的笑话。最后还是班长萧遥上阵，才把人头搞清楚，缺了一个柳清。她有什么事呢？

车子开动了。同学们从繁重的功课中逃出来，竞相显出爱笑爱闹的本色。有的塞上walkman耳机听音乐，有的边吃零嘴边聊天，有的讲悄悄话，有的用漂亮的丝绳编个可爱的图案——这是女生中刚刚兴起的一种“私活”，有的一言不发，欣赏窗外的景色。他们吵嚷着挤在一起，大声

地说，大声地笑，大声地唱，大声打着哈欠，咯咯咯咯乐成一片，哎哟哎哟叫成一团。

不知什么时候，余发当起了算命先生，在给人看手纹。

“刘夏，你的婚姻线……啧啧……你自己看看，多杂乱啊……”

“怎么了？”刘夏急了。

刘夏越是急，余发越是卖关子：“不说了，不说了，说了你很痛苦的。”“说呀，你快说吧！”

“好，好，我说。你的婚姻很曲折，中年会有婚变，第三者插足，你感情不专一，花心，喜新厌旧……可怜了我们王笑天啊……”

刘夏把手收回来，骂：“有病！大概是你自己的事吧，硬往我身上安。”

录音机里传出“你知道我在等你吗”，大家不约而同想起几天前，余发捉弄刘夏的情景，便都笑了。爱闹的男生也冲着刘夏跟着录音机高歌：“你知道我在等你吗？”急得刘夏直跺脚。王笑天冒出来了：“你们是欺负俺娘家没人咋的，竟敢欺负我们文委。”惹得大家哄堂大笑，刘夏也笑了，可是脸不知怎么开始发烫，心里有几分感激。

“……对你爱、爱、爱不完……”大家开始唱郭富城的歌。

“谢谢你给我的爱……”这是《小芳》。他们唱这些歌犹如他们父辈唱革命歌曲，张口就来。

江老师插嘴：“你们现在中学生怎么成天爱不离口，爱个没完的！”

又爆出一阵笑声。“没有我们的歌嘛！”有人答道。

深圳中学生崇拜偶像的现象比较普遍，也许是离港台太近，这方面的信息过于灵通。童安格、刘德华红过了，就崇拜黎明；郭富城红的时候，收集郭富城的照片；后来红的是台湾一位青春偶像林志颖，好多女生立刻

“见异思迁”到他身上。

刘夏、柳清就收集了好多的明星照、影像卡和磁带、CD之类的。一次刘夏听说黎明来深圳开演唱会，激动不已，可惜没票。后来又听说黎明冬天到北京开演唱会，北京许多女中学生冒着大雪在机场等候黎明几个小时。刘夏就对来自北京的萧遥说：“你们北京女生怎么那样冲动，好歹也是首都，太肤浅了！”搞得萧遥丈二和尚摸不着头脑。要是和刘夏斗嘴，斗不过时，贬低她的偶像，包你解恨。

那一次，刘夏和晓旭为了鸡毛蒜皮的事吵起来，晓旭气极，便说：“刘德华有啥好的，又老又丑！”然后在一边看刘夏气呼呼干瞪眼的样子，好解恨哦。

你唱一首《涛声依旧》，我接一首《忘情水》，他再来首《其实你不懂我的心》，简直成了爱情歌曲大汇唱。

欣然捅了下晓旭：“发现没有，现在歌词分作三类：第一类，我爱你，你不爱我，像那首‘为你付出这么多，你怎么没有感动过’；第二类，你爱我，我不爱你，有‘心中早已有了他，他比你先到’；第三类则是前两者的综合，爱上一个不爱自己的人又被一个自己不爱的人爱，那就是‘爱上一个不回家的人’。”晓旭听了咯咯地笑个不停。

流行歌曲正唱得起劲，余发突然唱道：“解放区的天，是明朗的天……”

他一唱完，刘夏马上唱起电影《上甘岭》里的插曲《我的祖国》，她开了第一句，其他同学不约而同地跟着她唱下去。等到唱第二段，就变成刘夏领唱，大家合唱了，老师也加入了。唱完后，江老师说：“你们也会唱这些老歌啊。我一唱这些歌，就想起我们年轻的时候。还是这些歌好听。”

“老师，您不要搞独裁主义，萝卜青菜，各有所爱嘛！”王笑天笑道。

突然紧急刹车，那些有位子不坐、宁可站着的同学一个个都前俯仆倒，同学们倒在一起又骂又笑。

江老师的嘴角始终挂着微笑：“你们都是爱玩的嘛，我还以为你们真的是不想玩。”

“不想玩是假的，不敢玩是真的。”欣然道。

“不敢玩？”江老师重复道。

“当然了。玩就像做错事似的心里虚得很。”

“等我高考过后，第一件事就是把书烧光，发泄一下。”

“我们像填鸭一样被塞了一肚子教科书，说实在的，有很多东西根本就没有消化，完全靠死记硬背来对付考试。前两个星期得100分的卷子你今天要是拿来给我考，满分绝对不可能了，因为我没有准备，原来背下的东西早飞到爪哇国去了。这样读书，不如不读！”王笑天说。

“你敢！”余发激他。

“是，我不敢，不但不敢不读，而且还得好好地读，老爸还等着我的大学录取通知书呢！”

江老师也深感现行的教育制度、教育方法并不完善，他想多知道一些学生的看法，便问：“你们是对课本有意见？”

“那倒不是。”萧遥说，“其实课本传授的也是知识，做学问的基本功也都在这里。可我们现在学习不是为了做学问，完全是为了考试，为了高考，这样就有违学习的初衷。这样我们再怎么学，也是水平高不过老师，知识超不出书本。”

“不考怎么选拔人才？”陈明试图做一个辩解，“‘文化大革命’不是反对分数面前人人平等而取消了高考吗？高校生源靠基层推荐。结果怎么

样？走后门成风！什么事一有走后门现象，质量绝对保证不了。如果现在大学招生还是搞举荐，那受贿现象比起当年一定是有过之而无不及！我觉得实行高考是合理的，不管如何，考上大学，脱颖而出的，就是优秀的。我瞧不起那些因为某些问题就拼命抨击高考制度的人，这不是学生应该采取的态度。”

陈明看见江老师朝他点点头。

“发牢骚和怨言仅仅是发泄，说抨击言重了。说到态度，作为学生究竟应该采取什么态度？”谢欣然的问题把大家带入思索，“是顺从，还是逆反？好像只有这两个极端，而没有中间的道路。”

陈明这才发现，江老师不仅对他一个人点头，而是对每个同学都微笑着点头。

在车上，林晓旭没和江老师说上一句话。好几次，她都想说话，说些有深度、有价值的话题让江老师注意她，可是又担心话题不妥当。不过林晓旭也已心满意足了。她就坐在江老师的身边。她第一次这么紧挨着江老师，江老师那宽宽的肩膀、厚实的胸膛、一脸的笑容无不激起她内心的一阵阵骚动和欢乐。

## 绝对的新感觉

梧桐山是座非常美丽的山。在繁华的都市住久了，每个人都有回归大自然的愿望，去亲近红红的太阳，黄黄的土地，绿绿的树和五彩的花。关在学校里的学生们，只有秋游时才会有这份美的享受。

沉睡了一夜的梧桐山，以清新饱满的精神迎接游人。

对于生活在嘈杂都市里的人，如此亲切地感受到大自然的拥抱，有种新意。空气是那么清新，简直不忍呼吸。有文章介绍梧桐山有份“大都市中难寻的真情”，看来真是如此。

分组而行。老师说在山顶集合。

大部分同学跟着老师沿着盘山路上山。谢欣然发现有条崎岖狭窄的小路，隐藏在茂密的丛林之中。透过树梢望去，小路愈来愈窄，弯弯曲曲。前面是什么？路的尽头会不会也有一个像陶渊明笔下那不愿显露在红尘之中的世外桃源？少年人对于神秘的事物总有一种好奇心和探究欲。

欣然很想去探个究竟，正巧萧遥也说：“你们猜那树林深处是什么？”看来，不少人都注意到了这条小路。

“也许是个桃花源。”刘夏说。

“我想八成是个墓地，说不定还闹鬼。”余发说得很玄。

“去你的。”刘夏一听余发把她的桃花源说成墓地，立刻不快。

“你们不知道，以前这里很荒凉，死人都埋在这儿。”这倒是真话，80年代初开发时，就挖到很多骨头。

王笑天说：“怎么样，敢不敢去探险？”

“我赞同。”欣然第一个表决。接着刘夏和王笑天也赞同。萧遥说：“那好。我们就走这条路。”欣然很高兴，因为萧遥自从知识竞赛失败后，沉默了许多，今天难得有好兴致。只有余发说里面会闹鬼，不去。欣然又去动员林晓旭。林晓旭本来是很想去，可今天她更愿意和江老师待在一起，便不去，对他们说：“你们小心点。”

于是，几个人就整理东西向树林深处钻去。不知什么时候，余发又跟上来。王笑天说：“你是姓‘赖’的啊？不是说不来吗，怎么又来了？”

“原则上我是不想来的，可是我担心你们出事，特地来保护你们

的！”说得那么一本正经。

“饱死！”刘夏道。

开始前进，道路艰难险阻，若不是对目的地有强烈的好奇心，也许谁也没有了这份耐心。看来涉荒的浪漫和诗意不过是文人的臆造！这会儿大家只是小心而吃力地用手拨开带刺的枝叶，让自己的头钻过去；或是用一只脚踩压住路边一堆杂草，让另一只脚率先跨过去。每一步路都得小心翼翼，稍不留意，手脚就会被荆棘划破。

“累死了！”刘夏大叫。

欣然扶着树干，大口大口地喘息。

“哎呀，不好了！”余发大叫起来，“刘夏背上挂了只毛毛虫。那么长，那么粗，一截黑一截黄，还毛茸茸的。”

“真的？你别开玩笑。”刘夏看见余发用手指比画毛毛虫的形状，声音都变了。

“可不是嘛，这么大很少见，骗你干吗？”

“完了！”刘夏快哭了，全身乱动，“欣然，怎么办？”

“我看看。”欣然转过身，就看见余发直冲她使眼色，立刻明白了，“真的，我还以为他们骗你呢，可是真的……啧啧，吓死人！”

刘夏动得更厉害：“快！快弄下来！”

“你别动，那毛毛虫正在爬，待会儿就爬到你脖子里了。”

“哎呀……妈……”刘夏吓得再也不敢动，通红着脸，“王笑天、萧遥，救命！”

萧遥说：“等会儿，我去给你找根树枝拨下来。”

“王笑天，你……”刘夏有点泣不成声。

“我也怕啊！”王笑天跳来跳去，作欲捉又不敢捉的样子。

“就是。那么大只，是人都怕了。你瞧，都爬到你脖子里了。完了，被毛毛虫爬过，第二天马上就会起许多小疙瘩。”

谢欣然再也忍不住了，大笑起来：“瞧我们刘夏吓的，你们别玩了！”这一句不要紧，全体都笑得前仰后合，余发更是笑得一句话也说不出。

刘夏立刻明白过来，恼羞成怒：“你们狼狈为奸，不得好死！”

这一玩笑消除了不少登山的疲倦，大家继续往前走。

步子越来越慢，每走一步都要用一连串的大喘息作伴奏，不时地还有“哎哟”声发出。此时此刻，真是进难退亦难！

一个挨一个向上爬，一只手拉一只手向上攀。王笑天伸手拉欣然。欣然回想起在他家的一幕，有些犹豫，但还是伸出了右手，两只手紧紧地抓在一起，欣然心底涌上一股暖意。

忽然，灵光一闪，心头掠过一阵惊喜，到顶了！

同时又忽然发现，同学们早已到达了山顶，他们对伤痕累累的迟到英雄表示惊讶：“你们干什么去了？怎么搞成这样？”

“干什么去了？”欣然也问自己。

余发对刘夏说：“这就是你的桃花源？这是无知少女的梦！”

“可也不是你说的阴森森的坟墓。”刘夏不服气地顶道。

这就是艰难路途的尽头？这就是跋涉的终点？不过是吃力不讨好，花了人家两倍的时间和精力去做同一件事。

哦，这就是结果……

少年人怀着无限美好的憧憬，去寻梦。为了这梦，我们努力，我们攀登，我们不被长辈理解。但当我们带着无限憧憬和征途的无奈到达目的地时，却发现人家早已轻而易举地捷足先登了。

难道这种执着和热情就被这不尽如人意的结果一手抹去？不是有这么一句话，“奋斗的意义在于它的过程而不是结果”吗？为什么到了现实中，人们百分之百讲的是结果，而将过程抛到九霄云外？正因为少年人的冲动与执着，这种在长辈眼里视为“吃力不讨好”的“悲剧”才会一出又一出地上演，这种行动虽然有时是可笑的，但因为他们年轻，便也无悔无怨。

明白了这些，欣然心情豁然开朗，感慨良多。她抬头仰望天空，低头俯视大地，这里远离闹市，空气是那样清新，她全身心地投入大自然的怀抱，忽然间，她品出了“绝对的新感觉”。

欣然再次登上那块“望夫石”眺望远方，不由得叹道：

啊，大山，你早！

啊，太阳，你好！

她在接受太阳的召唤，顺从了这大山迷人的诱惑。在大山面前，她感到惭愧，她为自己在王笑天入团一事上的犹豫而惭愧，什么时候这股不正之风刮到了她身上？山的怀抱如此广阔，太阳如此灿烂，天空如此浩瀚，这些都是极平常的事物，但是能真正感受到天地之间那份情趣的时候并不多。何必为一些磕磕碰碰而耿耿于怀？实在应该有“君子坦荡荡”的风度，学会轻视，学会宽容。让欣然明白这些的，与其说是涉荒时王笑天热情的一拉手，倒不如说是跋涉后的一种成长，是大山的一种启示。

欣然走近江老师说：“这批新团员发展名单，有王笑天……”心里快活无比。

# 梧桐是爱情树

晓旭日记　　（×月×日）

“星期天没有什么叫疲倦，疲倦到了星期天也去休息了。”雨果说。

一直玩得好好的，我很开心，也许因为有了江老师，我的心情好极了。

天那么的蓝，树那么的绿。处处簇拥着我们的青春和热情。我亲手摘下了一片叶子，那么嫩、那么绿，我似乎第一次看到翠绿——不由得感叹：“这就是生命！”

哦，生命，真好！

哦，年轻，真好！

我小心翼翼地将这片叶子夹入日记本里。这是梧桐山的梧桐叶，梧桐是爱情树。听说梧是男的，桐是女的。李清照就有“梧桐更兼细雨”的词句。

每次去梧桐山，去文清寺，总要虔虔诚诚地给观音菩萨磕个头，许下一连串的心愿。在久违了的文清寺，看到班上不少人都跪在那许愿，一股的虔诚劲儿！上政治课时，一个个科学得不得了，这会儿又迷信得不得了。人大概都有宗教倾向。文清寺有个看相的。许多女生去了，我也好奇地想算个命，可又不放心。我问那看相的：“准不

准呢？”他说：“珍珠偶尔也会有假的。”他还算老实，可我仍不敢看。说得好自然高兴，不好岂不惶惶不可终日？况且命都算出来了，还有啥活头呢？

自己悄悄张开右掌，一个“川”字形的曲曲折折细细密密的纹线在我手掌上大展宏图。我的纹很细，听说这是想事给想的，这倒有点准。我是挺爱想事的。难道我的一生就被这三条细细长长的纹线紧紧牵住了吗？

今天最遗憾的就是最后拍照的时候。我想和江老师照张相，这是早想好了的，所以在相机上我也认真做了准备。平时妈妈只让我们玩那部“理光30D”相机，为了这张相片照得更好一些，昨晚央求了妈妈好半天，妈妈才同意让我带上镜头能够伸缩的“理光900”。一上山，我就寻找机会，只是不知怎么开口。要不是一直等待与江老师单独照一张相的机会，我也会与欣然他们一起去探险的。快下山了我还没找到机会，我真不好意思开口。后来我说：“大家留个影作纪念吧！”“好哇！”许多同学说说笑笑全跑来了。余发扮着鬼脸，刘夏还一手搂住我，一手搭在江老师身上。

我不喜欢她这动作，太随便了。我一下子觉得她很可恶，真不知怎么说她。例如她和王笑天好，可她和余发也打打闹闹的，我觉得她少一种女孩子的矜持。她与班上所有男生都挺不错的。许多男生喜欢她，不就是因为她漂亮

嘛，就连上课老师也会多望她几眼。

噘着嘴，皱着眉，有点不高兴。后来照的时候，我的表情还是没有转变过来。不知道最后冲出的照片是什么样子，我想大概很难看。妈妈说过，我不能噘嘴，那样会很难看的。都怪刘夏！

回家时，我看见刘夏爸爸和一个女人。她爸爸我在学校见过，是搞音乐的，那个女人是谁？搞艺术的人都那样，哪个演员不是离了结，结了离的？问这号男人的婚姻状况，不要问“结婚了吗？”，应该问“离婚了吗？”或者“再婚了吗？”。顿时我又觉得刘夏挺可怜的。

隔壁又传来拉锯声，要命！小贝贝学琴，她的日子不好过，我们也跟着受罪。

## “合资公司”闹散伙

“够了，够了，这样的生活简直像受刑，我受够了！”

“你受够了，我更受够了！谁也别打量谁是傻子。你以为我不知道你的事儿，你的那些见不得人的丑事！我可掌握了你们大量的罪证，哪天我心情好了就拿到你们团里，公布于众……”

“到了今天，你以为我还在乎这个吗？我之所以不离婚绝不是怕你来

这一手，完全是在为刘夏考虑。”

“别在我面前唱大调了，你肚子里装什么货，别人不清楚，我会不知道？你的那些所谓‘爱之梦’的三级情书，哪天给你女儿看看，也让她知道她爸爸究竟是个什么货色！”

“你越来越像个泼妇了！”

“泼妇？好，我就泼给你看看！”接着就是摔东西的声音。

“够了，够了！”接着是玻璃被击破的声音，显然爸爸也摔了什么东西，“这还算个家吗？简直像个地狱，要不是为了刘夏，我们早……”

爸爸拎起包，打开门想走，没想到，女儿就在门口。爸爸妈妈都惊住了。

爸爸连忙说：“你们今天不是去梧桐山吗，怎么这么早回来？”

刘夏不说话，爸爸以肯定的语气试探：“刚回来的？”

“不。”站在门口的刘夏扫了下整个房间和父母，淡淡地说，“早回来了。”

“那你干吗不进屋？”

“我看节目呢。”刘夏停了会儿，补充一句，“挺精彩的。”

爸爸一下倒在沙发上，就像绷得非常紧的弦断了似的。

妈妈大哭了起来。那哭声，显得特别凄凉，简直要把人给哭昏过去。

刘夏从书包里掏出几个梨：“吃梨吗？同学给的。吃个梨吧，挺甜的。吃了感觉会好多了。”

爸爸不敢相信自己的耳朵，连忙用眼睛来证实，他怯生生地看着刘夏，表示怀疑。

妈妈也像不认识女儿似的，盯着刘夏，停止哭泣，肩膀不停颤抖着。

刘夏走过去，双手按住妈妈颤抖的肩膀：“妈，离吧，这样下去还不

如离了！离了，对大家都有好处。”

“离婚吧！”刘夏又说，猛然发觉自己被王笑天同化了。

爸爸趁妈妈做晚饭的工夫，来到刘夏的房间。刘夏站在书架前，在看书，她见爸爸进来，连忙把书放回书架。爸爸已经看到书的封面：《中国人的婚姻观》。爸爸望着女儿，再望望书架上一排排整整齐齐的书：《人性的弱点》《男人的一半是女人》《阴阳大裂变》……爸爸心里有几分吃惊，看得懂吗？再把目光从书架移回到女儿身上，还是那双水汪汪的大眼睛，稚气十足。爸爸怎么看也不能把面前的小女孩和书架上的书联系起来。是自己对女儿关心了解得太少，还是这代人成熟得太早？

“刘夏，有些书并不适合你，至少不适合你现在看。你还是应该看些适合你这个年龄看的书。”

看见爸爸紧张的样子，刘夏忍不住笑了，不过抿着嘴，不敢太放肆。她想要是把自己知道的告诉父母，他们一定会大惊失色：“我们家刘夏怎么变成这样！”

“哎呀，我的老爸，别担心。这书有什么的！要有‘拿来主义’的精神，要辩证唯物地看待事物。取其精华，去其糟粕嘛！”刘夏反过来安慰起爸爸，那说话的口气可不像是做女儿的。

爸爸望着那双眼睛，清澈晶莹，但这双眼睛却不能再轻而易举地读懂了。继而转入正题：“家庭就像个合资单位，合作不下去，就只好散伙了。而子女则是这个合资单位最重要的资产……”他告诉刘夏，他会给她一个温暖的家，用爸爸的话说是个最好的合资公司，弥补回这几年对她的欠缺；他会给她请个好老师，把她培养成杰出的人物……

刘夏笑笑，笑得很酸。

趁爸爸在看《新闻联播》，妈妈进了刘夏的房间。刘夏正在写信。妈

妈立刻紧张起来，可别像几年前那样，父母闹离婚，刘夏写信给姑姑：“他们如果真离了，我就从七楼跳下去！”姑姑立刻把这信用特快寄来，这才打消他们离婚的念头。

现在刘夏又在写，那么专心。妈妈想看又不敢看，小心翼翼地说：“刘夏，你可别干傻事啊！”

刘夏把信折好，压在铅笔盒下：“妈你说什么呀！”

“刘夏，你要不想活，妈也不活了！”

“妈，你……这哪是哪儿呀。”刘夏莫名其妙，“好好的，说什么死啊活呀！”

“刘夏，你不是给姑姑写信？”

刘夏明白了妈妈的担心，有点哭笑不得，拿出信：“这是给内地同学的，李英，你认识的。”

妈妈这才松了口气：“好，这就好，刚才你可把妈吓坏了。”立刻又切入主题，“妈原本不想离婚，不是对他还抱有希望，而是因为恨，想拖他个十年八年，拖到老为止。现在想想，没必要，像你说的，离了对大家都有好处。”接着给刘夏列举了许多事例，说明后妈的残忍，古今中外，童话里的灰姑娘，现实中的真人真事，叫刘夏“宁跟讨饭的娘，不跟做官的爹”，不要去受后妈的气。

“男人啊，我算看透了！”妈妈一吸鼻子，一抹泪，“男人就是不能有钱，一有钱就坏事。如果现在还在内地，还是一个月百来块钱，你爸也不会堕落到这地步。就是因为有了钱……这叫‘忘本’！”

“男怕选错行，女怕挑错郎。妈这辈子瞎了眼，找了这么一个畜牲不如的东西。希望你将来睁大点眼，有个好归宿。”

刘夏笑笑，笑得很苦。

## 好像她不是中国人

这次秋游柳清没参加。她二姐柳眉从澳大利亚回来，妈妈连夜跑到宿舍通知她。第二天，同学们都去登山，柳清和父母到机场迎接柳眉。

结了婚的二姐显得更妩媚，更漂亮了。二姐一出来，爸爸妈妈立刻迎上去，一个左，一个右，像拥着皇妃似的。柳清立刻想到《红楼梦》里元春省亲这出戏。自己则像那个傻大姐。怪不得人家都说她们不像一个娘生的。

“到‘南酒’。”柳眉对的士司机说。

“家里饭菜都准备好了。”妈妈对柳眉说。

但柳眉坚持到南海酒店吃饭。

南海酒店是深圳最高级的酒店，五星级的。里面东西昂贵，一般人是不敢问津的。柳清跟在二姐后面，踏上打过蜡的大理石台阶，不敢正视两边像皇家卫士似的门童，有点怯阵。以前，二姐就说过，她一定要堂堂正正地进来。如今，二姐果然如愿以偿了，现在的她是揣着澳大利亚护照的中国人。

这里豪华的场面使爸爸妈妈感到别扭，甚至不知手该怎么放，菜该怎么吃。“爸、妈，像我这样。”柳眉教父母用刀叉。柳眉自如地使用叉子、刀子，很优雅地用拇指和中指捧起杯子喝，不时用餐巾擦擦嘴，举止无懈可击。柳清看过这方面的书，在学校也接受过这方面的教育，现在她跟着姐姐进行实践。

“爸、妈，”柳眉擦了嘴，“来瓶茅台还是马爹利？”

“不要，不要，喝什么酒啊？”

“喝点吧，算给我接风。”柳眉笑道，用中指和拇指打了个响，

“Waiter（侍者），来瓶茅台。”

侍者立刻送来茅台，可二姐刚喝一口，就说：“这茅台我可喝不惯。”又叫了瓶马爹利。

“中国的服务态度、民众素质真成问题，就拿刚才在机场来说吧，那个弹簧门，前边的人走过，也不管后边有人没有，‘啪’一松手，正打在后边人身上，什么‘Lady First’（女士优先）更不讲了。国外就绝没有这种现象，我去过几个国家……”

父母像是听天书似的，嘴张得老大。柳清有点别扭，二姐张嘴闭嘴“Well”，时不时夹几个洋词，动不动就“中国如何如何”，好像她不是中国人似的。

“柳清，你看着我干吗！”柳眉说，“我可给你带了件礼物，非美死你不可！”

听说有礼物收，柳清对二姐又有好感起来。

“二姐，你还记得强哥吗？”柳清问。强哥是二姐认识“大胡子”前的男朋友。二姐认识“大胡子”后就和强哥散了。强哥气得要命，强哥的哥儿们见到柳清也说：“你要学好，别像你二姐一样。”柳清不乐意别人说二姐，可对二姐，她又真不懂。

柳眉没说话，用把小勺子漫不经心地调拨咖啡。

爸爸妈妈都觉得柳清的话太煞风景，直冲柳清使眼色。柳清却不识相，接着说：“强哥又交了个女朋友。”

柳眉仍不动声色：“噢。”

当初爸爸妈妈不喜欢强哥，最重要的是强哥没钱，是个打工仔，连个深圳户口都没有。柳眉后来交上“大胡子”，就毫不犹豫地甩了强哥。

“这餐多少钱？”

“三千二。”柳眉答得毫不在乎。

“三千二！”妈叫道，吐出舌头，“吓死人了，这么贵！”

吃完饭后，全家又到商场。这里的东西大多是外国货或是一般市场上少见的俏货。姐姐买了几件换洗的内衣裤，解释道：“外国人旅游从不像中国人大包小袋的，只要带上Master Card、Visa Card之类的就行了。”

“柳清，你要什么？”柳眉问。

柳清想了想，觉得内衣内裤没必要太好，反正穿在里头的，于是她挑了一支笔。

“哎哟，要死，小孩用这么好的笔干什么，看看你的字写得跟鸡肠似的。”妈妈瞪着柳清说，“三百几呀，不是三块几！”

柳眉边付款边说：“她要就买嘛，干吗发这么大脾气？”

二姐柳眉的回国，使她家跟过年似的，喜气洋洋。父母脸上露出难得的笑容，柳清也十分得意。

亲来友往，应酬完毕，家里恢复了平静。妈妈收拾着地上的糖纸、果皮。爸爸坐在沙发上问话：“小眉啊，你过得好吗？”

“好呀，那边生活水准高得很。爸爸，等以后我把你和妈接去。”

爸爸很高兴：“我同你妈没这福分，你就把你妹妹接出去吧。”

“我知道。”

“你公婆对你好不？”

“我在信上不是都说了吗？人家外国人结婚后不和父母住在一起，我们自己过，不常见他父母。”

“那‘大胡子’对你咋样？”爸爸还是不放心。“大胡子”是柳清家对二姐夫的称呼。

“挺好的。”柳眉笑了，笑得很幸福。

“小眉，”妈妈停住了扫地，“你样样都称心？”

“就算是吧。不过，有时也挺闷的。”

“可不，你找份工做做。整天在家是闷！”

“他不让。他说中国找工容易，赚钱难，而他们是找工难，赚钱容易。”

“那你可要能省就省，吃老公的，你这么大手大脚怎么可以？”爸爸说。

“小眉，你结婚不算短了，有了吗？”妈妈说。

“什么？”

“BB（宝宝）呀，有了BB还怕闷？怕你是想得闲也没时间。”

柳眉笑着低下了头：“3个月了。”

柳眉取出一盒人参：“爸，这是正宗高丽参，给你补身子的。”爸爸接过人参，眯缝着眼瞧了瞧，虽然嘴上说“这一定很贵吧，我身子好好的，又没破，补什么呀”，心里却是甜滋滋的。

一下子，爸爸妈妈眼里只有柳眉了，爸爸妈妈就是偏心。爸爸妈妈都不喜欢柳清，老骂她，所以柳清喜欢住校，免得让他们心烦。

柳清得了一条金项链，十分高兴。二姐现在出手是大方了，没出国前，没少和自己争东西，为了一件新衣服，姐妹俩也会争得不可开交。今天柳眉和父母一起出去走亲戚，柳清独自一个人在家，觉得很惬意。

柳清的父母算是洗脚上田的农民，家里开一爿杂货店，收入虽然不高，生活却十分现代化。这套房子是自己的，彩电是29寸的，冰箱是三门的，洗衣机是全自动的。这些都是姐姐们的功劳。她们家是从广东梅县迁来的。大姐柳叶嫁到香港，1983年花18万港币在深圳买了一套三房两厅。那会儿100港币才值人民币三十几元，一套房子实际上就值人民币6万多

元。为了鼓励侨胞买房，还允许他们迁来几个内地亲属的户口。大姐就把父母、妹妹4人迁进了深圳。后来深圳房价猛涨，她们家的房子可以卖到100多万元，深圳户口又很吃香，家里人对大姐感激不尽，妈妈还把大姐划归为一等功臣。二姐出国前，以妈妈的名义买了5000股“发展”股票，后来“发展”还真发展了，一股涨到四十几元，合二十几万元，妈妈心花怒放，立刻把二姐划归为二等功臣。现在就剩下柳清这个吃饭的了。父母一天到晚念叨，学好英语，出国。柳清的耳朵都快生茧了。

现在爸爸妈妈不在家，不用听他们刺耳的骂声，柳清想干什么就干什么，可以用勺子直接舀“可可”吃，可以卧在沙发上打游戏……

柳清对着镜子发呆。柳清越来越爱照镜子了，而且知道自己不能穿横杠杠的衣服，穿深色的衣服会显得苗条一些。她越来越注重容貌体形了。

柳清为自己没长好苦恼得不行。要是长得像两个姐姐一样就好了。深圳是个识靓的社会。二姐只有高中毕业，既无过硬的“砂纸”，又无专长，可掘（找）工易过许多本科毕业的女大学生。用二姐的话说：“我在写字楼里一坐，客户都对我们公司印象好起来。”柳清心里责怪父母：“你们生到最后是不情愿还是咋的，随便一捏就把我生出来。”

发过呆之后，她决定改变形象。她把两把“刷子”解下来，用速效定型胶把头发定成波浪状，又用摩丝让刘海立起来；再打开姐姐的化妆盒，挤出一节面底膏，在脸上各点几处，剩下的就在手里匀匀，手心相对磨一磨，开始在整个脸蛋上涂抹。接着扑粉，再接着涂眼影。二姐的眼影涂得很好，柳清学二姐的样选择了青色和紫色。然后画眉毛，柳清把自己很淡很短的眉毛画粗画长，最后画唇线上唇膏。柳清左照右照，觉得哪里不满意就重来一次。

再把二姐送的金项链戴上。

于是，镜子里出现了一张陌生的脸庞，像戴了面壳儿。

这时，爸爸妈妈回来了。自从姐姐们嫁走后，父母的管理就更集中了，即使柳清一个星期才回来一次，他们也没少唠叨，柳清一举一动都受到严格控制。

“你知道你这样打扮有多滑稽，你当你是柳眉呀？”妈妈一进门就说，“就像马戏团里的猴屁股！”

妈妈对柳清说话就是这么尖酸刻薄，好像柳清是专供她撒气的。姐姐们都远在天边，只有柳清在家里。妈妈想起柳叶、柳眉的全部是优点，看到柳清的全部是缺点。而且用她们的优点来比她的缺点，一开口就是“你怎么不能像柳叶、柳眉那样”“你要是有两个姐姐的一半也不错了”等等。

柳清一边慌慌张张地梳头发，一边把话题岔开：“二姐怎么没回来？”

“唉，”妈妈叹着气，坐到沙发上，“变了，变了，一年多时间，全变了。”

“女儿做到这份上也就不容易了。你想她像我们一样，困在一个地头？出国了，嫁给有钱的老公，也算是出头了。”爸爸说。现在“出头”的标准看是否出过国，镀过金。

“家里明明有饭菜不吃，要到‘南酒’，那有什么好吃的；家里有床她不睡。她不知道，为了她回来，床单、被套全是新买的，她倒好，回‘南酒’，她那一觉，够我们全家吃一个月的了……”妈妈又唠叨上了。

柳眉回南海酒店，柳清没回学校。她想：“二姐她到底生活得有意思吗？”

# 第八章

## 男孩对女孩来说是个谜

一群女生在打篮球，球到哪里，女孩们便一拥而上尖叫起来。一帮男生在踢足球，左盘右带、铲球、倒钩……真奇怪，足球怎么对男生有这般吸引力？球赛对男孩子来说是一种比赛，女孩子则更多的视为游戏。

九中每周一下午第二节课后都有球类比赛，这天下午轮到高一。不参加的同学坐在看台上。

女生的篮球从篮球场滚到足球场，刘夏冲足球场喊：“哎，帮忙捡一下球！”

王笑天把脚下的球匆忙向门里一射，第一个捡起球，跑到篮球场：“刘夏，给你球！”回到足球场，那帮男生劈头盖脸地喊：“你好嘢！”

“我……我就是去捡了个球，我临走时不是射了一个球吗？”王笑天讨好地说。

“是，你是射了一个球，还射得很准，可你射到自己门里去了！”

“啊，不是吧？”

“不是爸，是妈！”

萧遥笑道：“为了刘夏丧节了。这要在抗日战争时期，你不早成了卖

国贼！”

余发也说：“立场太不坚定了，为了一个小姐，将一帮弟兄置之不顾。”

“这叫爱情至上。”一男生道。

“不，这叫重色轻友！”余发反驳。

“你们别不服气，你们要是看见了，跑得比我还快！”王笑天笑道，心里却也问自己，男子汉为何要受lady控制？

突然，王笑天发问：“你们说，如果我们和女生玩篮球，谁会赢？”

“这还用问吗，当然是我们赢！”

“错，你敢和一个小姐抢球吗？不敢吧，不敢就得输！”

“这又是你的谬论。”

“这不是谬论，有科学根据，异性相吸嘛，美国就利用这种心理，每样工作都让男女合作，以此来提高效率。”

“得，踢球吧！”

“不信，等下和3班男生踢，找我们班女生当啦啦队，肯定赢！”

看台上只有4班的林晓旭和柳清。林晓旭因为今天化学没考好哭丧着脸，柳清则不停地嚼口香糖。一会儿，欣然、刘夏她们都回到看台上。欣然问林晓旭怎么了。刘夏说：“一定又是不舒服了，那天在梧桐山照相，她就不舒服了。”

林晓旭不言，心里讲：刘夏，你压根儿就不明白我那天为什么不高兴。

“我写个字你猜猜。”刘夏边说边用手指在晓旭背上画着。

“球字。”林晓旭说。

“对了，好厉害哟！再来个！”

“妈。”

“唉，乖女！”刘夏爽快地大声应道。

林晓旭恍然大悟，通红着脸：“死家伙，死家伙！”便起来追刘夏。刘夏边跑边咯咯地笑个不停。突然，林晓旭想到什么，不再跑了，冷笑道：“那我爸是谁呀？”这下轮到刘夏脸红了，怪叫了一声：“黐线！”

柳清戴着金项链，没人发觉，便故意翻出来，露在外面，心里还在寻思着如何炫耀她吃的那餐饭和金笔。刘夏看见了，轻蔑地笑笑，故意逗她：“柳清，你的链子挺好的，哪个小摊上买的？”

“去你的，纯金，24K的。我二姐从国外给我带的。”柳清恨不得把她的事一股脑儿说出来。

欣然笑道：“社会主义松一松，资本主义攻一攻，这是历史教训。”这时，王笑天跑来：“谢欣然、林晓旭，等会儿我们和3班比赛，你们给我们当啦啦队好吗？”

“和我们说干吗，和刘夏说不就得了嘛！”这回可让林晓旭逮着个机会“报复”一下刘夏。

“晓旭，你——”刘夏红着脸，王笑天也不好意思地跑开了。

有女生当啦啦队就是不同，还真让王笑天说着了。男生踢得十分带劲，满身是汗。有窈窕淑女助威，绝对的新感觉。挥霍活力，对少年人来说也是一种享受。

欣然的眼睛一刻也没离开萧遥，简直像追光灯似的跟踪着。自从知识竞赛失败后，萧遥话少多了。萧遥不高兴，欣然也会不高兴。

“你们说我们班男生哪个最出色？你们说什么样的男生好？”刘夏突然问这么个问题。

“我不知道哪个男生好，但我知道刘夏觉得王笑天好。”林晓旭一刻

也不忘“复仇”。

“林晓旭，我就玩你一次，你可玩回我两次了，咱们扯平，你要再针对我，我就对你不客气了！”说完就去胳肢林晓旭。林晓旭最怕痒，连忙求饶：“我不敢了！”

刘夏松了手，问谢欣然：“你觉得呢？”

欣然想说又不敢说，说出来会很让人猜忌的，话到嘴边又吞下去，笑道：“你的问题怎么像少女日记里的独白呀！”

刘夏又问：“柳清，你觉得呢？”

柳清见欣然、晓旭都没说，自己也不好说，就摇摇头。

“虚伪，太虚伪！”刘夏又叫起来，“说出来有什么，又不代表什么，我还觉得雷锋好，怎么了，不就是说明尊敬他吗？瞧你们一个两个紧张的，你们是心——中——有——鬼！”

“你没鬼，说来听听。”欣然说。

“说就说，我觉得王笑天、萧遥都不错。现在轮到你了，欣然。”

真像刘夏说的“心中有鬼”？欣然问自己，想了想，说：“萧遥挺不错的。他身上有不少其他男孩所没有的东西。我说不清，可能是素质，这种素质可使他成功。”

“太夸张了。”柳清不再嚼口香糖，撇撇嘴说，“你瞧瞧他竞赛之后，像只没头的苍蝇，他太经不起失败了。”

欣然听了，觉得挺对的：萧遥，不能一次小失败就把你打垮了呀。

可刘夏说：“我倒觉得很正常，本来他一切都很顺利，一次挫折当然受不了了。如果他现在像以前一样乐呵呵的，我倒觉得不正常了。”

欣然听了，又觉得挺是这么回事的。

林晓旭说：“我觉得陈明有一种潜在的爆发力，挺厉害的。”

“陈明？”刘夏瞪大眼，“你觉得他好？”

“我不是说好，只不过我觉得他身上有一种冲劲，爆发力……”

“陈明很厉害的。”

“他现在已经很厉害了！”

“好球！太棒了，王笑天！”刘夏突然叫了起来，又说，“陈明好像从不参加这类活动的。”

欣然想到个问题：“如果一天中午我们几个在教室里，还有萧遥、陈明、余发、王笑天，突然冲进来几个坏人来要钱，哪个人会挺身而出？”

“欣然，别说得那么悬。”

“这有可能，昨天泮溪酒家前就有人打劫荷包。听说中巴上经常发生抢劫，这主要是内地来的盲流干的。我爸从不让我单独出门。”刘夏说。

现在总将治安不好的责任推到内地人身上，这种一棒子打下去的说法令欣然反感。她更反感深圳人说内地人时的那种轻蔑神态。

“你们说哪个男生会出来主持公道？”

“萧遥，他是班长，平时好像挺仗义的。不过也难说，往往平日最优秀的，到了关键时刻，却成了懦夫。这叫‘人不可貌相’。”

“王笑天，平日把玩儿当作生活的一半，他会出来？不大可能！不过也难说。”

“陈明，似乎很超脱，他会出来？也难说。”

“余发，别看他平日嬉笑打闹，也不见得在关键时刻就不行。往往有些看起来不行的，反而是最正直的。不过也难说。”

“是啊，太难说了。”

“总不能一个也没有吧？！”

“最好是大家都出来，毛主席怎么说的，‘人多力量大’！”

女孩子们一哄而笑——男孩子对她们来说是个谜！

“赢了，我们班赢了！”刘夏第一个发现，立刻跑到足球场，递了张面巾纸给王笑天。王笑天毫不客气，面巾纸上立刻印上个又黑又湿的人中。

谢欣然也想对萧遥表示祝贺或说些什么，也像刘夏那样给他几张面巾纸擦擦汗。欣然想是这么想了，却没有行动。她做不到刘夏那么外露，那么大胆。

## 为受挫折而庆幸

正为赢球而欢呼的这帮男孩子，怎么也想不到刚才给他们当啦啦队的女生并不是在看球而是在看人。

萧遥踢得满头大汗，也顾不得什么风度，拿着T恤衫的下摆就擦。他那深红的T恤后背湿一大块，前面又湿一大块。

“萧遥，你的信。”有人拿着一封信给他。

王笑天问：“哪来的？”

“英国，我父母的。”

“又给你寄钱了吧，得请客！”

萧遥笑笑，拆了信。

萧遥：

奶奶来信说你知识竞赛失败后，情绪不佳，她老人家很为你担心，而你爸爸和我，虽然不了解这件事的详细经过，却认为你应为此庆幸。

在英国我们经历这样一件事：有一位青年在一家公司做得很出色，他为自己描绘了一幅灿烂的蓝图，对前途充满信心。突然这家公司倒闭了，这位青年认为自己是世上最不幸、最倒霉的人，他灰心丧气。但是他的经理，一位中年人拍拍他的肩说："你很幸运，小伙子。""幸运？"青年人叫道。"对，很幸运！"经理重复一遍，他解释道，"凡是在青年时期受挫折的人都很幸运，因为你可以学到如何鼓起勇气重新开始的办法，学到不忧不惧的经验。如果一直很顺利，到了四五十岁忽然受挫那才叫可怜，到了中老年再学习如何面对困境，实在是太晚了。"

萧遥，你应该很明白这个故事的含义。我和你爸爸之所以到了中年仍然不懈地为事业忙碌，是因为我们经历过许多坎坎坷坷。而你们这代青年从苦闷到盲目的"自我"都只说明一个弱点：把生活简单化了。你们生活在富裕平静的时代，便天真地认为，这一切是专门为你们而设定的。没有尝过苦，也无从谈甜。稍有不顺，就大喊"我是天下最痛苦的人，是社会亏待了我"。真不知，这是你们的幸，还是不幸？

要知道，"无论人生的中途多么壮丽、辉煌，如果最后变成了不幸、失败的人生，那是再悲惨不过的了。"

人们常说，跌倒在地上的人必须从地上爬起来；又说，麦苗要被石磙碾过才会茁壮生长。萧遥，你应该有承受失败的毅力，更应该有战胜失败的能力。怕失败就什么也干不了。青年时代的真正的失败，倒在于逃避这种苦斗，毫无目的地得过且过！

遭失败而一时失掉自信，若能从中接着又涌起自信，是真实的自信。

中学时代在人的一生中也算是最重要的时期。学好容易，变坏也容易，一切都靠本人的努力和自觉。父母不在你身边，你就更应该有自觉性、奋斗精神，"除自己之外，没有人能哄骗你离开最后的成功"。

萧遥，爷爷有风湿性关节炎，我们买了一些药，说明书是英文，你试着翻译一下，实在不行，就找刘叔叔帮忙。记住，要爷爷定时服药，他们年纪大了，你要学会照顾他们。

还有你出国之事，正在办理之中，如果没有什么差错的话，明年7月即可批下来。有什么进展和变化，我们会再给你去信的。

…………

萧遥拿着信。他为自己有这样的父母而庆幸。自从有了“代沟”这个词，两代人之间稍有意见分歧，便归结到它的头上，萧遥从不滥用这个词。

此刻，萧遥已把竞赛失败列入他的经历，父母的教导使他认识到应该“把生活中那些可以称为挫折的遭遇看成是一种经历，一种能极大地丰富和延长人生的经历”。

## 我的领袖狂想曲

“王笑天，你爸来了！”有人喊了起来。

课间，教室有点乱，王笑天顺着声音向走廊望去，果然是爸爸，一手提着一个袋子，一手拎着雨伞。

“天天，给你包子，都快凉了。”

“爸……”

“来早了，在外面等了一节课，都凉了，你快吃了吧！”

“马上就要下雨了，你怎么来了？”

“顺道，顺道。”

“噢，还有伞，电台播了今天有雷阵雨，这伞你拿好。”爸爸替王笑天把伞挂好，笑哈哈的。

“爸……”

“下午早点回家，快上课了，我走了。”

欣然正在黑板上写字，知道王笑天爸爸来了，装作没看见，可王笑天爸爸却走近看黑板。欣然心里一跳，之后，做出最大的努力使自己语气平静地叫了一声：“伯伯。”

王笑天的爸爸这时也认出了欣然，又笑哈哈的：“你好！你的字很好！好！不像我们家天天，他的字像鸡爪子一样，哈哈哈！”

他像是忘了欣然在他家的那一幕，欣然奇怪极了。她暗暗称赞自己刚才的表现，虽然不是什么落落大方，可起码没有好挑剔的地方。如果她刚才脸红或是扭扭捏捏，那现在她一定会责备自己的。幸亏自己表现不错。“我完全可以这样，因为我没做任何亏心事。”欣然想。是啊，她没因为那件事，在王笑天入团上造成不便，尽管她曾那么想过。

最后，还是萧遥陪王笑天的父亲下楼。

教室里同学却围着王笑天取笑：“天天，快吃包子，要凉了。”也是，爸爸怎么当着这么多同学的面叫他小名。

“你爸爸真好，为了几个包子白白等了一节课。”

“他爸爸好肥，和他一点都不同。”

…………

爸爸，爸爸的心真细，他考虑得真周到，就为了昨晚的不快，亲自送伞来学校，可这是否真的能抹去心灵上的阴影？

昨晚，全家边吃饭边看《亚视新闻》。爸爸除了新闻，很少看香港电

视。爸爸觉得档次低，打打闹闹，没深度。况且爸爸的粤语也仅限于听新闻。王笑天也喜欢看新闻，可以从6点的《亚视新闻》开始一直看到8点深圳台新闻结束，如果爸爸不干涉的话。他还喜欢一边看一边评头论足。每每这时，父亲就说：“这又关你啥事？”“你的认识都是很可笑的。”王笑天不介意爸爸的话，仍津津乐道。

“天天，今天的报纸呢？”爸爸问。

“在我桌子上。”

王笑天继续看电视，突然听到爸爸喝道：“王笑天，你给我进来！”爸爸发火时总是连名带姓一块儿吼。

“你想当政客啊！”爸爸指着王笑天桌上的一篇《我的领袖狂想曲》说。这是王笑天为周三班会写的发言稿。

“你看我东西，”王笑天说，“你怎么乱看人家东西！”

“检查了一下。”父亲说得很随意，“你看看，你看看自己都写了些什么乱七八糟的东西。让我们听听我们未来的领袖是怎么狂想的。”爸爸用一种从未有过的语音语调读着，“柏杨先生说，一个中国人是条龙，三个中国人是条虫；一个日本人是条虫，三个日本人是条龙。中国人就是缺少一种民族精神，如果可能，应该学学希特勒，学学他把七人的党派发展为大半个世界无敌手的政党，以此调动中国人身上的民族精神……”

“写什么了？反动了吗？”王笑天不服气地顶道。

“你这么有能耐，怎么不当国家总理去？”爸爸扬了扬手里的稿纸，“啪”，丢回桌上，“班会上不许你念，听到没有！现在不少青年把发牢骚当作时髦，自以为思想尖锐。书不好好念，成天整这些乱七八糟的事！”

“什么叫乱七八糟，你不让读，我偏读！”

“好，我让你读，让你读！”父亲是军人出身，作风说一不二，一气之

下，把稿子给撕了，纸屑满地都是。

爸爸的眼神很复杂，有担忧，有告诫，也有无可奈何。

爸爸看着16岁的儿子，叹了口气。毕竟太年轻，真是初生牛犊不怕虎！

爸爸不再说话，那声叹息无疑是长辈缓和关系的一种方式，他悄悄地出屋了。

王笑天独自一人在房里，望着满地的碎纸，觉得自己的感情被蹂躏了。

王笑天读的书很多。在父亲那高高深深的书架上，他不再找《十万个为什么》，而是找《孙子兵法》，查《世界历史纵横》，尽管看得不是很懂，但这些书籍为他打开一个又一个崭新的视野。王笑天开始知道除了自己的生活圈子，还有一个更广、更深、更远的天地在等着他；除了自己两点一线的生活，还有许多复杂而新奇的事自己闻所未闻。王笑天开始有感悟，他最喜欢与父亲探讨“创业”和“守业”的理论。“话不投机半句多”，他们观点各异，根本无法谈到一块。父亲每次都以“嘿嘿”一笑作为收场。这笑虽然是嘲笑，但也不乏对儿子自以为是的见地表示谅解。

爸爸说现在的中学生很不自量力，目空一切，王笑天就是一个典型。但因为他们年少，大人们都以宽容的态度去理解、去对待，希望他们也别太狂妄自大了。王笑天则认为“自大”“狂妄”有时并不是什么坏事。少年人心里有种强烈的不满足，不安于现状，他们渴望超越，渴望发展，这又有什么不对呢？

当晚谁也不理谁。第二天一早，王笑天也不吃饭，妈妈问他为什么。他说今天要体检，要抽血查肝，是不能吃东西的。这时爸爸直盯着他，以

为他在赌气，故意不吃早饭。其实王笑天说的是真话，今天一早是要验血。爸爸为了缓和他们的关系，特意买了包子送来。

“喂，王笑天，关窗，下雨了。”有人提醒他。

王笑天这才如梦初醒，站起来关窗。外面的雨啪啪啪地下得很大，爸爸此时正在雨中啊，他却把雨伞留给了王笑天。

王笑天觉得脸上湿湿的，雨都打到身上来了？他用舌头一舔，咸咸的，还有几分涩。

爱能拉近情感，却很难拉近思想上的差异。

“爸爸啊……”王笑天叹道。

课间几乎所有的女生都在谈论这届香港小姐的竞选。刘夏眼也不看朝身后问：“余发，哪位港姐最靓？”

刘夏一问完，她前后左右的同学都笑了。刘夏连忙回头，余发的座位是空的，这才想起余发已经两天没来了。

这时，萧遥也问：“余发又没来吗？”

“就是，他两天没来了。”

萧遥在出勤表余发的名字上打了个×，这是无故旷课的记号。

“陈明，你知道余发为什么没来吗？”

陈明在做题，可能没听见。萧遥又说：“你们是一个村的，你应该知道吧？”

“不知道。”陈明说，心里却想余发不是到股市就是去打架，他知道余发的，不过，他不会去说余发什么坏话，就像他不会去说人家好话一样。

# 第九章

## 师生恋，脏兮兮的

晓旭日记　　（×月×日）

秋游相片冲出来了。瞧我那傻样，我应该笑笑才好。妈妈说，我笑比不笑好看。相片上的我比本人实际面貌难看多了。

我最容不得相片上的形象显得比本人丑，所以撕去了许多照得不好的相片。可是这张上面有江老师，江老师还蛮上照，不过他的头发怎么竖起一撮，真逗！我当然不会撕这张相片。我和江老师挨在一起。我用剪刀把我和江老师两个人的剪下来。这不就是一张两人的合影了吗？当时我照的时候就有这个“阴谋”。只是我和江老师的肩上各有一只手，那是刘夏的“爪子”，真煞风景！不过我总算有一张“单独”和江老师的合影了，愿望总算实现了。我

把它夹在日记本里，和秋游那天摘的梧桐叶放在一起，这似乎意味着什么。

隔壁的小贝贝今天能拉一首曲子了，尽管很难听，却不再完全是“咦咦”的锯木声——她变着法儿“锯木”了。

（×月×日）

今天，我借了本《窗外》。图书馆的老师把目光从架在鼻梁上的眼镜里探出，狠狠地打量了我一下。我讨厌她的那种眼神。

《窗外》是琼瑶的成名作。我看过几本琼瑶的书，感觉很一般。

可《窗外》不一般，看着看着，我觉得自己全部情感已与之融为一体，那只能深埋在心底的爱，那哭不得、话不得的悲哀，我全理解。

读完之后，抬起头，望向窗外，心里的滋味，已不是“伤感”和“忧郁”所能形容。雨打着窗户，眼前的天空一片白茫茫，不知是泪水模糊了视野，还是雨水溟蒙了世界……

这种感觉，只有读《红楼梦》时有过。

宝玉失踪，贾政一次在雪地见到宝玉随同一僧一道，

高歌而去：

“我所居兮，青埂之峰；我所游兮，鸿蒙太空；谁与我逝兮，吾谁与从。渺渺茫茫兮，归彼大荒！”

当时我读完这段，也有“云深不知处”之感。

今天又流了许多泪，滴得日记本斑斑点点。男儿有泪不轻弹，我是个女孩儿，一个善感的女孩儿，动辄伤心落泪想来是正常的。不过我一向都不知道自己在哭什么，为谁而哭泣，书上说：“明白为什么流泪，泪流得再多，也是有限；不知为什么流泪，哪怕一滴，含义无穷。”

我的含义何在？

独自痴心于窗玻璃上湿漉漉的“文字”，上面记载着一个无人知晓的秘密。

（×月×日）

和欣然说起《窗外》，她说：“你觉得好看啊？”她的那种语气让我很陌生。欣然说她不喜欢这类书，什么师生恋，脏兮兮的，日本特别多师生恋，她就反感这些，完全是变态心理。

天哪，我昨夜那么多的泪，那么浓的情，竟是为“脏兮兮的”“不正常的心理”付出了。欣然怎么可以用这种字眼来形容！听她这么说，我难受极了。别人说倒也罢

了，偏是她说。她是我最好的朋友啊。

可我觉得自己的感情挺美好的，挺纯洁的。完全不是欣然说的那样。

好一阵我都不说话，默默地走在左边，真怪，我和欣然一起，我怎么总是走在左边？我婉转地问：“你觉得什么样的男仔好？”

“我喜欢能力与性格两具备的男孩子。”欣然不假思索地回答，之后，脸一红，舌头一伸，看着我笑。

我也没想到她会这么爽快。

“你呢？”

“我，不知道。”我说，“可我觉得成熟的好，江老师就挺好的。”

话一出口，我就后悔了，慌忙改口：“我的意思是……”

可是来不及了，欣然说：“成熟？是‘熟透了’！”

“‘熟透了’。”我重复道。

回家我拿起《窗外》。心里莫名其妙地膨胀着。

妈妈也问我，是不是哪儿不舒服，怎么整天恍恍惚惚的？

（×月×日）

到图书馆还《窗外》时，那个老师又把眼睛透过酒瓶底似的眼镜，上下打量我一番，企图记住我，在她眼里我一定是个沉迷于言情小说之中的“坏女孩”，可气！我故意大声说：“我要借一本《高中物理难题解析》！”果然，她满意地点点头。

妈妈今天又跟我说，我小时候，一有什么事，哪怕是芝麻点的小事，也要告诉她，现在……

我自己也很奇怪，如今不知怎么了，心里有了委屈，有了不痛快，不愿去告诉妈妈，还老有意地回避妈妈，好像妈妈再也安慰不了我了。

我突然想起一件事，那时在杭州，到同学家，看到仙人掌，十分好玩，结果弄得满手细刺哭着跑回家，妈妈拿着镊子一根一根地帮我挑出来。那时候妈妈是我的树，是我的岸。

晚上回家，在饭桌上我谈起这件事，妈妈一边往我碗里夹菜，一边问我：“什么时候的事？”

她已经忘记了。母亲就是这样，无私地为孩子付出爱心而不求回报。但做子女的能不回报吗？

小贝贝真惨，自从那天在我们家玩被她妈妈发现后，

更是被“严加管教”了：“你再敢乱跑，我打断你的腿！”我看到小贝贝趴在阳台上，就叫她：“小贝贝，你妈妈又打你了？”她红着脸点点头。“到姐姐这儿玩。”我向她招手。她却说：“不行，我妈妈会打我的。”现在的妈妈真要不得，没完没了地进行早期教育，恨不得培养出个神童来。

（×月×日）

欣然打电话来说，下周到伶仃岛军训，我半信半疑。听前几届同学谈过军训，挺好玩的，我是向往已久了。一个星期不用面对烦心的课本，多叫人开心。为了证实一下可靠度，我故意说：“下星期要考物理和数学呢！”

“现在一切都得给军训让道！”

心里踏实了，于是又问：“江老师会去吗？”

“当然，班主任当然会去看望他的学兵们。”

心里一阵喜悦！

（×月×日）

下了通知，关于军训的通知。上面写了注意事项：需要带的东西，诸如被褥、杯子、水桶之类；不准带的东西，特别强调了零食之类。

今天发了军装、军帽。回到家，我急不可待地试穿，我发现穿军装的林晓旭蛮威风的。我冲镜子里的她敬了个礼。

妈妈说："你们现在的中学生就得参加军训，别说军训了，现在如果还有上山下乡的话，我第一个报名把你送去。你们太需要锻炼了。"

## 军训伶仃岛

军训对少年人而言是项极具深远意义的活动。

军训地点在伶仃岛，就是当年文天祥写下"人生自古谁无死，留取丹心照汗青"名句的伶仃洋上的伶仃岛。不过，当时文天祥将伶仃洋称作"零丁洋"。

从深圳市区到伶仃岛需要走很长的路，渡很宽的海。

当同学们下船登上岛时，来迎接他们的部队教官十分威严地扫视大家一眼，冷冷地说了一句："你们是来观光旅游的吧？"

同学们不由得彼此打量起来：虽然一身军装，却是歪着帽子，戴着墨镜，腰间别着Walkman，脖子上吊着相机，鼓鼓囊囊的背包歪歪斜斜地挎着……

大家都很不好意思，低着头，不吱声。

"这像一个军人的样子吗？"教官来回踱步，"带零食了吗？"

一片沉默。

“拿出来！都交出来！”

在教官威严的目光下，同学们一个个排队掏出零食、香烟和扑克。

“嘿，”教官又是冷冷一笑，“给我绕操场跑10圈！”

“呀！”人群中怨声四起。

“谁再叫一声跑20圈！”教官把目光在人群中一扫，“跑！”

10圈下来，谁也不想动，谁也不想说话，心里直骂这个教官变态，是不是虐待狂？到了吃饭的时间，教官还不放松，严严肃肃地给同学们上了一课：“你们不要不以为然，认为小事一桩，反正军训只有一周，来过过军瘾。既然大家今天穿上了军装，就要像个军人的样子。军训的目的不仅是学习军事知识，掌握军事本领，更重要的是培养你们严格的纪律观念和过硬的思想作风。这对你们来说将终身受益，这也是军训能否取得成效的根本保证。好，我们来喊口号。”

“一、二、三四！”

“不行，重来！”

“一、二、三四！”

“不行，再来！”

“一二三四——”

“喊不好不许吃饭！”

“一！二！三！四！”

“好，这才有力。”

可进了饭堂，已无力打饭了。

“一点都不好玩的。”

“简直像坐监。”

几个女生都在心疼上交的零食，就柳清想得开：“权当减肥好了。”王笑天也想得开：“我也无所谓，反正我们家的东西也都是别人送的。”

王笑天的这句话把正吃饭的欣然一惊，筷子掉到桌上。欣然慌张之中去看王笑天，王笑天正好也看她，四目相碰之后，欣然心里更是惴惴的。

“不准说话！”不知什么时候，教官已经站在他们后面了。

洗碗的时候，王笑天就站在欣然旁边。欣然一时间很窘。

“谢欣然，这回咱们班批几个团员啊？”王笑天先问话。

“有好几个。”

“有我吗？”

“有。”

“谢谢你。”

欣然心头发热，想起王笑天曾袒护过她，曾在登山时向她伸出过友好的手，心存几分感激，“其实，其实我也该谢谢你。”

“谢我？谢我什么？”

欣然笑笑。曾经一度，她很想弄明白王笑天究竟是怎么看她、想她的？他为什么在自习课上与她争辩“整风”的问题？他又为什么把她去送礼谎称为“送作业”，他又为什么……现在，欣然显得坦然和豁达了许多。只要自己问心无愧，何必在意别人的想法！

欣然洗好碗先走一步。望着她摇来晃去的“马尾巴”，望着她远去的背影，王笑天心想，这是一个非常好强的女孩，像她这样的人怎么会来送礼？她爸有什么苦衷？

王笑天家的客源不断，不论以何种理由来送礼，王笑天都不屑。看着人家端着礼品毕恭毕敬而最终并未达到目的的可怜样，王笑天还有点“幸

灾乐祸”。

那一天，看到自己的同学和她那标准的知识分子模样的父亲也来送礼、求情，他有点感慨起来。他听刘夏说过，欣然没有深圳户口。初三毕业时，欣然本来可以直接保送上九中高中部，但因为她没有深圳户口，学校犹豫着。欣然看出学校的顾虑，主动提出放弃，她不愿意在别人异样的眼光下过日子。在中考志愿表中，她只写下一所中学：“九中”。第一志愿九中，第二志愿还是九中，第三志愿仍是九中。即使是陈明这类学生也不敢这么大胆。兰老师看着这份志愿表，又看看谢欣然毫无表情的脸，知道她要决一死战了，不忍再说什么。谢欣然知道，如果考不上九中，要么停学，要么当高价生，要么回内地，她在拿自己的前程做赌注。既自尊又好强的性格告诉她，她别无选择。当一个人在只有一条出路的情况下，他的拼搏精神自然异于一般人。欣然也不例外，尽管她学习很好，她还是“头悬梁，锥刺股”地拼搏了一番。妈妈心疼了，叫她休息一会儿。欣然头也不抬，信口说道：“我这也是为了给你们省钱。”妈妈一愣，原来是指考不上当高价生这档事，紧接着是一阵叹息。欣然是一个对金钱没有概念的女孩，从不热衷于和同学谈论名牌和消费，这点随她父亲。这样一个孩子，居然会为学费担忧，欣然真的长大了。这种长大是喜还是忧，做父母的还没来得及考虑，妈妈却首先感到内疚。

终于，黑色的3天过去了。好多人都紧张地问她：“考得怎样，能考上吗？”欣然还是一脸的毫无表情。大家以为她没戏了。事实恰恰相反，她考得很好，超水平发挥。只是她很累，没有兴致去应付众人或真诚或假意的问话。终于，录取通知书下来了，她到学校去，受到种种祝贺。兰老师拉着她的手直想掉眼泪。

谢欣然仍然保持沉默。在众人的欢笑中，她怎么也无法挤出一个笑

脸。她太累了，她哭过好几次，只是从不肯当着他人的面。

这样一个倔强的女孩，不是出于百般无奈，怎会去送礼求情！向来以文明、开拓、创新自居的深圳怎忍心让一个女中学生如此无可奈何？王笑天为她抱不平。

## 不愧是最可爱的人

这一觉睡死过去了。一天下来真累，就算躺在硬木板床上也睡了个好觉。突然，一阵尖厉的哨声惊醒了大家。翻身起床，才发现自己的两条腿完全僵硬了。昨天跑下10圈虽觉辛苦但不酸痛。今天却须用手把一条腿搬下去，接着再搬另一条腿才能下地。

紧接着是一片慌乱和骚动，同学们还没有完全从梦中醒来，他们揉着惺忪的眼睛，散乱着头发去盥洗。从听见哨声起床，到出操，只有5分钟。动作慢的人，到达操场时，鞋子没有系带，手里还拿着军帽，刷牙洗脸更顾不上了。

军人是很讲速度的。一阵骚动之后是一片宁静，几百人的大操场鸦雀无声。

这时大约5点半，天还是蒙蒙亮。先是队列变化，接着跑步。刚开始，大家都挺高兴的，“一片绿海”随着威严的号令齐上齐下，听着自己的脚步声融入几百人的脚步声中，心里不由得漾起一种自豪感。

可是几圈下来，开始挺不住了。望着广阔的操场觉得像空旷的原野，脚步越来越迟缓，口张得越来越大。看前面带队的几位教官，丝毫没有要停下来的意思。所有人心里都在默念：“这是最后一圈了，这是最后一圈

了。”可还是不停地跑，不停地跑。

终于停下来了。这时的两条腿几乎已经不是自己的了。真想躺下，哪怕坐着也好，但是还要站着听教官讲今天的训练内容……

散了操吃早饭。每次开饭前都要唱歌。肚子里打着鼓，是为军歌作伴奏吧。今天大家的胃口十分好。为了抢时间，女孩子把矜持和斯文都抛到脑后。“不准交头接耳，不准剩菜剩饭，不准弯腰吃饭。”同学们一边吃饭，教官一边训话。于是一个个绷直了身子，端着碗，大口大口吞咽，一直扒拉到见了碗底。心里在叫：“做军人太不自由了，连吃饭也不能随意。”但军人毕竟是军人，他们的优秀作风就是在这严格要求中磨炼出来的。

第一天学的是吃饭、叠被子、整理房间。这些人人都会做的事在部队里却要从头学起。看着教官把团在床上的被子叠得方方正正、有棱有角，余发忍不住说：“叠这么整齐干吗？晚上还不是要打开吗？”

“你吃饭为什么要把碗洗干净？第二顿不是还要吃吗！”

大家笑了。

被子怎么叠，枕头怎么摆，毛巾怎么挂，牙杯怎么放，牙刷冲哪个方向等等都有明确规定。按要求进行一番折腾，立即大变样，营房面貌焕然一新。

最难熬的是起初两天，身子像散了架似的。一些同学还得了“哨声敏感症”，因为哨声一响，需要绝对地服从。大家失去了对自己时间的主宰，仔细端详一下镜子里那张晒得黑里透红的脸，认真地冲个凉都成了非分之想。哨子一吹，你就得放下手头的一切事，跟着那声音奔来跑去。

毛主席有首诗称赞女民兵：“飒爽英姿五尺枪，曙光初照演兵场。中华儿女多奇志，不爱红装爱武装。”多美好！多豪迈！真令人跃跃欲试。

实践后才知道操练那五尺枪可不像跳舞那么轻松愉快。一支重达3.85公斤的枪，想拿稳都很困难，要在手里操作自如，别说晓旭她们这些娇弱的女生，就是王笑天这些男子汉也不容易，不咬紧牙关还真顶不住。最难受的还数走正步和站军姿。走正步，一个个动作分解开练习，而且每个动作要保持很长时间。先是腿绷直伸出，约呈45°，然后就这么悬着，不换口令，你绝不能变换姿势。时间一久，腿直发颤。刚练得单脚独立能站上几分钟了，难度又加大了，在举起的那条腿上加块砖头继续练；站军姿，指的是在队列中长时间保持立正姿势，这是一个看起来不难、练起来要命的训练项目，20分钟里你得像塑像一样一动也不动。蚊虫叮咬不能抓，头皮痒痒不能挠，大汗淋漓不能擦，甚至连眼睛都不能乱眨，要学会15秒钟以上眨一次。一天下来腰酸腿疼，连饭都懒得吃了。但同学们却不像头两天那样怨声载道了，大家都心里有数：解放军班长为教会他们一个动作，示范加陪练，比他们更累更辛苦！

等同学们适应了，一周的军训也结束了。

对它的感受真是难以描述。

军人，总让人联想到许多关于尊严、生死、祖国这些悲壮美好、富有感情的字眼，但作为一名军人，却往往只意味着奉献和磨炼。他们不愧是最可爱的人！

军训的最后一天，班主任来到了伶仃岛。

“我学会了叠被子。”

“我学会了走路。”

“我学会了……”

当然，这些“学会了”的后面要加个至关重要的定语“军队里的”。

江老师乐呵呵地、幽默地说：

“我真高兴。这叫一物降一物。我是管不住你们的，你们就得送到部队接受再教育。”

## 兵哥们全在行

晓旭日记　　（×月×日）

军训回来，妈对我说的第一句话是：晓旭，你的背囊整齐多了，看来，军训还是很有用的。

临走那天晚上，我们和驻岛部队官兵开了个联欢会，看了场电影，是老片子《铁道游击队》。听那时的歌儿，真有劲儿，可我还是愿意听现在的劲歌金曲，这说明我少一份坚强，多一份缠绵。

看完电影，我们开始大声唱军歌。一开始是刘夏领唱：“我是一个兵——”她把调起得太高，拍拉得太长，一点儿气魄都没有。

连长说：“你这是美声唱法吧？”大家都笑了。

我们这是第一次听到他说笑。他平日凶得不行。后来他自己领唱，“我是一个兵！”果然效果就不同了。

这个晚上，大家都玩疯了。兵哥们比我们还兴奋。什么迪斯科、霹雳舞，全在行。看来是我们把他们标榜得太

高了。霓虹灯照在一张张年轻的脸上，朝气蓬勃、青春洋溢。

玩到最后，连长拎出一个大手提袋。起先，我们以为要发放什么纪念品之类。等打开口袋，我们全傻住了——里面装的是零食，我们被没收的零食。我们曾经做过猜测：这些零食是不是被他们偷吃了？我们的猜想多么卑劣啊，纯粹是小人之心！连长笑着说："物归原主了！"

第二天清早5点半，哨子又响了。我们年级几百人来到操场。操场上站了几十位教官，他们向我们肃然敬礼，我们也端正地回了礼。"为人民服务！"我们异口同声。这句话永不过时。

我们上了船，并不进舱，站在甲板上，心里恋恋不舍。教官拼命向我们挥手。我们也拼命挥手。

再见！伶仃岛！

再见！军训！

# 第十章

## 这节课自由发言

教学是一门艺术，不懂得表演的人，是当不好中学教师的。

江老师穿着一身新买的西装，像往常一样心情愉快，精神振奋，希望上好这一堂课，希望课堂上不出现一张无动于衷的面孔，不出现一双不耐烦的眼睛，希望一节课下来，学生真能学有所得。

一走进教室，突然同学们哇地叫起来，一阵掌声：“老师，你的新衣服好衬你啊！”“好有型啊，江老师！”江老师笑了，这些学生啊！

这节课，江老师讲的是“单元知识和训练”中的修改文章一段。

课正上着。

这时，王笑天举手发言。

“老师，我觉得这篇修改得并不好。尤其结尾，把那个补鞋人说的那段挺朴实的话，‘你们省下钱买几个练习本吧，这也算是我的心愿’硬改成‘你们省下这些钱买几个练习本，多学点知识，将来好好建设四个现代化，这也算是我们的一点心愿’，总让人觉得不实在。”

江老师一愣，下面的同学已经纷纷议论开了。

“哪个补鞋人会这么说话？”

“就是，补鞋人的语言应该朴实点好。”

“选进课本当教材，我看不会有错的。”

“课本太老了，几十年如一日，都是这些内容。”

“这样写也挺好的，写社会主义无比优越性！江山一片红红红！”一个挺贫气的声音。

原计划一节课把这篇文章讲完，看来很难完成了。江老师想了想合上了书本，说：“这样吧，这节课同学们自由发言，就谈谈对文学作品的看法。”

江老师这么一说，刚刚吵吵嚷嚷的同学反而安静下来，谁也不吭声了。

“刚才你们不是谈得很热烈吗？来，咱们把桌子围成圈，这样气氛更好些！”

同学们七手八脚把桌子围成圈之后，面面相觑，都笑了。课代表林晓旭第一个说：“那么由我开始吧。我觉得现在作文题出得过于统一了，‘难忘的人’‘最有意义的一件小事’‘第一次……’，从小学开始就这么几个题目，翻来覆去的。老师还说，虽然这个题目写过，现在又写，就是看看大家水平有否提高。既然是写过的题目，好多同学就没兴趣写第二遍、第三遍了，还怎么提高？”

林晓旭刚说完，谢欣然便说：“我们写这些作文过于模式化了，写一个好朋友，必定是一开始如何好，中间又必定有矛盾，什么搞坏了他心爱的东西，他要我赔，什么他的好心我误会，结尾又是他要离开这个地方，送我一样东西什么的，我深深地内疚及想念他。写一件事，比如做什么好事，必定又是我一开始如何不想干，这时胸前红领巾迎风飘起，我想到自己是少先队员，等等，然后我干了这件好事，心情很舒畅。那么如果那天

没戴红领巾岂不是就不做这好事了？我们从小就这样写，尤其是小学，就更千篇一律了。外国学生的作文不一定有什么深度，意义也不一定深刻，但他们写文章很真实，有自己的东西。”

“我们喜欢写点自己的东西。初中有一次，老师叫我们自由作文，结果那次作文质量比哪次都高。”林晓旭又接着说，“要想提高写作水平，不能光靠课堂。”

“还记得咱们学过的那篇《一件珍贵的衬衣》吗？我觉得太小题大做了。总理把人家衣服搞坏了赔一件，这是正常的，也是应该的，干吗那么大肆渲染！”

“说真的，我觉得咱们的教材挺‘左’的，虽然改了好多次，可还是换汤不换药，现在都是市场经济了，政治课本里还是计划经济，也太跟不上时代步伐了，而且它对资本主义的评价也太片面了。”

渐渐地，同学们的话题跳出了课本，谈起了他们感兴趣的作者和作品。

“我不喜欢朦胧诗。记得一家诗刊曾刊登过这么一首《网》，全文密密麻麻的就一个字‘网’，这也叫诗？未免太朦胧了吧！”萧遥说。他从小读了不少古诗，崇拜李白也喜欢杜甫，最喜欢的还是“鬼才”李贺。“我觉得还是唐诗宋词好，像‘大漠孤烟直，长河落日圆’，还有‘零落成泥碾作尘，只有香如故’，都写得很绝，比起现在的许多诗来，不知强出多少倍。有些现代诗，不读三遍不知它在说什么，三遍后才知道其实它什么也没说！”

“现代诗与古代诗各有千秋，看不懂才有味呢！”

“朦胧不意味着晦涩！”

“鲁迅先生曾经说过，如果你没有非凡的才华，最好不要去写诗，好

诗都给唐朝人写光了。”

“罗兰的作品好，清淡，意境却是浓浓的。”

“写当今中学生的书太没劲了。原先是没人写，现在一哄而上，一大堆人写，不是早恋，就是代沟，好像中学生除了早恋，与老师和父母闹别扭就不会别的。其实当今中学生的渴望与追求都很高。”

“我倒认为中学生活没什么可写的，平淡无奇，除了学习还是学习，作家也没有什么素材。”

“同类项合并：大学生‘天之骄子’，小学生‘祖国的花朵’。中学生呢？唯一能挂上钩的是早恋。这可不是我说的，是报纸上写的。不过，中学生‘拍拖’是挺严重的嘛！”余发边说，眼睛边瞟王笑天和刘夏。

“可这毕竟不是中学生活的主流。”欣然说。

“还是没有早恋的人多。”柳清说。

“相比起来女生比男生还幸运些，瞧，《青春万岁》《豆蔻年华》《红衣少女》《失踪的女中学生》，都是讲女生的，咱们男生呢……”

“有一部《少年犯》。”有人打断他。

全班一哄而笑。

“这说明了什么？”王笑天又蹿了起来，“这说明男中学生的生活不能靠写，必须靠体会。”

响应他的是男生的阵阵掌声。

立刻有女生说：“整个一吃不到葡萄，说葡萄是酸的。”

“说到琼瑶、严沁她们，现在早就不时兴了。没意思，都是才子佳人的，内容也是大同小异；岑凯伦的书更是，男主角都是豪门子弟，英俊倜傥，女主角都是千金小姐，美貌非凡。世上哪有那么多那样的事？”

“倒是三毛作品好些，有生活的和风细雨，有人生的大起大落，有对

生活的感性认识，有对人生的理性探讨。另外三毛有句话我很信服——‘即使不成功，也不至于空白……’”林晓旭是三毛的崇拜者。

“原来经常听说三毛和她的作品，不过我没看，她自杀后，我看了她的作品，她对生活有极大的热情，能把单调无味满是艰辛的沙漠生活写得充满生机，可是她为什么脆弱到要自杀？”刘夏说。

“也许到了她那种思想境界的人，生死已经没有界限了，生就是死，死就是生。”

“这话是毫无意义也是不负责任的！”

女生谈三毛、罗兰、席慕蓉、琼瑶，一大串女作家，极个别是大陆的。

男生他们谈王朔和他的“痞子文学”，谈尼采和《超人》，谈金庸、梁羽生和武侠小说。

每个同学的发言，都渗透着他们对问题的认识。16岁是一个值得重视的年龄，无论身体和性格都趋于定型。“阅读倾向，是心理活动的外在表现”，江老师望着这群朝气蓬勃的学生，就像第一次认识他们一样。

“金庸热”“汪国真热”冲击着校园；梁实秋和林语堂的散文攒在手中；《简·爱》和《红楼梦》被来回传阅；蔡志忠的漫画集子备受青睐……上一代人琢磨不透这代人心里到底在想什么，但中学生自己不以为意，自得其乐，依旧我行我素，依旧书声琅琅，依旧生气勃勃。

这时，早已超过放学时间。大家兴致未减，仍兴趣盎然地议论着，从诗歌到小说，从中国文学到外国作品，从古典文艺到意识流。话题不断变换、跳跃。

…………

是的，一堂课不仅要给学生以知识，而且还要让他们知道读书的方

法。如果教师本人有激情、有灵感，那么他就能做到这一点。于是，江老师满怀信心地等待着明天的来临。

## 不是人脑是电脑

教数学的孙老师已经盯上刘夏了。刘夏的父母接连几天上法院，刘夏满脑子想的都是这件事。这时，坐在旁边的谢欣然偷偷递了张小纸条给她。

“小心。老师已经注意你半天了。她正讲‘两角和与差的余弦’，P102。”

刘夏一惊，慌忙正襟危坐，立刻翻到那一页，刚刚找到公式，老师就叫她的名字。

刘夏站了起来，老师果然提这个问题。

好险！好在已经看到了！刘夏朗声说了一遍。老师点点头，她坐了下去，和欣然交换了神秘而会心的一眼。

孙老师戴着一副深色大眼镜。同学们都确认她缺少一根笑神经，那是张安静、严肃、冷淡的脸。谁也看不出孙老师的年纪，她像不曾年轻，也将永远不老。

孙老师没看出班上的不安分，她在黑板上出题：“这是一道附加题，有点难度，我叫同学到黑板上做。”

孙老师却只望着陈明。她对陈明历来是充满信心的，刚要点陈明的名字，谢欣然忽然举起手。

孙老师冲她点点头。

谢欣然“X”“Y”“Z”“+”“-”“×”“÷”“∵”“∴”密密麻麻地写了几乎一黑板。孙老师微微点点头。

余发一见老师点头，忙附和道：“谢欣然，醒目！竟然做得跟我一样！”但凡哪个受到表扬或是做对了什么，余发便大言不惭：“跟我一样，我也是，我也是！”

“对，对，做对了！”孙老师连连点头，脸上终于有了一丝微笑。她一边审题一边说：“基础知识很扎实，这说明你对所学的知识掌握得很牢，思维很严密，条理很清楚。我想不少同学也是这样做的吧！”

孙老师环视了一下全班。发现陈明靠着椅背，眼睛一会儿看黑板上的演算，一会儿看看老师，目光是绝对的自信，还带着几分挑战。孙老师问：“陈明，你是这么做的吗？”

“不是。”

“不是？”孙老师奇怪地看着陈明，同学们也看着陈明。

“你来做一下。”孙老师说，同时拿了支粉笔递过去。

陈明走上前去，接过粉笔，毫不犹豫地唰唰唰地演算起来，十几行就做完了。没等同学明白过来，他已下了讲台。这时，孙老师叫住他：“这已不是高一学生的水平，这里用到了好多高三知识，你学过？”

陈明的嘴角微微向上翘翘：“没事就随便翻翻高三的课本。”

孙老师知道他绝对不是随便翻翻这么简单。陈明太让她高兴了。

“好！好！很好！这种解法简单明了！”

同学们也都“啧啧”称赞，余发还竖起大拇指，一个劲儿地说：“电脑！不是人脑是电脑！”

同学们都笑了。王笑天打趣道：“余发，这回人家没做得跟你一样吧？”

“差一点，差一点。”余发一点也不脸红。

除了对余发这种奉承不屑一顾的神情外，很难再从陈明脸上找到他此时内心的感受，他仍旧是一脸的平静，绝对是一贯优秀的学生才能做到的。

孙老师看了余发一眼，又望望陈明，说：“你要是有陈明的一半，我就烧香磕头了。”

余发挠挠后脑勺：“那多不好意思，我不忍心。让老师给我磕头我受不起，还是免了吧！”

“你们应该多向陈明学学。不容易，真不容易！”老师一边讲，一边频频点头。

陈明，这位在数学课上出尽风头，被孙老师大大表扬一番的英才生，却在第二节的政治课上挨批评。

## 羊群中的骆驼

陈明从来不好好上政治课，他最瞧不起的便是政治课了。爱屋及乌，大概恨屋也会及乌吧，陈明连同教政治的那个“马列老太太”一同瞧不起了。

其实“马老太”教政治可谓当之无愧，她那身打扮就是标准“教政治的”。一头短发三七开，再用大夹子把多的那边往耳后一别，完全是70年代妇联干部的发型；裙子是从来不穿的，再热的天也是一条直筒西裤，以致让人怀疑她的双腿是不是汗毛过长或者有疤痕什么的。她的穿着，在深圳除了在校园偶尔还能捕捉一二外，在市面上已属罕见。

对“马老太”的课大家都很重视，但上课注意听讲的却为数不多。政治课的好成绩大多是靠临时抱佛脚得来的。

“今天，我们讲第九课。”老师往黑板上大大地书写下标题，就把书翻到第78页，接着就开始理论来理论去了。

陈明“坦坦然”地打开一本不知从哪儿搞来的代数参考书开始做题。

余发正在将BP机上的股票行情整理在一个本子上：“01”24，“02”16……余发比较着、计算着，准备下了课去买股票。现在跟初期大不一样了，人完全可以不去证券交易所，因为已经实行电话自动委托买卖，一个电话过去就搞掂，方便得很。瞧他那股迷劲，乍一看，还真像是在认真做笔记呢。

为了炒股票，余发专门去配了个BP机，有时忘了关机，上课时BP机突然响起来，引起很多人不满。刘夏嘲笑道：“你别以为挂BP机好威，人家说有BP机的不是司机就是野鸡，你是什么jī啊？”

柳清的笔记本下面有几张信纸，她握着柳眉买的金笔写道：“亲爱的二姐，你好！”过一会儿又换支圆珠笔抄黑板上的东西。每写几行信，就把笔记本往下拉一点，盖住那张纸，以遮人耳目，还不时抬头望望老师，以便决定下一步是该写信还是做笔记。这样到下课，笔记有了，信也可以发了。

政治老师也看到下面“形势”不对，她说：“不要以为政治课不要紧。你们想想内地学生是怎么学习的，你们不少人也是从内地来的，内地的学习气氛还记得吧？你们呢——水平差一大截哩！”

政治老师动不动就说这番话，就讲她在内地教过的学生如何如何本事，大多数同学听了老师的话，收敛许多。可陈明就反感这些，他不屑：内地好你怎么不在内地待着？跑到深圳来，还不是为了钱，为了深圳优厚

的待遇？虚伪！政治老师言语之中总让人感到瞧不起深圳学生，尤其是本地孩子，这些又加深了他对政治老师的对立情绪。

没过一会儿，教室大乱起来。

“余发，你来讲讲，七害中的第一害是什么？”

这是老师的绝招，也是许多老师用来对付混乱场面的“杀手锏”。正在专心致志进行股市行情对比的余发，听到自己的名字，立刻把BP机塞进桌屉里，装作很镇定的样子站起来，可眼睛却不停东张西望向难兄难弟们求援。其他同学知道老师在“杀鸡”，也不敢再“抓耳挠腮”了。

“这个问题——”余发做出一副很懂的样子，把这几个字拉得很长，可脚却使劲儿踢了踢萧遥的椅子。

“答案书上有。”余发故意捣乱，引得同学哄堂大笑。

这时救兵已经找到答案了：“80页，第3段。”

得到提示，余发找到答案，立刻放声朗读：“……卖淫嫖娼。”

“坐下吧！”老师知道余发的答案不是他答出的，不过也挑不出什么，就白了他一眼，暗示余发注意听讲。对于陈明，老师清楚他在干什么，只是不想说罢了。对于这类学生只能是睁一只眼闭一只眼，反正他考试总是第一。

“卖淫嫖娼是指……”老师刚想解释，就听到有人窃笑，便带有回避性质地问，“都懂吧？”

这是不须回答的问句，却冷不防有人冒出响亮的一声：

“啊懂！”是余发，他刚被老师提问过，为表示自己正在认真听讲，像表决心似的大叫起来。

老师走过来，半开玩笑半讽刺地说：“唉噢，这连老师都不懂，你倒懂了。”

这下子，教室里像炸开了锅似的，先前还扭扭捏捏地笑，现在忘乎所以了。有同学趁机起哄。一向不知道脸红是怎么回事的余发也被闹得满脸通红。

课讲完了，老师布置了作业，叫同学们做。大家也收起闲书、信纸开始做题，唯独陈明不做，仍在做代数。

老师走近，敲敲他的桌子，以此提示，嘴上没说什么。一般来说，老师对这类学生总是很留面子的。

陈明没动，他想的那道代数题快有眉目了。

“你为什么不做作业？”

被老师一问，陈明那道代数题思路乱了，一气之下，硬邦邦地说：“我不会。”

老师有些惊讶，平时说话办事极谨慎的陈明怎么会这样，连忙缓和地说：“那你上课就应该认真听。”

“听不懂。”

面对这么一个没有礼貌、狂傲的学生，老师十分生气，她冷笑道：“你不要太嚣张了，像你这样的学生我见多了，你也只能算是羊群中的骆驼，有什么了不起的？跟内地学生比，不过是井底之蛙。你知道今年高考北京考生是怎么说的，‘考题太容易了，简直没有让我们施展才华的机会’，你们有谁敢说这样的话？我在内地教过多少比你学习好，比你厉害的人，可从没有一个像你这么狂妄的……”

# 一代便是一重天

江老师面对着两位任课老师对一位学生的不同评价，不知如何回答。先是数学任课老师在江老师面前大大表扬了陈明一通："现在这种踏实求学的学生太少了！"后是政治任课老师气呼呼地诉说："也太不像话了，才多大点的人，就学得如此目中无人，将来如何处世！"

似乎又有必要找陈明谈谈。现在是放学时间，陈明一定在教室。江老师走到教室门口，果然看见陈明在里面。江老师犹豫了一下，掉头要走。

"江老师。"陈明叫住他。

老师回过头："哦，陈明，不回家？"

"你找我？"

老师有些奇怪："这么说，你在等我了？"

"算是吧。政治老师找过你了吧？"

"那你也猜得到数学老师也找过我吧。"

陈明狡猾地笑笑。

"那你为什么又走呢？"

"怕又谈不来。"江老师故意用"谈不来"这个词，广东话就是"谈不拢"的意思。

"不理解。"陈明却很肯定地总结道。

江老师心里有丝暖意，没想到"理解"这个词会出自陈明之口，他总觉得这位尖子生身上缺少什么。常听老师和同学们谈论陈明太成熟了，而江老师则认为这一切正说明陈明不成熟。诚然，江老师承认这只是感觉，他并不懂陈明。

"也许我世故，但我不虚伪。我不想去利用谁，更不想被人利用。"

在他眼里，也许人与人的关系就是一种利用与被利用的关系。学生利用老师学知识，老师利用学生拿工资。

“难道除了这些，就没有其他美好的感情？”江老师问。

“也许有。不过我没感觉到。”陈明又想起政治老师经常挂在嘴边的那些话，他产生一种厌恶感。这种厌恶感在体内积压着，平日被老师包括政治老师的表扬称赞掩盖住了，一旦失去了这种表扬称赞，沉淀的厌恶感便会冲动起来。他不喜欢甚至厌恶别人对他言过其实的表扬和赞誉，但他又不甘心也无法接受别人的指责。他内心充满矛盾，这就导致他会出现不顺从的时候；一种不满和反抗的情绪需要发泄，尽管是极短暂的，却让他得到一种心理上的平衡。

好像有谁说过：“是别人的眼睛毁了我。多少美好的感情、理想，为别人的眼睛所扼杀；而多少虚荣、多少伪善，又在别人的目光下冉冉升起。”这话不无道理。

“陈明，你怎么把问题看得这么透？”江老师笑道。

“我的眼睛怪呐。”陈明玩世不恭地说，“人家看到的是红彤彤的太阳，我看到的是太阳的黑子。”

陈明耸耸肩代替未尽的话，真有点世人皆醉我独醒的意味。之后，像以往一样高高昂着头走了。

江老师一直全神贯注地听着，学生的内心世界真是丰富而复杂，要想理解他们，就必须深入到他们的内心世界中去。

江老师希望陈明谈下去，打开自己的心扉，谈出自己的喜怒哀乐，可是还没等江老师接近，这位尖子生就将刚刚启开的一点缝隙，又紧紧地闭上了。

这代学生的的确确与他们那一辈不同了。崭新的时代塑造一代崭新

的中学生。一代便是一重天。江老师此刻满心是不知其味的东西，但他清楚，如果想通过一两次的接触便了解学生的全部，那就大错特错了。因为中学生本身就是不定性的，可能上午他们说白天，下午就固执地认为是黑夜了。

## 《生活是什么》

从九中到古水村，要经过一座立交桥和一个很大的农贸市场。

深圳12月依然是暖和的天气。深圳没有冬天。深圳人称冬天为“金秋”。陈明穿着一件皮绒夹克。这是姑姑从香港给他带来的。从衣着来看陈明还是一个很入潮的人，可他的思想……

今天陈明十分不客气地顶撞了政治老师。同学老师全部哗然，一向明哲保身、谨小慎微的陈明怎么这么“尖锐”？就像英国的足球，踢起来那么凶猛，一反英国人彬彬有礼、极具绅士风度的常态。其实连陈明自己也在问，在政治课上的那一刻是自己吗？

傍晚的菜市场照样熙熙攘攘。五六点后肉菜价格便大幅度下降，一向讲究吃要新鲜的本地人是不屑于此的。此时来光顾的大多数是“新移民”。

菜市场很拥挤，陈明不得不跳下单车推着走。在熙熙攘攘的人群中行进，实在不容易。陈明不断地摇着铃，想在人群中杀出一条“生路”。

猛然间，陈明的车铃声停了，他看见政治老师正蹲在地上与菜贩子讨价还价。

“生菜昨天不是一块二吗，怎么今天又涨到一块六了？”

“一天一个行情嘛，早上还卖到两块五呢！”

“一块三卖不卖？”

“买唔（不）到。最少一块五。”

经过好一番唇舌之战，终于一块四成交。

“分明是两斤二两，你怎么称成两斤半了？”政治老师拿出自备弹簧秤一校，说。

老师和卖菜的吵起来。旁边几个买菜的也谴责小贩短斤缺两的行为：“你在秤头上捣鬼，我们可要找工商人员去！”卖菜的自知理亏，连忙偃旗息鼓，补足重量。

在陈明眼里，政治老师应该是不食人间烟火的人。为了区区几个钱与菜贩子争得脸红耳赤只有小市民才热衷。他们平日的温文尔雅，在这里荡然无存。

老师拿了菜直起腰，陈明忙闪到一边。他怕这时与老师相遇，双方都会很难堪。

当陈明看到政治老师的另一面世俗生活，反而把他和老师拉得近些。他有些庆幸，原来人与人都一样。老师不只是在讲台上训斥学生，他们也要生活，也要为柴米油盐酱醋茶奔波。

他想起政治课上他的顶撞，有些内疚，他为自己顶撞这么一位生活化的老师而产生内疚心理。这种感觉绝不是政治老师或是其他什么老师的长篇大论所能教导出来的。

政治老师又在一摊贩面前蹲下，挑拣摆在地上不再新鲜也不再昂贵的青菜。这时陈明对她的同情已经取代了对她的怨恨。

陈明突然觉得深圳的冬天也很冷，不由得立了立夹克的领子，车头掉了个方向，避开走。

前头有个摄影展，围了不少人。陈明路过，停了下来，有张照片吸引

了他：一个穿开裆裤的小男孩，在蓝天下，一手拿着弹弓，一手吮着，瞪着大大圆圆的眼睛苦恼地看着人们。照片的标题是：“生活是什么”。

是啊，生活究竟是什么？陈明自问。

那一天，爸爸五十大寿，请了许多人，在大厅办酒席，又是划拳，又是敬酒，好不热闹。陈明一个人躺在床上，闭着眼，头脑里一片杂乱：人活着为了什么？为什么活着？人生的目的究竟是什么？生命的尽头是什么？生活又是什么？陈明就这样漫无边际地想了很久，很久，仍不知道是为了什么，只觉得没意思。16岁的世界是春暖花开、鸟语花香，可他不。他没有朋友。不知是他孤立了同学们，还是同学们孤立了他。同学与他从不深交，几乎是只有向他讨教题目时才有话说。他没去过任何同学家，也从不带同学来家玩，除了班级组织的活动，从不参加同学中的任何“民间活动”。姐姐很奇怪，问他：“明仔，你怎么没朋友啊？我做学生时可是有许多‘死党’的。”他从来不煲电话粥。找他的电话百分之九十九是问功课的，问完之后，不是他就是对方主动说“Bye–bye”便挂了电话。久而久之，陈明和同学在一起，竟不知该说什么。

陈明想着想着，又觉得自己太没出息了，这么消沉。他想做番事业的。他要像雷震子那样“霎时风响来天地，顷刻雷鸣遍宇中”。他很自负，也很自卑。也许他的动力就是自卑。阿德勒以为人的个性形成均源于“自卑情绪”的存在，陈明同意人类的全部文化都是以自卑感为基础的。

…………

陈明呆立着，也苦恼地看着照片上的小男孩：生活是什么？难道这就是生活？江老师、政治老师他们的生活是怎样的？同学们的生活又是怎样的？

# 第十一章

## 小心早生华发

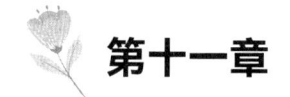

萧遥和王笑天骑着车离开校门口，他们总是结伴而行，王笑天总有讲不完的话。从校园出来，要经过13路公共汽车站。

又看到她了——萧遥每次路过车站，都会看到那个穿黑衣的女孩。

在萧遥的印象中，她除了黑色外，再也不着别的颜色。女孩很瘦，留着长头发，头发上面束着黑色的细长缎带，别致极了。

“看什么呢？”王笑天问。

“噢，看，看画标。”

王笑天没说什么，诡秘地笑了，笑得高深莫测，好像说：“真看你不出。”笑得萧遥一阵发慌。

“她在3班，和你一样姓萧。”

“也姓萧？”萧遥不信。

“她父母和你父母一样，也在国外。”

“也在国外？”萧遥有些惊喜，“在哪国？”

“就像你在4班，她在3班一样，你父母在英国，她父母在法国。”

王笑天可真行，把两个根本没有关联的事物，用这么多个“一样”联

系在一起。萧遥回头再去看时，女孩正在上车。

“萧遥，问你一道题，kiss是动词、名词，还是什么别的？”王笑天边问边抿着嘴笑。

“动词呗。”萧遥心不在焉应道。

“错！”王笑天大声地否定。

“名词啰。”

“错！你的英文水平也就那么回事啦。”

“什么词？我不知道，你说吧！”

王笑天哈哈大笑：“连词啊！”

萧遥下了个结论：王笑天问什么千万不能轻易回答，否则就会上他的圈套。

想起那位女孩，很想从王笑天口里多了解点她的情况，又不好意思，含含糊糊问了句：“她的干什么的？”

“大班长，不是吧，紧张得连中国话都不会说了。”

“哪里，我……我……”萧遥急于解释什么，可越解释越糟糕。王笑天又取笑道：“小心生白发呀！‘多情应笑我，早生华发’！”

“她很姽婳。”萧遥说。

“guǐ huà，什么意思？”

萧遥看着他，故作神秘地说：“回家查字典。”

王笑天突然问：“想认识吗？”

“我没你那么风流倜傥。”

王笑天又笑起来。这笑很叫萧遥生气，好像在说：“好虚伪啊，萧遥。”

萧遥不敢回视他，王笑天接着说：“她就在隔壁班，很容易认识的。”

“怎么讲？”萧遥脱口而出，马上就感觉到不妥。可是追不回来了。

王笑天迫不及待地抓住这条“辫子”：“这就对了！想认识就说嘛。”

萧遥被他搞得哭笑不得，很认真却装着漫不经心的样子听王笑天继续讲。

“比如装作没带书到他们班向她借，这一借一还就是两次；再有装作认错人，管她叫‘妹妹’，等她回过头，你就说，‘对不起，我认错人了，不过你真像我的妹妹……’”

“你的办法这么老土的？”

“嫌老土啊？那你就偷她一样东西，须是她十分心爱和重要的，就在她十分焦急地寻找之际，你还给她，说是你捡到的，一直在等失主，已经等了两天了，她肯定感动……”

“这样损不损啊！”

“那，那就来个绝的！管他三七二十一，你上前，拍她的肩，‘妞，我一无所有，你何时跟我走’！”

王笑天边说边用各种手势、不同声音、拿腔拿调演示着，得意非凡，以致萧遥都担心他会从单车上摔下来。萧遥大笑道：“你就是这样‘勾搭’上刘夏的？”

“‘勾搭’，这么难听的，刘夏……”王笑天一点没生气。他很少生气，总是笑，露出两个浅浅的酒窝，难怪女生都喜欢他。

一提起刘夏，一见到刘夏，他就兴奋不已。王笑天交友很简单，一谈得来，二心眼好，三漂亮。刘夏是个漂亮明朗的女孩，不矫揉，不造作，让人一与她交谈，就能感觉到她的真诚。有一次，王笑天拐来拐去地试探萧遥对刘夏的感觉，他想知道自己女朋友在其他异性心目中的形象。萧遥直截了当、毫不含糊地回答：“刘夏真好。”王笑天不解：“啊？”萧遥解释道：“她一直都是那么想哭就哭，想笑就笑，喜怒哀乐都写在脸上，

她的所有想法好像都可以在脸上找到答案。”王笑天听了特别高兴，比夸自己还高兴。他一直希望他喜欢并拥有的东西能得到大家的认同，却又不要个个都拥有。

不过真正让王笑天怦然心动或者说为之倾倒的，却是那回刘夏在琴房里的倩影。他经过琴房，无意中一抬头，看见倚窗拉琴的刘夏，她穿着白色的连衣裙，一条白丝带系成蝴蝶结长长地垂在她的发梢，模样是那么清纯可人，在那婉转悠扬的乐曲声中，简直像来自音乐之国的安琪儿。王笑天看呆了。他第一次感觉到一种美，一种少女的美。这种美让王笑天感动。后来，王笑天才知道刘夏拉的是《少女的祈祷》，他从此牢记了这支曲子。当然这些是不会告诉别人的，也没对刘夏提过。他需要独自严守这个秘密，这种感觉。

到了交叉路口，萧遥就与王笑天分道了，因为想起要取个包裹，就拐弯去了邮局。

邮局取国际包裹的人不多，萧遥径直走去。突然他发现那个黑衣少女正离开那个柜台，他的心跳顿时加快。这时，女孩已经从他身边经过，萧遥注意了一下她手里的东西，果真是国际邮包，一定是她妈妈从法国给她邮东西来了。

萧遥目不转睛地盯着她的背影，自己也觉得怪：“我这是怎么了？”

从此，萧遥越发注意她，留心她，无论上学放学，只要经过这个车站，他就会有意放慢车速；每当课间操铃一响，萧遥总会抬起头望门口，因为3班同学到操场要经过4班门口；又是因为她，他常去3班了，不过不像王笑天说的什么借书，他只想离她近点。

她不是靓女，但很引人注目。在一群女孩子中，你一眼就会认出她，说不清为什么。现在不是很兴讲“气质”吗，也许就是她的气质。总之，

萧遥每次做早操，在众多的女孩子中一下子就能找到她。

渐渐地，她也发觉了他，尽管他们从没说过话，但似乎达成了某种默契，他们互相点头表示打招呼。萧遥每次都想，如果有机会，一定和她交谈一下。

## 红烛配红心

圣诞节虽是西方国家的节日，如今也早已进口了。深圳就让人十分强烈地感受到圣诞节的气氛。许多商店布置上圣诞树、圣诞老人，橱窗写上白色的“Merry Christmas and Happy New Year！”这些字是用一种特殊的笔写的，写出来像是雪花堆成的。凡是没有雪的地方，人们总是千方百计、想方设法去感受雪。许多商场散发“圣诞大酬宾”的优惠券；马路上能看到亲亲热热的小两口捧着一盆圣诞树欢天喜地地回家；街头也有许多着圣诞老人装束的推销员在向小朋友派发礼品……似乎圣诞节是一个值得感谢和赞美的日子。

小贩们十分如意地卖出一张又一张的圣诞卡。同学之中稍懂经商，又有些门路的，也私下里出售圣诞卡，几天下来，百来元到手。圣诞卡几乎年年出新，一年比一年精致，内行的一看就知道：“这是去年的，过时了。”当然价钱也一年比一年贵。现在不像几年前，很少再有人评价这种送来送去的好与不好，这似乎已成了一种交往手段。圣诞节前夕，大街小巷挂满了各式各样的香卡、音乐卡、幻图卡、立体卡，琳琅满目。精明的小贩还在校门口摆地摊，一下课便有许多同学去光顾。

刘夏的妈妈说，别先送人，等人家送你了，再买卡送人也不迟。

王笑天爸爸说，无聊，送来送去，还不是花大人的钱？

大部分同学都不告诉家里，偷偷地买，悄悄地送。明明是一个学校的，非得花一角钱邮寄回来。同学们在卡上端端正正、认认真真地写上自己千思万想后确定下来的几句话，尽量写得有诗意些，有哲理些，幽默些，然后再用英文写上“Merry Christmas and Happy New Year！”“Best Wishes for New Year.”之类的祝福语。何止是圣诞卡，包括挂历、圣诞礼物都变样儿地“流通”起来。

每年王笑天家里的挂历都多得成灾，因为他爸爸是个官儿。凡是会友的、探亲的、求情的、办事的，在圣诞节前后来，除了提着精美的礼品，必定还要加上挂历。挂历多了怎么处理？爸爸一次就拿了10本给开车的小马，叫他再另行分配。妈妈说，要不，让王笑天送给老师，反正搁在家里也是累赘。王笑天立刻说：“别搞我，送这个老师不送那个老师，那个有意见，送那个不送这个，这个有意见。”

“那你就都送。”

“那人家准把你当成卖挂历的。再说，叫我同学看见了，非笑我不可，我才不擦鞋呢。”

王笑天从小到大，很少送东西给别人，尤其是老师。他认为别人送东西给老师可以理解。他王笑天要是送了，总会惹来猜疑。再说他们家的礼品都是别人送的，再转手送给老师，有些不敬，岂不成了倒爷、二道贩子？不送！

林晓旭想送张卡给江老师，她挑了老半天，才选中这张有红烛的圣诞卡。她请售货员小姐包装一下，小姐拿出一个画满红心的塑料袋，把卡片装了进去。

晓旭脸红了：“这是……送给老师的。”

“送给老师才应该更有诗意，这么漂亮的圣诞卡配上这么可爱的塑料袋，红烛配上红心，才是百分之百爱心。你瞧多好看！”小姐扬扬经过包装的圣诞卡，果然更加漂亮。

晓旭不知开头怎么写，在“老师”两个字前面加个什么定语好。晓旭想啊想，想出了许多形容词甚至包括“亲爱的”，都认为不恰当，不合适，不贴切，不准确。她把这些词写在纸上，一个个反复比较和琢磨，最后，她决定还是用“敬爱的”这个词。林晓旭觉得只有这个词才能表达她的感情，于是她在圣诞卡上端端正正地写上：送给敬爱的江老师。

圣诞节前后几天，传达室门口竖着的一块黑板写满了人名。

终于，萧遥看到她去取信，心头很热，在后面跟着。其实他的卡没写什么，只写了“祝圣诞快乐、学习进步”，再简单不过了，简单得像白开水。他实在不知道该写些什么，想写这个又怕太奶油腔，写那个又怕她认为他玩深沉，索性只写了这句“放之四海而皆准”的话。萧遥看到她在拆封口，她在看了，他的心跳加速……

她上了公交车。他骑着跑车向车上望，看见她了，目光忽然相遇了，她冲他笑着，扬扬拿着他的圣诞卡的手。萧遥第一次看见她笑，在他的记忆中她没笑过。他发现她笑起来很可爱。很快，公共汽车无影无踪了，萧遥却还在激动，心想，明天要和她说话。

传达室门口的那块写着收信人名字的黑板几乎天天都有“谢欣然”三字，经常还一天几封。谢欣然有时也觉得这样送来送去没必要，没必要却又必须送。上海的老同学得送，不送人家会说你高傲了；老师也得送，尤其是原先班主任兰老师和开学初教过半个多月就住院去的陈老师；还有哥哥得送，这是欣然的规矩；还有高三的……干脆，欣然一口气买了20张圣诞卡，一个个分配过去。这样忙了一晚上，第二天一气发了12封，剩下

的就是本校的，唐艳艳、苏拉……她唯恐忘了谁。同班的就不送了。她和林晓旭说好谁也不送给谁，好朋友之间再送就没意思了。萧遥，要不要送给他？欣然犹豫着，我不会主动送的，只有一个例外——苏拉，高三的苏拉。欣然每年都送给他，就像每年都送给乡下的哥哥一样。这里面的“为什么”欣然解释不清，不过有一点是可以肯定的，不是因为喜欢他，而是……也许是内疚吧。

正因为不喜欢，她反而可以无所顾忌地年年送。

## 一百零一个歉意

课间，欣然拿着两张卡跑到6楼，那是高三年级。一张是送给唐艳艳的，另一张是送给苏拉的，内容都一样：“祝你考上大学。”

唐艳艳接过卡，拆开，用上海话说了句“好漂亮”，当她看到欣然的祝词是“祝你考上大学”时，没说什么，叠好卡，放回信封，嘴角露出一丝苦笑。

“艳艳，你什么时候回上海？”

“……”

“是寒假吗？我可以去送你。”

“欣然，我……”唐艳艳支吾着，“以后再说吧。”

欣然便不勉强，又说：“这张送给苏拉，你帮我给他。”

“又要我帮你给，怎么年年都交给我这个‘艰巨而光荣的任务’，最后一年了，你自己给吧！”

“哎呀，你就帮帮忙吧，求你了！”

“有什么好处？”

“嗯，请你吃雪糕。”

“大冬天的，你贴钱我也不吃！”

“那我请你……”

“好了，不要你请，再帮你一次。算我这个当姐姐的为妹妹两肋插刀了！”唐艳艳说，“有一天，他问我你们家的电话号码。”

“你给他了？”

“没有。不过他挺好的，哪不合你心意了？人家对你够情深意长的了。”唐艳艳说完咯咯咯地笑起来。

“去你的！”

这时，苏拉从楼梯上来。

唐艳艳就喊：“苏拉，欣然给你送卡来了。她不好意思当面送给你，叫我当中间人转交给你！”

“My God（我的上帝）！”欣然心里叫道，脸涨得通红，唐艳艳怎么这样子，真想骂她一通。

唐艳艳把卡交给苏拉，就跑了，留下苏拉和欣然。欣然窘促得手都不知怎么放。苏拉却一笑，打开圣诞卡。

“欣然，谢谢你。”

欣然很激动，第一次听他说谢谢她，可不等欣然激动完，苏拉又加了一句：“谢谢你借给我初中复习课本。”

欣然一下子又黯淡下来。这时上课铃响了，她灰灰地说：“上课了，我走了。”

欣然和苏拉两年前就认识。那时，欣然刚从内地转来上初二，在现在看来，那时真是小女孩，冒傻气的小女孩。一次，初二年级到游泳池上

课，正巧高一年级快下游泳课了，最后一个练习是跳水，同学们一个接一个地从跳板上跳下去。个别女生不敢跳，从水梯子一层一层爬下去。有一个男生也不敢跳，和女生一样扶着梯子下水。欣然看见了，对旁边的一个女生说：“这人真没用，都不知是不是男生！”这话估计是被那人听到了，因为他狠狠地盯了她一眼，那感觉真难受，就像湿漉漉的头发。

下游泳课后，欣然早把这事忘掉了。从游泳池回教学楼，在2楼楼梯口，欣然看见了那个男生。他的头发还是湿湿的，眼睛发红，像只斗牛。

“这比起游泳池来怎么样？”他的大拇指冲着窗口扬了扬。

欣然往下一望，四五米高，有些害怕。

“你敢往下跳吗？”他挑挑眉毛。

“怎么不敢！你呢？”欣然虽然心里慌，嗓门却老大。

“嘿嘿！”男生冷笑着，睥睨了欣然一眼就往下跳。

欣然也跟着往下跳。

后来两个人都被送进医院。

男生问：“你怎么也真跳啊？”

“你不也跳了吗？”

“我是跳给你看的。”

“我也是跳给你看的。”

“我看不见。”

“我自己看得见。”

…………

之后，欣然知道这个男生叫苏拉，而且和唐艳艳是一个班的。不久，收到苏拉的信。14岁的欣然第一次收到“情书”，紧张害怕中又有几分兴奋。十三四岁被教育家认定为“危险年龄”，这个年龄的孩子心理和生理

的变化都很大，他们尤其需要大人的帮助。而家长往往在孩子幼年时给予莫大的爱护，当孩子进入少年，性格要定型时，却忽略了他们。欣然告诉妈妈内心的波动，妈妈没时间也没耐性听，听着听着，突然问：“你说到哪里来着？”或者说：“快念书去，我就不明白你们十几岁的小孩，不愁吃不愁穿，本该无忧无虑，怎么会整天‘寂寞、孤独’地喊个没完，真是身在福中不知福！”

经过几天酝酿，欣然决定把此事对家长和盘托出，唐艳艳告诫说：“你疯了，这种事是不能让大人知道的。”欣然不信，不但告诉了母亲，也把信给她看了。

妈妈把看到的一些有“价值”的念出声来：“……我觉得我们的志趣和性格都十分近似，我愿意把你当作我最最知心的朋友；你是否也愿意把我当成你最最友好的朋友……”

妈妈念到这竟说了一句：“真逗！”欣然怔住了，觉得像被剥光衣服站在妈妈面前。她后悔了，这才信了唐艳艳的话。

妈妈看完信之后，仔细盘问了一番，就像她在医院里查问病情。欣然是一问三摇头，妈妈怀疑地反问：“真的吗？”欣然哭了，妈妈点点头，她相信眼泪。终于，妈妈满意了，立刻开了药方：“把信退回去！”那口气像医生对病人下诊断书，没什么好商量的。

在妈妈的“协助”下，写信封，贴邮票，装好，封上，连夜寄走了。晚上，欣然躺在床上，怎么也睡不踏实，原以为与妈妈交谈后就没心事了，没想到心事更重。

她后悔把信向妈妈公开了。尤其是妈妈看信时那一句“真逗”，让她的心凉透了。每个青春期的女孩子认为成年女子的生活都有一种神秘感。她们希望身边有个善解人意的女人，能与她们膝盖碰着膝盖，眼睛望着眼

睛谈人生，谈爱情。这就是少女理解的“促膝谈心”。欣然就是抱着这种念头，鼓足勇气告诉妈妈的，希望妈妈，一个成熟女人以自己的亲身经历帮她解除困惑。没想到受过高等教育的妈妈竟然这么简单处之。

第二天天没亮，欣然就跑到邮筒前，等待收信的人来，好拿回那封信。可是邮差说昨晚的信已经收走了。欣然差点儿瘫倒在邮筒前。

更糟的是，妈妈专程到学校，找到苏拉的班主任。于是苏拉被班主任找去谈了一次话。幸好是在特区的中学，教师的观念比较开放，没对这种事上纲上线。可是苏拉那帮哥们儿对欣然却没有好脸色。欣然偶尔在校园里碰见苏拉，他挺冷的。

欣然知道自己犯下无法原谅的错误。事后，她对唐艳艳说：“看来你是对的。早知道会这样，绝不告诉他们大人。我原以为告诉大人会……看来这种事真不能让他们知道。”

可不吗，打这以后，欣然参加个活动，妈妈都要了解前因后果，时间是几点到几点，和哪些人在一起。并且尽可能地要求加以证实。还规定放学后5点半前必须到家。有电话来也要盘问一通，搞得男生都不敢打电话了。欣然收到同学来信，妈妈总鬼鬼祟祟地窥视，欣然受不了了，把信丢给妈妈说：“你先检查一下吧。”有天晚上，因为参加书画展，欣然回家晚了，妈妈立刻警惕地问：“你干什么去了？是不是和那个男生……”目光里充满怀疑和斥责，欣然怔住了，一句话也说不出，委屈地哭了。

最可气的是妈妈常把那封信的内容作为谈资，拿那事作把柄，引用信上的话讽刺她。欣然想到“文化大革命”时期，人整人，互相“揪小辫”的事。

对于苏拉，欣然是一百零一个的歉意。从此每年圣诞节，欣然都送卡给苏拉。

# 第十二章

## “鱼”与“熊掌”

放学铃一响，谢欣然就发现唐艳艳在教室门口等她。

“找我有什么事？要期末考了，一定很紧张吧！”欣然想象中的高三就是题海。

“欣然，我是来告诉你一件事的。”

“噢？”

“我不打算参加高考了。”

欣然很吃惊：“为什么？”

“我在等指标，我爸爸公司今年又有指标了，可能会排上我们家。如果参加高考，我就得回上海去考，考上大学户口就永远在内地了，以后想迁来就更困难了。如果我放弃高考，我爸户口迁来了，我的户口也会跟着迁来……”

“如果这次排不上呢？”欣然听完唐艳艳的“分析”，十分忧虑。

唐艳艳看了一眼欣然，十分平静地说：“如果那样，只能听天由命了。”

“你不觉得太冒险？”

“对，就是在冒险，在赌博。如果我放弃高考，户口指标又排不上，我就‘赔了夫人又折兵’。”

“艳艳……”欣然的声音有些颤抖。

唐艳艳故作轻松一笑，反过来安慰欣然：“不过，这次迁户口把握比较大。”

“你爸爸妈妈同意吗？”

“一开始不同意，他们都是大学生，觉得上大学才正宗，后来慢慢也开化了，现在我爸说这事我自个儿拿主意，别将来后悔反过来怨他，将来是好是坏，我一个人背着。”唐艳艳叹了口气。

“也难怪他们不同意，上海又不是其他地方，好多人想进还进不去呢。”

“所以我自己也一直犹豫着，那天你给我送卡时，我没和你讲，因为我还没有完完全全考虑好。”

“现在考虑好了？”欣然回想起那天送圣诞卡时她的表情。

“内地大学生还有来洗盘子的呢，再说现在女大学生分配成问题。”唐艳艳答非所问。

“何必呢！”

唐艳艳却说：“你们地理课没说到？上海正在下陷，有被海水淹没的可能呢！哈哈！”

唐艳艳就是这么个乐天派，多愁的事儿，她都会“笑把泪夺”，可欣然听起来却很不轻松。

“艳艳，我觉得你这样可惜了，你的成绩那么好。”

“可惜。”唐艳艳重复着，琢磨了一会儿，“对，是可惜了。”

“能不能……”

“没有更好的办法。两千年前，‘孟爷爷’就告诉我们：熊掌和鱼不可兼得。”

“在你眼里，深圳户口是熊掌了？”

“对，在我眼里，深圳‘绿卡’比大学校徽更有吸引力。”

“换我，我不会这样。”

“因为你还没到这步。”

“不，就算我现在是高三，我也不会像你那样！”欣然声音大起来。

唐艳艳没坚持下去，只是说：“女性的天空是低的。”

她怎么无端端说起萧红的这句话，什么意思？毕竟是高三的，讲话是深沉些。

与唐艳艳分手后，欣然感到很压抑。她脑海里重复着唐艳艳的话语，觉得很重，似乎是在背着一个大包袱，一个本来不应由她们这个年龄，不该由她们这代人背的大包袱，可她们却在背着。欣然有些害怕，她知道那包袱确实存在，而且就在她背上，她可以甩掉它吗？什么时候？

垂头丧气地走回家，正巧他们楼的电梯坏了，欣然家住在18楼，欣然就一步步地上楼，在空荡荡的楼梯里，回响着她沉重无力的脚步声，心里好凄凉。到了18楼，她想哭。

妈妈正在客厅和亲戚讲话。这位亲戚刚从湖南来，说是亲戚，可远得让欣然不知如何称呼。听妈妈说，好像是妈妈的弟媳妇的妹妹的丈夫的弟弟。自从他们家来到深圳，家族关系变得繁杂起来，无论公差、私差，凡是来了深圳就来他们家，而且从没有空手走的，这个好拿去，那个不好也带去。妈妈说，要是去了美国，岂不得来个亲戚大串联？这个亲戚是内地机关里的一个干部，他觉得应该趁年轻闯一番，赚些钱，于是开了张“肝炎”休息一年的病假条，吃着“劳保”跑来深圳。这个在内地也是有地位

的人，来到深圳却可以放下面子，干些“下等活”，想的是赚几个钱回去享受。

妈妈在做购物指南：一定要对半砍价，200多元的衣服，100多元就能买下来；到沙头角，应如何避开警察到英方那边买东西；深圳哪儿东西便宜……一副购物专家的模样。亲戚也张大个嘴，听得入神，像得了什么真传。

“我回来了，妈。”欣然说。她没叫那个亲戚。妈说该叫“叔叔”，按辈分是这样，可他也不过二十七八，欣然真叫不出口，点点头，算是打了招呼。

“欣然，怎么了？”妈妈一眼看出女儿神色不对。

欣然颤抖了两下嘴皮，才说：“唐艳艳不回上海高考了。”

“她怎么了？”

“她说户口快来了，深圳的‘绿卡’比大学校徽有吸引力。”

“这话不错。”亲戚插上嘴，“有首诗写得好，‘人生在世有几何，何必苦苦学几何。学了几何几何用，不学几何又几何？’如今这世道就这样，大学教授不如卖红薯的老太太挣得多……在深圳多好，挣钱多容易，何必去考大学，这叫‘世上难行钱做马’……”

妈妈听了这话，十分反感，因为是亲戚，不好驳回，只是咳嗽了两声，那人也知趣地停下不说了，妈妈问：“你怎么想的？”

欣然摇摇头。

“欣然，你可不能这么没出息啊，你可不能跟唐艳艳学啊。你可一定得上大学。昨儿我还和你爸说，高二就把你送回去，当然能在这儿考是最好……都怪你爸，把指标让人了……”

欣然走到阳台，站在18层楼的阳台上很有“登泰山而小天下”的感

觉。“国商”“大剧院”“环宇”尽收眼底。深圳是个美丽的城市，可这里是她的吗？想起这么一句话：“每个人都带着生活给他打下的烙印，在寻找着自己认为的幸福。”唐艳艳这样决定也许就是生活的烙印打出来的。对于别人的道路，欣然是无权干涉的，那么自己，自己寻找的幸福呢？唐艳艳的选择对欣然也许只是一个冲击，也许是社会对她们的启迪，深圳给她们的最初最直接的印象，也许什么都不是……

眼前的一切模糊起来。

## 长大真不容易

晓旭日记　　（×月×日）

快期末考了，心里紧张得要命。又要考，又要分名次，又会有许多同学围着分数表议论不休。

回到家，弟弟告诉我，1999年地球大爆炸，人类毁于一旦。我却笑他：“又是你的专利？”

他见我不信，急了：“真的，我们班今天都在说这事儿，日本人还出了本书，专门讲预言，《世界末日——1999》，不信，明天我给你借回来！”

天哪，只有几年可活了！1999年我正当青春，就要遭此劫难，这是多大的不幸！马上就要文理科分班了，可

以摆脱可恨的物理、化学了，现在可好，世界末日就要来临了，那还学什么啊，还搞什么经济建设，还盖什么房子，还有啥活头——大家等死算了。

再一想，又不是我一个人死，大家都死。刘夏、欣然、萧遥，全班都死。江老师也要死……多可怕啊。

妈妈回来，我们对她讲了。她看了我们一眼："你们小道消息可真灵！我们报社刚刚辟了谣，这些都是假的，不过是耸人听闻的闹剧。没有人知道世界末日什么时候来临。"

是啊，除了神，没有人知道世界末日什么时候来临，我有几分庆幸。

"你们还不快去学习，马上要期终考了！"

"糟了。"我忽然想起明天还有一门物理测验。

庆幸之余的遗憾这才是真正的灾难呢！

（×月×日）

物理成绩发下来了，亮了红灯。物理老师说，如果连这次测验都通不过，期末考就更通不过了。天哪！后面的小黑板上写着"离期末考15天"，还有人每日减天数，学人家搞"倒计时"，真可怕！

更可怕的是我越来越没有信心，对事情越来越没有把

握。记得江老师说过“缺乏自信的人往往是一事无成的人”。我就是缺乏自信，总把希望寄托在天意上，我常用硬币的正反面来预测考试的好坏，用树叶数量的单偶来估计分数的多少。

心里十分沮丧。刘夏来问怎么复习。“不复习了，豁出去了。”我顺口说道。可心里又问这是我的声音吗？总觉得自己不可能这么洒脱。刘夏看了我半天，抿着嘴似笑非笑：“那除非太阳从西边出来。”刘夏的话证明了刚才那句话不是出自我的口。

只要存在高考，太阳就是从西边出来，我也得复习。有一半是为了我妈妈，圆她这辈子的梦。她对我们的期望太高，我实在不忍心让她失望。她经常说：“晓旭、小豆，你们一定要给妈争气，给你们死去的爸爸争气。”

妈妈本来应该是一位李清照或者朱淑真。她青年时期的梦想就是成为一位文坛上的居里夫人。只可惜她嫁给了我爸这位比她更有才华的清华大学高才生，从此“走向没落”。琴棋书画变成了柴米油盐，作家梦也随之变成了肥皂泡。有人说女人以家为世界，男人以世界为家。确实这样！我知道妈妈对我们姐弟寄托了很大希望，特别是在爸爸过世后，妈妈更是把所有的心血都放在我们身上。一想起这张开红灯的物理卷，我就很惭愧。

欣然今天安慰我：“你应该学会开导自己，比如用自

我暗示来调节情绪——‘我不会，别人也未必会做’，好好想想就会做出来的……”

这样有效吗？我真希望下回能考得很好，以解释这次的不及格只是失误。可我没信心，害怕下次还考不好。

隔壁传来小贝贝她妈对她的训斥声，一定也是考试成绩不好吧。小贝贝哭得惨透了，她才上二年级啊，还有千百次考试等着呢。我想起来就后怕，平时总是不想长大，恨不能永远做个小姑娘，可是一想到小贝贝，才觉得长大了也有好处。我们好歹也快熬到头了。长大真不容易。

## 不知死了多少脑细胞

尔后当然是紧张的期末复习。

日本人学习刻苦，学生间的竞争激烈是世界闻名的。但他们与中国学生相比却是“小巫见大巫”。日本中学生在家学习时间为1个半小时，中国中学生却是3个半小时。到了高中，尤其是高三更不用说了。

大概教育史上最成功、最有效的强迫人读书的办法就是考试。

每位同学在复习考试期间都比平时用功多了。谁要能想出个办法让这一现象倒置过来，肯定能得个“促使人类文明进步大奖”。桌屉里的磁

带、Walkman、电脑盘、游戏机收回家，闲书也归还原主。没人再谈起林志颖和香港新机场的兴建。到处可见埋头苦读的同学。不知是谁将后面黑板上的“离考试只有10天”改成“离放假只有10天”，刺激性更大了。

其间，老师也加大了作业量、测验量。老师之间的话互相矛盾。

“真正的学者从来不放过每一个细节。”化学老师说。

“不要盯着细节不放。要高瞻远瞩，从大处着眼，才能抓住整体。”历史老师说。

听谁的？

地理老师说：“据报载，始祖鸟并不是最早的鸟类，但是地理书没改，你们还得给我照写始祖鸟。”

这又是什么道理？

考试，像是考生和考官之间在捉迷藏，你不是知道最高峰吗，那我就考你第二高峰。

算不算刁难？

早晨，林晓旭一进教室就问：“刘夏，这些题你昨晚做了多久？”林晓旭用手指指刘夏桌上的数学本。晓旭为了这些数学题整整花了一个晚上，不知牺牲了多少脑细胞，以致她对自己的IQ（智商）产生怀疑。

“不堪回首，足足花了3小时又18分钟。”刘夏苦着脸叹道。

林晓旭微微笑了笑，竟有些高兴，原来大家彼此彼此。

相比之下，初中时快活多了，做完作业可以翻翻杂志，听听音乐，看看电视。荣幸地进了九中后，她的压力很大，晚上从没在12点前上床过。没完没了的习题和卷子压得她喘不过气来。偶尔想看看杂志电视什么的，可一坐到电视机前，总有一个声音在耳边萦绕：“别人正在用功呢。”晓旭一方面已经被影片吸引住了，一方面又觉得看电视好像在犯罪，惴惴不

安。回屋学习，却又学不下去，老想着那部未完的片子。遇到不会的题，她会很气，“这题对陈明、欣然来说，不费吹灰之力，我真笨。”有时冲破重重难关攻下一道题，她会很兴奋，“也许他们都没做出来，我还行。”这么努力却不愿让人知道，那次学校发下了学生情况调查表，有一栏是“在家学习时间”，晓旭至少是5个小时，可她只填了3个小时；“就寝时间”，也只填10点半左右。她害怕别人知道她那么刻苦却学习不好，觉得她笨。调查结果与实际情况出入很大，原来很多同学跟她一样。而余发之类在家里很少碰书本的人却填上学习时间4个小时。老师觉得不可思议：“现在的学生怎么回事，刻苦的不说自己刻苦，不刻苦的硬说自己刻苦。”

昨晚，林晓旭花了一晚上才把题做完，又总觉得没做对，别的功课也复习不下去，心里很烦，就去睡了。躺在床上，又想起那道数学题。尽管眼皮已经十分结实地粘在一起，可就是睡不着，仿佛睡觉是在偷懒。

不行，晓旭又爬起来，继续看书，却又看不下去。索性就坐着，眼睛不带一点记忆地盯着课本。这样做只是为了心理上好受点：我没睡觉，我又“学”到很晚。只是她没想到效果。

“晓旭，咱俩答案不一样。”刘夏拿着自己的和晓旭的本子对照了一遍。

“是吗？”

“嗯，问问陈明吧。”刘夏转过头，“陈明，昨天的数学题怎么做？”

陈明随手把本子递给刘夏，又接着复习功课。对考试，陈明是十分重视的，尤其是这样的大考。他承认自己有虚荣心，巴不得自己次次第一。他在班上的地位、威信都是因为他的成绩。由于他一贯努力，一贯学习好，因此复习很轻松。他总是保持有条不紊的生活规律。在考试期间他绝不会开夜车。他知道那样会起反作用。陈明不愿意给同学们讲题，不是

因为自私，而是因为有时他讲一遍，问问题的人仍不明白，他们会不断地问：“为什么？”“根据什么？”他得讲上三四遍，还得翻书对照，找例题等等。马上要考试了，一寸光阴一寸金。

刘夏对完题，对林晓旭说：“是你错了，我和陈明的一样，看来你整个思路都错了。”

林晓旭接过本子，一看是错了。她一下子跌坐在椅子上，简直想哭，费了一晚上的心血，居然错了！

即使在这样紧张的气氛下，也有不着急的人。

“萧遥，把代数借我抄抄吧。”余发张口就说，一点不脸红，像借支笔似的。

因为要考试了，各种信息纷至沓来，官方的，民间的，虽然都没个准，但足以让你跟它转个头昏脑胀。复习课简直就像考前强化突击班。大家心里都有数，有些课平时十天半个月不来也关系不大，可最后几节复习课如果不来，那就悬乎了。复习课上所有的同学都“眼观六路，耳听八方”，唯恐漏过老师的一句话、一行板书。官方的是权威，民间的也有真功夫。同学间相传的一张小纸条的“料”也使人兴奋不已。

政治老师走进教室。自从那次陈明和她顶嘴后，她对4班的热情明显下降。同学们都怪陈明。陈明呢，自从在菜市场见到政治老师跟菜贩讨价还价那一幕，对老师也有点歉意。那天是冲了点，但他是绝对不可能去道歉的，这就是他的性格。

今天的课前准备很充分。课本摊在左边，笔记本摆在右边。每人手头都有反光笔、电光笔、荧光笔、红笔、绿笔……总之，色彩要艳的，要与平日课上画重点的笔不一样。还有学生索性带了部小录音机，一副要大干一番的架势。

老师很满意这课前准备。

“下面我们开始复习了。”一声令下，所有的同学都操起笔，准备迎战。

“这次题目类型还是那些：名词解释、选择、填空、简答、论述题等。有所不同的就是这次论述题加大分值，一题10分。下面先讲名词解释，有‘一般等价物’‘货币’‘商品经济’……记清楚了吗？没记清的下课借同学的笔记用一下；接着讲问答题，‘价值规律在商品经济中的作用’这题答案从第8页倒数第4行到第9页第10行，我再补充一段，现在抄在黑板上……最重要的是后面的论述题……”

同学们“马不停蹄”、目不暇接地画着，还不断提出“老师，慢点，再讲一遍”或“快点，下一题”这样节奏不一的要求。

上复习课光认真是不够的，还得有技巧。对老师使用的语音语调都要加以认真分析研究，声音比较缓和如一的一般不是重点；语调起伏加强，嗓门儿加大可得注意了，这些往往是重点；但是那些真正有价值，同学们想得到的“料”，当老师有意无意透露时却是用一种似清非清、似明非明的声调小声含混带过。这些绝不是一朝一夕能掌握的，没有10年的“学龄”休想练出这套“锣鼓听音”的过硬本领。

上复习课是很锻炼人的判断能力的，对于老师的“简单看看”“基本掌握”“特别看看”“重点记住”，一定要用一个哲学观点“具体问题具体分析”。像林晓旭清一色全打“★”，不分主次，难怪她背死还捞不到好分数。欣然就聪明得多，每一题的重点程度都用不同的代号，一目了然，背起来轻重不一。

唐艳艳的事对欣然的冲击很大。为了深圳户口而放弃高考，欣然着实替艳艳痛心。欣然满脑子都是上大学，父母对升大学的看重使得欣然认定

这么一个理：只有上大学才算有出息。每当亲戚朋友的孩子接到大学录取通知书时，父母都会“啧啧”称羡。欣然总希望有那么一天，她也能戴上名牌大学的校徽，让父母高兴一番。这样的思想从来没有动摇过，也没有动摇的迹象。欣然不明白，唐艳艳的父母也都是高知，他们是以一种什么心境来接受唐艳艳的决定的？唉，没户口的深圳中学生。

现在，欣然无法肯定任何事，也保证不了什么，只是这次期末考试她是一定要考好的。这是她要努力的。

“欣然，‘商品的使用价值’我找不到。”柳清这题还没画好，老师已经讲下一题了，急得她直探头瞟欣然的课本。

欣然告诉了她。

“那个‘货币的两种基本职能’呢？”柳清又问。

因为老师又开始讲了个“重点记住”，欣然这次只好说：“下课再告诉你。”

同学们不停地写，不停地画，大一二三，小（一）（二）（三），小小123，小小小①②③；非常重点，重点记住，一般了解。一堂复习课下来，真像是打了一场仗。但还没完，还有“收尾工作”，应该说后面的工作更加“艰巨”。

“同学们，这些题目都画下了吧。回去把重点背背，差不多就有90分了。”

“那还有10分出在哪儿？”有人穷追不舍。

“那10分是活题。”

“怎么活法，举个例子听听。譬如……”用“譬如”这么个文绉绉的词，仿佛是在请教老师。

“老师，这段是重点吗？”

“这题这样答可以吗？”

“这道题考的可能性大吗？”

如此“套题”的话四处可闻。老师若不“通点水”，就别想出教室大门。他们算被考油了。

政治老师有点哭笑不得：“你们干脆叫我把题告诉你们得了。”

“我不介意。”有点放肆了。

“不能再说了，说了就漏题了。”老师边摇手，边想走。

“老师啊，这次考题深不深啊？”

“不深也不浅。过去是手工印刷，印得重则深，印得轻则浅。现在是电脑控制，不深也不浅。”老师的回答真叫绝。

余发见“套题”无望，竟问道：“老师，谁来监考啊？”

同学们一听就乐了，知道余发大有“出猫”意图。老师没好气地说：“你们这些学生考你们的试就是了，管哪个老师监考干吗？”

“心理准备嘛。”

“你们要是喜欢哪个老师监考，只能说明那个老师不负责任。”

“怎么会呢。我们就挺喜欢您监考的。”王笑天故意嬉皮笑脸道，说得政治老师噎了口气。

“好好复习吧，数理化复习累了，休息时就背背政治。”老师说。

“是。刚才物理老师还说背累了政治、语文、英语，做做物理卷子当作休息呢！”林晓旭道。

“敢情我们一直没用功，都在rest啦！”刘夏道，“老师这么关心我们啊！”

一下子，同学们全“休息”上了。

余发开始行动了：“萧遥，借你的笔记给我复印。”

他知道，班上的积极分子们在考前总会理出一张“大纲”，向大方的同学借来复印就行了。

复印机是谁发明的？余发真想谢谢他。有了这家伙，省去了多少抄笔记的时间，可惜作业不能交复印件！每逢大考小考，余发都得在复印机前泡上几小时，先是原版复印，再缩小复印到巴掌那么大。考试时，也好搞点小动作。

到了紧急关头，大家都会去复印资料和笔记，不一定全是想偷懒，更想节约时间。科技时代，学生不能是门外汉，这是否也是高科技带给学生的一种福利？

一时间，学习气氛大增。到处可见捧书的学生；到处可听到琅琅的读书声。

“复习怎么样了？”

“饱和了，多一个名词都塞不进去了。”

“彼此彼此，这下我可放心了。”

同学之间彼此嬉笑着，以调节考前的紧张沉闷空气。

王笑天说，如果他将来当老师，要么改革考试制度，要么狠狠考考他的学生，以泄今日之恨。

“考、考、考，老师的法宝；分、分、分，学生的命根。”无论小考大考，同学总要较劲儿一番，谁不想pass，谁不想压倒群芳、出类拔萃呢？

# 第十三章

## 寒假必须搏一搏

晓旭日记　　（×月×日）

放假了，同学们就像孙悟空脱掉紧箍儿一样，只有我，丝毫没有轻松之感。不出物理老师所料，我的物理又不及格。

老师说，下学期一开学就有一场大考，言外之意，寒假必须在家好好复习功课。

班上好多同学寒假都去打工，一半是出于好奇，一半是想检验自己能力。我和欣然也约好去打假期工。今天对妈妈说起，妈说：“别花样多，那地方多杂啊，万一出什么事……”

“可班上好多同学都去了，是集体报名，学校联系的厂家，不会有问题的。”

“现在社会很乱，打工妹里也乱得很，和她们混在一起，万一被她们带坏了，怎么办？”

“妈，我这么大了，怎么可能说带坏就带坏了呢？我有思想的。”

“你们这个年龄最容易出问题，你还是老老实实在家里待着。告诉你，打工的机会多得很，读书的机会可是有限的。”

“可是欣然她们都去。”

“别可是可是的。她们能考好，你呢，在学习上，你怎么不和她们比？”

又来了，亏她还是个编辑，办了个什么《知心大姐》栏目，她是怎么和人家谈心的，一点也不懂得别人的心理。我生气地跑进屋。哐当，关门的声音很大。妈妈一定又以为我在耍性子了。不过的确很委屈，考不好也不能全怪我，我是尽力了的，看看我这屋，桌上、床上、椅子上、地上、窗台上，到处是书，前段日子考试的“战场”还来不及收拾呢！

不知什么时候，妈妈进来了：“晓旭，不是妈说你，你现在这成绩，别说对不起谁了，首先对不起你爸。”

爸爸，你在哪儿？快来帮帮我吧。

唉，也别打什么工了，不提了，我也没脸提，看我这成绩，先是对不起自己了。利用这个寒假好好搏一搏，希

望大家寒假都玩去，都别复习（我这样想是否很坏啊），希望开学能考好。

## 正经读书才是真的

柳清的二姐柳眉又回国了。如果说上次回国是兴高采烈，那么这次则是愁眉苦脸。

柳眉哭哭啼啼地讲述着这几个月的情况："大胡子"喜新厌旧，又找了一个，要和她离婚，她死活不肯。"大胡子"倒也没说什么，把那女人公开带到家里，柳眉急火攻心，流产了。

柳眉越说越伤心，"哇哇"大哭了起来。妈妈在一边一个劲儿劝别哭了，可是自己也禁不住哭起来。爸爸在一边生闷气。

"你不会去告他？"

"没用的。"

"死衰嘢，是个洋陈世美。"

"……"

"那你以后怎么打算啊？"

柳眉恍恍惚惚摇摇头。

柳眉做梦都想着出国。记得西蒙说过这么一句话：当她们没有职业和才华时，爱情就是她们唯一的机会。对一个除了美貌一无所长而热衷于出国的年轻女子来说，涉外婚姻无疑是一座桥梁。她最喜欢看外国影片，她

常一次又一次地幻想：一个高大的蓝眼睛男子一手牵着一匹雪白的骏马，一手紧紧地搂着她的腰；她穿着白裙子，披着黑发，赤着脚；他们漫步在海滩上，充满温馨浪漫。

柳眉跟着嫁给鬼佬的女友第一次来到南海酒店。客房的富丽豪华，宴席的排场阔气，舞会的灯红酒绿，让柳眉大开眼界。她不由得感慨：“我过去的20年算白活了。”她让朋友介绍一个鬼佬，于是结识了“大胡子”。他们一见钟情，在一个秋高气爽、明月当空的夜晚，他借用莎士比亚的《罗密欧和朱丽叶》的台词向她求婚：

“姑娘，凭着这一轮皎洁的月亮，它的眼光涂染着这些果树的梢端，我发誓——”

柳眉欣喜若狂。她只知道中国的月下老人千里姻缘一线牵的美好传说，却不知道朱丽叶的台词是：

“啊，不要指着月亮起誓，它是变化无常的，每个月都有盈亏圆缺；你要是指着它起誓，也许你的爱情也会像它一样无常。”

他们闪电般结了婚。柳眉的父母起先不同意，说像柳眉这种语言关都过不了的人去了国外没几天就会被人给扔了。当时柳眉十分傲气地回答：“干吗长别人的志气，灭自己的威风呢？怎么不说到了国外，我把他甩了呢！”父母目瞪口呆，后来同意这桩婚事，并非鉴于柳眉的豪言壮语，而是了解到洋女婿家境显赫。当“大胡子”将5000股“发展”股票放进岳父母手中时，他们眉开眼笑了。

…………

“妈、爸，我和小清挤几个晚上。”

“两个人挤着睡不舒服，还是叫小清睡客厅吧。”妈妈真偏心。

“别委屈小清了，挤就挤点吧。”柳眉说。

妈妈点点头，从壁柜里拿套被褥出来：“这些都是为你准备的。小清，给你姐铺上。”

柳清进屋整理床铺。

“柳眉啊，怎么样你也不能回国啊！”

“妈，我知道，我是没脸回来的。”柳眉的眼泪又一次在眼眶中打转。

“柳眉，不是妈不想你在我身边，是……现在所有的亲戚朋友都知道你嫁了出去，你若回来，是很没面子的事，妈都是为你好……”妈妈用手绢拭去自己的泪，再拿面巾纸替柳眉擦泪，“还有你妹，妈指望你了。”

柳眉眨眨眼，试图把欲流的泪止住，强打笑容：“妈，你放心，我知怎么做，我以后会把妹接出去的。”

在房内的柳清听了这话，把头靠在门板上，好复杂的心情。妈妈明知姐姐处境不好，还是让她返回澳洲，而且让自己也出去。姐也怪，没脸回来，却还要接自己出去，这一切怎么都往反道上走啊！

晚上，谁也睡不着，父母房间的灯通宵亮着。柳眉、柳清挤在一张床上，床太小，连挪个身的地方都没有。柳眉躺在床上一动不动，柳清以为她睡着了。

“柳清。”柳眉歪过头叫她。

“二姐，没睡着呀？”

“睡不着。”

“二姐，你也别太伤心了。”柳清翻了个身，侧着对柳眉说，“原来不是好好的吗？”

是呀，这一切犹如一场梦。

初到澳洲，秀丽旖旎的异国风光，鳞次栉比的摩天大厦，金迷纸醉的夜总会……澳大利亚的一切，都令柳眉心花怒放，无比陶醉！

但是不久，她渐渐地产生一种压抑感，一种陌生的、巨大的压抑感。

“大胡子”的祖上是英国流放到澳洲的囚犯。但是到他祖父这一代，已进入了澳洲上流社会。“大胡子”和他父亲都是商人，生意不算很大，但与社会名流交往密切。尤其是“大胡子”结交了不少有地位的朋友。他们定期不定期地举行家庭沙龙，谈论时事、政治、经济、文化、艺术；各地的风土民情、奇闻异趣也常常是谈笑的内容。面对这些，作为家庭主妇的柳眉却一窍不通，也不感兴趣，加上她那蹩脚的英语，在他们高谈阔论时，她只能呆呆地坐着，手足无措。一开始大家以为她是出于羞涩和礼貌，后来发现她是一无所知，便都不理睬她，并明显地表露出对她的藐视，甚至连家里的用人也不把她放在眼里。

柳眉的丈夫难堪，恼火，也不爱搭理她了。自柳眉回国探亲后，她明显感到他的冷淡和粗暴，但是她一直忍着。终于有一天，她从阳台上发现丈夫的车上有一个金发碧眼的女郎，柳眉与丈夫大吵大闹，丈夫却提出了离婚的要求。

她吓呆了。在这人生地不熟的地方，她一个人如何活下去？她哭着对他说：“你忘了你当初对月发誓，你说过你永不变心……”

“月亮也有盈亏圆缺，爱情是需要不断更新的。”丈夫说。

…………

现在，犹如噩梦初醒。

终于，柳眉一字一板地回答：“是虚荣心害了我，现在我是自食其果啊。婚姻不能当作儿戏。”

月光透过窗口照在柳眉那张满是泪水的脸上。

“你恨他吗？”

“恨？”柳眉冷笑道，“不恨。在出国的人里，比我更惨的有的是。

若是恨，我恨我自己。”

“二姐，强哥结婚了。”

“噢……是我对不住他呀。”

“二姐。”柳清顿时觉得二姐好可怜。

“什么都是假的，只有正正经经读几年书是真的。”柳眉说。这也算是她从二十几年的生活中总结出的一条宝贵经验。

“你打算以后怎么办，二姐？”

“想通了也就不难过。回澳洲就办离婚手续，之后找份工作，洗碗端盘都行。再以后，找个中国留学生，还是中国人可靠。”

姐妹俩不再说话，面对月光，两个人都有各自的感受。

柳清拿着ETS指定的训练教材去“托福”强化班上课。

以往，国人视出洋犹如登月，自改革开放以来，出洋留学成了一股风气，出国的人愈来愈多，凡是有人烟的地方几乎就有中国人。形容这股浪潮的“名词”也是五花八门，“世界大串联”“洋插队”“镀金”……今日，“出国潮”已经从高等学府涌进中学的大门。

出国已不再是个别中学生的梦想了，在一定条件下，多数人都会考虑到。当然，对出国各人有各人不同的目的和认识，像一个合奏，有高音有低音，也混杂着噪音。

柳清是合奏中的一个预备音，她将弹奏出哪个音符呢？姐姐的遭遇，让她不安定地在几个音符中来回跳动。

“托福”强化班开在一所大学的分校，校门口贴着几张大海报，都是这样那样的短期培训班、补习班。柳清读的这个强化班，光是报名费、学费就花了300多元，学习时间只有20个半天。妈妈再三交代：“好好学，

这回可是对你下本了。”

柳清带着几分怯意问了门卫，照着他的指点寻去，到了教室门口，柳清握紧了一下书，进去了。令她惊讶的是，班上竟有一大半是年纪和她相近的中学生。

近些年，“托福”考生逐步低龄化。许多中学生的加入使得“托福班”已不再是大学生、在职职工一统天下的局面了。“托福”考试满分为677分，这两年中学生考到600分以上已不是什么稀罕事。九中就有好几个。

Test of English as Foreign Language缩写为TOEFL，“托福”果真能托来福气吗？上课后，柳清一直在想这个问题。

强化班上课的速度极快，她简直有点像鸭子听雷响，还没听懂，正要思考，老师又讲一个问题了，当然又听不懂，心里很泄气。只是想起妈妈的话，不说别的，也挺对不住那300多元的，便使劲儿听。没用，她开起了小差。

“假如我真的出去了，我的衣服得自己洗了。”柳清突然又考虑到一个问题，现在她的衣服还是妈妈洗的，如果去了国外，就什么都得自己干了。

“哎，你的头别总是摇来摇去的，我都看不见。”后面有人对她说。

柳清回过头，认出是高三的苏拉。深圳学生别说不同年级的，就是不同学校的也可能互相认识。

“你是高三的吧？”

“嗯。”

“我是高一的，就是萧遥那个班的。”

“噢，那你也认识欣然了。”

“当然，一个班的。”柳清回过身子。欣然她们寒假去打工，她也犹豫了一下，一大帮人在一起挺热闹的，挺好玩的；再一想又觉得没意思，为了百把元钱，要消磨掉一个月时间，真不值得。她还担心会遇见老乡。她老家梅县有不少同学来深圳打工。十几岁就出来谋生、揾食，柳清觉得她们挺惨的。万一与她们相遇，说什么好？

苏拉怎么会来这儿？他都高三了，他也要洋插队？柳清想着，眼睛在班上搜寻着，突然她像发现新大陆似的：“陈明？”

陈明坐在很前排的位置，像在学校里一样，很努力很专注。

陈明也来，他也要出国？

柳清一下子在班上发现同校的这些同学，觉得很意外。

苏拉、陈明，还有自己，这都是怎么了？不懂，真不懂。

## 傻仔要考清华

从分校出来，已经是下午5点了。冬天的夜来得早，5点天就开始暗下来。陈明推着跑车，把教材夹在车座后，拉了拉衣领，上了车。

寒假在陈明眼里，就是意味着要过一个油腻、吵闹的春节以及为自己在班上遥遥领先、永远领先而做大量的幕后工作。小时候，陈明很喜欢并且很重视过年的。现在，他不喜欢了。越是热闹，他越觉得无聊。他从没想到过去逛公园、看花市，玩儿对他似乎没有什么诱惑力。

“细佬（弟弟），你看谁来了？”陈明一进家门，姐姐就说。

陈明向大厅正堂望去：“阿叔，你回来了！”

小叔叔是他在家里最喜欢的人，也是最愿意亲近的人。因为小叔叔喝

过墨水，也走过许多地方，不像他父母一辈子窝在一个小村里，如果不是建特区，还不是一辈子待在农村？小叔“文革”那几年去了英德县，就在那安顿下了。今年回来过春节。

“啊，明仔，又高啦，真是越大越醒目！刚才我还和你爸谈到你，说曹操曹操到。”

“阿叔，你几时到的？”

“刚刚到，你不知这几日车票多难买，我在黑市高价才买到的。对了，你从什么地方回来，放假怎么不在家里？”

“我去上托福班。”

“托福？是不是搞出国的那种班？”

“可以这么说吧。”

“你打算出国啊？”

“不是。反正放假得闲，在家也是闲着，不如去学点东西，那地方教得挺好的。”

陈明并不热衷于出国，尤其是盲目的出国热。他觉得那种人即使出了国，同样长不了见识。他分析过现在的局势和出国潮，他有自己的主见。上托福班，只是想提高自己的英语水平。他不喜欢与众人相同，要出类拔萃，就得多学东西，在学校犹如吃大锅饭，课后不吃小灶是不行的。何况托福班300多元的收费对他来说，实在是“湿湿碎”（小意思）。

“阿叔，阿婶他们都好吧？”

“好。就是你光仔弟弟不争气，学习差到死，哪有你那么出息，你这次又是第一吧！”

爸爸过来：“你们叔侄这么好谈的，你不知，明仔在家同我们一天说不上三句话。”

大家都笑起来，小叔得意地说："当然了，阿叔最疼的就是明仔了！"

姐姐过来说："这样，阿叔你就别走了！"

"我也是这样打算。明仔，阿叔问你，你将来考深大哪个系？金贸（金融贸易）系很吃香的……"

"我不考深大。"

"不考深大？那你考哪间大学？"

"清华。"

"你快给我劝下明仔，他说他要考什么清华，在北京啊，我劝他都不听。"爸爸对小叔说，"他也就听你的了，你看这傻仔考什么清华……"

小叔也奇怪地问："你怎么无端端地想考清华？"

陈明觉得跟他们没什么好解释，就淡淡地说："清华好啰。"

"傻仔！你真是聪明一世，糊涂一时啊。似我当年一冲动，去了英德，真是'一失足成千古恨'，现在想调也调不回来了。你千万别学啊。你去了北京以后想回来就很难了，现在调进深圳极困难……"

"明仔，你听见没有，你阿叔也是这么说的。"爸爸立刻和小叔一唱一和起来，"你阿叔当年就像你，一定要去英德县，家人劝都不听，现在后悔了。你不要也办傻事啊。你大姑从香港写信来了，他们全家移民新西兰，叫你好好读书，她在香港的资产没有全部变卖，就打算以后接你去。"

小叔吐出口中的茶渣："大佬，我这次回来真的不打算走了。我这次请了长假，就是回来跑调动的。我买了很多英德特产，送人用。大佬，这次你一定要帮我一把。你们不是卖地给政府吗？可不可以加个户口条件……"

小叔谈起自己的事滔滔不绝。

陈明立刻怀疑有没有告诉他们自己这个志向的必要。这就是在他心目

中占一席之地的小叔？他冷笑了一下，想上楼。

“站住，明仔。”小叔又叫住他，小叔走近他，拍拍他的肩，“你听阿叔的话是没错的，这些都是经验，难道阿叔会害你吗？别犯傻，到了我这一步再来后悔可就迟了。后生仔就怕意气用事……”

“我要回楼上温书了。”陈明头也不回，噔噔噔上楼了。

底下，兄弟俩还在攀谈：“别叫明仔考清华。现在是怎么讲的，‘去不了国外去港澳，去不了港澳来深圳！’几多人想来都来不了，深圳的反而要走？上清华有什么用？考个深大金贸系，将来找份好工就很好了……”

“我也是这样想，但是明仔他不听……”

陈明不想听。他把自己反锁在屋内。

燕雀安知鸿鹄之志哉！

小叔这次回来的主要目的是跑调动。好像是跑了一圈又回到起点一样。今天的谈话彻底损坏了他在陈明心目中的形象。陈明觉得这个家里再没有一个可以交心的，这个世上没有一个人理解他。

也许会像小叔说的将来要后悔，但他要走，考清华是他的志向，决定了的事情一定要做下去，他是个言必信行必果的人。

很少有人理解陈明。当一个人心里有信念的支持时，无论道路多么艰辛，路途多么遥远，甚至会有相反的结果，让人悔恨终生，可他还会固执地去做。

也许陈明就是这样，没有什么别的原因，仅仅因为他的信念。他要用强有力的事实证明给所有的人看，他是卓越的。

外面是爆竹声，想必又是哪家人出海回来，家人为他接风吧？楼下是喧哗声：春节怎么过？晚上吃什么？这一切与陈明胸腔里膨胀的勃勃的雄

心多么不相称。什么深圳户口，移民新西兰，定居香港，他全看不上。毕竟任何道路的选择只能意味着选择其他道路的不再可能。陈明要走自己选择的路。

没有人明白他。

他坐在旋转椅里转了一圈，又看见门后那个雷震子——风雷两翅的雷震子，他笑了。

随手撕张台历纸，精心地折成一架小飞机。陈明特意把翅膀叠得很实却不重，很长却不笨。他知道要让飞机飞得高飞得远，关键就在于这两只翼——像雷震子似的。孩童时他们常玩这个，比谁折的飞机飞得远飞得高，陈明总赢。因为他从小知道“展翅高飞”这个道理。他若有所思地拿起纸飞机，把机头对准嘴巴，呵了一口气，据说这样纸飞机会飞得更远，他把纸飞机向窗外投去——果然直冲蓝天。

## 他要让钱生仔

古水村今年按人头在春节前每人分红1万元，就是说，当地的顽童也个个是“万元户”。陈明没怎么动用，仅是抽出400元交了“托福”学费等，其余都交给妈了。余发就不同了，他先花了2000来元买了一套名牌，把自己包装一番，又请他的“酒肉朋友”下了几次餐厅，稀里糊涂又用去了几千元，最后剩下3000元。父母在钱上对余发是放开手脚的，何去何从，从不过问。有一次余发从保险箱里拿走1000元，父母连提都没提起。是不知道，还是知道了却不当回事？

余发在钱上也有自己的小算盘，会花钱还得会赚钱。面对这3000块

钱，他有自己的考虑：要让钱生仔。余发才不会像班上那些同学傻乎乎地去打工，累死累活才一百二百的。本地人是看不上打工的，他们才不会去做呢。工厂里的打工仔、打工妹绝大部分是外地人、乡下人。余发要炒股。

股票这东西在中国这几年才兴起来。它像一个“幽灵”。最初，几乎所有的人都认为“花那么多钱去买张纸，一定是发疯了”。当时人们还不知股票为何物，股票几乎与破产、跳楼这些画上等号。所以当第一只股票上市时，人们望而却步。几年之后，深圳所有的人都像吃了迷魂药，围着这个指挥棒团团转，股票成为公众话题，每个餐桌的必备菜。人们开始痛心疾首：“当初，我要是买它一万股，早成了百万富翁了！”

余发听过这么个笑话：一个男青年来深圳发现股票好易发达，当时“发展”一股20元，他写信回内地，叫家里人寄2000元来炒股，等家里寄来2000元，“发展”一股已涨到25元，青年人一边后悔错过机会，一边又写信回家要钱，叫家里再寄来500元。等接到钱，“发展”一股又涨到30元。青年人哭笑不得，连叹机会不等人，自己与股票无缘。余发不想当“事后诸葛亮”，他要当机立断。股票就讲个“先下手为强”，也许一天就是成千上万的赚头。

余发想着要趁股票牛市，买一点，只要不贪心，发的可能远远大于亏的可能。即使亏了，也就3000元，就当吃掉好了。

尽管股市有风险，但股民依然狂热不止。中国人办事总是一拥而上，一拥而下。现在处于高潮时期，处于牛市，证券部里是沸反盈天，水泄不通，此时此刻，里头就是放个定时炸弹，股民也未必会撤。

人说深圳证券公司多过银行，真是一点也不夸张，有的街上隔二三十米就有一家。余发转了几家，家家挤满了人，这说明眼下形势大好，正是

吃进的时候。他认真地对比着荧光屏上显示的价位和成交量，当机立断选下股种，到柜台填写了买单。不到10分钟，余发看到了自己的合同号，成交了，其时的价格已比他买入时涨了0.05元，也就是说，转眼之间，已经赚了几十元，余发兴奋得舍不得离开，他要继续观察局势变化。

股票，可以说好，可以说坏；可以发，可以亏；可以让你满面春风，也可以让你垂头丧气。它是幽灵。你无法驾驭它，它却可以驾驭你。由于股票而产生大量丰富的情感：沮丧、痛苦、欢乐、狂喜，一下子融入了深圳每一个角落，似乎在锻炼着现代人脆弱的神经。它也没放过校园，它对学生的冲击，不能不令人担忧。

# 第十四章

## 明天7点火车站见

没放假时，王笑天就找萧遥搭伙：“寒假我们联手干点事儿。”

“成啊！”又反问，“你爸让吗？”

“脚长在我身上，没问题。”

一放假，王笑天就大张旗鼓、信誓旦旦地对父母宣布，要勤工俭学，要体验生活，要独立，把他的计划尽量详细地告诉他们，还没说完，就被他爸打断了：“屁话，啥叫独立？拿着家里的钱到外面吃饭叫独立？年纪轻轻的，讲起话来不知天高地厚，你们这样的人到外面卖东西，绝对是哭着收场，不信你就看看吧。社会多复杂，你们根本不知道……”

“不是卖东西，是勤工俭学。”王笑天纠正道。

爸爸十分不满地看了王笑天一眼。当他越想与儿子接近的时候，越是无法与儿子接近。儿子满脑子新花样，有时简直是异想天开，今天要打工，明天要出国；早上要当诗人，下午要成为哲学家。儿子买了个“呼啦圈”，叫他也玩，说现在的老爷爷老奶奶也兴玩这个，锻炼身体嘛。可他知道，他要真玩了，儿子又会受不了的。爸爸觉得要与儿子相处好，理解他，要有近于荒诞的想象力，把不挨不靠的事联系在一起才行，就像你得

相信贾宝玉会爱上茜茜公主又和玛丽莲·梦露同居一样荒谬。

“放假你老老实实给我在家待着！”

“爸，我告诉您是尊重您。您要是同意，全家皆大欢喜，要是不同意，对不起啰。”其实父亲不同意也早在王笑天的预料之中。

“你要是这么不听话，将来别想靠我！”

王笑天愣住了。难道他和爸爸之间就是依靠与被依靠，利用与被利用的关系吗？

爸爸高中一毕业，就去当了兵，以几十年的奋斗换来今天的成就。按理，这样的爸爸应该很放得开，事实恰恰相反，好像王笑天离开他就会步入歧途似的，似乎不知道，孔雀就是因为过于欣赏和爱惜翅膀才飞不起来的呀！“苦我们吃过了，我的孩子不能再吃苦了”的普遍心态，使得父母宁愿自己受苦受累，也不愿孩子吃一点苦。这便产生了“君子之泽，五世而斩”和“富不过三代”的现象。爸爸对青年一代忧心忡忡，认为这代人缺乏责任感和吃苦精神。可是自己的孩子要打工做点什么，却又百般阻挠，真是矛盾重重。

爸爸见王笑天不说话了，以为说通他了，有些得意。这时电话响了，找王笑天的。

是萧遥打来的，问“征求”的结果。

“一切照常。”

第二天一大早，两人就上路了。

“你爸同意了？”萧遥问。

“哎，别提了，我算悟出个道理，什么也不能对他们说，得来个先斩后奏，否则十有八九不成。瞧你多好，父母都不在身边，山高皇帝远，管

不到你，爷爷奶奶又都是那么通情达理的。”

“你这叫‘这山望着那山高’，换了你，你又受不了了。”

“绝对不会。换了我，我首先出国啊！你，哎，怎么不出国？”

“……”萧遥从不跟人谈这事。

“外国读书多轻松，一星期上5天，学的又很简单，听说他们高中课本相当于咱们初中课本，咱们的多难啊，小学的四则运算已经够复杂了。”

“咱们得快点，否则人家外出什么的就麻烦了。”

“Yes，Sir. 对了，我跟着你骑了半天还不知去哪儿呢，我们这去哪儿？”

“市旅游公司。”

市旅游公司要搬迁，有一批印有原地址的布袋子和“深圳欢迎您”的徽章要处理掉。萧遥知道后，立刻跑去看货色，觉得还算价廉物美，就决定做这笔生意。

当他们到旅游公司时，那里正在搬家。

“阿姨，您还认得我吗？就是那天来看货的。我们今天来拉货了，这是我的同学。”萧遥说。

女人眉开眼笑，连声说：“认得，认得，货我给你们留着呢，这几天好多人来拉货，我都没给，跟我来。”

“阿姨，谢谢您了。”

在一个朝北的小暗房里，女人拿出两大一小三个纸箱：“这是1000个徽章，按5毛算500元，这里是100个袋子，每个1元……”

“袋子那天不是说好8毛吗？怎么才几天就涨了？”

“那天是那天，今天是今天，这两天要货的人可是不断，你不要，别人就要了，昨天还有人出到1块2呢。光袋子上那条拉链就值8毛钱，收1

元，连成本都没收回来，要不是看你们是学生……”

“可那天您说的是8毛啊！”

“你这个人怎么认死理儿，不要就算了。”女人欲收走。

萧遥和王笑天对视：“1元就1元。”

女人眼角的鱼尾纹立刻收集到了一块：“就是。告诉你，你们不会亏的，纸口袋一个还要2块5呢，这是布的，你们还不卖它个4块、5块？”

“一共600元。”萧遥付了款，好心好意地说，“阿姨，你们这种徽章不好卖，下次你们用反光材料做底肯定畅销。反光材料也就深圳有厂家，是专利。您不占这个优势，还让内地人占去不成？”

那女人突然问：“你们是哪间中学的？”

“九中。”

“九中？你们学校也经商？”

没等萧遥和王笑天走出多远，难听的话就戳在他们的脊梁骨上：“现在的学生个个都像生意人，不知他们是读书还是经商。”“你没听说一个小学生炒股发了吗？”

双手抱着纸箱的王笑天和萧遥四目相视，哭笑不得。

“明天7点火车站见。”

## 花自己的钱就是不一样

他们的小摊之所以设在火车站，原因很简单，这里人多热闹，大量的内地人都是通过这里进出深圳的。但凡来深圳的内地人都希望带点纪念品回去，他们就是萧遥的“进攻”对象。

小摊除了卖“深圳欢迎您”的徽章和小布口袋外，还兼卖地图册之类。说小摊其实不很恰当，它只是由一辆小板车外加几块长板组成的。车是余发的，是余发家早些年做小本生意时用的，如今早退休了。萧遥向在马路上刷红白铁栅栏的大爷要了点油漆，把这辆板车也漆成红白相间的颜色，虽然不好看，却十分醒目。车上有个用来装钱的月饼盒，这是王笑天从家里拿来的。

就这样，他们开业了。

第一次卖东西的心情，根本不像有些人写的那样“又是兴奋不已，又是羞愧无奈，又是大汗淋漓”。刚开始吆喝，是不大好意思，一会儿习惯了，嗓子也就放开了。一群人围上来，忙着说价、拿货、收钱、找钱，根本没工夫体味那种心情；一时间，又一个人影儿也见不着。从总体上说是看的人多，买的人少。

偶尔碰上熟人同学什么的，他们也兴致勃勃地留下一会儿帮着招呼顾客。

中午，一个守摊，一个去买盒饭。王笑天说：“等挣到这钱，我请你撮一顿。”

“我可记住了哦。”

南来北往的人，操什么口音的都有。深圳会集了全国各地的人。萧遥总训练自己从这些游客的口音、衣着、行为中判断他们的籍贯和职业。

来了一对中年夫妇，一眼看过去，就是北方小城市不富裕的人家。他俩翻过来覆过去地看着，商量着：“这买回去给大妹二妹戴，她们准高兴。”

“小师傅，这玩意儿咋卖呢？”口音是东北的。

“徽章7毛，袋子1块3。”

“哎呀，咋这么贵呢，在俺们那旮旯儿2块能买老多东西了，深圳银（人）花钱是大手。”

“如果您有心买，1块8。”

“1块8也贵了。”说完又和丈夫嘀咕一阵，“要不就买一个回去吧！”

丈夫却说：“算了，甭买了，走吧！”说完拉拉妻子的衣角，走了几步，妻子又折回来。

“还是买个吧，这挺有纪念意义的，回去也知道深圳欢迎咱们来过呀。”终于决定买了。

那位中年妇女，撩起最贴身那件衣服，上面有个口袋，用别针别着。她小心翼翼地掏出一张崭新的10元钱：“小师傅，我要两个徽章，一个口袋。”那动作让萧遥好难受，不忍接钱。

他拿起两个徽章装进袋子里：“阿姨，拿回去给您孩子玩吧，算我们送的。”

妇女有些惊讶：“小师傅，你这是咋了？”

“这算我们送的。”

夫妇俩百般感谢地拿着东西走了。

“王笑天，这记在我的账里。”

“你别把好事一个人都兜了。这也算我送给他们的，咱们各记一半的账。”

干到晚上7点，一共卖出120枚徽章、30个袋子和60张地图。人家是8小时工作制，他们一干就是12小时。不过当他们清点货物和结账时，有种满足感，这种满足感极大地消除了他们的疲劳。

每天这样起早贪黑，一连干了5天，基本上卖完了。剩下一些，今天准备便宜一些抛出去。萧遥理账，王笑天清货。

“一共卖了910元。除去成本费，再扣除午餐费，净赚250。咱们一人125。”

分钱的时候，没有零钞。他们的小钱都被人家换走了。他俩不知道，在那些标有“自备零钞，恕不找赎”车辆经过的车站和投币电话亭附近，跟专候在那里的人用大票换小票，是要按百分比收取“手续费”的。萧遥说：“你拿130吧。”

“好的，这10块我先拿着，明天还你5块。别说不要，亲兄弟明算账。平日你请我喝饮料没什么，可这次就要绝对平均。”

大家都很知道对方的脾气，萧遥爽快地说：“好呀，你明天别忘了还。”

王笑天拿着钱，很兴奋，手舞足蹈的。

萧遥说：“喂，喂，别忘了5天前说的话。”

“说什么来的？哦，想起来了，你说过要请我撮一顿！”

“好小子，你要赖账呀！”

“不闹了，不闹了。萧遥，说实在的，拿这些钱下馆子我真是舍不得。奇怪，花爸爸妈妈的钱怎么一点也不心疼，花自个儿挣来的钱感觉就不一样？”

是啊，看来必须是自己用血汗换来的东西才会珍惜。就像那个古老的寓言，父亲临死前叫儿子去赚1块银币，儿子偷家里的钱交差，说是自己赚来的，他爸把银币扔进火炉，他也无所谓。最后一次，他真的去干活赚了1块银币，他爸还是把银币扔进火炉，他一下子扑了过去，灭火救他的钱。

“这钱挣得不容易啊，我舍不得花了。我准备把这钱一张张镶到玻璃框里做个永恒纪念，将来也好对我的子孙后代忆苦思甜，进行革命传统

教育，你爷爷我当年如何如何，你看你们现在……”王笑天半真半假地说道。

就在这时，他们发现他们的“同行”，那些卖水果的、售饮料的、卜卦算命的……都从他们身边飞也似的跑过，嘴里还叫道：“阿Sir（警察）来了。”还没等他们回过神来，几个穿制服的工商人员，气势非凡地亮在他们面前，大有“好不容易逮到一个，好好治治”的架势。立刻，爱看热闹的中国人把他们的小板车里三层外三层地包围起来了，人们对这两位中学生的命运，“取乐”的心情绝对大于“关切”。

他们顿时明白了“同行”为什么要跑，明白了自己现在的处境。

## 勤工俭学不容易

他俩与一些“需要打击制裁的不法分子”相聚在街道工商所的办公室里，准备接受“再教育”。这里有卖假酒假烟的，有出售黄色书刊的……萧遥和王笑天还碰见刚才在一条大街上做过“同事”的几个倒爷，他们没来得及跑掉，也被捉住了。大家见面，几分“亲切”，一个卖小玩意儿的大佬似笑非笑地说：“同是天涯堕落人。”萧遥及时纠正：“同是天涯沦落人。”

王笑天和萧遥靠门站着，四周贴满了准备大饱眼福的看客，他们有些是从街上直接跟踪追击到这儿的。这个工商所是哪个王八蛋设计的，真缺了八辈子德了。四周几乎全是玻璃，无所谓哪是门，哪是窗了。关在里面活像进了动物园的熊猫馆，真是太现眼了。围观的人对“不法分子”指手画脚，议论不停。似乎要牢牢记住他们的模样，以后不至于上当受骗。

萧遥想，反正谁也不认识谁，要看，就看好了。虽然是这么想，但脑门上还是直冒汗，心里直感到委屈。本来嘛，起早摸黑地干，不说你“勤工俭学”，而说你“乱摆乱卖”；老老实实卖东西赚钱，不说你“劳动所得”，而说你“投机倒把”。

六七个穿制服的人居高临下，得意洋洋地坐在那儿，其中一个放肆地把脚搁在桌子上，嚣张地吞云吐雾，想必是个“上司”。

“怎么办？”王笑天低声问萧遥。

“看着办——见机行事。”

“第一次光临这个office。”王笑天东张西望，好几回眼睛还直逼穿制服的人，似乎要把他们的模样刻在脑子里。

“还想有第二次？”

“你说他会怎么搞我们？”

“不知道。”

“我想大不了把这20盒留下。还好就20盒了。”

“你还有点阿Q精神。”

“喂喂，你们两个，说什么说！”“上司”冲着萧遥他们嚷道，“你，对，就是你，到那边待着去！你，穿蓝衣服的到那边去！”

“上司”用夹烟的手指给萧遥、王笑天一人指了一个地方。两个人也老老实实地去了。

“知道这次深圳为什么没评上‘十佳卫生城市’吗？……就是因为你们这些三无人员……”

“对，对……好，好……一定，一定……”

估计不少人是“二进宫”甚至“三进宫”，反正挺油的，尽拣好听的说。渐渐地，人越来越少。有的是以自动认罚的形式离开；有的是以被动

受罚的形式释放……

最后一批，轮到萧遥和王笑天。

“你们是学生？哪个学校的？”“上司”往椅上一坐，头仰着，那股子傲慢劲儿就像旧上海滩的大亨。

“九中的。”

“噢，还是好中学的。”“上司”上下打量了一番，“你们也出来‘捞’？”这是黑话。

“勤工俭学。”说得很严肃。

“勤工俭学？你们有营业执照吗？你们懂得《工商法》吗？你们这是非法经营，乱摆乱卖，影响市容，阻碍交通，扰乱治安！”“上司”边说边用手指戳戳点点。

“请你放下手。要知道你用食指指着别人大骂时，手中另外3个指头是指着你自己的！”萧遥一急，把在电视里刚听过的一句台词用上了。

“你……”“上司”竟一时没词了，倒也放下了手，“多长时间？”

“5天。”

“你们说5天，实际就是5个月了。”

“按你这算法，我们只是干了5个小时。”

“哼！”“上司”冷冷一笑，“罚款1000元，扣下所有的货。”

“1000？你讲笑啊！”

“我们有的是时间，可以奉陪，什么时间交钱，什么时候走人。”

“你这……是勒索。”

“勒索？这是我们的制度，你上告到市长那儿也是这样。”

“我们没有那么多钱。”

“你们这些小摊贩没钱？”

“我们是学生。”

王笑天却像想起了什么：“我们现在真没钱，不过我可以叫我爸爸来送钱。”

“借用一下电话可以吗？”

“上司”看了看王笑天，半天才说：“打吧。”

王笑天很好脾气地走近办公桌，看见“上司”的那双大脚十分不雅地陈列在电话机边，便说：“你这脚能不能……”

“上司”又看了眼他，没理他，大脚依旧摆在桌上。

“喂，公安局吗？找王局长啊，您是赵叔叔吧，我是小王啊，什么？我爸正开会……”

这时，别说那几个穿制服的了，就是萧遥也竖起了耳朵。

“那我就跟您说吧。是这样的，我们勤工俭学，啊，这事您知道的，对对，就是卖那个徽章……好事？您说好事也不管用了，我们现在被抓起来了……什么？不可能？真的，我们现在就在工商所，他们要罚1000元才肯放人……所以，您得叫我爸来接我……什么？不用惊动我爸，您出面就能解决，噢，那太谢谢您了，回头我请您……好，好，那就这样定了，您5点前赶到，成，我等着，您也快点，我们都在这儿待两个小时了……好，Bye–bye。”

当王笑天放下电话，发现那件陈列品——大脚已经不再摆在台面上了，他狡猾地露出一丝不易察觉的笑意。

突然那“上司”叫道：“我说你怎么这么面熟，原来是小王，你爸爸现在好吗？一定很忙吧？”

“还好。”

“有出息，自己出来勤工俭学，不像现在有些后生仔，就知道摊个大

手板向父母要钱。”“上司”的态度来了个180度大转弯。

“我们哪里是勤工俭学呀，不就是乱摆乱卖吗？”

“噢，这，这……”“上司”有点尴尬，但他是绝不会让自己难堪的，“看你说到哪儿去了？勤工俭学不容易。”

“那刚才……”

“都是一场误会啰，现在你们可以走了。”

“那些东西……还有1000块……”

“哎，都是一家人，还说什么钱，见外，见外……”

“这样不好吧？”王笑天做出一副为难的样子，声调还怪怪的。

“哎呀，走吧。等下赵秘书来，就说什么事也没有……”

“那……也好，多谢啦。”

说完，王笑天拉起呆站着的萧遥飞也似的“胜利大逃亡”。

“总算解放了。”王笑天一出工商所，十分夸张地呼吸了一口气，“我终于又呼吸到自由的空气。生命诚可贵，爱情价更高。若为自由故，二者皆可抛！”

“现在你爸知道了，你不怕回家挨骂？”

“放心，我根本没打去我爸那，我把最后一个数故意拨错，你猜打去哪儿了？妇联，我在那唱独角戏。那边一个劲地说，‘有没有搞错啊？’要是真打给我爸，我岂不是死定了。怎么样，醒目吧。我就知道他们会吃这套。变色龙是怎么变色的，这回看到了吧。要不是这招，就是不罚款也得在那儿待上几天。”

“你的聪明才智原来全落实在这上了。”萧遥的话分明带着讽刺。

“别人是聪明一世，糊涂一时；我是糊涂一世，聪明一时。”王笑天自我解嘲。

“有个好爸爸，走遍天下都不怕。”

两个人脸上都是笑嘻嘻的，但心里并不在笑。这种处理问题的方式并不是他们愿意的，可是除此之外，两个中学生又能如何？

两人分手。王笑天从衣兜里掏出一支万宝路。

不知道为什么要抽烟，只觉得此时的心境要用支烟来调节一下。王笑天百感交集。前几天还对老爸“你要是这么不听话，将来别想靠我”这句话反感到极点的王笑天，这会儿却为有这么一位老爸感到庆幸，不过也夹杂着失落与困惑，一种改变了自己信念的失落与困惑。

所有的小鸟都向往外面的大千世界，但不是所有的小鸟都能在外面的大千世界里快快乐乐地生活下去的。

# 第十五章

## 初到碧奇厂

九中有介绍学生寒暑假打工的机构，只介绍女生，因为厂家只需女工。班上许多同学报了名，欣然没报。工厂与学校达成协议，成批接收这些假期工，这样对她们好管理也好照顾。欣然却想到一个没有同学、没有熟人的工厂去，她认为那样才会真正了解打工妹的生活，真正锻炼自己。谢欣然向主管老师陈述了自己的意图，要他单独开一张介绍信。没有学校的介绍信，厂家不肯收也不敢收，不合法招工，要被罚款的。

妈妈不同意她的做法："大家一起去工厂打工，相互还有个照应，你现在一个人去，出了事怎么办？"

"妈，我就是要这份经历，大家都去多没劲儿，那还不是跟学校一样！"

"你不怕坏人呀？"

"妈，坏人没怕我就不错了！"

"狂得你，不知天高地厚！"

欣然拿着一把小米到阳台喂鸽子。这几只小鸽子除了弱了点，长得几乎与它们的母亲一般大了。

“妈，小鸽子怎么到这个笼子里了？”欣然看见，小鸽子已经另立门户了。

“噢，昨天早上，鸽妈妈把它们赶出来了。”

“怎么可能呢？那天，我想摸一摸小鸽子，还被母鸽啄了一口，怎么才几天，母鸽就翻脸不认子了？”

“小时候，妈妈极力保护孩子，长大了，母鸽就会赶它们出来，让它们独立生活，自己去闯一番，这才是真正的爱护。”

“看来，鸽子的教育方法很先进哦。”欣然转向妈妈，“妈，您也得跟鸽子学学，不能老把我罩在您的翅膀下。”

正在揉面的妈妈这才明白，欣然那一本正经伪装下的调侃意味，“搞了半天，你在套话啊，鬼丫头！”

“妈，那你同意了！”欣然高兴地说。

孩子长大了，应该有一片属于自己的天空，应该独自去翱翔。父母不能老把孩子夹在自己的双翼之下，孩子也不能永远依偎着父母。

欣然拿着学校的介绍信到了碧奇厂。这是一家日本人独资的企业，生产录音电话机。欣然问了门卫直奔车间主任室。

“打扰了，我是九中学生，想来打假期工，请问是在这报到吗？”

“对，”一位很精干的小姐接待她，“我们厂要赶一批货，时间很紧，可能没有星期天，你能吃苦吗？”

“可以。”欣然郑重地点点头。

“那好，填一下表。”

欣然接过表，认真地看了一遍，填上，递回那位小姐：“还要什么手续？”

“你的字真漂亮！”小姐笑笑，又递过一张卡，“好了，你是第一车间的，这是你的工作牌，每天早上上班的时候打一次卡，记录上班时间；下班再打一次卡，记录下班时间，如果加班，就打加班卡，以此来计算工人的出缺勤情况。中午工厂包饭，上班时间为8小时，上午8时到12时，下午1时到5时，不过这段时间经常要加班，每晚加2～4小时不定，到时会有人通知你。月薪300元人民币，100港币，加班费另计。你明天开始上班，到时会有人安排你工作，都听明白了吗？”

欣然听完这番话，一个感觉就是这位小姐极像《红楼梦》里的小红，口齿伶俐极了。她接过工作牌：“谢谢您。”

“别客气。我叫李艺，是科文（文员），那位是助管，那位是经理。”

欣然随着李艺的指处望去，看见一位三十来岁的男子正在打电话，“他就是日本老板吗？”

李艺笑道：“当然不是了。他只是我的boss，而日本老板才是大老板。”

“他在哪儿办公？”

“在日本。这只不过是他的一个分厂，他一年来一两次深圳，住上几星期。平时见不到他，不过有段时间又可以说天天都能见到。”

“怎么说的？”

“我先卖个关子。正巧老板明天会来看货，到时你就明白了。”

第二天，欣然起了个大早，她故意梳了个盘头，这样看上去会老成些。远远地就看见一群穿碧奇厂服的打工妹涌进工厂，欣然很兴奋，一种亲切感油然而生。她加大步子，很快地就汇进了人流。入口处站着个干瘦的老头儿，一个劲儿地鞠躬，嘴里不停地说：“早上好！”“您辛苦了！”欣然很惊奇，问身边的一位打工妹：“那个人是谁啊？”

“你是新来的吧？”

“是，第一天上班。”

“怪不得呢。他呀，就是碧奇厂的大老板。”

“是吗？”

欣然更加惊奇，禁不住回头看那干瘦的老头，他还在那一个劲儿鞠躬，真够累的。堂堂的大老板来看厂时竟是如此“低三下四”，难怪李艺说能天天看见呢。欣然想起政治书上说的，资本家是靠剥削剩余价值致富的，哦，这个榨取工人血汗的资本家还真有一套。他这是真情实意还是虚情假意只有他自己心里清楚，不过肯定没有人反感他的行礼问候。小日本真是精得很，用进厂时的短短十几分钟就把全厂工人的心都给搞得暖融融的。对日本老板的这一招，欣然很钦佩。

谢欣然被安排在流水线的中间位置，工作十分简单、机械，就是前面工友完成的零件通过传送带流到她那里，她用自己工作台上的特制工具把规定她装配的小零件装上去，做完之后，把零件放回传送带流到下一位工友那儿。各人做的那道工序叫人一点也联想不起来与电话机有什么关系。

欣然早就听说过“流水线生产”这一名词，到底怎么个生产法她一无所知。坐在工作台上一实践，欣然立即领教到西方人的高明与阴险。

首先，杜绝了偷懒、粗心。这种生产法，速度只许快，不能慢。一个人慢了，整条流水线的进程都受到影响，谁笨手笨脚，谁干活不卖力气，一目了然。而且还马虎不得，一道工序出错，整条流水线返工。错在谁身上，是无法抵赖的。其次，它让你永远也学不到真正的东西，即使你干上十年八年，一旦离开那个岗位，你还是一无所长。想“偷艺”和“另起炉灶”是根本不可能的。

欣然属于心灵手巧那一类人，干这种简单的活根本不在话下。她动作

很快，得空望望四周，厂房很大很整洁，每条流水线都有个人来回走动。

“新来的吧？”后面的打工妹问。

“嗯。”

“我看你还小，学生吧？”

“是。”

“寒假来打工？”

“玩玩。”欣然故意这样说，又问，“那些走来走去的是干吗的？”

“拉长。”

“哦。”欣然对这不陌生，“拉长”就是流水线长，英语line的音译。

“我的腿都麻了，腰也酸了，眼也花了，真想站起来走走。”这种活虽不重，可一坐就是4小时，很累人的。

“那你就借故上厕所。”后面人立刻给了条经验。

这时科文李艺来了，她对每位拉长都交代了几句，后来就留在欣然这条没有拉长的流水线上。她时不时地指点一下工人，有人上厕所，就顶一会儿班，当然更少不了骂人：“你上厕所怎么去了这么久，都超过规定时间了，又是讲闲话去了吧！”“你要再这样，炒你鱿鱼！”由于她的坐镇，谁也不敢说话了，都埋头干活。欣然惊叹她的威力。

“大家注意了，等下日本老板要来查看，大家都注意一下。”李艺说。

不多时，日本老板，那个早上站在门口鞠躬的瘦干老头，在一帮人的前呼后拥下来到车间。此时的他老板架子十足，脸是冷冷的，死板板的。他绕车间走一圈，检查流水线上的东西是否放整齐，工位上工具有没有摆好，当然也少不了观察工人生产情况。

当老板走了之后，所有的女工都松了口气，几个拉长不约而同地看着李艺。李艺既不批评也不表扬，只是说：“还有半小时就吃饭了。”新

鲜，怎么不说“下班”而说“吃饭”呢？

随着一阵铃声，所有的工序都停下来，所有人都站起来。欣然挥了挥手臂，想放松一下。后面的打工妹叫欣然吃饭。哦，原来一出车间，就进食堂，怪不得只有“吃饭”而没有“下班”的概念呢。欣然随她们去了食堂。欣然很快记住工作台前后的工友，前面的叫阿春，后面的叫燕妹。阿春见欣然是个新人，帮她打了饭，带她找地方坐下。

“怎么都坐在这边？”欣然发现人越来越多，她们的位置越来越挤，而那边却有许多桌子空着，“为什么不到那边坐？”

“别这么大声，那边都是拉长，再那边是PE，不能乱坐的。”

“谁规定的？”

“没人规定，不过大家都这样做了。”阿春显然对这种“坐”法没有意见，她只是告诫欣然小声点。

“我们拉怎么没拉长？”

“以前的那个拉长走了。不过马上会有新拉长了。”阿春说完很神秘地一笑，这笑容马上让聪明的欣然明白了怎么回事。阿春又说：“当了拉长就可以坐到那边去了。”

阿春又热情地介绍工厂里的一些职务：“QA是质量检查员，QC是质量控制员，PE是技术员，科文是……

“那些拉长是管我们的，那个女的是管拉长的，那个女的是那个男的的助理，那个是……”

欣然随着阿春的指头，视点不断更换，指到李艺时，欣然禁不住插了嘴：“那个女的叫李艺，是科文，对吗？昨天就是她接待我的。”

“蹿到死！”燕妹说了句。

欣然一惊，这可是一句不轻的骂人的话，它形容一个人爱出风头，爱

标高，自以为是。欣然不知燕妹这话是对李艺，还是对她，心里有几分不快。当她想用目光与燕妹交流时，燕妹却一再回避。

阿春解释了一句：“她原本和我们一起出来打工的。”

欣然明白了燕妹的话是针对李艺的，又知道了李艺、阿春、燕妹是一个村上的。如今李艺出头了。

“其实老板都是看人下菜的。”燕妹瞥着李艺说。

欣然想，她们跟李艺的矛盾够大的了，李艺到底是个怎样的人？阿春、燕妹她们又是怎样的人？

打工妹们边吃边叽喳。上班时间是不允许说话的，她们要在中午一个钟头里把话说够，天南地北，什么都说，哪儿东西便宜，哪家发廊好，男朋友……

欣然没说话。她没有吃饭时说话的习惯，否则妈妈立刻举出上10条吃饭讲话不利健康的医学术语，谁叫妈妈是医生呢。何况欣然也说不上什么。

吃完饭，阿春叫欣然去宿舍。欣然却更想四周走走，于是拿着英语书在厂区溜达，同时背点单词。走到门口，看见宣传栏空空如也，就随手拿笔在上面涂画起来。

## 被提升为拉长

“喂，干什么？你不知道这是不能乱涂的吗？”一个穿西装的男子边说边向她走近。

欣然这时才反应过来，这不是学校，是工厂。真是当宣传部部长当惯

了，什么地方都容不得空白。欣然有点抱歉：“对不起，我不知道，我现在就擦了。”

“我倒是第一次见到这么好的字，像书法家的。”

这不是奉承，欣然的字是人见人爱，凡是见过她字的，都免不了赞几句。

“学生吧？高一？”那人看见欣然手上的英语书，“寒假出来赚点钱？这活干得惯吗……”

欣然打断他的话：“纠正您一个错误：我不是来赚钱的，我是来锻炼自己的。”

那人给逗乐了：“学生腔，学生都这样，我当学生时也是这样，一本正经得不得了，现在呢？哼。”说完自嘲地笑了。

“你叫什么名字？”那人又问。

欣然没答，那人就先自我介绍了一番：“我叫郝君，车间总管。”接着递上一张名片。

名片上头衔一连串，欣然粗粗一算，不下7个，心里暗自好笑，凡是名片上写了3个以上头衔的，欣然就有点别扭了，何况是一大串，这使欣然觉得滑稽和做作。

“您的官衔够多的。”

“哪里，好多还没写上呢。”

欣然“扑哧”笑了：“我叫谢欣然，什么头衔也没有，就是学生。”

郝君看了看黑板，说：“你帮着出一期‘迎春报’吧。这宣传栏空了个把月了，平日也没什么好通知的。你能出好吗？”

“没问题。”

“这有得加工资。”

“郝先生，我得再纠正您一遍……”

郝君接了茬儿：“你出墙报不是为了钱，而是为了锻炼。”

谢欣然出的“迎春报”在工厂引起不大不小的轰动。一下班，便有成群的打工妹围着看。工厂的生活是单调乏味的，所以一点点新奇的事物便能荡起漪澜，工人们饶有兴致地猜着字谜，读着小诗，评着刊头。谢欣然很得意。人们纷纷询问是谁出的，阿春颇自豪地说：“是我们的一个姐妹。”欣然听了，很感意外，她何时将自己列入姐妹的行列？不过欣然挺高兴，有人认同她了。

中午吃过饭，欣然随阿春、燕妹去了她们宿舍。宿舍有点暗，阿春开了灯，欣然环视屋里，20多平方米，上下架床8张，住了16个女工，很挤。每张床上几乎都有一个考究的皮箱和一摞干净的衣服。

“挺挤的。”阿春拉着她，“不习惯吧？”

“不，不。”欣然慌忙否认。她不愿意在她们面前露出丝毫的优越感。

“有个床位就不错了，现在打工就是床位最难解决。”

“你们做了多长时间了？”

“不一样。这里算阿春姐来得早，她都来6年了。”

“6年了？想家吧？”

“有时回去看看，家里很穷，总是希望我们多赚点钱，贴补家用。我有3个弟妹，1个姐姐，小弟弟还在念小学。我们出来都是为了赚钱的。”

“这个工厂待遇还好吧？”

“日本人的厂，钱哪有多的？只不过这里有床位，而且我做了这么久了，做生不如做熟。”阿春边说边打毛衣。

欣然漫不经心地翻着阿春的相册，照片上的打工妹与平日不同：她

们把最漂亮的衣服穿上，打扮得体体面面，或站在高楼大厦前，或以小汽车、花坛为背景，笑得很灿烂。这些给打工妹们带来一种满足，也会给家人带去一种安慰。

突然她在阿春的相册里发现一张男人的照片，好像见过，对，是见过，就是那个郝君，七八个头衔的郝君！他的照片怎么会在阿春的相簿里？欣然疑惑地看了看阿春，阿春仍在飞针走线——她织的是一件男式毛衣。谢欣然打了个“？”，不露声色地把相册合上。

几天来，她与大家相处得非常融洽。她亲身体会到一个打工妹的喜和忧。谢欣然干得很出色，经她手的产品没有不合格的。她不像有些城市孩子，她能吃苦，而且不偷懒，这使得不少人对她另眼相看。李艺曾半认真半开玩笑地对她说：“幸亏你只是假期工，不然我的位置早被你顶去了。”

被人夸奖总是好事。欣然认为在学校里能做个好学生，在工厂里也能做个好工人。只要有一个舞台，再小，也要尽力演一台好戏。

欣然渐渐地适应了工厂的规律和气氛。中午吃饭，她也和打工妹们有说有笑起来。说到拉长，几乎所有打工妹们都不喜欢拉长。

“拉长没有一个能和工人处好关系的。”燕妹说。

“为什么？”欣然奇怪。

正说着，李艺走近她们：“欣然，你吃完饭到我办公室来一下。”李艺眼睛直视谢欣然，对旁边的阿春、燕妹她们瞧都不瞧。

李艺一走，阿春、燕妹连忙问：“欣然，你怎么了，做错了什么？是不是出次品了？”

欣然一概摇头。饭后，她径直去了办公室。

“噢，你来了，坐下。”李艺举手投足都不像一般打工妹。

欣然有点紧张，怯生生地坐下。

“谢欣然你干多久了？”

被李艺这么一问，欣然更紧张了：“我，我做错什么了吗？”

李艺却笑了：“我要告诉你一个好消息和一个坏消息，你想先听哪个？”

“那就先听坏消息吧。”

“你得加大劳动量和劳动时间。”

“为什么？”

“那就得听好消息，你被提升为拉长了！”

“我？”欣然用手指指自己，“怎么可能呢？”

“怎么不可能？在我眼里你一向很自信，怎么，对自己没信心了？”

让谢欣然在学校里任个班长、部长的，她信心十足。在工厂，哪怕只是小小的管十几个人的拉长，她却一点信心也没有。

“谢欣然，你在这儿干了一个星期，工作很好。QA一致通过。我们推荐人不是想推谁都可以的，要考试，一切凭真本事。我是看好你的。我送你一句话：人往高处走，水往低处流。”

“谢谢。”欣然想了一会儿，“这里一般都是3个月以上才提升，我才干了一周。”

“这是例外，也说明你干得出色，你只是假期工，干一个月就走，对我们有点损失。不过这期间我们会另外物色人，看看还有谁合适……”

“我觉得阿春姐挺合适的，她干了那么多年，而且……”

“阿春？”李艺重复这个名字，问欣然，“你觉得她合适吗？不。你不过是同情她，她干了六七年了，连个拉长都不是。你考虑过她的工作能力吗？”

欣然承认阿春速度慢，质量也不高，也许是年龄大了；欣然也承认自

已有同情的成分，但她不喜欢李艺说话的那种口气，她们毕竟是老乡啊。何况阿春很照顾她，她不能抢别人的饭碗。

“欣然，你也许已经知道，她们和你说了吧，我、阿春、燕妹是一块出来的，从小一起长大，无话不讲。可现在？我们连个招呼都不打。为什么？”

欣然也奇怪这个问题。

“在她们眼里，我出头了，攀了高枝，甚至认为我为达目的不惜代价，而在我眼里，是她们不上进。”

欣然呆呆地看着李艺。

“我还是那句话：人往高处走，水往低处流。”

## 致人而不致于人

当李艺向全拉女工宣布“从现在起，谢欣然担任这条拉的拉长”时，欣然分明感到带着不同含义的眼光向她聚集过来。不知为什么，欣然不敢回视，她怕看见阿春失望、燕妹恼怒的目光。李艺走了，欣然只是说了句：“大家都好好干吧！”

一个上午，欣然发现上厕所的人特别多，说闲话的人也特别多，发现没有人理她。去吃饭的时候，她对阿春说：“一起走吧。”

阿春冷冷地说：“我们已经不坐在一起了。”

燕妹说：“你有什么资格当拉长？我们都干了好些年了，你呢？知道你为什么能当拉长吗？因为李艺，因为李艺嫉妒阿春姐当拉长，她总是压着阿春姐。”说完，愤愤离去。

欣然孤单地拖着沉重的步子去了饭堂。她看见其他拉长在招呼她，噢，该坐到那边去了。

“欣然，怎么了？有人欺负你？”有人问。

“没，没有。”欣然无精打采地扒拉着饭粒。

“她们就这样，欺软怕硬，你一定要给她们颜色看才行。”

欣然没有心绪听这些经验，她的眼睛一直望向那边自己曾经坐过的桌子。她怎么也想不到一个小小的拉长职务会使得她“众叛亲离”。李艺为什么要让她当拉长？真像燕妹说的嫉妒阿春，才选了自己？自己究竟在李艺、阿春、燕妹之间充当了什么角色？还有那郝君，他和阿春……

下午的情况更糟，她们集体上厕所。欣然急了：“不行！一个个上。”没有人理她：“我肚子疼。”……留下空荡荡的工位。欣然想哭，这是集体对抗她啊。这时李艺又来了，一看这情景，马上明白怎么回事，跑到厕所，果然看见借故上厕所的女工在那里聊天。女工见了她，像老鼠见着猫，马上溜回工位上。

“我知道你们不服谢欣然当拉长。”李艺开始训话了，“但是你们哪一个数量和质量能比过她？没有，没有那就得服！下次如果我再发现这种情况，扣你们工资！”

李艺在拉上巡视，走到阿春的工位：“你看看你的零件，我想我闭着眼也能做得比你好。我知道，你年龄大了，心也野了，既然这样，我看你还是回家嫁人去吧！”

李艺说完走了，欣然被她这么过分的言辞惊住了，阿春“哇”地哭了。这哭声仿佛要把欣然挤扁，她走近阿春，想安慰她几句：“阿春姐，别哭了。”

“滚，你给我滚。”阿春一腔怒气朝谢欣然泄去。

欣然吓呆了，为什么李艺恶语伤人阿春可以忍受，而自己好心好意，却要挨骂？

由于这一闹，这道工序的活全部不合格。李艺叫走了谢欣然："刚才总管把我批评了一通，现在我要批评你，你是怎么搞的？拉长是怎么当的？必须全部返工！"

"……"

"她们不服你是不是？"

欣然点点头。

"这很正常。我还从没见过能与拉员搞好关系的拉长！"

"？"

"嫉妒。中国人就是这样，你比她们高，比她们有能耐，必定有人要说三道四，但是你若比她们高出许多，她们就服了，只有羡慕了。"

谢欣然似懂非懂地望着李艺这位以"人往高处走，水往低处流"为至理名言的科文小姐。

"欣然，回去吧，回去返工。必要时候就骂人！"

当欣然回到车间，别的拉早已下班了，只有自己拉的工人还在工位上，她们要返工。女工们怨声载道，好像这是欣然的责任。

一天的拉长生活，使自尊自傲的谢欣然再也忍受不了这委屈了。她觉得自己也有一股怨气和怒气要发泄，却不知要冲女工还是冲李艺。思前想后，她还是最大限度地压制住自己的情绪，努力平静地说："晚上就我们拉返工。快的话，1小时完工，如果还按白天的效率，4个小时也完不成。我无所谓，可以奉陪。"

女工们冷漠如故。

"我不会骂人。第一，我当过打工妹，我知道被人骂的滋味；第二，

我比你们都小，我实在不好意思骂。你们能不能给我一点面子，同时也给自己一点面子呢？”

讲到这里，谢欣然想哭，真想痛痛快快地哭一场，但是她咬紧牙关将泪吞回肚里。

女工们听了谢欣然的话，有些惊讶，随即安分了许多。

这次返工用了一个半小时。

谢欣然整理完拉上的事，拖着疲惫的身躯离开了工厂。离厂门不远，她发现阿春和那个车间总管在一起，欣然连忙闪到墙后，只听阿春说：“你想不认账……你这个狼心狗肺的家伙，我跟你拼了！”

郝君一把推开她：“你冷静点好不好？”

“……”

郝君理理衣服：“当初也是你自愿的，为了当拉长，你自己送上门来的。现在没当成，找我撒野。”

“你……你卑鄙！”

欣然似懂非懂地看着他们。

第二天，拉里的纪律好多了，不知是不是因为她昨天的那番话。谢欣然在拉上来回走动，这个指点一下，那个帮手一下。她发现阿春神色恍惚，便说：“我来帮你做吧。”

阿春冷冷地看了她一眼，什么也没说。

郝君进来了：“谢欣然，老板在office等你，叫你去一下。”

“叫我？”欣然好生奇怪，一点儿也猜测不出那个日本人找她会有什么事。

“对，找你。你去吧，我叫李艺来顶你的班。”郝君说完就走，没有看阿春一眼，阿春也没有露出一丝与他有什么瓜葛的痕迹。

谢欣然出了车间，穿过众多走廊，才到老板的办公室，忽然想起自己连老板姓什么都不知道，又回去了。李艺告诉她，老板叫川田一郎，又说：“欣然，你好醒目呀，我在这干了六七年，老板从没有单独找我谈话。”

谢欣然嫣然一笑，心想不知是好事还是坏事呢。

她敲了敲门：“川田先生，您找我？”

“啊，你就是谢小姐，”川田先生上下打量一番，“请坐！”

欣然很不习惯别人称她“小姐”。她说：“您的中国话说得真好！”

“哪里，南腔北调的。”

“嗯，您找我，有什么事吗？”

“是这样的，我在宣传栏见到很漂亮的书法，得知是谢小姐写的，心里十分敬佩，请问你师从哪位名家？”

“名家？没有，我不过自幼喜爱书法，我父亲很重视，经常督促我。小学时每天有一节书法课，仅此而已。”

“自学成才！”

欣然不好意思了：“我的字并不好。”

“你太谦虚了！听人介绍你只是一个中学生，是来勤工俭学的。认识你很高兴。本人酷爱收集字画，这次请小姐来，是想请小姐为我写一条幅。”川田先生指着文房四宝说。

“那我就献丑了。”欣然并没有过分地推辞。

“我想要‘致人而不致于人’几个字。”

“这是孙武的。”

“对，我们日本国很推崇《孙子兵法》，我本人也很崇拜他，可是中国人似乎并不重视他，并没多少人知道他。”

欣然淡淡一笑，只是说：“相比起来我更欣赏孙子的‘上下同欲者胜’。”

“好，很好，你也读过《孙子》？”

“我们的语文课本上就有。”欣然轻描淡写地说。她挥毫写下“致人而不致于人”几个大字。

川田先生连声叫好：“认识你很高兴。”

“谢谢，认识您我也很高兴。”

## 你应该姓“坏”

谢欣然自从被川田先生“接见”后，身价倍增，甭说李艺等人，就是车间总管郝君之流也对她刮目相看。谢欣然自嘲不过是狐假虎威的家伙。

由于要赶货，这个晚上加班，科文在，总管也在，一直忙到9点完工了，所有的人都站了起来。这时，燕妹的铅线从她的口袋里掉了下来。李艺看见了，郝君看见了，谢欣然也看见了。

郝君向燕妹走去。这时欣然抢先一步，大声地说：“燕妹，你怎么总把铅线和卡门分开放，这样容易忘的。”说完她径直走去，捡起铅线，放回流水线上，“看你，又忘了。”

燕妹涨红了脸，呆呆地看着欣然。所有人也看着欣然，欣然故意轻松地说：“燕妹总是担心自己把卡门和铅线混在一起，所以总是分开放。”

燕妹感激地望着欣然，欣然却像毫不知情似的，只是一味地说：“好，现在收工了。”

女工开始退去，燕妹也混入人流中，谢欣然松了一口气，车间里只剩

下李艺和谢欣然。

“谢欣然，你感觉如何？”李艺问，嘴角勾起一丝笑。

“你说什么呀？我不明白。”

“别装了。燕妹偷东西，你为什么替她打掩护？”

李艺真厉害，欣然不敢看她。

“幸亏她是在这儿被发现，只要大家不说便没事儿。如果在门卫处被发现，别说你了，就是经理也保不住她。”

“我想，她也许真是无意的，李艺姐，这事就让它过去吧，你别去和外人说，好吗？”

“你把我李艺当什么人了！”李艺扬长而去。

次日，郝君叫谢欣然去他办公室，欣然以为又是为燕妹的事，就去了。郝君穿着一件毛衣，欣然看着眼熟，想起来了，阿春打的那件。

郝君笑嘻嘻地说：“你把门关上，我想跟你谈个问题。”

谢欣然立刻退到门外，轻蔑地说：“那你还是找阿春谈吧！”

自从谢欣然打工之后，妈妈“提防坏人、小心谨慎”的叮嘱不绝于耳。每说一次，欣然都顶一句：“妈，我耳朵都起茧了。”她知道妈妈是为她好，怕她掉以轻心。现在看来，妈妈真是先知先觉。郝君的为人，在这短短十几天里，谢欣然已经看透了。他对每一个女工都是嬉皮笑脸，色眯眯的，还有他和阿春……

谢欣然发觉阿春近来的神色越来越不对头，脸色苍白，精神恍惚。终于，有天下午阿春突然昏倒了。谢欣然慌了手脚，几个拉长去叫了李艺，把阿春送进医院。“这个女人怀孕了。”护士冷冰冰地说。

谢欣然跌坐在医院的长凳上，脑子里立刻闪出郝君的照片，记起郝君和阿春那天的争吵，她明白了。

谢欣然回到工厂，拉上的女工像什么事也没发生似的忙碌着。欣然走到燕妹身边，低声说：“下班我们一起去医院。”燕妹含着泪点点头。

收工了，欣然先去了办公室，郝君正衔着烟。

“阿春姐进了医院。”

郝君看了她半天，吐出3个字：“她自找的。”

“你卑鄙！”

“你没资格说我，你还得感谢我。要不是我让你出墙报，川田先生会见你？你永远就在流水线上当打工妹吧。”

“感谢？我根本瞧不起你！”

“哼，”郝君冷笑，“看过《雷雨》吧？鲁侍萍被人标榜得很高，事实上她很贱，否则她就不会给周朴园生了两个孩子而不是一个孩子了，这说明当时她也是乐意的。只是在周家赶她，断了她的生路后，才想到自杀。这种女人还不贱？”

“我们学过一个成语，叫‘恬不知耻’，我一直不知什么意思，不知什么场合下用，今天，你教会了我，这是你的专利吧！”

欣然说完转身想走，到了门口，又回头：“你叫什么名字？郝君？一下错了两个，第一，姓错了，应该姓‘坏’；第二，叫‘君’，你连人都不是！”

“啪”的一声门关了。欣然出了门，发现燕妹在门外。燕妹只说了一句话：“欣然，谢谢你。”

当她们赶到医院时，发现拉上的打工妹都在。阿春的嘴唇很白，头发很乱，散在脸上。看见欣然，艰难地伸出手去，欣然立刻迎合这双手。阿春挤出一丝苦涩的笑。欣然替阿春撩开脸上零散的乱发，轻轻地说：“一切都会好的。”

女工们干得很努力，没有说话，没有出错，没有上厕所的。欣然终于再次赢得了认同。谁说没有和打工妹搞好关系的拉长？这不有了吗？！欣然笑了。不过其中的奥秘是难以说清的。

李艺又来找谢欣然：“下午收工后，我在对面咖啡厅等你。”

欣然去了，李艺打扮得十分入时。

“找我来有什么事吗？”

李艺没有急着答话，叫了两杯金威啤酒。服务员送来，一杯放在李艺面前，另一杯放在欣然面前。

“我不喝酒，喝酒不是好女孩。”

李艺笑了：“真是小姑娘……”便自己喝起来。

“欣然，今天是小年夜，我请你出来。”

真的，过小年了，这段日子过糊涂了。

“我没有朋友……所以请你。”

“你没有把我当小孩，把我当你的朋友，当你的同龄人？”

“对，在深圳我没有亲人，朋友也疏远我，我……你是个学生，我们之间没有冲突，也没有利用与被利用的关系，你很纯，所以……我有话也只对你说。”李艺几杯酒下肚，有点醉。

“你应该去看看阿春，”谢欣然却想到另一个问题，“你们毕竟是老乡。”

“哼，老乡？她是自食其果。”

这口气很像郝君，欣然很反感。

“她怀过两次孕了。”

欣然想起郝君讲过《雷雨》的故事，叫道：“天哪！”

李艺看了她一眼：“这对你来说，是第一次见，我们早已司空见惯

了，见怪不怪了。”

“可我觉得你还是应该去看看她。”

“她们不会欢迎我的。嫉妒！我做得比她们都出色，她们便嫉妒……我没有好朋友，有时候，真觉得无聊。活着，就这样活着，一天又一天……”说完又一杯酒下肚。

看不出李艺这种人也会对人生哀怨。“别喝了，你醉了。”

“我，我没醉。”李艺晃晃脑袋接着说，“在乡下时，我们3个很好，好得穿一条裤子还嫌宽松。现在，不知为什么变成这样……我现在得意了，可又觉得，觉得失落了什么。”

“到底失落了什么？”欣然问。

李艺没有再回答什么，用手转着酒杯：“欣然，今天来是和你说‘再见’的。”

“你要走了？”

“对。另一家合资企业看上我，让我去当总管，我明天就要走了。”

“跳槽？”

“人往高处走，水往低处流。”李艺每说这句话时，眼睛都是直视对方，充满挑战。

“最好只说‘人往高处走’，不要说‘水往低处流’。”欣然知道为什么李艺每说这句话自己都不舒服。因为李艺并不真正理解这句话的含义。人向高处走无可非议，但何必蔑视水的低流，每个人都有选择自己道路的权利。

## 离厂一步三回头

今天是大年三十，也是工厂最后一天上班。女工们像往日一样。她们对阿春、燕妹的事，也许真像李艺所说的“司空见惯，见怪不怪”了。但欣然不行，当她看到阿春空着的工位，燕妹那双飘忽不定的眼睛时，她感到痛心。

阿春不在，欣然就顶她的工位。像第一周一样，前面的工人把活通过流水线传到她那里，她干完规定的活，就传给下一个工人，但这时欣然的心境已不同于第一周了。

下午3点，经理就宣布下班。忙了一年的打工妹们欢呼雀跃。大家开始离开工位。这时，欣然站了起来，向她们鞠了一躬。

“祝大家新年快乐！”

打工妹们嬉笑地围上去：“也祝你快乐！”“祝你永远这样讨人喜欢！”……

“出粮了！”有人在门口叫一声，打工妹们高兴得蹦起来，随着人群去了财务科。由于是过年，财务科科长亲自为大家发工资表示感谢。川田先生也在一旁感谢，感谢大家为他干活，为他加班，为他赶货，为他赚钱。钱是用红包装着的，年终了，红包也鼓了些。打工妹一个个排着队，签了名，领了钱。轮到谢欣然，不知为什么，一种伤感的情绪竟大于兴奋。

“啊，谢欣然，听说你干得很不错。来，签个字。”财务科科长是个胖胖的中年妇女。

“我想问一下，我们拉阿春的工资有没有？”

“只有一半。她缺工太多天。”

“阿姨，等她出院让她当拉长吧！”

“恐怕不可能。她出了这种事，更没人服她了。”

“……”

“你怎么不继续干下去？”

“我要开学了，必须复习功课。”

“再干几天，就能拿到拉长全勤奖，50块钱。”

欣然笑笑：“在我眼里，分数比钱重要。”

“对，你是学生，我差点忘了，学习第一位。”

别说科长忘了，就是谢欣然本人也几乎忘了自己的第一身份——学生，一个好学生。

谢欣然在工资单上大大方方、端端正正签下“谢欣然”3个字。接过钱，觉得很沉。

她退出人群，看见川田先生正注视着她，接着迎她走来，伸出手：“谢谢你，辛苦了！”

“祝您新年快乐！”欣然也伸出手，这是平等的握手，欣然感到自己是大人了，被人尊重了。

欣然依依不舍地跟工友们告别，走出碧奇厂时她是一步三回头，泪流满面。欣然不明白，自己在哭什么。难道是留恋这个厂？不对，工厂怎比得上九中校园；留恋这帮工友？也不对，她们之间亲善过也发难过，长期相处，那结果恐怕比李艺好不了多少；留恋这段生活？更不对，这3个星期在她16年岁月中过得是最沉重的了，沉得让这颗年轻的心负担不起。

既然都不是，为什么还哭呢？欣然自己也莫名其妙，也许是前些日子太压抑了吧。

李艺、阿春、燕妹将来如何？谁也不知道。她们的故事还没有完，而

谢欣然的打工生涯已经结束了。

别了，我的打工生活；

别了，我的工友；

别了，碧奇。

挥挥手，向前走。

“没有人生来洒脱，都总是在哭过之后才会感到轻松许多。”有位作家说。

## 这个寒假不轻松

初三毕业时同学们曾经相约，每年春节都要到兰老师家拜访一次。今年是第一年，欣然希望圆满。

街上过年的气氛非常浓重。不管大店小铺，门前都摆着两盆橘树。翠绿的叶子，大红的橘子，还有上头挂着的小红包，似乎在招呼行人向它靠拢，老板真是“开门大吉”了；最壮观的是从香港过来的采购队，那些家庭妇女成群结队、一日几趟地跨过深圳河往回搬东西，河北河南差价厉害啊！

阿琼在一家书店对面开了个饰物店，专卖女性用品，如胸罩、泳衣、化妆品、手提袋等。她没考上高中后便做起了个体生意，现在她的银行存款早已上了5位数。

阿琼正在档口忙活着，看来生意很不错。她拿着花王系列产品给一群打工妹“授课”：如何永葆青春，如何分辨皮肤的性质，如何做面膜。欣然背对着档口，阿琼没注意她。阿琼正在给自己这桩即将做成的生意

加油。

“就拿我来说吧，今年24岁，可是人家都说我只有十八九岁，这就是‘花王’的功力！”

宣传的结果是这群打工妹心甘情愿地掏了腰包，兴高采烈地离去。

“小姐，买什么？”阿琼对着欣然的背说，十足的生意人口气。

欣然转过身：“阿琼。”

阿琼也是16岁，可一点学生味都没有了。她穿着一件低胸的皮外套，这是校园女生无论如何也不敢穿的。烫的是时下最流行的波栗头。嘴巴涂得很红。她看起来比实际年龄老许多。阿琼变得真快。以前她常和班上的女生吮着雪糕在时装店门口“望裳兴叹”，她常为十几元买到一件假冒名牌兴奋两三天。

“你怎么会想到来这里？”阿琼有几分紧张，又有几分惊喜。

“放假了，来看看你。”

“哟，真难得啊！”

欣然被阿琼这么一说，很不好意思，抱歉地说：“阿琼，这么久了，我是应该来看看你的，可……”

“算了，我也是讲笑。你今天来，就是看看我这么简单吗？”

“我是来约大家一起去兰老师家拜年的。”

阿琼高兴地大叫起来：“好极了！欣然，我正无聊呢。”

“阿琼，还有许多同学，我又不清楚他们地址……”

“交给我吧。对了，今天是小笛生日，去她家，准保有许多人是原来班的。”阿琼掰着手指数，“石里和他老豆去泰国了，波仔离我家很近，我去请……”

又来了几位顾客。

“买手袋的吧？”阿琼笑容满面地迎上去，“新到的。”

几个女孩子比画着，嬉笑着。

“台湾货，今年将要兴。”阿琼刚招呼好顾客，脸一偏又对欣然说，“你听说了吧，白翎自杀了。”

“啊！”欣然心里叫道，焦急地问，“真的吗？”

“当然了，可她什么也没留下。日记、作文、信件全烧了，那天我们去看她……其实你们很应该去看她的，她和你们关系很不错。”阿琼把“你们”“我们”分得很清楚。

欣然把脸深深地藏进大领子里。

“听说，她是看破红尘，也有人说她是随三毛去了。三毛死了，她也跟着去。也有人说是没考上重点高中想不开。”

欣然的目光落在一处不动了，茫茫然的。

那几个女孩子挑中了手袋：“老板娘，多谢了。这3个你帮着留下，我们叫Jane她们来买。”

“没问题。”阿琼又笑脸相送，“请多多帮衬！”

阿琼真是生意场上的一把好手：“欣然，你要什么，我半价卖给你。”

欣然却问道：“还有呢？别的同学呢？”

“嗯，一块去小笛家，你可能认不出她了。”

“太夸张了。”

“真的。她做了双眼皮手术，人都靓哂。”

“噢！”

“还有，波仔，一边上职高，一边上夜校，已经拿到好几个结业证书了。”

“真棒！”这么长时间，这个消息最让欣然高兴。

“邝沙沙去了海南。”

“你怎么知道这么多？”欣然吃惊中带有几分妒忌。

“当然。”阿琼冷冷地笑了笑，“你们有高中同学，将来还会有大学同学，而我只念到初中，只有初中同学，当然不会忘了他们。”

谢欣然有点尴尬。

阿琼却又问：“你现在怎么样？忙什么？”

“忙什么？什么也不忙，就是学习，每天上课、回家，上课、回家。”

“那学些什么？”

“什么都学。”

“也学炒股票、炒楼花、房地产这些？”

“那，当然不学那些。”

“不学这些，怎么叫什么都学呢？叫什么都没学！你们还是学中国有几条内陆河，几条外流河，有多长，对吗？”阿琼笑笑。

“……”欣然不知该说什么。

“要是我们像你们那样，还过着两点一线的生活，早闷死了。你们真有耐心。不觉得无聊吗？”阿琼又笑。

“啊，是……有点闷……但并不无聊。”欣然讲得前言不搭后语。

阿琼哈哈大笑，还用手去抹眼泪：“哈哈，你们真逗，哈哈！”

“我们有时也看看报纸，看看电视，听听音乐什么的，对了，我们还有实习什么的。”

阿琼笑得更凶了。她的笑声很大，已不是校园女生的那种笑。她的笑，惹得行人回头看她。

欣然莫名其妙：“这好笑吗？”

“我不是笑你们。”阿琼停下笑，“我们和你们真是两个世界的人哪。

不过，我还是挺羡慕你们的。”

“这么说，你后悔了？挺留恋校园吧？”

“后悔？”阿琼转入沉默，想了好一会儿，平静地说，“不后悔。我是怀念校园生活，并不是留恋。”

欣然不做声，想不到阿琼会在“怀念”和“留恋”这两个词上咬文嚼字。

阿琼小声问：“你认为我很俗，很空虚吗？”

“不。”欣然惊奇地抬起眼，“不！”

阿琼抿着嘴笑：“其实一天到晚奋斗来奋斗去，也很俗气，也很无聊的。人应该活得轻松自在，做自己愿意做的事。我知道读书好，有学问好，可我觉得一个人把人生最短暂而宝贵的青春消磨在厚厚的书本上是一种浪费。”

阿琼又补充了一句：“有时确实有点空虚。”

她们出店的时候，天空灰蒙蒙的，快要下雨了，满是南方冬天的阴气，几个时髦女郎从她们身边经过，阿琼总要回过头再看。

“她眼影的颜色调配得很好，青，灰加棕……”

他们没在乎欣然，兴致勃勃地谈论他们感兴趣的话题。欣然呆呆坐在一个靠窗的角落，看他们笑，听他们说，好像不认识一样。阿琼发觉了，因为欣然是她带来的，她不能让欣然冷落。

“大家知道欣然来干什么吗？”

谢欣然一怔，大家的目光已经盯在她身上，该自己出场了。她站起来宣告：“我来约大家一起去兰老师家拜年。”

没有回应，怎么办？不能让提议冷场，她装出兴奋的样子问：“我们去兰老师家送什么？”

“我们不去。”几乎是异口同声。

“毕业时不是都说定了吗，怎么都变卦了？兰老师那么好。”

“为什么不去？兰老师也是咱们的老师，不过我们自己去看老师。”另一个职高的男生说，“一起去没意思。谈不到一块。”

东道主小笛说了话：“其实没什么。欣然他们上九中的和咱们联系少了，主要是因为他们忙。我不认为非上大学才有出息，又不是内地。条条道路通罗马嘛。”

“那你去啰？”欣然抱着希望。

“不行。那天我要跟我父母去参加一个沙龙。”小笛怕欣然误会，又补充一句，“机会难得，都是名人参加的。”

接着他们又继续自己的话题。

欣然把额头触在窗户的玻璃上。外面的雨噼噼啪啪地打着玻璃，好像想洗干净什么似的。原以为各奔东西的老同学会一口应允，想不到竟出现这场面，隔阂竟会如此之深。

一只手搭在欣然的肩上，欣然转过头。

“乐乐！”

“谢欣然！”乐乐叫了欣然的全名，这一称呼说明她们之间的关系已不像过去那么热乎了。

“现在怎么样？”

“能怎么样。进了这所中学总觉得对不住所有人，凡事都悠着点，别再让人看不顺眼。我又不像余发，有个有钱的老豆，买个学位进去。我……”乐乐没有不平和愤怒，只有凄凉。

欣然觉得那冬雨，像是下在她心上。欣然替乐乐难过，她中考就差几分没进九中，余发的成绩离九中的录取线还差一大截，九中却能给他一个

学位。钱的威力真不小啊。欣然一向认为爱钱的人俗不可耐，现在她有点折服了。

欣然本想对乐乐说说九中学生的喜怒哀乐，又怕乐乐误会，认为她在炫耀，便缄口不言。

这时，小笛的生日蛋糕开始切了。乐乐拉着欣然坐在一个角落里，小笛递上蛋糕。

“谢欣然，告诉你，你们去兰老师家，别问她儿子的事，他也没上重点。”

“我听说了。”

“还记得唐老师吗？他改行了，专门搞股票去了。那日我在证券部见到他，西装笔挺，手拿大哥大，派头极了。”

“噢？”

“还记得白翎吗？死了。那些班长、支书大人，平日调儿唱得那么高，又是团结友爱，又是互相帮助，竟没有一个来看她的。真虚伪！”

深红大衣领里藏着欣然烧得滚烫的脸，她为自己的“无知”害羞。

幸亏他们没发觉，小笛又热情地递上一块蛋糕。

欣然怯生生地问旁边的乐乐：“你去吗？”

“我已经去过了，这次就不去了。见到都是咱们班同学，可现在又都是重点的，心里真不是滋味，再说快开学了，我得复习……”

这会儿工夫总是听见乐乐自怜自伤的话，欣然感到压抑，乐乐原来不是这样的。可欣然不敢说话，她担心自己无意间的哪句话会刺激乐乐脆弱的心。

“欣然，我和你们不一样，和我们学校的同学也不一样。九中的升学率是多少？我们学校呢？我们那个语文老师是北京四中的，很有水平，可

他认为他来我们学校是阴差阳错，他宣布说：‘你们在路上别喊我老师，我为你们羞！’这是什么老师！再看看我们班同学，拍拖、下舞厅、炒股票，五花八门……好些事你根本想象不到……”

“乐乐，别说了。”欣然伸出手，紧紧握住乐乐，欣然觉得有水珠落在嘴唇边，用舌头一舔，咸的，“乐乐，我相信，3年后，我们会在大学相会，真的。”

乐乐感激地抬头看欣然。欣然觉得再打听乐乐的学校已是多余。

欣然和几个同学去了兰老师家，去的同学都是重点中学的。兰老师说前些天，阿琼他们也来过。一班同学分两批来拜年。兰老师还问陈明怎么没来。兰老师总惦记着陈明。出了兰老师家，几个同学就分手了。

这个寒假，欣然不轻松。只有一件事例外，她把打工挣来的人民币200元以妈妈的名义寄给爸爸前妻的父母和哥哥。欣然自己只留下港币作为下学期的教育费。因为欣然户口不在深圳，她要比别人多交500元。

这是这个寒假做的唯一愉快的事情。

欣然没精打采地走在路上。这时，马路对面闪过一个人影，直觉让她产生一种冲动，她停住脚，是萧遥吧？欣然不敢确定，逆着人行道跑，看了一会儿，果然是萧遥。

“萧遥！”

萧遥也看见了她，隔着一条马路，大叫：“谢欣然！”就要横穿马路，欣然是他旅游回来遇见的第一个熟人，所以十分兴奋，仿佛她的出现才标志着回到家了。

萧遥寒假去了盼望已久的敦煌，美梦成真，心情岂止是激动。从任何一个繁华的城市到那儿，都非常遥远。也许正是这种遥远才使它具有更大

的诱惑力。在那儿，萧遥看见中国古代灿烂的文化，感受到历史的深邃苍凉。经受这些，无疑又使萧遥成熟许多。由于时间紧迫，萧遥没有停留太久，就返回了。火车很挤，他买的是站票，这一路几乎真是站着过来的。他不感到难过，自觉是磨炼自己，对少年人也许又是一个课题。所以说，少年时代旅游的意义不仅仅在于观赏。

隔着大马路，两人相视，都觉得自己和对方成长很多。少年人成长需要时间，但更需要与社会接触。

萧遥跑过马路："谢欣然，怎么这么巧啊！"

"我刚从初中班主任家出来，你呢？"

"我刚从敦煌回来。"

"敦煌？"欣然瞪大了眼，这个吃惊让萧遥很自豪。

谢欣然十分向往敦煌，她发现自己特别想去的地方，想做的事，都不是轻易能获得的。大概她的人生也是如此。

# 第十六章

## 老师太小气了

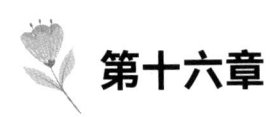

一个寒假没见面的同学现在聚在一块，显得格外友好和亲热。刚开学学校哪儿都忙：教务处，学生们川流不息地跑进跑出询问情况；传达室，订报的、取信的，把小小的房间挤得水泄不通；教室里，问“利是”，谈寒假经历，更是热火朝天。

九中规定，开学第一周要进行主要科目摸底测验，很显然，这是为了检查同学假期里复习的情况。听说这一招是从上海复旦附中学来的。各科的老师都在考试前强调本科的首要性，都把自己的科目摆于其他科目之上。这样一来，等于科科都首要，科科都得考好。

教室里有点杂，但不乱，全在“临阵磨枪”。

“怎么样了？有把握吗？”这是考前时兴的问候语。

“唔掂（不行）。看来这次又要考衰。”这是考前统一且唯一的广东话感慨。

“大家会do点，通点水来，回头请你们上麦当劳！”这是余发考前的公关手段。

“陈明，最早的人类是元谋人吗？那天我看报纸说又发现伊田人，比

元谋人早两千年。”有人问。都什么时候了，还研究这个。只要给分，写最早的人类是“深圳人”也无所谓。

终于，监考老师抱着一摞考卷进来。他是抱着而不是夹着，看这架势，每人少说也有七八张卷子。这真叫“考书”——考一本书啊！

监考老师十分潇洒地用手指在空中画了个“∩”，不言语。这就是在说：“老规矩，不用我说你们应该明白。”

果然同学们纷纷起立，把桌子掉了个方向，桌口冲着黑板。同学们的反应是“太不信任人了”；老师的解释是“瓜田李下，以防万一”。

第二遍铃声响过，老师把事先分好的试卷按组传下去，在一阵窸窸窣窣的翻纸声中，有人倒吸一口气，也有人一捶卷子：“死定！”

陈明把6张卷子从头至尾理好，浏览了一遍，又把卷子按倒数次序从上而下摆好。他要从后面的大题做起。这种做法老师并不提倡，同学们也只是感叹而不仿效。这方法对陈明却有特殊的功效，他需要从大题做起以取得一种自信和满足。

林晓旭又拼命往太阳穴抹万金油。这已成了她的一种习惯。

余发一考试，就贼头贼脑、东张西望，瞄瞄老师，又瞅瞅卷子，总想伺机作案。同学们说他的脖子是弹簧做的。

笔尖在试卷上以不同的速度行走着，老师踱步的声音始终如一。

剩下一刻钟的时候，老师都会报时间：“没做完的加紧了。”这时定会出现一阵骚动，有人就趁机交流几句。

柳清的英语在托福强化班算是差的，经过十几天的强化，虽然与那些马上考托福的“同学”没得比，但在这次英语考试中却很得心应手。

许多人厌恶考试，陈明反之。他觉得只有在考场上、在答题中才能找

到自我，才能表现自我。

余发前几科都考坏了，考到最后一门竟有点糊涂，只答了四分之一。

考完最后一门物理，林晓旭就趴到桌子上抽泣。从寒假的第一天起她就看书，一本一本地做题，结果竟还是这样。

谢欣然忙过来安慰林晓旭说，她考得要比她坏10倍。现在欣然算是有经验了。一次数学小测验，欣然考了96，晓旭考了69，晓旭气得两个星期没跟欣然说话，直到语文单元测验，她考了88，欣然83，才恢复邦交。

一位名人说过，幸福在于奋斗的过程，而不在于结果，林晓旭觉得在考试这件事上根本不是这么回事。

余发把一门门功课骂得狗血喷头，再把一科科老师说得一文不值：“都是出的什么烂鬼题，良心大大的坏！”还说闻到自己身上有股他们家酒楼的那种烤乳猪的焦味——他也被“烤烂”了。

大部分同学忙着对答案。“选择题是A、C、C、B、D、C、C、D吧？”个个抱着谦虚的态度，希望得到肯定的答案。考得好的，手舞足蹈，考得差的，唉声叹气。

陈明周围站了一堆人，都是对题的，好像答案要跟陈明一致才安全可靠。

陈明也不啰唆：“错了，这次所有的判断题都是错的！”

陈明的话引起人群一阵不小的骚动。

一位同学问：“陈明，选择题第二题是C吗？”

“B。”

“刚才老师好像也说是C呀。”

“你没听错吗？”陈明反问，充满自信。

接下来的几天，便是发卷子，排名次。有些学生考完试很喜欢去办公

室打听分数或看着老师批改，有些同学则恰恰相反。陈明属于后者。刘夏就是爱问分数的，刚从办公室回来，便向同学们发布消息。

“萧遥，英语你最高分，95，陈明94……”

欣然说：“萧遥你怎么这么行，玩了一个寒假，还这么好！”

萧遥笑笑，他是边玩边看书，并不曾放松过。

刘夏对别人的分数过目不忘，谁谁多少分都记得住，一个个说过去，高分她说大声些，考差点的她就贴在耳旁悄悄告诉人家。刘夏很乐意干这种事，不管自己考好考坏，她都会去办公室，而且她不忌讳自己的分数，无论59还是95，只要别人问起，她都如实回答。

刘夏走到王笑天桌前：“你59分。”

余发说：“哈哈，你也不及格，我又多了个难友！”

王笑天道：“你这人怎么这样，一见别人考不好就乐，怎么跟我一个毛病。”

“你们是蛇鼠一窝呗！”刘夏马上插了一句。

“就差一分，太窝囊了！”王笑天头一仰，“老师太小气了，给我及格算了！”

“是啊，我也这么说啊。我跟英语老师说了说，又给你加了一分，及格了！”

他一听就火了，他最讨厌别人自作主张，太掉价了！

王笑天瞪起眼，刘夏还是一脸得意，还以为自己是个功臣。要不是有那么多同学在场，王笑天真想骂她几句什么。

大考的成绩和名次出来了。

陈明轻而易举地获得第一，就像《水浒传》一百零八将中的宋江，稳坐第一把交椅，陈明不仅是全班第一，也是全年级第一。林晓旭带着佩服

的目光回头看他，这目光与陈明的目光相接，陈明心里很舒坦。

林晓旭说：“我还当物理不及格呢，居然还不错。”

“你的那些金豆也白流了。”欣然打趣道。

“你呢？说考得比我差，竟是第三名。”

这时余发走近陈明：“陈明，考你一道智力题，念完‘深圳大学’需要多长时间？”

“本科4年，大专2年。”陈明认真地回答。

“错了。只需要一秒。你看我，‘深圳大学’，念完了，一秒就够了！”

大家都笑了。陈明也笑了，他完全是嘲笑。

刘夏又满面春风地走到王笑天桌前：“多亏我给你要了一分，你的名次提前两位。”

又来了！火种成了火苗。他觉得得刺激刘夏一下，心理才能平衡。他故意神神秘秘地问：“你父母离婚手续办了吗？”

## 谁知道母亲的生日

深圳的夜景颇为壮观，到处华灯闪烁，车流来也匆匆去也匆匆。刘夏伫立街头，不知所措。

爸爸妈妈终于离婚了。那天爸爸走在前面，妈妈走在后面，刘夏走在中间。爸爸要她，妈妈也要她，爸爸妈妈最后说：“你自己选择吧。”

选择？何谓选择？就是在两个自己最爱的人中选择一个舍弃另一个？

“爸爸、妈妈，妈妈、爸爸。”刘夏心里呼唤着，爸爸妈妈她都要，她只能做出两家分别住住的决定。

一辆单车从身后骑过来：“回家啊？”

“嗯……回家。”刘夏脱口而出，单车走远了，刘夏却反应过来，改口，“不，不回家。”

家在哪儿呢？刘夏自问。家又是什么呢？真的像爸爸所说是个合资单位吗？她不由得想起那段歌词：“我想有个家，一个不需要太大的地方，在我孤独受伤的时候可以回家。”

望着色彩缤纷的夜景，刘夏知道不能再犹豫了，今天到底该去谁家，看天意吧。现在是初春，深圳的天气不冷，很多人都穿裙子了。如果从这里到前面的十字路口，穿裙子的人数是偶数就朝西走去妈妈家，是单数就朝东走去爸爸家。

“26、27、28、29……”刘夏默默地数着。哟，该去爸爸家。刘夏刚想转身，一位漂亮的小姐迎面走来，是任娜。她拉着刘夏的手说：“回家吧，我是专门来等你的。”刘夏心头有些暖意，准备与她一道走。突然发现任娜穿着一条褐色长裙，加上她这条，就是30条，是偶数，该去妈妈家。这是天意。

“对，对不起，今天我回妈妈家。”刘夏说完便逃走了。

刘夏的生日快到了。现在中学生很讲究生日，很流行开生日派对，送礼物等。刘夏要过的是16岁生日，花季来了。

刘夏想好好庆祝一下，请些同学来开个家庭生日会。刘夏告诉妈妈，妈妈不答应，说那样很无聊。然后便开始忆苦思甜，说她小时候如何如何懂事，体谅父母，照顾兄弟，等等。

刘夏很不高兴，一连几天噘着个嘴。

过了几天，妈妈又主动地对刘夏讲，她打听了一下，都说现在的中学

生兴这套。既然大家都这样，咱们刘夏的生日也得这样。她让刘夏明天去请同学来。还说她会送给刘夏一样礼物，外婆也会来。

刘夏心情刚刚高涨起来，又一下子沉没下去。妈妈终于同意她开生日party了，刘夏正想为此高呼“乌拉”，妈妈又说外婆也来。刘夏不是不欢迎，只是她更想和同学们在一起庆祝。同学在，家里人也在，那场面可想而知。

妈妈仍然微笑地看着她。

终于，刘夏吞吞吐吐地说：“我们班同学开生日会……只是同学参加……家里人都让出来的。”

妈妈愣住了，满脸的微笑也僵住了，眼光茫然。

刘夏心里也不是滋味。

不过，最后妈妈还是说：“我和外婆晚一点回来给你过生日。”刘夏别别扭扭地笑了。

3月8日，是国际妇女节。但是女生都不喜欢这个节日。如果有不知趣的男生对女生说“今天是你的节日”，那女生必定群起而攻之。不过它倒真是刘夏的节日，刘夏就出生在这一天。

谢欣然和林晓旭合伙送了刘夏一个毛茸茸的公仔；王笑天也买了礼物。那天说了那句话之后他就后悔了。这几天刘夏理都不理他。

放学，王笑天没同萧遥一起走，骑车去追刘夏。

“刘夏，今天是你生日，送你份礼物。”

刘夏装作不认识他的样子，看了他半天：“你是谁呀？我可不认识你。”

王笑天有点哭笑不得，手中的礼物送也不是，收回也不是：“我知

道，那天我说错话了，其实……”

“你不是说错话，你是故意的。”刘夏打断他的话，气呼呼地瞪着他，“这件事我谁也没说，就说给你听，你却故意出我的丑！”说完，又气呼呼地向前走。

王笑天追上去：“是，我是不对，我说‘对不起’行不行？”

刘夏没说话，还是直走。

“那天，你也好过分的，你当众说又给我加了一分，好像是你赐给我一分，我根本不稀罕这一分两分的，我就不喜欢别人自作主张，所以我……”

“所以你就报复？”

“不是报复，我也是气急了。这件事一人错一半。”

“我最多错一分，你错九分。”

“我全错了行不行？”

“那也不行！”

王笑天又追上去：“算了吧，刘夏。我都说了这么多对不起，又买了礼物，你还想怎么样？”刘夏没理他，还是往前走。

王笑天也有点生气，但想想今天是妇女节又是刘夏生日，就一再迁就：“刘夏，我给你准备的礼物是音乐盒，你要是不要，我就丢了。”

刘夏不吃他这套。

“我真的丢了！”

刘夏还是走。

王笑天很丧气，骑在车上，脚踩着地，正在考虑还追不追，只听走在前边的刘夏头也不回地发了话：“如果有人请刘夏吃‘大快活’，刘夏就原谅他！”

王笑天兴奋地一蹬脚踏，噌地就到了刘夏跟前：“可我不够money啊。”

“那就吃个汉堡包吧！”

“上车吧！”

刘夏一跳，稳稳当当地坐到了后头，那功夫显然不是一朝一夕练就的。

下午，刘夏刚准备请同学到她家去，这时，江老师陪着一些人进了教室：“这是国家教委派来的同志，他们想做个调查。”

他们其中一位说：“希望大家配合我们做个调查，在这张纸上写下母亲的生日。”

小纸条发到手。“你妈生日是几时？”“唔知（不知道）。”“我都唔知。”“哪个会留心妈妈的生日呢？”许多同学傻了眼。

全班只有一两个同学写出了母亲的生日。调查人员直摇头。江老师说：“你们当中没有人不记得自己的生日吧？可是却很少人记住母亲的生日！要知道，你的生日就是妈妈的受难日，感谢给了我们生命的母亲，这才是过生日的意义。”

刘夏的眼睛潮湿了。

## 妈妈是多么值得深爱

刘夏决定不叫同学们了。她只想和妈妈、外婆一起庆祝她的16岁生日。放了学刘夏急急忙忙赶回家，她要堵住将出去回避的妈妈。当她到家的时候，家里没有人，茶几上摆了一个大蛋糕和一条雪白的连衣裙，妈妈

已经“回避”开了。

刘夏心里非常难过，为了自己的生日派对，她把妈妈给赶出去了。

妈妈这会儿在哪里？该吃晚饭了，妈妈一定还饿着肚子，她是绝对不会一个人去下馆子的。但愿妈妈会去外婆家……刘夏一会儿看手表，一会儿看墙上的石英钟，大有度时如年的感觉。

8点来钟，外婆、妈妈回来了。

妈妈见蛋糕没有动过，很是奇怪。当刘夏告诉妈妈，她想和她们共同分享这16岁的生日蛋糕时，妈妈的眼睛顿时湿润起来。但是妈妈没有也不愿意在女儿面前过多流露出自己的真实情感，借口去厨房热菜，离开了。

刘夏问外婆：“我妈妈生我的时候，受了好大的苦，是吗？”

“怎么问这个？”

“嗯呐，我想知道。”

“刘夏，你妈妈有心脏病，不能怀孩子的。可她还是悄悄怀上了。等我们知道时已经没办法了。到了该生你的时候，却生不下来。当时太可怕了。医生问保母亲还是保孩子，你妈妈执意要保孩子。后来做了剖宫手术，总算母女平安。”“是吗？”刘夏听说自己是剖宫出生的，很感慨自己的生命来之不易，同时也很惊讶。她从不知道这段“历史”。

“可不是。你这条小命来得可不容易了！”

刘夏看过电影电视中产妇生孩子的情景：披头散发，龇牙咧嘴，哭天喊地……痛苦万状。每每这时，刘夏就暗暗地想：“将来我可不要受这罪。”

想到妈妈为她付出的代价，刘夏感动极了。

“那，那我生下来时是什么样子的？”

“嗯，你刚生下来，特别丑。嗯，这么大。”外婆比画着，“脸红红

的皱巴巴的，头发稀稀的……”

刘夏漂亮的眉头一拧，嘴一噘：“我小时候那么丑吗？”

“可不是。现在是女大十八变，越变越水灵！”

刘夏进了卧房，换上妈妈新买的裙子，把头发放下，梳整齐，走到镜子跟前。

她猛地一惊，她看见对面一位娉婷的少女正望着她，她的睫毛那么长，那么密，像是人工装上去的，眼睛大而明亮，鼻子微微上翘，皮肤光洁如玉。刘夏呆住了，脸红了起来，原来那正是她自己啊。啊，一个清纯秀丽的少女，一个婀娜多姿的少女，一个娇柔可爱的少女……

刘夏被一种突如其来的惊喜震动了一下。刘夏喜欢照镜子，打小就喜欢照镜子，从镜子里、从别人口里她知道自己长得不错，可是没想到竟是这样的美！从丑丑的“布娃娃”变成了窈窕淑女，多么不容易呀。刘夏倍感生命的可贵和母亲的艰辛。

“我16岁了！”刘夏想向全世界宣布。

吃晚饭时，妈妈夹了一条鱼，习惯性地把鱼身子夹给刘夏，把鱼头留在自己碗里。刘夏也很自然地就吃起来。这时，外婆夹了另一条鱼，把鱼身子给妈妈。刘夏叫道：“外婆，别给我妈鱼身子，她不吃的，我妈爱吃鱼头。她说鱼头十八味，最有营养了，可以补脑。”

“傻丫头，鱼头要是真能补脑，真的那么好吃，你妈早让给你吃了。”外婆瞋了刘夏一眼，“爱吃鱼头，是为了把好肉让给你。谁爱吃鱼头，不爱吃鱼身子？说出去真是要让人笑话了。”

刘夏愣了会儿，看着正吃鱼肉的妈妈，看得眼泪盈盈。是啊，谁不爱吃好东西？可是自己在这点上却信了妈的话，一直让妈吃鱼头。

切蛋糕时，刘夏端起酒杯，送到妈妈的面前。刘夏第一次认为生日是

两个人共有的，因为孩子的出生日便是母亲的受难日。

“妈妈，谢谢你！”刘夏动情地说。

刘夏面对妈妈的脸，不禁悲哀起来。这还是以往那个漂亮活泼、总是笑眯眯的母亲吗？这张脸怎么变得如此苍老，如此难看？记得小时候，妈妈不管是梳两条大辫子还是烫个头发都有人赞美。小朋友来家里，也都说：“刘夏的妈妈真好看！”那时刘夏很为妈妈自豪，把妈妈当作一棵树。现在不了，自己已经成了树，不再需要大树的庇荫了。她们的关系已不像过去那么亲密了。

刘夏总觉得妈妈变了。妈妈总爱没完没了地唠叨，烦死人！有次刘夏病了，妈妈一个早上足足问了5遍药吃了没有，问得她烦透了，就回答说：“吃了，吃了，我一瓶药都吃了。”急得妈妈连忙跑到她的床前看个究竟。

看到妈妈惊慌失措，刘夏却偷偷直乐，觉得过瘾。

她很赞同贾宝玉的结论：女孩子一变成女人，都可恶了。她渐渐疏远了妈妈，妈妈似乎并无察觉，还像以前那样，唠叨个不停，有时还责骂，甚至骂得很难听，但是仍然每次都把鱼肉夹给她，把鱼头留给自己。今天，刘夏才发觉，妈妈是多么值得她深爱。

妈妈十分快活地将酒一饮而尽。妈妈很久没有这么快活了，尤其是在离婚这段日子里。

这个生日，遗憾的是爸爸不在，不过刘夏没说出来。

“爸爸妈妈，我爱你们。”此刻刘夏真想把这句在心底默念已久的话喊出声来，却又担心大人受不了，他们毕竟是两代人。

妈妈轻轻稳稳地在刘夏的生日蛋糕上插上16支生日蜡烛，要刘夏一口气吹灭，只有这样，才能证实她又长大了一岁。

是啊，又长大了一岁，对生日又有了深一层的认识和理解。这对母亲、对孩子都是一个值得纪念的日子。

## 公开课的小秘密

早读时，英语白老师告诉大家，第三节有人来听她的课，大家做好准备，把课文读熟，上课积极举手，不会的也举手，叫谁发言她心里有数。白老师一说完，同学们都乐了，这不是作弊吗？

余发站起来，开玩笑说：“老师，你作弊！”

白老师笑着说：“我是跟你们学的。”之后，把谢欣然叫出去。

白老师是个30岁不到的青年人。她20岁大学毕业，在上海有份很好的工作，是外贸局的翻译；上海住房很紧张，她年纪轻轻的却拥有自己的小天地。但她毅然决然放弃这一切，不顾家人反对只身南下。时处特区建立初期，衣食住行与上海相比，不啻天壤之别。许多赶潮流的人打了退堂鼓，白老师硬是咬紧牙关坚持留下来。她是一个出色的拓荒者，学校常以她的事迹激励学生。可她一点没有“排头兵”的架势，对学生随和得很，和同学们的关系不一般。她不管上哪个班的课，都说“我最喜欢你们班”。这点同学们都清楚，但并不反感。照样爱上她的课，照样喜欢她。

白老师递过一张纸条给谢欣然：“这是这课的复述要点，你拿去背，上课我叫你。”

谢欣然接过纸条，看了看：“这次公开课那么重要？”

“可不，校领导什么的都来，说是对老师的一次考核。你好好帮我一把，回头我请你吃雪糕。”

“老师，你这是贿赂？”与白老师熟了讲话也很随意。

白老师一翻眼皮，故意一本正经地问：“谢欣然，你是哪儿人？”

“上海人。”

“就是嘛，咱们是老乡！老乡帮老乡。其实，这些公开课也没什么劲儿：内行看门道，外行看热闹。他们来听课不一定都懂英语，不过是看看你们发言积不积极，上课认不认真，等等。我也不过是投其所好。说真的，我讲课并不差。”

白老师没吹，她的英语教学水平那是No.1。谢欣然笑道：“那好吧。不过我事先说好，我要的雪糕是加朱古力的。”

出了办公室，谢欣然背起那张小纸条。她已经不像小学时候很反感这套。

公开课，同学们与白老师配合得挺默契，上课比过去认真了，发言比过去积极了。谢欣然已把那张纸条背得滚瓜烂熟，在结束课文的时候，白老师用英语问“谁来把课文复述一遍”，然后微笑着扫视全班。这时同学们唰地都举起手来，白老师点了谢欣然的名。欣然直挺挺地站着，朗声复述了一遍。她那标准清晰的发音、流利准确的口语使课堂大放光彩。白老师望着欣然那双水汪汪的大眼睛，十分真诚地说了声：“Thank you！”

欣然望着老师感激的目光，也很满足，觉得读懂了她。当她坐下来的那一刹那，突然想到：有时我们应该学会包容，学会豁达，多给别人一个下台的机会，事情也许会明朗许多。那么对于爸爸呢？对于爸爸在王笑天家所犯下的“错误”呢？

# 第十七章

## 渴望认识社会

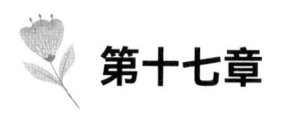

每届高一都有一个重大的活动，那就是为期一周的社会实习。星期六周会，高一年级集中在一楼大厅开会。

会议由年级级长陶老师主持。她十分郑重地把同学们扫视了一遍，简单扼要地讲了开会的宗旨和要求。

接着是古主任讲话，他的声音很洪亮，像个男高音歌唱家。他首先讲了这次实习的内容和安排，接着分析了中学生进行社会实习的必要性，最后强调了这次活动的注意事项。

同学们在下面开小会，谈论着与社会实习有关和无关的话题。他们从前几届同学那里听说了不少感受和趣闻。

当代中学生已远远不满足于学校、图书馆、家庭三点一线的生活；不满足于父母、老师、同学的窄小圈子。他们的心像“一只飞起的小小小小鸟”，渴望认识社会，也被社会所认识。

学校知道，急遽变革的形势以及种种随之而来的变化无不冲击和影响着同学们的思想，尤其在提出“再创深圳效率”，深圳要在不长时间内赶超“亚洲四小龙”，深圳的改革又一次掀起新的高潮中，校领导更加清

楚，学校和社会不能脱节。九中制定的学生成才目标中就有“在一国两制的特殊条件下，具有与资本主义打交道的能力；具备知难而进的坚强意志和勇于创新的开拓精神……”等内地学校所没有的提法，而这些不是关在校园内就能培养出来的，于是勤工俭学、社会实习等活动应运而生。

“下面发一份计划单，上面有活动的具体安排，每个同学回家后给家长签字。”

当计划单发到同学们手中时，会场气氛更热烈了，声音更响亮了。同学们眉飞色舞地评说着。

“你们中间有许多同学打过假期工，哪些人打过工举起手看看！”

几十只手高高举起，比课堂上举手回答老师提问自信自豪。于是上百双羡慕赞许的眼睛望向这几十只高举的手。“好！好！你们敢于走出校门，到社会上去经风雨见世面，好样的！”王笑天、萧遥、谢欣然相视而笑。谢欣然猛然感到自己打工的所有酸甜苦辣全化入这一举手中去了，她值得。

古主任满意地点点头。他的结束语是：“实习完了，每个同学交一份实习报告。”

同学们习惯性地喊“哎呀”，但是这个要求并没怎么减弱同学们对社会实习的热情，大家盼望着星期一的到来。

星期一，几乎所有同学都骑自行车。一队人马，呼啸而过。路人不由自主地停下脚步注视他们，连司机大佬都停车让他们先过。真好！风吹过来，头发飘起来，衣服鼓起来。他们在自行车上潇洒地摆晃身子和龙头，有的索性整个人离开座位，靠两只脚支撑着，还故意满不在乎，大大咧咧地向前冲。彩色的车配着彩色的人，好不赏心悦目！

蓝天、白云、绿树，到处簇拥着少年人的热情。

欣然戴着一顶新帽子，是爸爸从美国带回来的，十分漂亮。刘夏一眼就瞅见。刘夏没单车，她坐在王笑天后车座。

“欣然，你的帽子真漂亮，哪儿买的？”

“美国。”

“我说呢。外国的东西就是好。哪像咱们国家的东西，质量差，包装更差。”

林晓旭笑道：“刘夏你可够崇洋媚外的！”

“你不崇洋媚外，你看看你们家的电器哪个不是外国的，特别是日本电器，松下、东芝，你敢说没有？”

王笑天接着说：“小日本真是厉害，他们很会搞经济侵略。”

欣然想起碧奇厂的“致人而不致于人”的川田先生。

萧遥说：“现在很多国产的东西都起了洋名，什么雅倩、丽娜安、阿里斯顿，光听那名字，谁也猜不出是什么玩意儿；要不就用洋文，‘上海制造’写成‘Made in Shanghai’，让不懂英文的人把它当作进口的商品……”

萧遥还没说完，余发就打断了他：“那次我到百佳买东西，发现有种包装袋上的字很怪，不是中文，不是日文，也不是朝文，你们猜是什么？”

“什么？”

“后来无意中翻字典，才搞明白是旧时的拼音。”大家差点笑岔了气。

同学们骑的大多为跑车、山地车，帅极了。骑在前面的老师的车与之相比，显得可怜巴巴的。

王笑天也新买了一辆山地车，今天第一次骑，很想露一手。他故意骑得老快，吓得车后的刘夏直叫：“慢点慢点！”刘夏越叫，王笑天越得

意，骑得更快。刘夏无奈，只好紧紧地抓住他的衣服。风把他的牛仔服吹得像只气球，不时抚摸着刘夏的脸。

突然王笑天的车开始泄气，后轮像瘫痪了似的。王笑天用足全身力气去蹬，也只能是“蹒跚而行”，大改起先的“一往无前”的劲头。

王笑天心里直骂：“衰车，你坏得太不是时候了！”

“怎么了？”刘夏问。

“没，没什么。”王笑天继续“咯噔咯噔”地艰难前进。

余发眼尖：“哈哈，你们别难为这单车了，车胎破了还带人！”

“是吗？”刘夏一下从车上跳下来。

“来，我带你。”余发道。刘夏也不犹豫，一下子跳到余发车上。王笑天气得瞪了余发一眼。余发狡猾地笑笑。

“刘夏，放心，我这跑车是进口的，绝不会半路爆胎。”说罢一蹬脚踏走了。余发回头冲王笑天眨巴眨巴眼睛，吹了声口哨，好不得意。

王笑天丧气地推着车子前行。

萧遥看见余发带着刘夏，打趣道：“余发，你给了王笑天多少好处费，他肯让你带刘夏？”

萧遥回头发现3班的同学紧追上来了，他一眼就看见那位黑衣少女，朝她微微笑笑，女孩子也笑笑。

欣然戴着耳机正陶醉呢，林晓旭过来：“小学生、中学生、大学生走路就是不一样。小学生是一队一队的，中学生是一堆一堆的。”

“那大学生呢？”

“那当然是一双一双的啰！”

“哈哈哈哈！”

就这样，一路笑，一路乐，到了第一个目的地——深圳皮鞋厂。

## 发展势头挡不住

当他们到深圳皮鞋厂时，正是厂里上班时间，大约一两千名女工穿着整齐的厂服，进入工厂。她们很多是骑车上班的，单车棚大约有篮球场那么大。下车的女工自觉地将单车从里到外一辆接一辆地停放好，车与车的间隔、行与行的距离都有一定之规，看她们停放车辆，简直像在看表演。半小时过后，千余辆单车全部停放完毕。

拥有这样的组织纪律，他们的管理必定是一流的。

接待他们的是副厂长，很年轻，很精神。他和几个老师握握手，寒暄几句，就带同学们进厂房参观。

“这个厂子成立于1980年，当时这里只有一排简陋的铁皮房。港商搬来100台在香港花二十几万港币买下的老厂家不要的一套机器设备，凑成一家小厂，却号称拥有100万港币资产。由于这家工厂是以补偿贸易的方式租给香港商人的，5年之后收回，香港客商完全是把这个厂作为摇钱树，作为日后发展的基础，不可能让深圳学会整个生产流程，不想让这间皮鞋厂长大自立，不想为自己树立竞争对手。

“于是港商并不把全部工序放在深圳制作。在香港接到订单后，只是将鞋面放在这个厂家生产，而鞋底则放在另一个厂家生产，在香港组合成鞋，印上Made in Hongkong（香港制造）的字样，远销欧美。

“5年之后，港商走了，只留下生产鞋面的技术和一堆废机器。皮鞋厂另立门户了。我们首先想方设法学会制造鞋底的技术。我们不断地引进、模仿、革新，终于打出了我们自己的拳头产品。

“香港的成功秘诀在于：中国人的勤奋和英国人的管理再加上北京对香港的一贯政策。深圳的成功秘诀在于：借用外面的资金技术和深圳人的

好学加特区的政策。

“有天，过去的那位香港老板重游深圳，见了这个厂子，连声感叹‘人来了财运挡也挡不住，深圳要发展也是没人挡得住的’。这些是那位港商怎么也料不到的。他眼前的产品印的是Made in China（中国制造）字样。香港人的厂变成了深圳人的。”

副厂长讲到这儿，所有的人不约而同地鼓起掌，所有的人都为之振奋。这是一堂多么生动的经济、思想教育课啊。

深圳许多的“零级”企业就是从“欢迎剥削”到“自主远航”，一步步发展起来的。许多人认为，特区像一座宝山，金银珠宝漫山遍野，俯拾皆是；许多人认为，特区是不夜城，灯红酒绿，花天酒地。这实在是对特区的误解。是宝山不假，是不夜城也不假，但其中的辛酸和曲折却不是简单的一句话所能概括得了的。

同学们通过皮鞋厂的发展，清楚地看到深圳的成长。

中午，同学们在工厂吃盒饭。趁着空闲的时候，许多同学拿出小本子记啊写啊，一是为了交作业，二是确实有感而发。

一吃完饭，王笑天就想起他那条可怜的单车胎，下午还要带刘夏回家呢。王笑天连忙拉着萧遥去找单车铺补胎。修好车，回来经过电影院，电影院门口有张大海报《爱你没商量》，海报下方几个红色的字很醒目：儿童不宜。

“这4个字是招揽观众的最好广告。”王笑天和萧遥笑道。这时，刘夏、欣然、晓旭走来：“下午没活动，看场电影吧！”

“儿童不宜啊！”王笑天一笑。

“什么片？”

萧遥刚出口“爱……”就反应过来：“唉，问王笑天吧！”

王笑天搔搔后脑勺，笑：“我……就是那部与电视剧同名，那部很叫座的，就是那部啊！”

“什么那部那部的，到底哪部啊？”林晓旭问。

“是不是吴英主演的？”刘夏突然想起，“《爱你没商量》。”

“这事咱们再商量一下吧。”王笑天笑道。大家哗地全笑了。

大家一路走一路聊。一辆奔驰500突然在他们身边刹住，从玻璃窗里探出一个头。

“小王，嗬，真是笑天。”说话的人立刻从车里下来。

王笑天也认出是张经理，爸爸曾经帮过他的忙。

“小王，快，上车，上哪儿？我开车送你去。”

“回家。不用送。我们自己走。”

“哎呀，不要客气，来来！”那人说着就拉王笑天上车，“我送你回家！”

“我，我还有同学。”

“好说，好说，都上！”

王笑天也说：“萧遥、刘夏、谢欣然，你们也上来吧，有位子，挤一挤。”

萧遥和欣然不好说什么，摆摆手，自个儿走了。刘夏性子急，她撇撇嘴，翻着白眼。

“刘夏，你坐吗？”王笑天问。

“像我们这样的老百姓，可不会开小轿车的门，哪里坐得起！”刘夏冷冷地说，跑着去追萧遥他们。

王笑天尴尬地待在那里。

那经理还一个劲儿地说“上车，上车”，并自作主张把王笑天的车子

放到车后备箱里。

突然，王笑天像明白了什么，一把扛下他的车：“张叔叔，谢谢了，我不坐车。”

说完，骑上山地车，去追刘夏。

“刘夏，我的单车是为你才去补胎的！”

## 最贫困和最富裕

下面几日的活动安排，先是参观一个贫困山区。这个山区离广州60多公里，温饱还没解决。当山区的老乡带着惊喜、羡慕、诧异的目光望着这群来自特区的少年，欣赏着他们的名牌服饰，聆听着他们的欢声笑语时，萧遥为自己在老乡面前所表现出来的阔绰浑身不自在起来。负责人介绍说，广东发展不平衡，珠江三角洲富得流油；而自然条件恶劣的山区，人们至今连温饱都做不到。广东还有60%的地区和40%的人民仍很穷。

村干部领他们走访了几家。这里农民住的是“干打垒”土屋，房间很阴暗，从外头进去，要过好一会儿眼睛才能适应。萧遥看到屋里粗糙的家具、简单的用品，想到自家精致的红木桌椅、方便快捷的微波炉等，心里好不安生。饱受风吹雨淋太阳晒的农民一年到头辛苦劳作却生活在贫困线下，自己不农不工，却在享受着现代化的生活！

走访了农家后又去参观小学。山区小学的情景是这群来自深圳的中学生想象不出的。如此低矮的校舍、简陋的教室他们哪曾见过！大家注意到，课桌上摆的“铅笔盒”大多数是注射剂之类的包装盒，用的是最最普通的铅笔和圆珠笔。而深圳的学生，有自己的家庭电脑，派克笔也一支接

一支地买，几千元的“快译通”和Walkman也不当回事。今天，他们第一次觉得自己奢侈了。当场，同学们自发地开展了为“希望工程”捐款活动。他们说，只要我们少买一件衣服，少上一次娱乐场所，少花一点零用钱，我们就可以供他们上学。让我们这些特区的哥哥姐姐为山区的弟弟妹妹们尽一点力吧。

社会调查已经开展了好些年，可组织学生到山区调查却是第一次。起初，校领导还担心学生会因此嫌弃农民、厌恶山区，看到他们争先恐后地为希望工程捐款，老师们欣慰地笑了。

中午，同学们吃自备的干粮，因为事先老师说过不要麻烦老乡。同学们吃自己带来的汉堡包、高级饮料时，发现这里人吃的是稀饭。问他们中午怎么还喝粥，他们说三餐都是这样。当地干部说，他们粮食不够，只能熬粥吃。因为饭太稀，吃完后碗都不用洗，甩几下就干净了。

同学们愕然。他们根本没有想到特区周围还有许多为吃饭犯愁的农民。深圳的报纸上登过，特区的猪天天在过年！酒楼饭馆每天不知要倒掉多少鸡鸭鱼肉和白花花的大米饭，连依靠这些“泔水”喂猪的人都深感痛心！看到山区人的生活，大家心情很沉重。他们生活在特区，看到的是本地和邻近地区的富裕生活，不知周围还有这么贫穷的地方。他们对“贫困”感到陌生，对落后的山区、朴实的农民知道得很少。他们第一次切切实实地感到，浪费粮食太罪过！他们之中没有人不会背诵“锄禾日当午，汗滴禾下土。谁知盘中餐，粒粒皆辛苦”这首名诗，可是深解其意，懂得珍惜劳动人民血汗的又有几人？如果不是亲眼目睹老乡们的饭食，他们哪有这种切肤的感受！

同学们把自己的食品分给山村小朋友。娃娃们拿着食物欢天喜地地回家交给父母。这情景让人看了鼻子发酸。

同学们的这些体会正是老师们所期盼的。

吃过午饭，同学们坐车去下一个点。

车在广深大道上奔驰，一路上可以感受到欣欣向荣的改革之风迎面吹来，改革开放为这里带来前所未有的机遇。

下一个点是边境线上的仓新村，一个被誉为“最富裕的村庄”。仓新村又是“特区中的特区”，连特区居民进入村子都必须让武警战士查验证件。因为这个村与香港新界只有一河之隔，当年许多村民就是从这里逃往香港的。

来接他们的是仓新村的村长，一个亿万富翁。这一点他自己也不保密。人却还是一副农民相。村长的“坐骑”是劳斯莱斯小轿车。

同学们问：“劳斯莱斯是目前世界上最豪华的小轿车，香港也不是很多的，你怎么也坐上了？”

村长大手一挥：“有能耐就能坐！我这个身份就配这车！我们跟外商谈生意，这车也代表我们的经济实力。总不能还叫我骑着单车去和外商谈生意吧，那不把人家吓跑了！”

村长的骄傲自豪溢于言表。

村长十分热情地介绍仓新村的历史：“解放前这里饿死了许多人。解放后，一连串的运动，仓新人都跑到香港去。六七十年代当我们成天喊口号、搞运动时，人家都在发展经济。仓新村地域特殊，但解放后对这特殊地域却没有相应的特殊政策。香港看见这边有搞不完的运动，只有一句话：‘黐线！’仓新的变，是从政策的变开始的。我们卖地，这是一开始的做法，现在我们不卖了，还设法买回一些地。现在主要是开厂，办企业。因为富起来了，当年跑过去的人又想回来了。”

同学边走边问：“你们一年收入多少？”

“说不清。”

“说不清？”

“有劳动收入，有股份分红，有责任田收入，有副业收入，等等。”“你们村已经这么好了，那还有什么问题吗？”

“不但有问题，而且问题还不少呢，那就是当年出去的人的回归问题。现在内地还在搞什么‘农转非’，我们这里却在要求‘非转农’，当年想方设法去了内地或香港的人，现在都希望能回老家落户，这个问题就很不好解决。”

在仓新村，全部是别墅式的洋楼。别说香港，就是日本、美国也没有一个村的人能全部住上这种房子的。看到这儿，想起上午参观的贫困山区，真是天壤之别。村里还有个土政策，凡是男丁，年满18岁可分得一块宅基地。村长有4个儿子，盖了4幢别墅。他乐呵呵地说：“现在，别说让我去香港，就是让我去美国定居，我也不想去！”

随同而来的外国教师伊丽莎白小姐十分惊讶：“中国农村这么富？！”在她的观念中，中国农村全是茅草屋和老黄牛。

萧遥说：“上午看的那个现象是不正常的，要改变的。这里才是正常的，农村就应该这样！”

晚上，好客的村长一定要留老师同学们吃晚饭，盛情难却，恭敬不如从命。村长在村里的酒楼摆了20桌宴席，全是海鲜。余发觉得他们古水村的富比起仓新村来真是“小巫见大巫”了。

两个村庄分别处在贫富的两个极端，有比较更有感触。大家都认识到，天时地利人和，是各项建设的根本保证。广东要追赶“四小龙”，这个任务是光荣而艰巨的。

过去电视电影中提到哪位发了财见了世面，常用的台词是“去了一趟

深圳”“买卖做到了深圳”，等等，以此来显示他的实力。这一两年，这类台词不太常见了。深圳已不再是人们心目中的唯一选择了。深圳的周边城市如东莞、惠州，其发展速度就很令人瞩目。深圳已处在一群强有力的竞争对手之中，如果不充分认识到这些，还在沾沾自喜于已往的辉煌，那实在是一种短视。

让同学们认识到深圳需要再度创业，需要后来人为之努力与奋斗，这不正是这次社会调查的初衷吗？！

一周实习下来，同学们觉得自己责任重了些。王笑天说：“真想一下子成为大人，在深圳大展一番拳脚。”陈明在实习中第一次感到自己的危机，一种社会知识危机。他对深圳，对社会认识那么少，那么浅。他的实习报告是在欣然的帮助下完成的。萧遥的经历在实习中直接化作一种资本。他就是在一次次社会实践和读书中，努力争取每一份社会投资，充实和否定着自己，他的思想也日趋成熟。

最后一天参观完毕，回家路上正好经过碧奇厂，欣然一下子激动起来。碧奇，她曾在这里学到许多东西。

这时，江老师问：“谢欣然，你寒假是不是在这里打工的？”

“对！”欣然大声地说。

“那你带大家进去看看吧！”

欣然知道日本人厂规很严，迟疑了一下说：“我去问问。”欣然去找总管，总管真给面子，破例同意同学们进厂参观。

欣然非常遗憾川田先生不在，同学们不能看到川田先生的经商手段——在大门口向工人们鞠躬。

当欣然和同学们进了厂房，欣然曾经干过的那条流水线的女工见了，纷纷喊：“小拉长，小拉长！”

欣然的同学很奇怪，问：“你是拉长啊？”

欣然自豪地回答：“是啊！”同学们很佩服地看着欣然，陈明也一改平日的傲慢，说：“谢欣然，没想到啊！”

此时，欣然更体会到自己打工的价值。碧奇教给她的东西绝不是她当初想的那么简单，也不是同学们佩服的目光所能概括的。这段经历已经潜移默化地进入欣然的思维中了。

欣然见阿春、燕妹都不在流水线上，心里咯噔一下，问流水线上一位女工：“阿春、燕妹呢？”

“燕妹回老家了。阿春死了。”

“死了？”

“死了。跳楼死的。她没脸做人，就从7楼跳下去。死了。”

“那郝君呢？”

“那家伙在碧奇也待不下去，就卷起铺盖溜之大吉了。”

从碧奇厂出来，欣然心情很沉重。二十几天里认识的几个人走的走，溜的溜，死的死。特别是阿春，就这样死了，死了。

这就是结局？欣然不知道，应该说是欣然不想再想下去，不想给这不明朗的故事加上一个明朗的结尾。

## 恨不能马上大学毕业

王笑天回到家里已经很晚了，在客厅沙发上闭目养神的爸爸头句话就是：“天天，快洗手吃饭！”

王笑天也委实饿了，吃起来狼吞虎咽。爸爸坐在他的对面，一边给他

夹菜，一边不停地说：“天天，吃，多吃点。”

爸爸现在如此婆婆妈妈，使得王笑天心里别有一番滋味：爸爸真是大变了！他从一头有着使不完劲的垦荒牛变成了舐犊情深的老牛。

人真是奇怪的动物。王笑天以前总怪爸爸不顾家，不讲亲情。可是像此刻这样对自己温情脉脉，他又觉得心慌意乱。看来他还是习惯了父亲经常像大禹一样三过家门而不入，习惯了父亲成天板着脸教训人。

“爸爸，您也该振作振作了。”王笑天想阻止父亲给自己夹菜，不料却蹦出这么一句。爸爸怔了一下，筷中的菜掉到了桌上。他两眼看着儿子，嘴嗫嚅着。

“爸，有许多话我早就想跟您说了。”王笑天像打好了腹稿似的。

“说吧，我倒想听听。”爸爸挺了挺身子，又靠在椅背上。

“以前您老说，这10多年中国为什么发展这么快，创造出了东方神话，一靠改革开放，二靠党培养了你们这样一支特别能战斗的队伍……”

不错，王局长以前曾在不同场合，多次讲过这些话。他讲给儿子听是为了教育年青一代：中国建设连续10多年以百分之十几的速度增长，是世界奇迹。谁创造的？主要是我们这批人。创业难，守业更难，真担心你们这些在蜜水里泡大的孩子守不住这份家业……

王笑天见父亲沉思不语，继续侃侃而谈：“您还说，中国太大，太穷，人太多，按照现在的速度至少还要建设50年，才能赶上发达国家。中间一点也不能耽误。所以，您最恨有人搅搅震（捣乱），生怕破坏了我们建设……”

王局长情不自禁地点点头，心想：这小子怎么一下子就长大了呢，以前他可没少跟自己唱对台戏，还以为他对自己的话是右耳进左耳出，没想到他全记在心里，而且今天都搬出来回敬老子。

“爸爸，说实在的，您不容易，是一个好同志，好官。”

“好同志，好官？”

“是的，不是恭维您。您不贪、不赌、不嫖，就是……”

“就是什么？”

“就是有点革命意志衰退。您刚来深圳时，雄赳赳，气昂昂，力拔山兮气盖世。可现在呢，暮气沉沉。穷则思变，这个道理谁都懂。可是变富了又怎么办，是不是有了位子、房子、票子、车子，都不思进取了？”

“天天，我不是病了吗，我得的是脑溢血，懂吗？”爸爸为自己申辩道。

王笑天不知道自己怎么会这样长篇大论地教训父亲，嘴上一边说，心里一边嘀咕。听到爸爸的申辩，他猛地想起父亲中风昏迷时的可怕情景。他那颗不安的心，颤抖了一下，不由自主地走到父亲跟前：“爸，我是不是……也是个老‘左’？”

“不，孩子！”父亲一把将儿子拉到怀里紧紧抱住，眼睛里闪着泪光，“天天，你长大了！说说，这一周实习收获如何？”

“实习一星期，胜读三年书！”

“不准夸大其词。”

“真的，老爸！今年春天，小平同志南方谈话以后，全国全省都动起来了。这次实习，我们所到之处，无不热火朝天。不过动得最快最大的还是深圳。”

“是啊，没有小平，就没有特区，没有深圳！”

“爸，看到深圳一片沸腾，恨不得马上大学毕业！”

“你中学还有两年呢，快做作业吧！”

王笑天被父亲拖回到现实中来，进自己房间写实习报告去了。

做父亲的挨了儿子一顿批，却心里舒畅，这是一个难得的愉快的夜晚。

## 觉得自己在加速成长

晓旭日记　　（×月×日）

一周的实习结束了，回想起那实习过程的点点滴滴，真有不少的感慨。最重要的是我开始认识了外面的世界，觉得自己在加速成长。

在山区见到许多乡下女人，她们的皮肤很红，嗓音很大，衣饰朴素得谈不上款式二字。她们看上去往往比实际年龄大许多。我们到一位同龄人家里，她的妈妈我起初还以为是她外婆。这也难怪，她们和男人们一样下田干活，有的男人外出打工，家里的责任田全是她们承包下来。她们很辛苦，干完地里的活还要忙家务，就跟机器人一样。更可怜的是她们地位很低，吃饭连桌子都不能上，只能端个小碗到一边蹲着吃。孩子可以上桌，她们连孩子都不如。真奇怪，在经济腾飞的今天，在前进的广东，还存在这样的不公平！

对她们，我除了同情，更多的是敬重。现在所谓的

“女强人”“时代女性”，到底有几个人有奉献精神呢？看看她们吧，这些勤劳的劳动妇女，相形之下，难道我们不该为自己脸红吗？

这次实习报告，同学们都选了各自的侧重点。许多人写得很好。江老师在班上表扬了萧遥、谢欣然、王笑天……唯独没有我。江老师把一些优秀的文章送到报社发表。

我一向以作文自豪。刘夏也说，她好羡慕我的文笔，那带有淡淡忧郁的文笔。我美了半天。现在才知道文笔的好坏不仅是结构，不仅是词句，而且是思想深度，我缺的就是对社会的理性认识。

# 第十八章

## 多是为情所伤

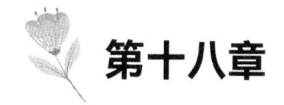

同学们对这次实习都有较深的体会，总结也写得不错。谢欣然就是其中的一位。她的文章也被选送到特区报社。

文章见报，这是一件荣耀的事，可是谢欣然对此没有多大的兴奋，最近老有一种说不清道不明的思绪无法排解。

谢欣然走在路上，没骑车。她两手插在裤兜上，像个男孩子，边走边踢路上的石子。路过一家发廊，店门口贴了张林青霞的大彩照，一头潇洒的短发，听说林青霞是为情而剪，欣然摸摸自己的头发，就进去了。

“要什么发型？”

“林青霞那种。”

“那是林青霞前几年的发型，现在她头发又长了。”那人解释，“现在不兴这种发型了。”

“我知道。”

“洗吗？”

“直接剪吧。”

小师傅拿着剪子在欣然头上扬了扬。欣然突然觉得自己这一举动似乎

意味了什么，诀别了什么。

咔嚓咔嚓，蓄了几年的长发不见了。欣然闭着眼任那人削剪。

在实习活动中，萧遥和3班黑衣少女之间极其微妙的关系也许旁人察觉不出，但却无论如何也逃不过谢欣然的眼睛。

萧遥时不时用眼神向她传递信息。他居然会第一个知道她单车漏气，有个男生在附近转了半天，替她找到单车铺。

…………

剪完头发，欣然望着地上长短不一、黑黑浓浓的头发，有些心酸。出了店，欣然晃着那头尽管涂了许多摩丝但仍被风吹得散乱的短发，感到轻松了很多。

欣然漫无目的地走在路上，一对对恋人相拥着从她身边经过。走到海边，发现这里几乎是爱情的包场，全是一对对情侣旁若无人地依偎在一起。一加一并不只等于二，两个人就是一个世界，就是全部。那此地有多少个爱情，多少个世界呢？欣然过去一向认为真正的爱情很少很少，猛地看见这么多“爱情”，她不由得怀疑起来，这是爱情吗？

《茜茜公主》里有这么一句话：“当你烦恼和忧伤的时候，遥望大自然，就会得到安慰和力量。”

欣然十分赞赏这句话。她坐在沙滩上，任凭上涨的海水浸湿她的鞋子和裙子，大有与大自然融为一体的感觉。

欣然任海风吹拂，像一个受伤的孩子接受母亲的抚摸。得到海风温柔的爱抚，欣然觉得轻松了许多。欣然抬起手腕，看看表，5点多了。她把一个纸团扔到海里，准备走。她必须在5点半之前赶回家，否则妈妈又该啰里啰唆了。

那团纸被海水浸透，被海风展开，被海浪推回岸上。纸上黑色的钢笔

字已经洇开，变得模糊，在夕阳下依稀可辨：

萧遥，萧遥，萧……遥……

欣然到了她家楼底下，向上望这座25层的住宅楼，楼房好像在跟着云彩移动，她觉得有些眩晕。她家那几只丑陋的鸽子在自家阳台外乱飞。“鸟儿为什么会飞？”欣然想。童年有首歌谣：

………

谁会飞？

鸟会飞，

鸟儿鸟儿怎么飞？

这样飞，

张开翅膀满天飞。

欣然终于在规定的时间里赶到了家，心里嘘了一口气。

妈妈盯着欣然的头发看了老半天。

“有什么不妥？”欣然摸摸短发。

“现在的青年人，女孩拼命剪短发，男的又留得老长。”

“我是节约洗发水。”

爸爸回来了。他像以往一样，从来不注意女儿的发型、衣着，根本就没发觉欣然剪了发。

欣然提醒爸爸：“我今天改变了什么？”

爸爸这才发现，哈哈一笑：“欣然这头发比我的还短。短发好，头发短了，见识就长了。”

第二天，竟有人问：“谁啊？进错班了吧？”

刘夏围着欣然转了几圈，又用手扬扬她的头发：“这一定是照林青霞的式样剪的。”

有人说：“不如以前。”

刘夏笑得别有用心：“现在这时代，突然间剪短发多是为情所伤，失恋了决定与旧我告别，塑造新形象，林青霞如此，潘虹如此，欣然你——”

欣然撩起刘夏的长发，假假地笑道：“这么说，长发的人必定都在热恋之中啰！”

刘夏怪叫了一声，表示甘拜下风。

欣然潇洒一甩头，坐到座位上，看见林晓旭正打量她。

“凭良心说，怎么样？”

“凭良心说，不怎么样。”林晓旭装出一副不理睬的样子，“以后，我可不敢同你玩了。”

“嗯？”

“要是让我妈看见就麻烦了，‘晓旭怎么和一个男生这么好，像话吗？’”

欣然被林晓旭说乐了，用手摸摸短短的头发，笑笑。

这时萧遥正走进门来，看到欣然就冲她笑笑，算是打招呼，欣然一下子想到那一地的头发，她没回应。

## 她把秘密埋在心底

欣然跨进家门，迎面扑来一阵油烟，妈妈正在炒菜。

“回来了。饭要一会儿才好。你先擦擦脸。”

“哦。”

“我这会儿不得空，你把晒在阳台的香菇收进来，快点，天都暗下来了。”

“嗯。”欣然嘴上应着，身子却一动不动。最近，她时常这样发呆，脑子里像万花筒似的，五花八门地闪过许多事情，细细想一下，又什么也想不起来。

“你怎么还不动？像个木头人！”妈妈从厨房出来，“我就猜到你什么也不干，咱们家一个老爷一个小姐，我是你们的老妈子！”妈妈不懂得，粤语管母亲就叫“老妈子”。

说完冲到阳台收香菇，开门关门乒乒乓乓，嘴里唠唠叨叨，好像这样才显得她很辛苦。

“天都要黑了，也不知道收香菇。”妈妈抱着一大堆香菇进客厅，顺手往茶几上一放，又喊上，“欣然，你怎么不知道收拾房间，这么大的女孩子，客厅乱成这样，也看得下去！”

香菇就摆在茶几上，不乱才怪。

“你要再不干活，五根手指会变成鸭蹼的。”

欣然正打算收拾客厅，又听见妈妈说：“快去做作业呀，怎么像个小孩子，什么都要大人叫。”

妈妈老爱发急，爱唠叨，欣然像所有的女孩子一样最怕妈妈喋喋不休。

欣然进了房间，打开书包，今天的功课太多了，外语、几何、物理……老师像比赛一样，谁也不肯少出一道题。欣然拿起英语书，看不下去。外面传来那首《让我一次爱个够》，那个一脸痤疮的男仔正在对面

阳台上唱，不，是吼，“啊——让我一次爱个够，让我一次爱个够！”他扯着嗓子，歇斯底里地吼着，还陶醉地把眼睛闭上半天，令人直起鸡皮疙瘩。

欣然大声念：“professor（教授），professor，professor……”

“欣然，为什么老念这一句呀？”妈妈问，“你今天，好像有什么心事？”

“什么事？”欣然故意问。妈妈的眼真尖，什么都逃不过她的眼睛。

“这就得问你了。平日话那么多，像只麻雀，今天问你话，不是‘嗯’就是‘哦’的，没别的了。”

“下回我就答‘唉’可以了吧？”

“和你说正经事，你又耍贫嘴。”

“我说话不是，不说话也不是，做你女儿太难了。”

“做你妈也太难了。”妈妈叹口气，“唉，真是女大十八变。”

“不变，难道永远当小孩？”

“这变，得看怎么变法。上高中了，一分心，功课就会落下的。你今天到底怎么了？”

“我头有点晕，累啦！考试考的。”欣然用两个食指揉揉太阳穴，站起来把门关上，又念上一句“professor”。

归巢的鸽子安静地卧着，偶尔“咕咕”叫两声。这些鸽子是哥哥来深圳时带给欣然的，幸亏它们刚来时还是小小丑丑的鸽子，不然它们一定会飞回老家的。哥哥说，鸽子是极通人性的。通人性的鸽子，你们知道欣然的愁苦吗？

“鸟儿为什么会飞？”欣然又想。近来她烦躁不安，有时会无缘无故地和父母闹脾气。

欣然把自己卧室门锁上，又从锁着的抽屉里，拿出一个精美的本子：

我曾经爱过你；爱情，也许，
在我的心灵里还没有完全消失；
但愿它不会再去打扰你；
我也不想再使你难过悲伤。
我曾经默默无语地，毫无指望地爱过你，
我既忍着羞怯，又忍受着嫉妒的折磨；
我曾经那样真诚，那样温柔地爱过你，
但愿上帝保佑你，另一个人也会像我爱你一样。

欣然在这个本子上完整地抄下了普希金的爱情诗《我曾经爱过你》。许多人说普希金的诗在这个年代已经失去读者了，可欣然却很钟爱这首诗，为普希金的这首至今无从查考是写给谁的爱情诗流了很多泪。她被普希金那感伤、毫不指望占有又带着希冀的爱情所感动，为这首诗的对象感到莫大的欣慰。当一个人能曾经一度美好地存留在另一个人的记忆中，这已是一件值得欣慰的事。

不知从什么时候起，欣然发现，自己在想他，而这个“想”已经持续了好一段时间。她渴望见到他，每天早上，当他的身影出现在教室门口时，她就会有一阵激动；她渴望听到他的声音，他和大家交谈，她只注意他讲的内容；她渴望……

当发现自己喜欢的人并不喜欢自己，这对少女来说，也许就是最大的悲哀。欣然想起重阳节那天自己对流行歌曲的归纳，当时她只觉得词作者很荒唐，怎么会无中生有杜撰出那些稀奇古怪的东西来，所以她把它们分

作三类也不过是信口胡诌。她没想到流行歌曲竟会如此贴近生活，怪不得那些痴男怨女会唱得那么缠绵凄厉。

欣然长得很大气端庄，尤其是那双眼睛，明亮有神，像一汪清水。她是一个爽朗的女孩，但在这方面的感情她绝不外露，她把这个秘密深深埋藏在心底。

“咚咚咚”，有人敲门，欣然连忙收拾起自己的思绪和整理桌面上不属于学习范畴的物品。开了门，是爸爸。

“爸爸应该多谢你。”

“怎么回事？”欣然纳闷。

爸爸在科学研究上一向是仔细、敏锐的，他会借用pH试纸反复试验、观察，可是在生活中，爸爸就缺少一张敏感的pH试纸，他显得很迟钝。自打那次送礼后，女儿常常顶撞他，常常无端端地发脾气。他一时也解不开这个结。这次他接到儿子的来信，信上说：收到后母的200元钱，爷爷奶奶都哭了，都说后母很大度。他也后悔原先对后母态度粗暴，等等。信写得很真诚。爸爸收到这封信起先有些糊涂，后来想起欣然说过这回打工的钱派上大用场了，明白这是欣然所为。他既惊奇又感动，自己难以解决的事情，女儿却处理得这么高明得体。

孩子再大，在父母眼里，始终是孩子。可这件事却让爸爸发现欣然并不像他认为的那么幼稚和固执，她在为人处世上逐渐形成自己的一套。为人父母的，应该也有责任以平等的方式与孩子交谈。

“欣然，你以你妈妈的名义给乡下的爷爷奶奶寄钱，爸爸很感谢你。”

这件事的确给爸爸的触动很大。他发现自己有时竟不如孩子。他是个矛盾体，不知自己应该面向哪一方，而女儿却能左右逢源。爸爸把哥哥的信递给欣然。

“这是你哥哥的信。他说他已经在县城找了份工，不想再出来了。你哥还问你鸽子大了吗，会飞吗？”

欣然拿着信，目光移向窗台上的鸽子，高兴地说：“我会给哥哥写信的，告诉他，它们已经不再是过去的‘小不点’了，它们都长大了！”

父亲的目光饱含着爱怜和鼓励，女儿的目光充满着希望和理解。两代人的不快和阴影终于云消雾散了。父亲和她谈起了自己的过去，在乡下的生活，中学时代……

欣然这才发现，过去老怪爸爸不理解她，其实自己也一点不理解爸爸。和爸爸交谈之后，欣然觉得他们的关系融洽了许多。许多事情看起来很复杂，但有时是人为地复杂化了。许多事情应该设身处地，将心比心去对待！欣然决定把心中的秘密告诉爸爸。

## 爸爸，你挺行

爸爸和欣然一同骑车到海边散步。初夏的傍晚，有点“月朦胧，鸟朦胧”，这氛围很适合谈心。

“欣然，你们这个年龄，在感情方面一定不要看得太重了，尤其是女孩子不要轻易陷进去，应该学会男孩子的豁达……”

“我很难做到。”欣然坦白地说。

“孩子，人的成熟标志之一，就看他把握自己的感情程度。这段时间也许你很难过，想开些，过了这段时期就好了。尽量使自己生活得充实些，保持纯洁、快活的心境。你这么年轻，很难预料将来，这么早把感情投入进去，有百害而无一利。”爸爸像是对朋友谈话一般，“成熟的爱，

需要成熟的条件，就像一棵树的成长，需要浇水灌溉，需要施肥，需要修剪，需要除害虫一样。这都需要时间和精力。两颗虽然赤诚却不冷静的年轻的心是无法一下子承担这么多的。由此而影响学习，最后以学业失败而告终，那代价是不是过于惨重了？”

欣然没有完全明白父亲的意思，但她喜欢父亲与她的这种交流方式。欣然点点头，示意父亲继续讲下去。

父亲接下来讲了一则故事，也诉说自己的感受：“一个6岁的小男孩摘下夏天第一朵牵牛花，制成了颜色水，用崭新的毛笔画了一张画，画的是邻居小女孩的肖像，旁边写着‘送给我非常喜欢的惠子’，并签了名，放到惠子家的信箱里。才5岁的惠子，把它珍藏起来，写上‘最珍贵的东西’。

“20年过去了，男孩选了一个不是惠子的姑娘做恋人，惠子将要和另一个男子结婚。

“后天就要举行结婚典礼了。整理旧东西的惠子拿出一张纸片，很纳闷，因为上面写着‘最珍贵的东西’的信封里，只是一张空白纸。

“空白的纸片原来画着惠子5岁时的肖像，但是，在很长的岁月里，牵牛花制的墨水和小时候对男孩的爱慕都消失掉了。”

爸爸原来竟是一个这么有诗意、这么好口才的人，欣然听出神了。

前面是一条弯弯曲曲的小路，路灯坏了几个，挺黑的。喜欢冒险的欣然骑着车向前行，父亲在后面不停提醒：“小心，前面是水洼……直走……停车……有坑……好……慢点，有小坡……”看见水洼，欣然避开了，看见小土坡，欣然硬要冲上去。他们走出了狭长的林荫道，前面是花园绿化带了。

“爸爸你做学生时有没有收到女生的纸条或写纸条给女生？”欣然说

得极快，没有标点符号。

问得太直接了，太朋友化了。这一代人的坦诚大胆与开放实在有点让他们的上一代人不知所措。爸爸愣了一下，不过，他想了一会儿，还是认真地回答：“现在的人交朋友，要看个儿多高，会不会玩，会不会赚钱；六七十年代的人则更注重人品和家庭成分，标准和现在完全不一样……”

“爸爸，你和妈妈之间有爱情吗？”欣然停住步子，看着爸爸，直言不讳。

爸爸吓了一跳，也停下步子：“你说呢？”

“好像没有，你们没有像电视中那样彼此眷恋着对方。”

“你这个小鬼头！”爸爸笑道，“像我们这样的年纪和经历的人，已经不可能再一天到晚‘你爱我，我爱你’地表白了。我们不需要，也不相信口头的表白，只相信自己的眼睛和心灵，爱情是感受出来的，而不是‘谈出来的’。”

“爱情是什么？”欣然又问。

“爱的真实内涵并不在于理解，而在于绝对的宽容和持久的忍耐。”父亲没有指责女儿，而是认真与她谈论人生和爱情这两个永恒的话题。

这时欣然遇见一对老年夫妻，一前一后地朝海边走去。老头儿穿着圆领的白汗衫，他的老伴穿的是深蓝色的细花衣服，手里摇着一把扇子。不知他们刚才说了什么，那老头儿不无调皮地笑了，老伴故作生气地摇摇头，也笑了。他们刚才说了些什么？回忆当年热恋的情景？他给她讲了一则她从未听过的笑话？尽管无从得知，但欣然却认定那一定是个美丽的故事。

不知是一种什么东西吸引人，当他们从欣然身边经过，欣然禁不住对他们友好地点点头笑笑，像对相识的人。他们也向欣然点点头笑笑。相互

错过，欣然禁不住回首，正巧，那对夫妇也回头，再次冲欣然笑笑。老爷爷很和蔼、亲切，脸上的皱纹对他而言似乎不是衰老，而是一种成熟、一种阅历；老奶奶满头银丝，慈眉善目。他们笑容可掬，那种笑容，只有从岁月的沧桑、艰辛中走过来，宽容、博大、接受一切的人，才会拥有。他们是属于那种越老越善良、越老越单纯的人。

欣然目不转睛地望着他们，老头在前，老太太随后。老太太不停地在两人之间摇着扇子。这样扇扇子，谁都不凉快，但这种动作却使人从心里觉得凉爽和舒服。

浪静夕阳微，天边残存着一片淡淡的胭脂红。两位老人伫立在海边，与大海夕阳融为一体，多么和谐、多么温馨，真像一幅巧夺天工的艺术构图！是那么出神入化地描述着一个爱情故事。

“真美！”欣然赞道。欣然不知自己是赞这幅风景画还是赞这种爱情。

在这个海边，到处是搂搂抱抱的男女青年。欣然不屑，看都不看一眼。这两位老人什么动作都没有，连走路都保持一定距离，一前一后，却让欣然注目。

琼瑶的小说，乍看很感人，海誓山盟，痴心不改，可细细品味一下，并无动人之处，生活根本不是那么回事。这对老夫妻彼此心底的关怀，才令人赞羡。有人说，爱情只是年轻人才有的激情，老年人纯属做伴。可欣然相信这对老年夫妇的爱情是美丽的。

不知是哪位名人与他的好友一起散步，看见一对热恋中的青年人，他的同伴说：“这是世间最幸福的爱情。”那位名人却指着一对老年夫妇说：“这才是世间最幸福、最伟大的爱情。”

是啊，经过半个多世纪的坎坷岁月、风风雨雨的生活之后，爱情和人生都经受了最严峻的考验，爱情和人生也随同他们本身变得感人、动人。

这对老夫妻一定退休多年，生活可能也很平凡，但平平淡淡才是真。

有一首歌《爱的真谛》唱道：爱是恒久忍耐又有恩慈，爱是不嫉妒，爱是不自夸不张狂，不做害羞的事；不求自己的益处，不轻易发怒，不计算人家的恶，不喜欢不义，只喜欢真理；凡事包容凡事相信，凡事盼望，凡事忍耐凡事要忍耐，爱是永不止息。

爱的真谛应该是这样！

“爸爸，你相信爱情吗？”

“相信。”爸爸想了一阵，低缓地肯定。

“我也相信。”

回家路上，欣然对父亲说：“爸爸，你挺行的。我真愿意和你散步，和你谈心，像今天这样……今天我太高兴了！”

欣然觉得父亲的形象再次在她心里立起来，不过这次不是崇拜，而是榜样。父亲听到女儿“今天我太高兴了”这句话，心里更是欣慰。

# 第十九章

## 这是时势造英雄

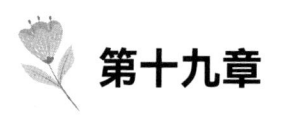

余发家的酒楼又进行了一系列的装修，显得富丽堂皇，更高档了。从小摊贩到大酒楼老板，真不容易。爸爸还清醒，经常强调说，这是时势造英雄。

开张那天，大宴宾客。爸爸叫余发去请老师们。余发觉得江老师不错，尽管老师的一些言谈举止他觉得老土，可老师的思想他是赞同的，余发想了想，也就请了江老师一个人。

江老师去了。余发爸爸特别热情，叫来一大堆饮料、水果，亲自招呼一通，才去忙其他事，让余发专门陪着老师。

三层酒楼都挤满了来宾。爸爸有些应付不过来了，唯恐招呼了这个又怠慢了那位。酒楼开了空调，很凉快，可他还是满头大汗。

余发和江老师找个靠墙的桌子坐下。

“江老师，你吃呀。”

“好，好。余发呀，你能像你爸爸那样就不错了，他还是很有能耐的。”

“他那么大，我这么小。”

“像你爸那么大的时候，你能和他一样？”

“难说。”

余发这话不是信口应答，老豆有公司有酒楼，如果将来找不到更好的出路，就去接经理班，当个小老板呗。

“老师，我想问你一个问题。”

“好的。”

“老师，你一个月的薪水是多少？”

“1000来块吧。”

余发吃惊：“那你怎么活呀？”

老师也吃惊：“我刚工作时一个月才46块，照样活着。”

余发大摇其头，表示不可思议，他一个星期的零花钱有时还不止这个数。余发突然发现老师的贫穷，爸爸的富有。

“老师，你有没有股票？”

“没有。”

“老师，你是不是刚从内地来，不敢接受新生事物啊？”余发有些替老师着急。

江老师承认有点，过去在内地，对股票一点儿也不了解。来特区后，听到人家一天到晚谈论股票，开始有些认识。

“说真的，老师，我寒假买了股票，才个把月的工夫，就净赚1000块。什么工作比得上炒股？”

“那以后呢？总不能以炒股为业吧！”

“嗨，以后，以后再说吧。”

江老师觉得难过，一时又不知说什么好。他第一次上余发家，余发正玩麻将，第二次上余发家，余发谈的是炒股。余发什么时候会谈将来呢？

“老师，给你20万人民币，你能不能一天花完它？”

老师想了会儿：“我想不能。”

“我就可以。”余发露出的竟是一股子自豪。

开始上菜。余发不断地给江老师夹菜并报告菜名。宴席丰盛，江老师却吃得很不是滋味。

散席之后，余发爸爸又请老师到家里坐坐。

古水村，江老师来过一次。那天天色已暗，江老师没有看清村里的建筑。这次，江老师非常留意。

“旧貌换新颜”不足以表达，“更新换代”不够贴切。用一句时髦的话说，古水村的建筑进行了一次改革。过去，这里是清一色的灰墙黑瓦，一般都是平房，很难看到两层楼。厨房不设烟囱，屋里的墙面被熏得黑乎乎的。他们还习惯把猪养在房子里，小孩在堂屋玩，猪也在堂屋乱窜。现在，这种景观基本上已销声匿迹，取而代之的是四五层的小洋楼。之所以说基本，而不说完全，是因为村北角还保存着几间旧屋，那是老村长的主意，是留着给后辈人忆苦思甜用的。

新建筑物外墙一概马赛克贴面，门窗一律茶色铝合金。内部装修则参考国内外最新花样，客厅饭厅全部吊顶，各式各样大大小小的灯饰遍布角角落落，木板墙裙搞到一米来高，地上铺的不是进口瓷砖就是泰国柚木地板，那气派不像民居而像宾馆！

过去古水村有许多人偷渡到香港，现在是请他们都不去。去了香港的也只有个别发达起来，多数人十几年下来连间属于自己的房子都没有。于是逃到香港的人又陆续回乡来。有人说，人往“富”处走，这是规律。

余发一到家，先开了电视，调到深圳台。余发从来不看内地电视，他只看香港的。他觉得香港电视娱乐性强，经常有偶像登台，活泼自然，

不像内地搞得死板板的，主持人总是一动不动地坐在桌边，桌上摆着一瓶花，土得要命。更主要的是，香港电视台一天24小时都有节目，选择性大。但是现在余发却要看深圳台，看《深圳新闻》，其实他关心的不是新闻，而是15分钟后的《股市行情》。

新闻过后，是长长的广告，广告完了，出现了一行字幕：政府忠告市民，股票投资风险自担，入市抉择务必慎重。香港电台做香烟广告，也有类似的话：政府忠告市民，吸烟危害健康。香港香烟生意照样兴旺发达，深圳股票买卖照样热火朝天。

电视里终于传来那熟悉的男中音："发展……万科……金田……宝安……"

"死，掉了1块。"

余发的眼睛一刻也没有离开电视，江老师仿佛也在看电视，看余发主演的《股疯》。

"不行，我明天就得卖掉。"余发说。

余发的爸爸从后屋里拿出一盘水果："老西，我个仔不生性（我的儿子不懂事），叫老西费心了。"一口半咸淡的普通话。

"你打算将来叫余发做什么？"老师问。

"他做得了什么，还不是和我一样做生意。"

"看来你是不愿意余发做生意啰，做生意不好吗？"

"说唔清楚。"

对于老豆，这确实是个说不清楚的问题。专门研究社会学、经济学的专家学者在探究的同时，也要下海弄潮一番，才知自己的水性，何况爸爸这位冒牌的初中生，哪里回答得了？

"老西，你们做教员的，没有什么钱，你们有没有觉得心理不平衡，

个个都发了，只有老西穷。”

老师说：“心理不平衡，偶尔会有，也是正常的。可我从不觉得自己穷。”

爸爸有些不解。

“这穷，”老师指指口袋，“这不穷，”老师又指指脑袋，“我有我的工作、学生，所以很充实。”

余发听到这儿，猛地又感到江老师的富有，爸爸的贫穷。

近些年来，不少老师“下海”，在年轻教师中这个现象更为突出，当然也有不少老师甘守清贫。江老师对“下海”的老师表示理解，对不“下海”的老师表示尊敬。他自己晚上也在校外兼课，但从不占用分内时间。说实话，把握好这个尺寸真有些困难，因为除了高度责任感外，还必须有充沛的精力和健壮的体魄。

教师的责任心是需要物质去维护的，在商品社会中个体户发了，倒爷发了，教师成了局外人，心理不平衡是难免的，知识分子应该如何面对这些？

余发爸爸最后说：“哎，要是余发能像陈明那么会读书，那才是真正发了。”

一句话提醒了江老师，江老师离开余家后，特地路过陈明的家。陈明的房间灯火通明，毫无疑问，他正在用功。

## 考上大学奖5万元

陈明在学习，那么专心。青少年朝着目标向上时总是最可爱的。

村里办了一个工厂，请一个湖北来的有大学文凭的年轻人当厂长。这年轻人刚来时说得好听得不得了，我要如何如何，争取如何如何，一定如何如何……吹得天花乱坠。村里人稀里糊涂，就放手让他搞去了。谁知这个家伙是江湖骗子，把工厂弄得一塌糊涂不说，还携款100万元逃跑了。村里人在气愤的同时也醒悟过来：我们应该有自己的大学生，我们应该有自己的技术员、工程师，应该有硕士、博士。我们之所以上当受骗，就是因为我们没有知识。于是村委会立刻决定：凡是考上高中的，奖励1万元；在学校受到各类表彰的，奖励2万元；凡是考上大学的，奖励5万元。在这项决定颁布时，人们都把眼光投向陈明。仿佛这些奖励是专门为他设的，专等他去领取，非他莫属。陈明乐意别人以这种目光看着他，他的虚荣心得到满足。同时他又讨厌别人的这种目光，仿佛他陈明是为了钱才读书的。

爸爸端了盅甲鱼煲进来："明仔，喝完了再温书。"

陈明没动。

"明仔，好好读书，你可以把所有的钱都赚来，给阿爸威一下。你只要考上大学，就5万到手。你考深大是5万，考清华也是5万，还是考深大合算。"

合算？这也用合算来衡量，你当市场买肉啊，陈明不满地看了眼爸爸。

"你听阿爸的话没错。我都是为了你好。就算你不听我的话，你总听你阿叔的话吧，他也说考深大好。几多人想进深圳都进不来。你却要出去，也许一辈子都回不来的。听说北方冬天很冷，会长冻疮；听说北方人特别不讲卫生，一个星期才冲一次凉，有时一个月洗一次……啧啧。你阿叔是经常跑外地的人，他知道的比你多。"

陈明不想再听“阿叔”两个字。他曾经视他为知音，曾经崇拜着他，曾经满怀欢喜地盼他回来，可是小叔真正回来了，陈明的幻想也就破灭了。小叔大变了，不再是自己心目中的小叔。他口口声声“我吃的盐比你吃的米还多，我走的桥比你走的路还多”，难道见多了，识广了，就一定变得庸俗不堪吗？陈明觉得悲哀，为小叔悲哀，也为自己失去了偶像悲哀。

爸爸见陈明不言语，以为说动了他：“考到外地去，以后想回来可难了，你不要后悔啊。”

“阿爸，你出去吧，我要温书了。”

“好，好，好好读书。”爸爸退到门口，关门前又说了一句，“考上大学就是5万元。”

陈明恼了，气汹汹地把门反锁上。坐在椅子上，拿起课本，发现上面都是印有“中国人民银行”的百元大钞。囊括村里的各项大奖对陈明来说轻而易举，但他很生气别人总是把他读书和钱挂钩。陈明认为这是对他最大的误解。没有人理解他。

陈明看不下书，“不读，不读。”他打开窗户，把一摞书狠狠地丢下去，把气恼发泄在书上。可是不到5分钟，他又下楼去捡回来。书本沾了不少的尘土，他好生心疼。

陈明重新坐到桌前，他开始平静了。因为他十分清楚自己读书的目的。

在社会实践中，陈明感到了自己的知识危机，他发觉在有些地方自己连余发都不如。他生性好强，不允许自己比别人差，任何一方面，都不允许，不允许！但是当他想学点什么课外知识时，又觉得不务正业，更担心一不留神被别人抢在前头。别忘了，政治老师曾笑过他是“羊群里的骆

驼”。于是，课外书还是为课内书让了道。

他很清楚，自己是全村的焦点，学校的宠儿。村里的年轻妈妈常常对自己的BB（宝宝）说：“BB要像明仔哥哥那么醒目，读书要像明仔哥哥一样。”老师的“学学陈明”“看看人家陈明是怎么做的”诸如此类的话更是不绝于耳。他人的注目和关爱对他来说既是动力也是压力。所以，陈明只能心无旁骛，抱着课本不放。

抬头看见雷震子，他像找到了知己。他默默地轮番盯着雷震子的三只眼，都说“神仙眼”能洞察一切，看来只有雷震子理解自己了。

## 前头的风光更迷人

陈明从教导处出来时，暮色已降临。西方的天空，贴着一朵朵暗红的云彩，红里发黑，黑里透红，显出一种磅礴的气势。

古主任把陈明找去是为了数学竞赛获奖的事，特地向他庆贺的。末了，古主任郑重地拍拍他的肩，教导说：“朝着自己的目标大踏步向前走，会大有前途的。记住，不要迷恋路边的景色，前头的风光更迷人！”

回到教室，只有林晓旭一人在。她正在埋头做题，眉头微蹙着。在陈明的印象中，林晓旭是个伤感的女孩，很有点林黛玉的味道。今天这副模样，更像那林妹妹了。陈明静静地注视了她一会儿。

林晓旭引起陈明注意是那天数学竞赛初赛后，同学们要么大谈考题，要么直冲出教室大逃亡去了。铅笔屑、草稿纸，桌子上有，地上也有。晓旭默默地拎着个垃圾袋，从第一排第一个位置开始，帮助大家清理桌上的废纸。陈明暗暗地观察她，觉得她和其他女孩很不一样，会让人不由得想

起“怜香惜玉”这个词。

“林晓旭，还不回家吗？”陈明走到她身边，轻柔地问，一反平日的孤傲。

林晓旭这才发觉，回过头来，微微一笑：“是陈明啊！快考试了，把作业做完再回家。”

晓旭低头继续做题。她的齐耳短发顺势滑下来，遮住了眼睛，陈明有点冲动，不禁抬起手，想帮晓旭将滑下来的短发理到耳后。这时晓旭仰起头来看他，也一捋头发。

“陈明，你还没回家呀？”

陈明有些窘，他不自然地收回手：“回，回家。”

晓旭又恢复原样，低头做题。陈明有些难过。他想如果站在她面前的是萧遥或者其他人，她不会是这个样子。

陈明掖了掖书包，想走。这时，晓旭说：“陈明你这次数学竞赛又是第一，真厉害！”

陈明一点也不为此高兴，似乎更难过了，好像自己除了学习，除了第一，便无可交谈的了。

“哪像我，一见到数学就头疼。”晓旭指指桌子上的数学作业本，皱起眉头。

陈明脱口而出：“我来帮你……”后面的话本来是“我来帮你复习数学”，他很想帮助眼前这个娇弱的女孩，他会很有一种满足感，但是他没说出口。他是从来不讲软绵话的，他会为自己过分的殷勤难受，而且他更担心晓旭会被这句反常的话吓住。于是，他喃喃地说道，“我来帮你把灯开亮点。”说罢，把灯的瓦数调高，教室一下亮了许多。

“谢谢。”晓旭冲他笑笑。

这句“谢谢”说明他们之间很生分。陈明为这“谢谢”有点哀怨。

陈明又注视了晓旭一下，终于，低头离开教室。

陈明骑着车没有直接回家。他心里很沉重，很矛盾。陈明没有想到这种事情会在他身上发生。每当听见同学们谈论谁和谁拍拖，他都觉得这些人好可笑好幼稚。可今天怎么也……他有些“恨”晓旭，都怪她。可是全怪她，陈明又于心不忍。一个陈明说：“也许我是喜欢上她了。”另一个陈明却说：“不能乱想，你一步也不能走错。”陈明知道这会搅乱他的生活，影响他的学习，不能再走下去，不能再深下去。尽管一切尚未开始，但它应该已经结束了。

立交桥下有个算命的老婆子，头上包着一条丝巾，北方人打扮。她坐在地上，向路人招呼：“天有天命，人有人灾，来算一卦吧！”

陈明自幼不屑这些，可他父母却信得服服帖帖。妈妈说当年生了3个女儿，没有男孩，就十分虔诚地去拜送子娘娘，保佑她能生个儿子，为陈家传宗接代，不要让婆婆嫌弃。果然，送子娘娘感动了，下一胎就是儿子，且聪明过人。父母感激万分，每年都要拜谢一番送子娘娘的大恩大德，还拉着陈明一起下跪，陈明不肯，怎么劝他也不跪，那架势真有点像烈士就义，宁死不屈。可今天，陈明有点“屈”了。他下了车，走近算命人。

“给我算一卦吧。”

老婆子打量了他一会儿，张开满口黄牙，念念有词：“劫从福来，气从和来，难从身来……”

她拿出一筒竹签，叫陈明摇一支出来。陈明看了满满一筒竹签，心想：“让它多跳几支出来，如果掉下去的是单数，就告诉晓旭，管她答应不答应，心里痛快些；如果是双数，就像什么也没发生一样。”

陈明接过竹筒，闭上眼，哗哗哗……摇出来了。陈明慢慢睁开眼，一看是两支，心中一沉，忽然他发现老婆子的脚边还有一支，歪倒着，陈明有些惊喜：“我可以去告诉她了。”就在这个时刻，他的信念冲击着他：“不，我不能那样做，不能。”他没有去捡那支竹签，立刻起身。

阿婆在后面叫：“喂，后生哥，还没算呢！”

可陈明给自己“算”好了，他骑车飞快离去。

这个晚上，陈明以为自己会难过、会失眠，结果相反，心情很平静，更没有失眠，也没有梦。

第二天早上，陈明醒来，一睁眼就看到雷震子，他明白了，他也要腾云驾雾。

## 出国潮和回归潮

萧遥把信折好，装回信封，放进裤兜。

他径直走向班主任办公室。

这次父母来信主要谈出国的事，到了需要他做选择的时候了。他想到了江老师，决定听听老师的意见。

江老师认真地想了一会儿，说：“先谈谈你的想法好吗？”

“手续没办的时候，我挺想出去的；等手续办得差不多了，我又不是很想走了。我既想和父母团聚，又想在国内读完中学，我们国家的中学教育比英国好，我不想学业半途而废。”

“你想你父母吗？”

萧遥不假思索地说：“想。我父母临走前，问我他们走了我会不会

哭，我说不会，当时觉得这有什么好哭的，他们走了我更自在。等他们上了飞机，我却忍不住哭了。前几天，我爸爸的同事从英国回来，带回一盘录像带，在屏幕上我看到爸爸妈妈，觉得他们老了许多，一定是这几年挨的。看完之后我又哭了。人们说，男儿有泪不轻弹，可我就是想哭，老师，我是不是很脆弱？”

“不，萧遥，我觉得这是正常的，如果不想、不哭，反而不正常了。”

“父母就我这么一个儿子，我也很想和他们生活在一起，可我不想凭借父母在国外的机会出去。出国，除非是我自己凭本事出去——这是我唯一可以接受的。”

“对出国潮的评论，报纸、杂志上已经有很多。我想你也知道。我个人始终认为这是中国从封闭走向开放的一个标志，是个好现象。尽管它有许多令人担忧的地方。萧遥，我希望你出去，到外面看看，学学。但我希望你是高姿态地出国研讨、讲学，而不是低姿态地去打工求学。你明白老师的意思吗？”

“嗯。我想我总有一天要出去的，但并不是现在这个时刻，不是以现在这种方式。”

“内地有股‘出国热’，而深圳却有股‘归来热’。许多留学生来信试探，托人问路，上门求职。当记者问他们为什么，他们说，竞争、机遇、现代文明，这些欧美拥有的，深圳也开始拥有；而中国人传统的归属感却是国外无法满足的。”

这时候，萧遥已经完全明白老师的意图与自己的目标。临走时，江老师又交代：“你也应该尊重你父母的意见。”

“老师，这您放心。我父母很尊重我的意见，我相信我能说服他们。噢，对了，老师，我父母说7月份会回国，他们很想认识您。”

萧遥走到走廊，忽然发现，那些人们平日忽略的落叶原来是对自己的根如此一往情深，这就是落叶归根吧。

不知怎么的，同学们都知道了萧遥的事，一个个都觉得不可思议，现在这年头，别说有点海外关系，就是没有也要拉上几个来，谁不想出国呢？尤其柳清，不解地看着萧遥：“你是不是吃错药了？”王笑天也说萧遥犯傻，还故意给萧遥戴高帽：“他在发扬爱国主义精神呢！”倒是陈明有些理解：“每个人想法不同，也许这样更好。”

“萧遥，古主任有请。”一位同学对萧遥说。

到了古主任办公室，古主任的第一句话是：“萧遥，近来表现很不错啊！”

萧遥一时懵了。他不知古主任为何给他这样的评价。

古主任见他发愣，说：“快学期末了，各班的班长都要写一份总结，包括班务活动和自己思想的总结。萧遥啊，我看你很可以写写对出国的认识嘛。”

萧遥这才明白古主任的话是针对自己出国的事，真怪了，古主任是怎么知道的。哦，肯定是他“深入群众”得来的情报。古主任也挺难的，同学们不怎么喜欢他，他却想与同学们打成一片，趁机进行思想教育。

写总结？怎么写？萧遥断定自己写出来的绝不会是古主任所期望看到的那种总结。

“我们认为青年人应该把基点放高。”古主任大手一挥，抢先说道。他总喜欢说“我们认为”，好像他一个人可以代表许多人，“要有为祖国献身的精神，国家的希望在你们这代人身上，你们将是国家栋梁。”

这话好响亮，可是萧遥并不很喜欢。这就是古主任和我们同学之间的距离。这也就是古主任与江老师之间的差异。古主任总爱用这种口号或警

句来激励同学们，而同学们则很反感这些，他们喜欢一些更平实的东西。干吗事事都离不开口号？大概是前些年口号太多，所以现在人们一提口号就反胃。其实古主任的话也挺在理，就是……

“主任，我并不像您说的那样。”萧遥哭笑不得。

“不要忙于下结论，你回去好好想想，写一份总结交给我。”又来了！古主任时刻都忘不了他的思想工作。唉，古主任，怎么说您呢！

萧遥十分难受地起身，挪步到门口，回过头：“主任，您饶了我吧！”

# 第二十章

## 画像引出的事端

早自习，邝老师走进教室，看见同学们都在用功，一片大好形势，满意地点点头。

“这些题做好了吗？”

“老师，题目太难了。”

“太怪僻了。”

邝老师信口说：“这些题都做不出来，你们当初是怎么考上九中的？下星期一测验，你们必须努力了。”

刚才吵吵嚷嚷的学生便不再吵闹，老老实实回到座位重新思索。

“好好想想，第一节课我就要提问。”邝老师转身欲走，到门口，像想起什么，停住，问，“余发来了没有？”

“没到。”萧遥回答。

“又迟到！昨天考试又是榜上有名。”邝老师用命令式的口气说，“萧遥，他一来就叫他找我！”

此时余发就站在校门口外的荔枝园里。

余发不能在这时候进校，他要等自习课完了再进校门。原来，九中

有个规定，凡是迟到的都要记名字记班级，超过3次就全校通报。校长、主任大人专在自习课时在校门口恭候迟到生。余发是老客了，主任一见余发，就说："又迟到了！"后来余发摸索出一条经验：迟到一会儿不如大大地迟到甚至缺席，若过了这个早自习，等校长、主任回办公室，就没人管你了，可以大摇大摆地进去。

现在余发就躲在荔枝林里等早自习下课。反正作业没做，进教室邝老师也不会放过他的。"为什么不完成作业？"邝老师一定会问。又是"为什么"，余发挖空心思想出来的"因为……所以……"早已用尽，总不能说"不会做"。那样，就意味着要留堂补课。余发想：邝老师你也太有敬业精神了吧！

铃声响过后，余发进教室，就听到萧遥叫他到办公室找邝老师。余发怪叫了一声，跑向办公室，偏在路上就碰着了。对余发来说，邝老师满脸都是文言文，而且是不带标点的。

"余发你这回考试怎么回事？几乎是空白卷！"

还没等余发找词来答辩，孙老师过来："邝老师，古主任请你去一趟。"

"好，我马上去。"邝老师应答后，拍拍余发的肩，"先回教室去吧。"

余发嘘了一口气，额前的头发抖动了起来。他太感激孙老师了。

邝老师是教历史的，一肚子的朝代年号、起义变革，满脑子的高考试题。他一上课就是"××年高考题的名词解释有……"你若不信去查当年的试卷，果然如他所说。有个学生存心捣乱："老师，我查过了，90年高考没这题填空。"邝老师淡淡地说："回去查清楚，第一大题的第7小题。"

"没有，我查清楚了。"

邝老师不说话了，从包里拿出一个又厚又大的本子打开亮在这个同学

面前，一下子就把他给制服了。原来邝老师将历年的高考题分门别类工工整整地抄写在备课本上，一翻便得，一目了然。

自1977年恢复高考制度后的十几年里，邝老师几乎年年站在高三的讲台上，年年与同学们共度“黑色的7月”，年年演压轴戏，非常得领导的器重和同行的尊敬。

听他一节历史课，从王安石变法到张居正的“一条鞭法”，呼啦几百年过去，像穿越时空的隧道。只是听邝老师的课要全神贯注才能品出味道来。他讲课不像有些老师那样眉飞色舞、扣人心弦。别的不说，单是那口广东普通话已让一些来自北方的学生抗拒了。所以课堂上做小动作、交头接耳的时有人在。

课正上着，一个纸团突然打在陈明的脚上。这个凭空飞来的“炮弹”使这位专心听课的学生吓了一跳，捡起来一看，是幅邝老师的漫画。画很夸张：眼睛是三角形的，鼻子完全是个大蒜头，还特别突出脸上那条三寸长的伤疤，把它画得又粗又浓，十字交叉贴着胶布。陈明拿着纸团，心里纳闷，这是谁画的？陈明觉得怪无聊的，想了想，一定是后边余发扔给他的，转身还给余发，偏巧余发正在打瞌睡，毫无防备，被陈明这么一碰，手一哆嗦，桌屉里的饭盒“咣当”掉在地上。他忙低头去捡。全班都笑了。同学们都知道，余发是个鬼马人物，有个习惯，凡是第四节老师拖堂，他的饭盒都会掉下来，提醒老师：“吃饭时间到了，应该下课了。”可是今天才上第一节课，余发的饭盒怎么就掉了？老师上课最恼火的就是有人捣乱，他很不高兴地说：“还上不上课了？”

同学们立刻静下来。邝老师接着讲课。“啊，这个……”刚才这么一折腾，他记不起讲到哪儿了，把讲过的东西又重复一遍。有同学提醒道：“已经讲过了。”

邝老师也觉察到了，有些不好意思，嘴上却说："你们再听一遍也不是多余的。"

提醒他的同学吐了吐舌头不出声了。

再说余发打开纸团一看，暗自叫绝，心想，陈明绘画有点天才！画得如此形象！平时，他们可以说形同路人，今天，陈明会把自己画的画给他，余发有点"受宠若惊"，于是信手写上"邝秉文像"，扔回给陈明。可这一扔，扔过头了，扔到了讲台前。

邝老师赶下讲台来，心里还正为刚才余发的捣乱不痛快呢，捡起纸团一看，脸色骤然大变，抖动着那张漫画，吼叫道："你好本事！"

余发见状，立刻支起历史书，头缩了下去。

"你站起来！"

余发老老实实站起来，嘀咕一句："又不是我画的！"

"那是谁画的？"

余发眼睛来回瞟陈明，等着他站起来。终于他失望了，但是他仍然没说出"陈明"两个字。

"不是你画的？"邝老师冷笑两声，"这是谁的字？"

余发的嘴角动了两下，没发出声，好一会儿才说："是别人递给我的。"

陈明这时站起来，对余发说："是你扔给我的。"

余发怔住了，张开了嘴，没合上。

邝老师说："说不是陈明画的，我相信，他是绝不会干这种无聊的事的，说不是你干的，我……"老师对好学生总是有意无意地袒护。

余发看看陈明，再看看邝老师，眉头皱起来，目光是愤怒的，他重重一摔历史书，骂了声"黐线"坐下了。

这一举动，再次激怒邝老师："你……你……"气极了的邝老师说不

出话来。

“好了，我也不想再说什么，你到办公室去——带上你的书包！”邝老师今天不知哪来那么大的劲儿，能把余发连拉带推地揪到办公室，把漫画丢在办公桌上，气急败坏地说：“这叫学生吗？”

邝老师把事前前后后一说，老师们颇有同感地叹息“现在的学生真难教”，也有老师过来，劝道：“别生这么大气，邝老（这是古主任对他的尊称，有些老师也套用了）。”

余发大大咧咧地站在老师跟前，脚打着拍子，仰着头，两眼看着天花板，一副满不在乎的样子，这个神态再次激怒了老师。

“站好！给我站好了！”

这个命令没有生效，余发还是那么大大咧咧地站着，眼睛眯起来，用一种毫不掩饰的轻蔑的目光看着老师。余发不让自己露出怯懦状。

于是，老师们挨个训余发。教数学的孙老师大叹，余发的作业如何潦草，而且错得都与前后左右同学一样。政治老师又大讲余发上课如何不专心听课，如何影响别人，如何不尊重人，竟拿老师当模特儿练笔。

“江老师呢？”老师们开始找余发的班主任。

“江老师这节有课。”

“等你班主任回来再说！”

余发仍然大大咧咧，一副没事似的仿佛在马路上看热闹的派头。

这时，政治老师问了一句话，引起老师们的注意：“余发到底画了多少张老师的漫画？丑化了多少位园丁？”

余发突然恼了起来：“我再说一遍，不是我画的，不是我画的！”

说完，拎起书包就跑出办公室，重重地关上门。铁门“咣”的一声合上了。

## 你几时关心过我

气冲冲地从办公室出来，不知往哪儿去好。这会儿是不能回家的，要是被老豆发现，肯定要盘根究底，搞不好要吃“笋丝炒肉”。余发拎着书包在大街上溜达着。手上提着书包，很沉，可余发无力地将书包背到肩上，走一步，用脚踢一下书包，书包像荡秋千似的前后摆动着。一个学生上课时间不在学校，提着书包满街走，自然少不了行人投来奇怪的目光。

余发就去他的一个“兄弟”店里。这个“兄弟”开了间发廊，因为有色情的嫌疑，被查封了几次。不过这位黄兄神通广大，过不了几天，店门照开。黄兄的店今天很冷清，只有一个洗头妹，原本清纯秀气的脸，被五颜六色的化妆品修饰得像个京剧脸谱。她嗲嗲地伏到黄兄的肩上：“黄哥，等一阵，我们去哪里吃饭？”

余发见状扭头想走。黄兄已经从镜子里看见了余发，一甩女人的手，站起来喊：“发仔，今日不上学？”

余发垂头丧气地把事情的经过说了。

“用不用我去动他们？”

“你千万不要乱来，我的事自己搞掂。”余发连忙说。

11点半过后，余发摸准了这时间，回了家。不知哪位嘴快已经把这事告诉给余发的老豆了，自然少不了一顿骂。

“不是我做的，老师冤枉我。”

“哦，老西为什么冤枉你却不冤枉明仔，那是你死衰仔平时衰事干得太多！”

“老豆，你不要在我面前提陈明，这次就是他害惨我的！”

“你要我信，好难啊。你看下人家陈明，样样醒过你的，功课，功课

好，又明事理，村里人个个赞好，他爸不知几得意。你呢，死仔包……”

“由小到大，你总是陈明这样陈明那样，你就会骂我，你几时关心过我？”

“我还不关心你啊？你要什么买什么，吃的穿的都是最好的。”

“是，你就知道给我钱。”

“你还想怎么样？陈叔都是这样，明仔读书不是很醒？”

“他是他，我是我。”

“我看你是拉不出屎来怨茅坑。明仔这样儿子生10个都不多，你这样的生半个都多余！”

“那你当年怎么不拧死我啊？！”余发跳起来。

“死衰仔，你，你给我滚！”

余发从家里出来，下午他没去上课，懒懒地在黄兄店里过了半天。

6点多钟，夜色渐渐由淡变浓。这时的校园，已经空空如也。这段时间称“静校时间”，喧闹的校园似乎想趁着这个宁静的时间段好好休息休息，消除一天的疲倦。它怎么也没料到一个委屈的男孩要回来发泄自己的愤怒和不满。

余发把高一（4）班所有的桌椅都弄得东倒西歪，嘴里愤愤骂道：“死嘢！死嘢！”

这时，门房大爷正在巡逻，看见高一（4）班这副模样，捉住余发：“哪个班的？叫什么名字？”

大概是虱子多了不痒，余发回答得十分干脆：“余发，高一（4）班！”

从学校出来，天已黑了，在校门口，意外地遇见王笑天。

“你怎么在这里？”余发问。

“我找你。”

“找我？”

“是，我，我有事同你说。”

“是不是下午上学，死陈明又玩花样？”

“这……”

“再听陈明的事我头都会爆炸的。我没想到陈明会这么阴毒。分明是他把画递给我，我不过是写了4个字嘛，他倒诬赖是我画的。邝老头又鬼死偏心，肯定相信他了。我憎死他们了！”

余发狠狠地抽了两口烟，再吐出。

“说吧，你找我有什么事？”余发问。

“哦，没，没什么事，就是问一下你明天上学吗？”

“上你个头！”

## 他是被冤枉的

晓旭日记　（×月×日）

今天余发又没上学。我们真为他担心。他是照顾生，这次弄成这样，后果难料。同学们议论纷纷，传说着他的将来，有同学说他会被开除的，有同学说他已经不读了。我为余发鸣不平——他是被冤枉的。

只有我知道事情的全部真相。那幅漫画是王笑天画

的。也只有王笑天有这能耐。他本想扔给余发，让他欣赏他的杰作，却扔到了陈明身上，陈明又传给余发，再后来……

邝老师一口咬定是余发画的。余发、陈明两个又互相怀疑，却没人猜到是王笑天。

王笑天真让人失望。他自己做的事却让别人替他背黑锅，平时他与余发还是很friend，称兄道弟，“老友鬼鬼”，到了关键时候却……真让人失望。

有些男生就是这样，平时说话一套一套的，动真格时却胆怯，真是人不可貌相。我原来对王笑天印象挺好的，热情、勇敢、幽默。这次让我彻底失望。真不明白，刘夏怎么会和他拍拖？奇怪。

写着这日记，猛然发现，我不仅对王笑天失望，也对自己失望。我不是和王笑天一样胆怯、怕事、逃避吗？我知道事情真相，可我也不敢说。

我做不到像欣然那样既合群又保持着完整的自我。我永远是个矛盾体。一方面追求正义，一方面却明哲保身。我又有什么资格批评王笑天？！

可笑！

只是不知余发明天来吗？我真希望王笑天能站出来。尽管我没勇气做到却希望王笑天能做到。一时冲动，我真想对邝老师说明真相，可我仍然不敢。

唉，晓旭啊晓旭啊，你到底是个怎样的人？

我不知道。真的，有时我觉得自己挺坏的，可我绝不是个坏女孩。

## 全让这个女孩看透了

第三天，萧遥告诉大家，余发已经两个晚上没有回家了。同学们议论纷纷，依余发的性格，什么事情都不在乎，他肯定离家出走了。

当萧遥将此事告诉江老师时，江老师也急了，这跟电影里一样了。可别出什么事。江老师知道了画像风波后，给余发家里挂了几次电话，都不通。又由于手头有急事，便想暂放一下。今天听萧遥这么一说，真吓了一跳，连声责怪自己忽略了这件事。尽管江老师常常在班上说“你们都已经是大人了……”，但老师知道这个年龄的孩子正处在一个过渡期，他们在4岁娃娃眼里是个大人，在40岁大人眼里又是个孩子，这个时期的孩子比任何年龄的人都更需要帮助。

江老师交代萧遥告诉同学们放学后分头找找余发。邝老师也很焦急。他又是担心又是责备地说：“现在的学生太任性，太冲动，这么不接受批评，真让人着急。”

放学后，同学们纷纷出动了，江老师也去。邝老师要去，江老师劝他：“邝老，您身体不好，回家休息吧。”萧遥也说：“邝老师，我们这么多人，够了，您回家吧！”

邝老师想想："那好，找到他，一定要打电话告诉我，我也好安下心来。"

大家都紧急行动起来了，只有王笑天慢慢地收拾书包，有人催他："王笑天，你快点呀！"

萧遥上前说了句："算了，咱们先走吧。"

王笑天呆呆地看着同学们离去。这时，刘夏却一副好心情地跑来："王笑天，咱俩一起走吧，一起去找余发。"

"噢。"王笑天机械地应道，慢吞吞地收拾书包。

刘夏却在一旁喋喋不休："余发不知上哪儿去了。""学校会不会开除他呀？""余发这人没脑的，可别做出什么傻事来！""余发真是惨，被人这么冤枉，这么玩法。"……

王笑天的书包还没收拾好，刘夏叫道："你怎么了，这么磨蹭？我觉得这事肯定不是余发做的，里面一定有文章。做人最主要讲良心，你说呢，王笑天。"

"嗯。"王笑天心里很虚，他很担心刘夏知道，他想象得出刘夏知道真相后会是什么个样子。

"你怎么了？不是噢就是嗯。"

刘夏好不容易把王笑天催促出了教室。王笑天默默地跟着走，他几回话到嘴边，就是张不了口。刘夏则像麻雀一样叽叽喳喳个不停。

"前几天我刚买了黄佑天的CD，借给你听听要不要？我佩服黄佑天的胆量，他敢在电视上公开承认自己以前进过少管所，并对此表示遗憾。其实他这样做，一点没有损害他的形象，歌迷们更喜欢他了。"

王笑天一声不吭，刘夏抱怨道："我说了这么多，你怎么没点反应？"

王笑天满心内疚："刘夏，我……我……"

“你怎么了？说下去呀。”刘夏等待着。

“我……很累，想回家，你……自己去吧。”

这时，欣然和晓旭走过来，刘夏打招呼：“干什么去？”

“找余发呐。”晓旭撇撇嘴，“我们可不像有些人那么冷血。”

刘夏望着那两人离去的身影，问王笑天：“她们干吗这么说？”

“如果我告诉你，那幅画是我画的，你会不会很吃惊？你会不会不理我？”王笑天不敢看刘夏，他猜想刘夏此时一定是一脸的吃惊和恼怒。

“要是不理你早就不理了。”刘夏似笑非笑地说，“其实我早知道了。”

这下倒是王笑天吃惊和恼怒了，刚才的不安和歉意顿然消失。他猛地觉得自己的那点好水坏水全让这个女孩看透了。

刘夏确实早就知道真相。她的第一个念头是找王笑天大吵一通，认真想了想，便改变了做法。她认为这个办法能够感化王笑天。

“人非圣贤，孰能无过？每个人都有做错事的时候，只要能改，就没什么嘛。”刘夏说得连自己都感动起来，“人贵在知错能改。”

王笑天却一点也不感动。他讨厌刘夏故作宽容的姿态，讨厌她那一副救世主的模样，他宁可刘夏直来直去。

“我走了。”王笑天说完，就走了。

“完了？就这么完了？”刘夏叫。

王笑天还是直走。

“这下子我是吃惊了，我真不理你了！”

王笑天停住，片刻，又起步走了。

# 第二十一章

## 太讲哥儿们义气

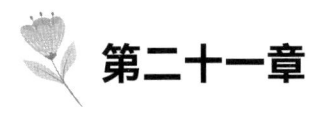

江老师坐在办公室里，又点上一支烟，桌上的烟灰缸挤满了未全熄灭的烟头。

这时，有人敲门："江老师！"

江老师连忙压灭烟头："是萧遥，有事吗？"

"江老师，"萧遥走近，看着一缸的烟头，"老师，是不是为了余发的事很头疼？"

江老师苦笑："这实在是余发把小事搞大了。"

"老师，难道您也认为是余发画的吗？"

江老师一愣。

"您对我们并不了解。余发虽然淘气，可画不出……说实话，那张漫画是有一定水平的，余发他画不了……"

江老师皱起了眉头。

"为什么邝老师一口咬定是余发呢？绝不仅仅因为漫画是从余发那扔过去，字迹又是余发的，更多的是因为余发的一贯表现和他给老师的印象。这公平吗？"

江老师的眉头皱得更紧。

“你知道是谁画的？”

“是的，老师。”萧遥说，“可我不会说出来。我希望这位同学自己说，我相信他会站出来的。”

江老师不由得上下打量起萧遥，像第一次认识他似的，国字脸，浓眉大眼，不算十分英俊，但他的风度却使他整个人显出一种潇洒。

“他是照顾生，是照顾进校的。学校有规定，如果他犯错误，被处分，就要开除出去。当初进学校，学校考虑自身利益，收了高价，既然这样，余发就是九中的学生，应该一视同仁，怎么可以像丢包袱那样，想甩掉他呢？这对余发太不公平了。何况余发是冤枉的，否则依他的性格，是不会晚上来掀桌椅的……老师，这就是我要说的。”

江老师频频点头：“萧遥，你说得好。谢谢你，快去再找找余发！”

萧遥答应着，忙转身走了。

江老师望着萧遥离去的背影，若有所思地点点头。

萧遥出了教学楼，经过操场，看见王笑天，他的身后是一道长长的影子，在空荡荡的操场上愈发显得孤单。

萧遥没有叫王笑天，径直向校门口走去。

又是一天，余发仍没有来，王笑天异常不安起来。刘夏不理他了，是真的不理他了，他知道这回不再是买份礼物或吃餐麦当劳就能哄回来的。

王笑天决定去说明真相。这个念头曾经在他脑海里反复闪过，都被意外情况给挡回去了，使得他想说也说不了。现在不能再犹犹豫豫了，他必须去说清楚。“那有啥了不得的。”王笑天想。这想法让他平添了许多勇气，也得到一种轻松。

快到办公室的时候，王笑天竟意外地碰见陈明从办公室出来。两个

人相视一下，错过了。奇怪，陈明来办公室干什么？他可是从来不到办公室的。唉，别想这么多，还是先进去吧。王笑天担心自己在途中多一分犹豫，多一分停顿都可能使他后退，推翻自己好不容易积聚起来的勇气。

“邝老师，那张漫画是我画的。”王笑天开门见山地说。

“哦？”邝老师愣了愣，而后哈哈大笑，“你们现在的学生太讲哥儿们义气，连陈明这样的学生也来过，现在你又来顶认。”

王笑天想起刚才在走廊碰见陈明，敢情他也是专门为这事来的。

“邝老师，真不是余发画的，我画的。”

“王笑天啊，你——”

“邝老师，那漫画是我画的，我并没有什么恶意，只是……我当然希望您不相信，可现在……老师，我当时想把画扔给余发，却扔给了陈明，陈明又递给了余发，余发不过是写了几个字……”

“荒唐！”邝老师打断王笑天的话。这时上课铃响了，邝老师往椅背靠了靠，深深地呼吸一口气，无力而疲惫地说，“回去上课吧！”

出了办公室，王笑天伸了伸手臂，笑了。这时他看见陈明在走廊拐角茶色玻璃门后窥视他。王笑天一点儿也不慌，吹着口哨笑着走过去。

在王笑天到办公室前几分钟，陈明也去了趟办公室。陈明很少去办公室，尽管他是学习委员。这次，毫无疑问是为了余发。他虽然瞧不起余发这种靠钱进来的学生，但他还是找了邝老师：“也许真不是余发画的，因为他完全可以递给我，那纸团是从后面扔过来的。”

真相大白，邝老师一个劲儿自责：“都怪我太主观，差点害得余发没书读。”江老师也为自己的班主任工作做得不够深入细致而内疚。那群男孩呢，事情说开之后，疙瘩顿时化解。就像雨过天晴一样，他们又和好如初。

余发不恨邝老师，也不怨王笑天，他倒是从这件事上意识到自己平日也实在太“那个”了。

对陈明，余发也开始有了好感和歉意。但是陈明一如既往，无论余发主动表现出什么样的谢意，陈明全是一笑置之。只是有一次，大家又提起漫画风波时，晓旭对陈明说了一句：“谢谢你，陈明。”陈明被感动了半天，难道就因为余发的事吗？不管怎样，他毕竟赢得了这样真诚友好的目光。这目光如此纯净，使他想起村前的海。陈明感到快乐，一种从未有过的快乐。

## 咱班的同学都很可爱

“那天的事，老师也有错，在没有搞清楚的时候，就对一位同学有偏见。那天，我确实很气，不冷静，看见漫画，脸上挂不住。岁数大了，自尊心更强了。不过有一点，今天我还是要说。王笑天，让你当一回老师，学生当众丑化你，你怎么想？”邝老师把眼镜摘下，用衣角擦了擦，再重新戴上，“许多时候应该将心比心的。”

邝老师几句平平常常的话说得王笑天等人心里酸酸的。他们几个男生听说老师叫他们到办公室，原想肯定是挨骂来了，可邝老师却先做了自我检讨，这让同学们心里很不好受。

邝老师又接着说：“王笑天你这画画得够损的了，我有那么难看吗？哈哈。说真的，要是我年轻时看到这幅画，早气背过去。我像你们这么大的时候，可忌讳别人说我大蒜鼻了。”说完，大笑起来。

过去同学们都说邝老师怪怪的。教师节那天，同学们准备了一份礼物

送给他，可是那节历史课很吵，邝老师看到礼物，没收，反而生气地说：“什么礼物不礼物的，你们给我好好听课就是最好的礼物了！”从此以后，同学们就叫他“怪老头”。

“后来当我真正明白内在美和外在美的含义后就不再难过。当时我想三四十年后我用什么再现青春美？只有知识，也只有这种美可以后天得来而且是永久的。”

王笑天真诚地说：“老师，这件事是我的错。”

邝老师一转话题：“老师年纪大了，在教学上有时也感到力不从心。但我一想到‘抛砖引玉’这个成语，又大大方方地走上讲台。”

余发却问了个问题：“邝老师，你脸上的伤疤是‘文革’时给斗的吗？”余发一问，陈明就捅了他一下，余发也觉得自己失言了，可是收不回来了。

邝老师却平静地笑笑：“是啊。”

那动荡的十年给中国人带来巨大的灾难，尤其是对知识分子。邝老师像中国许多知识分子一样，无法逃过这场劫难。但是他的目光始终向前看，从未向别人提起自己所受的委屈和苦难，包括对自己的孩子和学生。邝老师只是十分宽容地接受了这一切。

“老师，你恨吗？”余发又问。这次陈明没有再捅他。

邝老师平静地笑笑：“娘爱儿子，偶尔也会打错、骂错儿子。后来娘向儿子赔不是，儿子能记恨娘吗？能回骂娘，不认娘吗？”

邝老师说得极平静，但这话在萧遥他们心里却是极不平静的。现在的青年人受不了一点委屈；受一点苦、一点冤枉便认为自己是天下最不幸的人。相比之下，我们缺少我们父辈祖辈特别是从六七十年代走过来的人们所拥有的宽容和忍耐，光这点就值得现在的年轻人好好学习的。萧遥的爸

爸来信中有这么一段话："我想倘若再有一次困难时期，大概饿死的、活不下去的多是你们这代年轻人，因为你们生活太优越了。相反，我们这代吃过苦的人可以活下去。"

江老师说："这件事对我也是一次教育，我开始的时候也很不冷静，多亏了萧遥，是他提醒了我。通过这件事，我发觉咱们班同学都很可爱，萧遥的宽容、笑天的坦诚、余发的豁达，还有陈明同学的友善，等等，这些都是难能可贵的。老师希望你们在思想上不断成熟，而在生活中要保持一颗童心，始终能真诚热情地拥抱生活。"

老师们的这番话，说得在场的同学都很感动。

## 深圳的明天靠你们

"报告！"办公室的门敲响了。

江老师回过头，是王笑天、余发、萧遥还有不合群的陈明。

"什么事？一个个板着脸。"

几个男生推来推去："你说吧。""你说吧。"最后还是班长说话了："我们想请您和邝老师吃顿饭。"

请老师吃饭，怪事！

"为什么请我们吃饭？"

"我们想和你们交个朋友。"余发咧着嘴笑了，"你们挺够朋友的！"

王笑天解释道："老师您放心，这钱完全是我们自己赚的。我和萧遥是寒假打工的钱，陈明是他的奖学金，余发的钱是他炒股票赚的。"

江老师想了一会儿，走过去跟邝老师耳语。邝老师直皱眉头，也对江

老师说了什么。

江老师回来对他的学生们说："好，咱们走吧，邝老师有事不能去了。"

出了教学楼，江老师说："邝老师为什么不能来，你们知道吗？"

男孩子们面面相觑，摇摇头。

"邝老师的老父亲过世了。"

"哦……是这样，邝老师还来上课？他为什么不戴黑纱？"

"邝老师怕大家分心，他说：'学生学习上的压力已经很大，我不能再给学生造成感情上的压抑。'"

同学们沉默了。

这时，江老师指着校园外的小树林："你们看那片荔枝林带，都是邝老师种的。从参加工作至今每年种一棵，每年带一批学生。你们是他带的最后一批学生，他很快就要退休了。明年你们会不会替他也种上一棵呢？"

大家都点点头。现在，同学们终于明白了教师节那天邝老师为什么不像其他老师那样高高兴兴地收下礼物。在那乱糟糟的课堂秩序之后，再面对包装精美的礼物会是一种什么心境？难怪他说"你们给我好好听课就是最好的礼物了"。

同学们常怨老师不理解自己，可同学们对老师又是否理解呢？老师忍受着种种困难，从不向学生诉苦，他们对自己的苦痛缄口不言。如果同学们连对为我们付出如此爱心的老师都无法理解，那么如何去理解我们的国家和人民？

"明年3月12日植树节，我们替邝老师种荔枝树，以后每年也都会有人种！"

江老师跟着他们走进一家小饭馆。饭吃完了，江老师先起身一步，付

了钱，然后说：“等你们以后长大工作了，再请我吃餐‘劲’的（吃顿更好的）。”

“江老师，我爸说如果能在中学期间遇上几位好老师，那么对人的一生都是受益无穷的。”萧遥说。

“我们彼此都从对方身上学到不少东西。你们很有头脑，有见解，也有才华，在不少方面我还不如你们。王笑天你会画漫画，我很欣赏你的观察力，技巧也不错。”

“老师，别提那漫画了，我真后悔，总觉得对不起邝老师。”

“以后上课可得好好听讲了，别再拿老师做模特了。你若真喜欢画画，就课余画。邝老师岁数大了，别说你们做学生的，就是我们都很尊重他。还有余发，别再睡觉，学点知识吧，‘书到用时方恨少’，多学点总不是坏事吧。钱确实很重要，但绝不是人唯一重要的东西。”江老师讲得很诚恳，“你们生活在这个年代，又生活在特区，是件很幸福的事，也许你们自己没感觉到，要知道中国还有许多儿童上不了学，还有许多人温饱都成问题，你们在物质上是极大满足的，那么精神上呢？深圳的今天，是你们的父辈干出来的，他们的青春在特区闪光，那么明天呢？深圳的明天靠你们，这不能光喊口号，一定要有切切实实的行动。我刚来深圳的时候想，特区生活富裕，生活在蜜罐里的孩子志向如何？现在我发现深圳的学生都很有抱负，有志向，都是想当经理当老板的，都是想干大事业的，这很好。但是也存在一个问题，不愿做小事，不愿从小事做起。你们说是不是？”

大家都笑了。

“今年报纸不约而同有个话题，就是谈发财，谈大款阔佬，谈经商之道，这不是巧合，而是人们的一种心理需求。大家都想当老板，当富翁，想一鸣惊人，想有所作为。每个人都有权选择自己的道路，追求自己认为

的幸福，不过要想当别人的老板，首先要当好自己的老板！我愿意成为你们的老师加朋友。”

只剩下陈明在江老师身边，他们缓缓走在大街上。夜幕正在降临，霓虹灯打开了，路灯也开始大放光明，好个五彩缤纷的世界！

专做夜市的小贩纷纷出笼，到处摆摊设点。“卖丝袜，丝袜大贱卖，15元一打！”有人吆喝上了。

陈明看着这一切，不明白为什么这些人会如此庸俗地生活着。

这平凡的街头景色，使江老师察觉到自己有一种强烈的被生活吸引住的感情。

“老师，你刚才说的邝老师的事很感人，但并不闪光。难道几十棵树就代表了人的一生？而且那些树一棵比一棵矮，是条下坡路，难道这就是人生意义所在吗？”陈明第一次采取了主动，“中学教师中不少是人才，可只是把别人的知识再转授给别人，只是连接符罢了。如果这些人当科学家、工程师，对社会的贡献岂不是更大？！”

每个学生都有自己的特点，为师者绝不可以用统一的尺寸去衡量他们。因为那样的结果只能像庸医给所有的病人开同一个药方一样。

江老师说：“你看问题尽管有偏颇之处，但见解独到。是的，中学教师里有不少人才，如果换个行当，他们的才干可能会得到更充分地发挥，但是社会却无法满足每个人的爱好，所以提倡干一行爱一行……”

“干一行爱一行的观点我不赞同，能当科学家的人去卖番薯你不觉得遗憾吗？”

“不能人尽其才的现象过去的确存在，改革开放之后改变多了，现在内地择业都有了一定的自由度，更甭说特区了。不过平凡的工作总得有人

去做，社会需要红花也需要绿叶……”

“是的。这话很流行。可绿叶的价值也正是有了红花。如果只有绿叶，它的价值又何在？”

“你怎么知道在我的学生中就不会有红花出现呢？”

陈明不说话。他就想当红花。

十六七岁正是多思的年华。这个阶段的中学生是多么需要能经常和一些比他们年长、比他们成熟、比他们深刻的人交心！

到了巴士站，江老师和陈明对视一下，两人没说话，笑笑，江老师拍拍他的肩，拥着他又往前走了一站。老师感觉得到陈明是赞同再走一站，再聊一会儿的，因为他走得很顺从。

“江老师，你一定很想你的家人，想你的太太和孩子吧？”

从陈明口里说出这句话，江老师很惊讶，也很感动。老师关心学生，包括学生的个人生活，显得理所当然，而学生关心老师的个人生活，却令老师意外、感激。

又到了巴士站，远处有车来了。陈明对江老师说：“萧遥他爸爸说得对，中学期间如果能有一位好老师，对人的一生都会有影响的。”

对于江老师，陈明是尊敬的。江老师并没有特殊对待陈明，但陈明却对江老师有了特殊的感情。过去初三班主任兰老师特别疼爱和照顾陈明，可陈明对她却有说不清的反感情绪。对江老师，陈明通过一学期的接触，他承认第一次对老师有这样的好感。

末了，陈明又说：“老师，有空到我家坐坐吧。我家有很多荔枝树，有的现在已经熟了，去尝尝最新鲜的荔枝吧！”

这也许是陈明第一次欢迎别人到家里做客。

作为教师，最大的满足莫过于得到学生的信任与尊敬，最大的心愿莫

过于为社会培养出出类拔萃的人才。在现今，这些尤为难得和重要。在改革开放不断深入的今天，在中国与世界日益缩小距离的今天，在特区，在崭新的教育战线上，是多么需要一批真正的园丁啊！

## 少女的暗恋

晓旭日记　（×月×日）

天不早了，办公室的灯灭了，我知道江老师要出来了。我不用看就感觉得到。我装作没看到，拿着本英语书在走廊上走来走去地读，心里却怦怦直跳。江老师离我越来越近了，他要和我说话了。

果然，江老师说："林晓旭，这么刻苦啊！"

我装作刚刚听见，回过头："噢，我该回家了。"于是我们一起下楼了。（我是不是很狡猾？）

到了楼底下，江老师说去推车，这时我发现他衬衫的第二个扣子掉了。我真想说："老师，您扣子掉了，我帮您缝吧！"

可我没说，大概是出于女孩子的矜持。有时我真想变成一个男孩子，听王笑天说，他们和江老师一起下饭馆，这真让我羡慕；或者变成刘夏、欣然那样的女孩，也可以

与老师畅所欲言。江老师，您知道吗？我有许多话想对您说。我真想问您，您生活得好吗？幸福吗？

江老师的单车从我身边经过：“林晓旭，路上当心啊！”这话就像出自父亲的口，那么慈爱和亲切。江老师又回头看了我一眼。我确定那双眼我小时候曾经见过，真的。

望着江老师的身影，直至消失在茫茫人海之中，我才收敛我的目光，又想起江老师的扣子，心里大声地喊：“老师，让我帮您缝扣子吧！”

回到家我做的第一件事就是找出自己的白衬衣，剪下上面的扣子，因为这个扣子和老师的一样，明天我就悄悄地把它放在办公桌上，悄悄地。

（×月×日）

老师的扣子缝上了，我很高兴，要知道那粒扣子是我的呀。可当我走近时，我发现那扣子不是我的，它与其他扣子不太协调。

我想哭，我的扣子呢？

课间我去交作业时，在江老师办公桌角上找到了那粒扣子。紧紧握着它，心里很难受。它太微不足道了，放在桌上都不被人注意。

我握着这粒不起眼的扣子，很久很久不动。

# 第二十二章

## 也许她真是妹妹

萧遥像往日一样，骑着跑车，路过13路公共汽车站，又看见3班那位穿黑色衣裙的也姓萧的女孩子，心里一阵快活。萧遥向她笑笑，从她身边经过。女孩子也腼腆友好地微笑着。

萧遥想下回见到她，一定要与她打声招呼，与她说说话。可每次见到她，却总不好意思开口，又只是一笑。于是又下一个决心：“下次见到她，一定要向她问好。”

有一次放学，萧遥远远看见13路车站人很多，猜想大概是塞车了。车子很长时间都没来，女孩子焦急地看着表。萧遥听3班同学讲过她家好像在罗湖区，离学校很远。见她很焦急，他也急了。他很慢地骑着车子，心想：“干脆带她回家吧。”可当他骑到车站，刚想停，另一脚却不知怎的重重一踩车踏就过去了。他停在一个商店门口，悄悄地和她一起等车。终于，13路车来了，女孩子上车了，车子启动了，萧遥这才嘘了一口气。

3班上实验课要从4班门前经过，这时，女孩子总会探身望望。王笑天一见就大声叫：“萧遥，你妹妹来了！”搞得萧遥很不好意思。在王笑天眼里，她就是萧遥的妹妹，因为她父母也在国外，她也姓萧。久而久

之，萧遥也觉得他与她好像真有什么亲戚关系。而4班上语音课却要经过3班，萧遥也不由自主地在3班门口停留一下。有一次，女孩从4班走过，王笑天又叫：“萧遥，你妹妹来了！”萧遥笑笑。王笑天唱：“妹妹——你大胆地往前走啊——莫回头！”萧遥窘得要打王笑天。这时女孩子回头了，她没看唱歌的王笑天，而是十分友好地看看萧遥。“也许她真是妹妹。”萧遥想，“下次再见到妹妹，应该向她问好。”

从5楼教室到大操场有一段距离，每次做课间操的时候，总是整个年级的同学像排长龙一样到大操场集合。路上萧遥偶尔会从3班同学的聊天中知道一些她的情况。“她很安静”“从不嚼舌根”。听到同学们这样评价她，萧遥特别高兴，他不喜欢那种整天“哇哇”乱叫的女孩。

做操的队列是一班接着一班的。3班和4班相邻。萧遥在众人中总是一眼就能寻出她。无论在什么时候什么场合见到她，萧遥都很快乐。

这天下操了，同学们纷纷冲回大楼。萧遥发觉她没动，身不由己地也停住脚。

女孩子站在草坪的中间。嫩绿嫩绿的台湾草衬得女孩子格外清纯可人。女孩子伫立着，静静地望着萧遥。

萧遥也是第一次这么大胆地打量一个女孩子，她的目光若即若离，好像想说什么。

4月的天像娃娃的脸，说变就变，这时，雨“啪啪、啪啪”地落下来。

“下雨了，快走！”萧遥说。

两人又一次四目相交，然后各自向通往本班的走廊跑去。

课堂上，萧遥心神不定：“她要说什么呀？”因为她的目光告诉他她有话要说。萧遥想放学路过车站见到她时，一定要问问清楚。

雨越下越大，到处都是潮湿的。第4节快上课的时候，刘夏拿着一把

小花伞进来：“萧遥，你妹妹给你的！”刘夏也学王笑天的贫嘴。

萧遥有些奇怪地接过伞：“怎么回事？”

刘夏耸耸肩：“不清楚，她就叫我把伞给你，没说别的。”

萧遥真想冲出去问问究竟，但是上课铃响了。

放了学，萧遥立马跑到隔壁班，她不在；萧遥又赶到车站，等了好长时间，也不见她。下午天晴了，萧遥还是拿着她的小花伞，准备谢谢她，把伞还给她。可是一个下午都看不到她。一连几天都没见到。萧遥天天带着小花伞上学，班上同学都笑他“女里女气”。

她大概病了，大概是那天淋雨了，等她来了，一定要向她问好，说谢谢，一定！

可是她仍没来，萧遥每次都充满希望地盼她来，可每次都失望了，她怎么了？

## 她突然去法国了

萧遥到邮局发信。这封信是写给爸爸妈妈的。他在信上十分清楚地写了他对出国的看法。他相信父母会理解的。他们向来尊重他的选择。

在邮局，萧遥又回想起那次在这里见到她的情景，他希望出现个奇迹，他希望又能看到她拿着法国寄来的邮件从他身边经过。已经好几天没见到她了，萧遥紧张中隐隐约约有几分担忧。

放学经过车站，萧遥习惯性地往那边看，还是不见她的影子。这时，有3班同学从这里经过，萧遥终于忍不住了。

“你们班那个姓萧的女生呢？”

“哦，她？她去法国了，难道你不知道？”

“真的？什么时候？”萧遥吃了一惊。

“当然是真的，就是前几天。听说她妈妈一直在法国工作，后来在当地买了一幢原先是法国贵族居住的城堡，就把她接去了。”

萧遥只觉得自己的心“咯噔”一下沉了下去。他刚刚发出一封信，说他“现在暂不出去”。可她却已经走了，一去就是那么远，也许他们这辈子都没机会重逢了。

最主要的是他还没有向她问好呢，还没说“你好”怎么就“再见”了呢？萧遥非常懊悔，为什么不向她问声好？如果那样，她一定会说点什么，而不会在默默无言中去了法国。

萧遥猛然想起那天在大操场时她的神情，想起分别时那最后一瞥。也许什么都会过去，这最后一瞥但愿能永远留在彼此心中。

第二天清早，萧遥骑车又经过车站。早晨，天地间弥漫着淡淡的雾，树木人群若隐若现。萧遥停了下来，恍恍惚惚看到那个黑衣少女站在那里，她手里拿着一本书，蓦然回首，露出羞涩友善的微笑。

尽管他们没有单独交往过，甚至没说过话，但萧遥忘不了她的腼腆、忧郁和友好。

现在她已经走了，像晨雾般消失了。

在法国的古老城堡的阳台上，一定时常出现一个来自中国的小姑娘，在眺望全城的景色。

天渐渐明朗起来，雾开始散开，一切清晰起来，那朦胧美好的一瞬深藏心底。

## 永远的最后一瞥

奶奶本想给萧遥的父母打电话，但又怕他们太担心，忽然间她想起萧遥常谈起他们的班主任老师，因此，决定去找他商量商量。奶奶事先打电话和这位老师联系好了以后，来到了学校。

江老师在接待室迎接萧遥奶奶。

奶奶在旧社会是个名门闺秀，几十年过去，仍然保持良好的风范，她的头发梳得一丝不乱，脸色也很好。

“请这边坐吧。这节我没课，我们可以单独地谈一谈了。据我看来，你要找我谈的完全是个人的事情。”

“是……的，嗯，嗯……”奶奶的心情有些紧张，刚给江老师打完电话她就有些后悔了，她很顾虑自己这样做会出现电影、电视里那些“镜头”，那可就糟了。可是除了老师，她不知该向谁求助。

“江老师，我对你谈的请你不要让第三人知道。”

江老师点点头。

得到保证后奶奶才开始讲：“是这样的，萧遥的父母希望萧遥出去，考虑到他年龄小，比较容易适应外面的环境，可萧遥自己认为目前不宜出去。这件事情听他说，他曾经和你谈过，征求过你的意见。”

江老师又点点头。

“我和他爷爷都是早年留过法的，解放后我们回国了，对于萧遥的决定我们表示理解和赞同。

“说到这里，你大概知道我该有个‘转折’了，是吧？”奶奶和江老师不约而同地笑了，奶奶接着说，“对于萧遥这个孩子，我和他父母都是比较放心的，他比较踏实和上进。可是近来他神色有些恍惚，几次问

他，他都不说。一次他忽然问我：‘奶奶，您早年留法，法国是怎么个情况？’当时我并没多在意。后来，我发现他的桌面有一幅画，喏，就是这张，我知道事情大了。”

江老师接过奶奶递来的画：一个大草坪，一个女孩子，旁边不远的地方还站着一个男孩子，除此再没什么。画的一角写着“最后一瞥——萧竹”。画得不好，却让人一眼看上去就能感觉到是用心画的。江老师同时教3、4两个班的语文课，所以也知道萧遥画的是谁，不过她的姓是小月肖。

“天哪，江老师，萧遥他……”

江老师却想到另一个问题：“请问这幅画您是怎么看到的？”

“昨天，我收拾房间，在萧遥房间里发现的。”奶奶一边讲一边觉察到老师的脸色变得不那么明朗，她停了下来。

“首先我想说的是不要背着孩子看他的信件，这会让孩子觉得委屈。有些东西是只供他们个人看的。”

“但是不这样做，我就根本不知道他的事，尤其是这方面的事。他的父母都在国外工作，照顾萧遥的任务由我承担，我必须对他负责。不，江老师，我不同意你的这个观点。”

江老师理解地点点头。

“作为教师，希望学生成才，但我们作为家长，还希望孩子幸福。”

“这个年龄的男孩子的感情是很复杂的，他们既冲动又内向。女孩子还会把自己的感情告诉伙伴，而男孩子却把一切都埋在自己的心底。”江老师说，“中学6年，学生的变化很大，无论是生理还是心理都会发生巨大的变化，对异性产生好感是正常的，完全可以理解的。”

“江老师，依你的意思，中学生拍拖反而是对的了？”

“尽管初恋在作家笔下很美好，但发生在中学生身上，就不那么浪漫了。我不赞成中学生谈恋爱，包括互相理解、志同道合的早恋。爱情是必须以婚姻作为发展方向的，不以婚姻作为终结的爱情是不负责任的。而婚姻对中学生来说实在太遥远，小小年纪怎能肩负得起这沉重的社会责任？”

“这个看法我很赞同。我还认为有必要找这个女学生谈谈。”

“萧竹已经去法国了。我认为您把这件事看重了。何况这种牵涉到感情的事情，老师干预很容易弄巧成拙，让学生产生一种逆反心理。但是，如果我发现有必要敲警钟时，我会通过一定的途径过问这件事的。目前我只能从旁进行观察……您也不要再检阅萧遥的信件了，不要再用这种态度对待孙子，他会感到委屈的。”

送走奶奶，江老师回到办公室，听到隔壁的老师在谈他们班的情况，无意中也涉及早恋：“现在的学生成熟得早，什么事不懂啊，特区的孩子也开放，这种事只要不招摇，学习成绩不往下掉，就一只眼开一只眼闭算了，何况这种事也难管。”

事情并非这么简单，正如马卡连柯说的，“现代社会造就了这样一批大孩子，他们在生理发育上虽然接近成人，但他们还不会用正确的道德观念来约束自己”，他们仍需要被“管”，需要成年人的帮助，只是方法与形式不同而已。他们需要成年人善意诚恳且不让他们本人发觉的帮助，帮助他们走出低谷期。我们教师有责任做学生这种过渡的桥梁，让学生毫无察觉、安全、平稳地过河。对于这种少年男女的感情，只能尽量做到使他们变得纯洁、高尚、美好。这一点，我们是能够做到的。

# 爱情讨论会

晓旭日记 （×月×日）

今天是周末，清早起来，我把那条雪白的连衣裙洗掉。我从不忍心让它受洗衣机的折磨，也不忍心让它与其他衣物一起洗。总是用手一次次地揉，用清水一次次地漂。

这种白裙子今年很流行，刘夏也有一条，比我的还精致，还华贵，但我觉得不一定比我的漂亮。

把白裙子拿到阳台上去晾，嘴上唱着歌儿。其实并不一定要像刘夏那种人才能唱歌，每个人都能唱，唱自己的歌，只要你高兴。

有一首很美的英文儿歌，我说不上它哪里好，只是很快就记下它的歌词：

当我是个小姑娘时，我问妈妈将来会怎样？我会漂亮？我会富有？妈妈说我会漂亮，我会富有，将来不是我们所能描述的。

是啊，将来是什么？生活是什么？

这么大了，我可以从别人瞬间的表情，一句话、一个眼神、一个蹙眉，总之，从许多地方感受到生活。

但是，我需要知道和了解的那部分生活，被妈妈用

"将来你自然知道"给搪塞过去。

我偏要那部分生活，因为只有它能解释心里的好奇、羞涩、惊讶。又想起那首很纯很童稚的儿歌：将来不是我们所能描述的。

（×月×日）

今天班上开的讨论会，可以说是有史以来最热烈的一次。江老师说，如果在他的中学时代有这样的讨论会，一定是最沉默的会了，当然那时也不可能举行。

几乎所有的人都说"以前的中学生单纯，现在的学生啊……"后面没有话了，用了个省略号搞得人心惶惶的。说到底，不就是因为我们的生活字典里比过去多了一个"爱"字吗？这有啥了不得的，真不知大人们紧张些什么？

现在的女生暗地里没少谈论男生，那么男生呢？听说他们也没少议论我们女生。但是像今天这样，男女生在一起讨论爱情却还是第一次。

我想深圳的学生接受青春期教育还是比较全面的，初中时我们就开过青春期卫生知识讲座，有时在报纸杂志上读到内地中学生自杀啊、堕胎啊、老师私拆学生的信啊，等等，我真为我们这拨人庆幸。一开始同学们都有些不好

意思，渐渐地，同学们活跃起来。

王笑天打头炮：“前几天国际台‘930’放《青梅竹马》，我想大家都看了，小女孩问小男孩：‘你会爱我一辈子吗？’小男孩说：‘当然，我已经整整爱你一个星期了。’这部影片看完，让人回味无穷。一点也不像老师家长想得那么‘不干不净’。中国就不会拍也拍不出这样的影片。其实异性相吸，这种现象是很正常的，反之，倒是不正常的了。”

立刻有人捂着嘴笑：“经验之谈。”

余发凑近刘夏：“那个对白是不是发生在你和王笑天之间呀？”

王笑天接着说：“谁心里能真正否认自己没爱慕过别人，没对异性产生过好感？只是不好意思承认罢了。”

刚才还为王笑天第一个发言捂嘴笑的同学一下子没声了。这话像一把手术刀在剖析着大家的心理。我承认他说得对。

刘夏说：“现在形容中学生拍拖的‘术语’太多了，什么‘不该吃的禁果’‘犯个美丽的错误’‘不该走进的误区’‘嚼不尽的青苹果’，等等，都有两个含义，一个是它的美好和诱惑力；一个是它的过早。”

王笑天和刘夏讲话总是一唱一和的，尽管他们因为画像的事吵架了，但他俩讲起话来还是那么“夫唱妇随”，

难怪同学们笑他们是天造地设的“一对”。取笑归取笑，但我还是挺羡慕这对金童玉女的，感情纯纯的。前些日子，我湖南的表姨叫我妈给她介绍对象，她自个儿条件不怎么的，要求却一大堆，一要有深圳户口，二要有经济基础，三要有本科以上文凭，四要身高一米七五以上，五要…… 中学生拍拖绝不像成年人那么俗气和势利，他们才是最讲感情的。

这时柳清说：“我说不上什么。我曾经看过一本反映少男少女早恋的书，看后真不是滋味。那书讲两个学生在拍拖，后来被一个同学告发到学校。两个老师用不同的态度对待这件事：团委书记先是‘教育’一番，再要求学生交代经过，写检讨、交日记，搞得学生很反感；班主任则以另一种态度对待这件事，她以现身说法来教育学生，当年自己也曾险入歧途，后来如何如何，还召开班会，在每个学生照片上写下‘未来的工程师’‘未来的科学家’之类的预言，教育学生‘共产主义在向你们招手，你们要好好学习天天向上’，终于，学生知错了。男生在班上说，‘感谢老师的帮助，是的，我险些误入歧途，迷失方向，现在我要悬崖勒马，共产主义在向我招手……’看完后真气，我真替那位女孩子悲哀。彼此真诚的爱慕怎么被形容成‘歧途’呢？后来一看版权页，发现是1982年出版的，这才松了口气。十几年前的东西，难怪这么老土！”

柳清第一次当着众人的面讲那么多话，讲得那么好。

同学们都讲得很好，我，我能说什么呢？我的感受是说不清的。

“有时，有时觉得爱情很具体、很明白，有时又觉得很遥远、很朦胧。有人说：十六七岁的女孩子感情是最美好的，过了就老了；20岁前没有初恋的人，人生是不完整的。可也有人说：这杯酒是醇厚甜美的，但现在还不到品尝的时候。所有的大人都说不要早恋，早恋不好，其实这并不是想不想的问题，而是……我，我说不清……”

发言完了，我开始琢磨自己刚才说的话和想说又说不清的感觉，开始回忆自己这段时间的感情，下面接着是几位同学发言，我没心听了。

江老师也发言了，他说了一个故事：

“一个男孩子不知从什么时候起，总想着她，哪一天见不到她，心里就空荡荡的，可见到她又从不说话。男孩想引起她的注意，只要她在的场合，男孩都特别活跃。到了毕业那一天，他们谁也没开口，后来各自成了家，有了伴侣和孩子。中学的一切都成了永久而美好的记忆。真该为这个小伙子庆幸，因为他以冷静置之的处理方法实在是太漂亮了。也许你们会说这个男孩应该去表白自己的感情，这才是男子汉的气概，喜欢谁就应该勇敢地表白和追求，但这是对社会化程度很高的成年人而言的。两个中学

生，都在成长变化着，却要共同维持一份永恒不变的情感，尽管心有余，实在是力不足啊！”

“太校方口气了。”余发说。

“那你怎么看？”

“我吗？没啥看法，我们村里许多女人结了婚是不工作的。丈夫在外面开公司办厂赚钱，妻子在家里看孩子。现在许多内地妹，特别是湖南妹、四川妹贪图本地人有钱嫁进来，她们当然长得不错，成天打扮得花枝招展，牵着哈巴狗在街上溜达。许多本地人很反感她们，我也很看不惯。”余发边说边学那些阔太太走路，把大伙都逗乐了，他自己也乐了，搔搔后脑勺，“嗨，我们听听陈明的看法。”

陈明被同学们连拉带哄起来，我总觉得他这个人怪怪的，好cool的，cool得让人受不了。但我还是很想听听这种人对爱情的看法。

好不容易，陈明站起来了，还开口说话了：“我想在我事业没有一定基础之前，在30岁之前，我是不会考虑的，我相信那句话：当事业成功时，幸福也会来临。”

陈明说完，不知怎地望了我一眼，以他的这个目光，以他的这番话，我相信他会成功的。

陈明一说完就坐下，只听见一个女生叫道：“天哪！”我想是柳清叫的。

“有些同学根本不懂得爱情为何物，就学人拍拖，没人追或追不到就觉得挺没面子的，时代不同了。”

“其实有的人交朋友是随大流，图刺激，有的人是被别人说成的，别人老说他俩好，渐渐地他们自己也觉得好了。还有一种就是互相鼓励，共同进步的。”

“我的父母感情很好，我希望我将来能像他们那样。”

“江老师，拍拖与学习一定矛盾吗？”

江老师肯定地点点头：“是的。这是毫无疑问的。”

“江老师，多大年纪拍拖合适呢？”

“这不能完全用年龄来划分。相对成熟的时候比较合适。不成熟或太成熟都不太好。广东人管谈恋爱叫‘拍拖’，你们知道为什么吗？刚听到这个词时，我不理解也不能接受。后来知道了它的由来便很快适应了。原来过去在珠江，因为木船无力航行，就拍在汽船上，由汽船拖着走；到了浅海滩，汽船无法驶入，就由木船靠岸将人和货物载出来，搬上汽船。一路上互相帮忙，终于并排驶入码头。用‘拍拖’来形容恋爱真是入木三分，不过对你们这个年龄来说实在是为时过早，这也是家长、老师反对你们拍拖的原因。你们常常埋怨他们不理解你们这种感情，对你们横加干涉。其实这是大人们一种没法表达好的爱。如果你们连这点都无法理解，又如何去理解别的情感？”

听到这儿，不少同学频频点头。

这时我发现欣然一句话没说，紧闭着双唇，她怎么不发言呢？她会有感受的。她的看法总是比别人成熟些。

终于有人提名了：“我们欢迎谢欣然谈谈，她的见解一定会高人一筹。”

欣然笑笑：“我的确有一些看法。可现在却又说不出什么。我只有一句话，‘我相信爱情，可我同样相信生活，相信明天的太阳，只要我们热爱生活，生活不会亏待我们的’。”

欣然虽然讲得很少，但这是她的心里话，真诚的。我祝福她，我们毕竟是好朋友啊。

欣然谈完了，那么萧遥呢，他有何高见？我等着。原先总以为自己很成熟，今天听了他们的发言，才发现自己还很幼稚。几乎每个同学都有一套自己的认识，连余发在内，他的看法也是有一套的。大家把自己的观点说出来，世界仿佛明朗许多。江老师似乎只是我们讨论会上一名普通成员，他没有把自己的观点强加给我们，但我们都更深地明白了老师的用心，尽管老师的观点我们未必全盘认可，但这次讨论会却让我们客观、冷静地分析事物，包括爱情。也许这就是本次讨论会的意义。

唯一遗憾的是萧遥始终没发言，莫非他是“真人不露相”？

呵，已经写了六七页了，胳膊都酸了，可是我还是不

能完整地记下它。当时要是带个录音机就好了。

最后，让我用江老师的话来结束这篇日记。

“与其匆匆涉入爱河，不如静静地等待成长。干什么起点都要高，爱情也应该有个较高的起点。”

今天，我有点激动，好像整理出自己堆积的思绪，似乎明白一点我一直想明白又未能明白的东西，终于有人解答了曾被妈妈用“将来你自然知道”来搪塞的问题。

猛然间，霍去病的“何以家为”，李清照的“载不动许多愁”，歌德的“哪位少女不怀春”，这些包含了对崇高而美好的爱情的向往和追求的诗句我都理解了。将来应该会有那么一天，当我重新看到这篇日记时，会对这个问题有新的认识，会订正今天的看法，也许会对自己十六七岁就谈论爱情而觉得好笑！那时的口气也许会和师长们一致。但今天不会，只是认真地回忆、详细地记录我们十六七岁时对爱情、家庭的看法。

# 第二十三章

## 欢迎你做中国新娘

高一下学期，英语口语课，由外国人执教。这学期聘请的是外籍教师Elizabeth小姐。Elizabeth小姐和同学们的关系特别好。大家非常喜欢她。她年轻、漂亮、活泼、幽默，班上不少女生都暗暗地模仿她的举止。她还会来几句北京土话，普通话讲得可比许多广东人标准多了。她还纠正广东学生的普通话：“形容人用‘胖’，形容动物才用‘肥’，广东管胖的人叫‘肥佬’，严格上讲是用词不当。”瞧她那得意样！她还说她喜欢鲁迅的小说，至于鲁迅的杂文则不以为然。

她的教学方法与其他老师大不相同，上她的课很轻松，课堂很活跃。可是摸底考试，许多同学却不及格，原因是“外教”没有好好领会我们的教学大纲。据说欧美国家的教师有权决定用什么教材和以什么方式授课。她认为尽量让学生多学点东西才是关键。

一次上课是对话，同学们就问了一连串的问题：“你为什么要学中文？”“西方国家的中学生生活是什么样的？”“西餐好吃还是中餐好吃？”Elizabeth小姐总是认真回答，一点不含糊，而且常常妙语连珠。

余发问Elizabeth小姐：“你到底是哪国人啊？”因为有人说她是英国

人，有人说她是德国人。到后来许多人都弄不明白她到底是哪国人。

“我的母亲是德国人，同时她又有犹太人的血统，我的父亲是爱尔兰人，我在美国读书，大学毕业后，先到台湾学中文，后来又到北京大学学习。”

“难怪你的中文这么地道。”

“哪里，讲得南腔北调的。”

“啊，你连‘南腔北调’也会说啊！”柳清说。

“我还会‘侃大山’呢！”Elizabeth小姐有些“骄傲”了。

余发还是固执地问：“你到底是哪国人？”

Elizabeth小姐故做沉思状，拧着眉，过了一会儿，笑道：“我是世界人。”

“世界人？”

“我有那么多民族的血统，如果再嫁给中国人，那不是‘世界人’是什么？”

世界人，又是一个当代流行语，好一个Elizabeth，好一个世界人！

欣然佩服Elizabeth小姐的经历，年纪轻轻的就几乎走遍了整个世界：“地球在你们眼里真小，在我们眼里真大。”

“所以现在许多中国留学生到发达国家求学，学成后，回来报效祖国。等将来有一天中国发达了，外国人或许会像现在中国人出国一样，都跑到中国来留学，到那时就拜托你们关照了！”Elizabeth小姐像日本人那样鞠了躬。她真好！

Elizabeth小姐是个基督教徒。她像所有教徒一样很虔诚、很豁达。这也引起同学们的好奇。

在余发眼里，这是个谜：“人是由猴子变来的，这是常识。怎么可能

是上帝创造的呢？”

“你是由猴子变来的吗？”Elizabeth小姐仍旧微笑着。

同学们轰地大笑起来，余发脸一红：“我，我当然不是。”

“鸡和蛋到底哪个先出现？”Elizabeth小姐又问。

“不知道。”就这个问题，同学们曾经争执很久，可是没结果，或者说答案扯得很远了。

“这个问题对我们来说很简单：都是神创造的。”

各人有各人的人生观。Elizabeth小姐笑了。同学们也笑了。

Elizabeth小姐与同学们无话不谈。她说起她的“Puppy Love”（早恋），那一年她5岁，和邻居7岁的小男孩十分要好，后来邻居要搬家，她在妈妈的帮助下连夜做了一个心状的蛋糕送给小男孩。小男孩也送她一束花。第二天，邻居走了，她伤心地哭了，父母就带上她驾车数小时赶到飞机场，让这对“小恋人”见最后一面。现在回想起来，她还很感动，不仅被当时的Puppy Love感动，更被父母感动。

同学们一片哗然：“中国的爸爸妈妈绝不会这样！”

萧遥笑道：“中西文化差异敢情全表现在这儿了。”

王笑天接着大声又不好意思地问：“Miss Elizabeth，do you have a boyfriend？”

立即，全班响起一个大“哄”，哄得王笑天脸都红了。

Miss Elizabeth微笑地默认了。

同学们好奇地问：“他是谁？”

Miss Elizabeth没有生气，还讲起了“他”的故事：他是一个中国人，他们是在北京大学认识的，由相识到相恋，正准备结婚。

这对异国恋人的爱情故事听起来似乎很平淡，但大家都明白，这桩

“涉外婚姻”实在是不同凡响。

“结婚后你们会去欧洲吗？”

“不，我们留在中国。”

“欢迎你做中国新娘！”

在现今“涉外婚姻”“出国热”爆炸的中国，一位欧洲姑娘愿意与中国小伙子在中国这块土地上结成伴侣，这令同学们很感动。尤其是柳清，她想起柳眉和“大胡子”，想起“托福班”……

“对于出国、外嫁，人们不必为此大声叫好，也无须因此忧心忡忡。”柳清想。

在语音室，Elizabeth小姐没有像其他老师那样一遍遍不厌其烦地放听力带子，而是放了一段音乐：“认真听，说出你们的感受。”Elizabeth小姐经常叫同学到讲台演讲，克服害羞胆怯的社交障碍。她总是鼓励同学们去表达。她认为表达是一项基本功，也是一门艺术。

这是外教的独特教学方式，看起来轻松，无形中却在培养鉴赏、记忆、遣词、造句、演讲等多方面的能力。习惯于老师“Follow me，again”的中国留学生在西方国家一时都难以适应这种授课方式。然而那悠扬婉转、优美动听的乐曲很快吸引了这些中学生。

“听懂了吗？”

“听懂了。”

“那下面我叫同学上台来讲，把你们听到的，把你们的感受说出来，发音要准确，不要太快。谁第一个来？”

男生贫嘴地嚷：“Lady first，Lady first.”

女生嘲笑：“这就是中国的gentlemen！”

男生被这一激就气上来了。萧遥打头炮：“我在乐曲中听到掌声，掌声如雷。小学的时候，我上台表演过二重唱。我不知道为什么会选上我。在排练时，我唱得很起劲，很投入。我的音乐老师坐在台下，拼命地鼓掌：‘唱得好不好？’我的同学叫：‘好！’老师说：‘再来一个要不要？’同学们喊：‘要！’于是我又唱了一遍，唱得更加起劲、投入。唱完，老师又鼓掌：‘唱得好不好？’‘好！’‘再来一个要不要？’‘要！’就这样我唱了6遍。第6遍唱完，我累坏了。老师又鼓掌重复：‘唱得好不好？’我连忙说：‘不好！’老师又问：‘再来一遍要不要？’我大声喊道：‘不要！’老师说：‘你总算明白了。’我当时好狼狈，原来他们要我唱准为止才让我停。故事还没有完，真正表演时，唱着唱着，突然爆发出一阵热烈的掌声。我想该不会再像老师那样鼓得别有用心吧，况且我唱得不错啊。为了答谢观众，我唱得非常卖力，而我的二重唱拍档，却不唱了，盯着我看，大概她吓坏了。掌声还是响个不停，这时，老师来了：‘萧遥，别唱了，你的“麦”没声了。’我这时才恍然大悟，麦克风不知什么时候坏了。所以说，掌声有时也不是什么好东西。”

同学们乐不可支，外教也笑得厉害，一边笑一边叫：“噢，可爱的孩子，可爱的小男孩！”

余发一走上台，就抓后脑勺：“我听到风吹树叶声，我们家就在海边……怎么讲？我用英语表达不出来。”

“Try your best.”老师鼓励他。

“OK。我们村有一片……荔枝怎么说……有一片荔枝林，我们小的时候经常去偷荔枝。有一次，被看树人捉住了，他没有打我们，而是罚我们每人吃下10斤。我一开始很高兴，可后来就受不了了。10斤，太多了！太恐怖了！吃到最后我直想吐。从那以后，我再也不要吃荔枝了，吃荔枝

对我来说是件恐怖可怕的事。”

余发一说完，内地来的同学们几乎是异口同声地喊：“余发，请接受我们的帮助吧！”

余发一愣。

“我们爱吃荔枝！”

“你不吃，下回送到我家去吧，多多益善！”

轮到女生讲。刘夏讲了一个“love story”，不知是搜索词汇还是不好意思，眼睛老是望着天花板。

“我觉得刘夏当卫生部部长很合适，就连现在，她的眼睛都是望着天花板，她在检查有没有蜘蛛网呢！”

Elizabeth小姐的话引得同学们哈哈大笑，刘夏连忙纠正自己的眼神，面对大家，可大家还是笑，太开心了，老师做了个“停止”的手势，大家才安静下来。

刘夏接着绘声绘色地讲那个“曲折浪漫的爱情故事”。

有同学哧哧地笑：“男主人公是哪一位？”

“还用问吗？”有人挑衅。

又是一阵哄堂大笑。

同学们发言完毕，等待老师评分。Elizabeth小姐却说：“所有艺术中，音乐待人最忠厚，不管什么肤色，不管什么文化程度，不管什么岁数的人，都可以说自己听懂了。只要用心去听，去感悟，就是听懂了。”

# 文理分班让人为难

晓旭日记　　（×月×日）

这几天，大家谈的全是文理科分班的事。好像有人倾向成绩好的到理科，不聪明、死读书的考文科。萧遥、陈明全在理科，而我这类人就考文科。

我考文科是顺理成章的事，所以不像其他同学那么不知所措。可以摆脱可恶的物理、化学，心里一阵轻松。我真学怕了。尽管我不想承认，可又不得不承认：我在理解力方面有问题。而背书、记忆力方面还行，我就是死读书，读死书。下学年要学文，专心学文，我对考大学有了点信心。

柳清要退学了。她妈妈让她退学，在家专攻英语，准备出国。她真的会退学吗？

欣然大概要回上海去，她户口不在深圳。她的户口要是能来就好了，她一定会很高兴的。户口能来吗？

还有刘夏，听说在选文选理上也遇上麻烦，谁晓得。

萧遥和陈明在竞争特优生，谁能选上？

唉，各有各的道，一想起我们班要分散，我很伤感。我很喜欢这个班。有这么多的同学，这么好的老师。

小贝贝的琴技有点进步了。她妈妈今天乐呵呵地带她到麦当劳吃东西，瞧小贝贝那开心样。

## 我的未来不是梦

欣然真的要回上海了。

这几天家里总在谈论欣然的事，父母的意思都是要欣然考大学。

唐艳艳的事对欣然打击不小，不过没有让她改变初衷，就像一个有目标赶路的人，在途中碰见一条河流，可能会有停顿的念头，但没有回头的想法。

欣然渴望成为一名大学生，从小就想。她渴望自己有一天能别上名牌大学的校徽，为父母争光，满足自己的心愿。尽管女大学生在毕业分配上困难重重，尽管中国的现实是脑体倒挂，尽管欣然知道回上海，上了大学，户口就不能迁到深圳了，她还是要考。无论别人怎么看待大学生，欣然还是渴望上大学。大学4年将全面地充实一个人。欣然渴望充实，她要上大学！

“欣然，既然你自己也决定了，就一定要坚决，不要像唐艳艳那样，途中犹犹豫豫的，你要是抱着那种心态读书，肯定专心不了，只有想着‘我一定要上大学’，才能干劲十足。”爸爸说。

“你们给我准备一根大绳子、一把大锥子，回上海我就‘头悬梁锥刺股’好不好？”

“瞧你，没个正形。”妈妈爱怜地笑骂道，“暑假就回上海，这样时间充足，你也好适应适应，还能找间好学校。别像有些人那样，高三才匆匆赶回内地，太影响情绪了。回上海读也好！上海教学水平高，老师也抓得紧。”

“欣然，还会说上海话吗？回去可别让人家把你当外地人看啊。”欣然在家里也很少和父母说上海话。

“小瘪三、小赤佬。”欣然说了句地道的上海土话。

父母都给逗乐了。

“回上海，我住哪里？”欣然想到一个很重要的问题。

“住你二舅家，妈和他们打过招呼了，他们也同意。你大表姐上大学住校，舅舅舅妈一间，你和小表弟一间……”

“妈，你要我和男孩子住一间啊？”欣然哭丧着脸，“不干，我不干！”

“他才12岁，小毛孩，什么都不懂。”

“那也不行，林晓旭的弟弟也就12岁，她和弟弟就各住一间。”

“我看你是在深圳3年嚣张、舒服惯了！也就深圳住房宽敞，你回内地看看，三代同堂有的是。你又不是没在上海待过，上海的房子多紧张。二舅舅肯收留你，给你一张床，就不错了。”

“反正我不和表弟住一起，像什么样子？！”

“在深圳什么也没学，臭毛病倒长了不少。这也是没有办法的办法。也就二舅家有房子，其他舅舅、娘娘住房更紧。你别埋怨了，回上海，可不能露出这种表情，二舅妈看见会不高兴的。你大表姐过去一直和表弟一起住。”

“妈，二舅妈的为人你不是不知道，我在她家住一天两天还好说，时

间长了，她肯定会拉长脸的，我不要看她的脸色过日子。”

“没办法，你总不能睡在大街上吧。最多我和你爸勤给你寄生活费就是了。”

欣然苦着脸，不说话了。

欣然给唐艳艳家挂了电话。

欣然已经很长时间没见到唐艳艳了，不知她近况如何。

电话通了，可惜唐艳艳不在，她奶奶说：“艳艳上班了，等她回来，我叫她找你。”

唐艳艳出现在欣然面前时，欣然眼前一亮，有些不认得她了。唐艳艳整个上班一族的打扮，成熟许多，也漂亮许多。

“呵，漂亮了！”欣然说。

“我过去很丑吗？”唐艳艳笑着问。

“更漂亮了。现在在哪儿发达？”

“南酒。”

“跑蛇口干去了，干得好吗？”

“麻麻哋（马马虎虎）。偶尔想到还有两个月就高考，心里很乱，我不知这场赌博会有什么结果。”唐艳艳说。以高考为目的的高中生活结束了，上学也就没意思了，她就出来做事，可出来后又觉得空虚。

“对了，告诉你，我买了个广东户口，花了7000元。现在我的户口在东莞。有广东户口招工会容易些。没有深圳‘绿卡’，找工作那个难哦，我几乎每次见工都碰钉子，都被人愚弄一通，好像所有用工单位都串通一气了。”

欣然沉默片刻，严肃地说：“艳艳，今天是要告诉你一件事的，我要

回上海读书了。”

“决定了？”

“决定了。”

唐艳艳若有所思，点点头。

“在我眼里，大学校徽比深圳‘绿卡’更有吸引力。”

“祝你考上大学。”

欣然笑笑：“那你呢？以后……”

“走一步算一步。”

“那其他同学呢？”

“都围着高考的指挥棒转呢。”

这时，唐艳艳看看表：“不好！我得上班去了。”

临出门时，唐艳艳用手摸摸欣然的头，抿抿嘴，像个大人：“好好干！”

“干什么？”

“生活啊。相信你会干得比我出色。”

欣然觉得她的话很感人，却又有点凄凉。欣然有些不忍，故意轻松地唱了句：“我的未来不是梦。”

唐艳艳也唱：“我的未来不是梦。”

## 实在舍不得退学

又是一个星期六，住宿生总是在星期五就把东西收拾好，到星期六下午大包小包地拎回家。

柳清提着一个大包走在回家的路上。包里装的都是脏衣服，还有两双臭袜子。柳清没有在学校洗，宿舍楼水龙头少，人多，柳清总排不上，也没有人替她占位子。索性就带回家洗，周一再带回。

好不容易挤上10路车。这是深圳市第一辆无人售票车。公共汽车无人售票，是跟香港学的。柳清上了车，将钱投进了钱箱。车厢有点挤，柳清紧紧抱住她的大包，就像抱着一个大钱袋。

车上不少人在谈股票。这一星期来股票天天往下掉，高价位买进来的人急得像热锅上的蚂蚁。余发也是其中一分子。股票猛涨的时候，心里已经想到“物极必反”这个规律，预料到股票要跌了，可总存在着一丝侥幸，也许还会涨，也许能赚得更多，结果却“玩完了”！贪得无厌也许是人的共性，余发也逃不脱。

股票暴跌，气得余发无心上课，关羽是“身在曹营心在汉”，余发是身在教室心在股市，上课不时地看BP机。江老师知道后把余发找了去，批评了一通，又与他交谈了很久，余发才平静下来，想开了。随它去吧，现在不是很时髦说那句“玩的就是心跳”吗？！

余发比柳清的妈妈强，余发还有江老师开导；柳清的妈妈不但没人开导，爸爸还一个劲儿埋怨她贪心，一股涨了5元还不抛。其实当时没抛，相当一部分是爸爸的责任，他总说股票买涨卖跌，现在涨得这么好，看看再说。

柳清下了车，提着一大包东西，一个肩高、一个肩低地走回家。天开始暗下来，偶尔有飞机飞过，柳清呆呆看了会儿。没劲儿，回家也没劲儿，又要听妈妈刻薄的咒骂，看爸爸拉长的脸。何况这几天股票处于低潮，处于熊市。妈妈对她的态度肯定也随之处于熊市。人家说股票是经济政治的晴雨表，柳清说股票是妈妈对她态度的晴雨表。现在股票掉了，妈

妈的脸色好不了。

柳眉和“大胡子”结婚时，“大胡子”曾送给父母5000股的“发展”作聘礼。后来“发展”一股涨到40元，妈妈抛了，赚了20万，妈妈从中尝到了甜头。再后来“发展”涨到80元，妈妈后悔了，后悔卖得太早了，不然就是40万元，这辈子还愁啥？妈妈决心要挽回“损失”，就把先头赚的20万元全用来炒股。于是成了“专业鼓（股）手”。现在股票交易所里家庭妇女成了主力军。证券所是妈妈每天必到之处，收集股票情报、建仓出仓成了她每天的功课。这中间有赚也有亏。运气好的时候，一觉醒来就赚它成千上万，妈妈乐滋滋笑眯眯的；亏了，妈妈看什么都不顺眼，逮着谁骂谁。

果然，柳清一进家门，妈妈就骂上了：“你死回来了。”

柳清抿抿嘴，不说话。他们家的“宝安”股票是25元买进的，如今已跌到了15元。妈妈每天就像吃了枪药一样，火气十足。柳清上卫生间久了点，她要骂；爸爸喝汤声音大了点，她也要骂。

柳清正在看香港“肥肥”主演的闹剧《富贵再逼人》，妈妈突然一迭声大叫：“遥控器呢？遥控器呢？”一把抓过来调到深圳台。

《天气预报》已经结束了，本该“股市行情”开始，可是直到“外汇牌价”播完，还不见股市行情出现，接着放的是电视连续剧《渴望》。

“黐线。”妈妈冲电视发火。

怎么今天会突然没了“股市行情”？哦，柳清想起来了，今天是星期六，股市不营业，就说：“今天是礼拜六。”

“是哇。”妈妈也恍然大悟，“我说呢，都给你气糊涂了！”

“又关我事？”柳清想。电视上正重播《渴望》，广东人听不来那北京带“儿”的土话，却都爱看这感人的故事。

爸爸一个劲儿地怪妈妈："都怪你太贪心了，前几天涨到30了你还不肯抛，现在好了，掉到15，一下子赔了2万。"

妈妈瘫在沙发上，连跟爸爸吵架的劲儿也没了："我还以为会涨到40呢。下回再涨到30，一定抛，一定！"

"你这人就是贪心不足。"

"我赚那么多钱干什么？还不是为了这个家，为了你们，为了柳清。"

父母常常说着说着，就把话题转移到柳清身上，尽管她一个星期才回来一次，但仍无法逃过这次"劫难"。全家就柳清是消费者，是吃白饭的。一有什么气，什么火，就冲柳清来，仿佛这是她的义务。

"柳清，你看看你，就知道花钱。要是柳叶、柳眉在就好了。"

妈妈成天念叨"书念不好没关系，英语一定要学好，找婆家一定要有钱有势的"。家里人认定柳清是个赔钱货，都说柳清考高中多余了，上个中专职高多实际。家里人骂她，她从不顶嘴，她一顶嘴，骂得更多了。柳清也有抵挡这些刺耳的"矛"的"盾"，就是痛痛快快地想别的事，想高兴的事，或幻想一些美好的事情。柳清会幻想出许许多多的事，把现实忘得一干二净，完全沉浸于梦幻之中。

"你到底决定了吗？"

"我，我不想这么早出国，更不想退学。我这年纪不上学，会让人觉得不妥。"

"我要你在家不是当小姐，是攻英语，现在学科太多，什么地理历史的，统统没用，你在家给我一门心思学英语！"

"现在有老师教都学不好，我自己……唉，说了你也不懂，你又没考过大学！"

"蹿得你！要不是'文化大革命'，我照样进北大上清华！"

妈妈要柳清退学，在家专攻英语，一两年后出国。柳清犹豫着，就这样告别中学时代，实在不舍得。

“还不快去看英语！”妈妈啪地把电视关了。自己不看也不让别人看。真是的！《渴望》正播到刘慧芳含辛茹苦地抚养小芳，“不是亲生的都那么疼爱，而我呢？”柳清真怀疑自己是不是妈亲生的。

# 第二十四章

## 中国父母真累

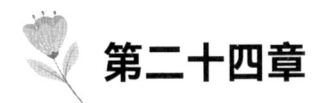

校艺术团成立时，刘夏是校乐队首席小提琴手，她是以“元老”的身份加入艺术团的。成立大会上，学校邀请了许多知名人士。聘请担任艺术团顾问的有国家一级指挥、歌唱家、舞蹈家。这些顾问在祝贺词中都不约而同地提到：“有人说深圳是个文化沙漠，你们不要不服气，深圳在文化生活方面确实不如内地的大城市，你们艺术团成立，就像沙漠中的绿洲……”

刘夏有些不明白了。她经常听人说深圳是“文化沙漠”，可深圳的知识人才结构仅次于北京，深圳已经吸收了全国三十分之一的博士毕业生，还有更多的博士生正在敲击深圳的大门；国内奇缺的翻译人才，在深圳一个广告就可招揽到“一大把”。为什么还有人说深圳是“文化沙漠”呢？

作为乐队成员，刘夏知道全国像九中这样拥有管弦乐队、合唱队、舞蹈队的艺术团的学校寥若晨星、屈指可数，也就北京、上海几所有名的中学。为什么还有人说深圳是“文化沙漠”呢？

刘夏不乐意别人说深圳是文化沙漠。

在文理科分班这件事上，刘夏有自己的主见。她知道选文选理直接影

响报考大学的专业。刘夏想考音乐学院。可她不敢擅自主张，因为从小到大，她的生活、学习都是父母安排的。从上幼儿园开始，父母就安排了她的一切：学小提琴还是学钢琴，上哪所小学，考哪所中学，考中专还是普高，都是父母一手包办。现在文理科分班，她自然得问问父母，她不知道父母还要为她操心到什么时候。中国父母真累。

父母离了婚，父亲与任娜结婚了，又买了房。妈妈一直很恨，直至最近提升为会计师，这才觉得不输给爸爸了。刘夏拿他俩一点办法也没有，只是在妈妈家住两个星期，又到爸爸家住两个星期。刘夏经常问自己：“我的家究竟在哪儿？”她至今不知应该选择谁。

刘夏和妈妈说了文理科分班的事，刚一说完，妈妈就接着说：“学金贸，将来到银行、到外贸公司都吃得开。”

“可……我想考音乐学院。”

“考音乐学院？干吗？”妈妈叫道。

“我想当个音乐家。”

“音乐家？”妈妈在笑，笑得阴阳怪气，“这点真是遗传了你爸的基因！大概也是所谓搞艺术的人的通病，什么东西都能叫出个好听的名字，明明是扫大街的却要叫什么城市美容师。音乐家？我看不如直说乐手来得明白！”

“乐手？”刘夏一怔，下意识地重复道。

晚上，刘夏去爸爸家。爸爸和任姨新买的套房很漂亮，也有刘夏的一间。爸爸像年轻了很多。刘夏很想征求爸爸的意见，她想爸爸应该会理解和支持她。

“刘夏，你参加乐队，进艺术团，爸爸很赞同，但你要以艺术作为终身职业，爸爸不同意。”

“为什么？”刘夏惊讶，爸爸本身就是搞艺术的。

“刘夏，爸爸原先也一直希望你走艺术这条路。但现在……”爸爸露出一丝苦笑，“我国的艺术人才很难成长，搞艺术，太难了，太难了！尤其在深圳，在这么个商品时代。现在许多搞艺术的纷纷下海，经商的经商，炒股的炒股。当然我指的艺术是纯艺术，严肃高雅的艺术，而不是现在那个在歌厅里扭扭屁股、歇斯底里吼叫一番的所谓红歌星。艺术这碗饭可不好吃啊，需要忍受痛苦、孤独、寂寞和贫穷。如果连吃饭都要顾虑，哪有心思搞创作呢？”

刘夏低着头，一言不发。

“爸爸是过来人，搞了大半辈子艺术，现在只有5个字：做人要现实。理想与现实是有距离的。当然这种抉择是痛苦的。”

晚上，刘夏梦见童话中那个穿魔舞鞋的女孩子，她尽情地跳着，转着，再也不能停下。

第二天早上，爸爸的第一句话是：“人们常说有耕耘必有收获，但在艺术之路上就未必如此。我只能说要有收获必须有耕耘，却不意味着有耕耘必定有收获。”

刘夏见爸爸的眼神黯淡，想必是昨夜没睡好。她知道爸爸这话既是“经验之谈”，又是“肺腑之言”。爸爸不会骗她。爸爸比她有才华，都不过如此，更何况自己？可梦中那个穿魔舞鞋的女孩子怎么办？

刘夏不能停下来，也无法停下来。与其说她选择艺术，不如说艺术选择她。没有掌声和鲜花，但她仍满腔热情执着追求。

“本剧需15 ~ 17岁的中学生若干名，有意者请于6月1日到电视台大厦三楼B303面试。”

当一个月来的“传说”终于被这张海报证实了的时候，无数少男少女的心被牵动着。《你好，青春》剧组在拍一部反映当代中学生的电影，并且要在中学生中挑选演员。

明星，不知从什么时候起，成了无数少男少女心中的梦。随着“追星族”崇拜明星热的兴起，少男少女同时也渴望自己成为一颗“星”。这个消息传开后，沸沸扬扬的好不热闹。

文艺老师把这个消息告诉刘夏，希望她去试试。

“只有爱虚荣的女孩子才会去搞那东西！”其实不少同学都很想去，却没有这份信心和勇气，于是表现出一副不屑一顾的神情。

柳清就是这样。她可想去了，常常幻想哪天走在路上，哪个独具慧眼的导演发现了她，相中了她，上前掏出名片说：“我是××电影制片厂的……”这么多年过去了，她倒是天天走在路上，可那导演一次也没出现过。这次选演员是一个机遇，可她想到自己这么胖这么难看，去了也选不上，选上也是演一些“开心果”之类的角色——像电影《青春万岁》里胖姑娘一样——那不如不演。柳清想演主角。她认为自己属于“演技派”，要遇到伯乐才行。像这种公开招聘，去了也是枉然。

相比柳清，刘夏坚定多了，她过去没有刻意想过当演员、当明星，但在文艺老师的提醒下，她心动了，兴许这就是她的艺术之道吧，刘夏决定力争。她找到妈妈，妈妈说，别搞那些乱七八糟的东西。自从和爸爸离婚后，妈妈把演员、指挥、导演等等全视为乱七八糟的东西。刘夏又去找爸爸，爸爸想了想，说：“好呀，年轻人就应该多动动，让生活充实些，也许幸运之门会向你打开。”

刘夏决定去应聘。失败，刘夏想过。但如果试都不敢去试，岂不比失败更糟糕？

刘夏充满自信。她穿上过生日那天妈妈送的白色连衣裙，觉得自己很漂亮。她在大衣柜的镜子里审视自己，从头发到脚趾仔仔细细观察过去，左照、右照、前照、后照。她一会儿笑，一会儿恼，一会儿沉思，研究着各种表情和姿态。就这样折腾了好一阵，直到把自己折腾累了为止。

## 女中学生的演员梦

刘夏经过华联大厦，这幢30层的建筑物顶上有一个大钟，半个深圳市都能听见大钟浑厚沉稳的报时声。

刘夏看看钟，对了对表，面试2点30分开始。

特区高层建筑数不胜数，但是雷同的可以说绝无仅有。刘夏老远就认出了那颇具特色的电视台大厦。到了门口，刘夏做了几个深呼吸，用纸巾扇着风，走进了正门。

一楼正中的大厅接近正方形，墙上有面落地通顶的大镜子。刘夏走近它，以一个旁观者的身份审视着，觉得完全可以“pass”了。大楼有一条长长的螺旋形楼梯从底层通到顶层。刘夏默默地看着这楼梯，心想：它可以带自己升入艺术殿堂吗？

刘夏上了三楼。三楼大厅已经挤满了人。现在的中学生，都知道抓住机遇、把握时机，他们早早等候在门口，迎接幸运之神的来临。参加面试的女孩明显地比男孩多，一个个打扮得花枝招展，看她们身上精致的发饰、漂亮的服装、高档的鞋子，很像是来参加时装表演的。

刘夏领过一张号码纸后静静坐了下来，并没有人过多地注意她。这里的孩子一个比一个漂亮，一个比一个出众。他们大都是不相识的，可都有

相当的社交能力，在一起就嘻嘻哈哈。刘夏有些心虚了，默默地念着她的号码：107、107、107……

刘夏打量着对面长凳上的几个人。你看，那个女孩子坐在长凳中间，正在照着镜子自我陶醉。旁边另一个女孩子在背诵讲话稿：“导演……我会给影片增光添色的，几年以后，中国又一颗新星……”他们一个个都那么泰然自若，好像不是来考试，等待他们的只是一场轻松的谈话。刘夏感到自己处于明显的劣势，更紧张了。

“091。”门开了，有个声音传出，同时一位戴霹雳手套的小伙子叹气走了出来。不用问他考得怎样，只要看他那沉重的步伐与潇洒的模样多么不相称，就可想而知他的结果。

“091”号的女孩子进去了。

刘夏把软软的身体靠在墙上。“不要紧张，要自信，嗯，自信。”刘夏拼命地自我疏导。这时，她听见导演问她：“你为什么想当演员？”

“因为在灵感与情感的世界里，我可以尽情地放纵、舒展自己，可以体验各种人生，这样将极大地丰富我的生命。”刘夏老早就把答案想好了，这句话也不知道打哪儿来的，她觉得妙，就抄在一个小本子上，今天派上了用场。

“107。”门砰地响了一声。

刘夏一吓，才发现眼前根本没有什么导演，也根本没人问她“你为什么要当演员”——原来刚才在做白日梦。刘夏发现对面长凳上照镜子的女孩、背讲稿的女孩都不见了，换了一批新人。刘夏没想到这么快就轮到她，什么也来不及准备，就进去了。

“导演，我真是16岁啊，你信我了，我真是16岁，只是看起来……”一个男青年在央求。

“好了，不要再说了。”

“导演，给我试多一次吧！”

“下一个，快！”导演不耐烦地挥挥手。

刘夏小心翼翼地走近，那个男青年至少十九二十岁了，一点也不像个学生，倒很像个社会上的烂仔。他也来，刘夏笑笑。

这考场是临时搭成的。前面是3位主考人，样子都很严肃。每人面前放着一个三棱形的牌子，上面写着他们的名字、职务：中间是导演，施君健；左边是导演助理；右边是副导演。后面是4位评考老师，相比之下他们和善多了。

刘夏半鞠躬：“大家好！我是107号。”

“你好，坐吧。”

刘夏坐下来，14只眼睛都盯着她，刘夏不自然起来，红着脸，端着肩，双腿摆正，两只手搭在腿上。

“什么名字？”

“刘夏。”

“好奇特的名字。今年多少岁？几年级？”

“16岁，高一了。在九中上学。”刘夏仍然红着脸，端着肩。几个评考员相互望了望。

“你会演戏吗？”

“可以算会吧。我有时在家里自编自演，自己感觉不错。”刘夏带着几分傻气非常认真地回答。

那些人好像喜欢上刘夏了，相互间看看，面容比先前又和善了许多，“你填张表吧。”

刘夏走上前去接过表格，心里想，怎么这么简单，与想象中的考试相

差太远了，也不要演小品，也不问“你为什么想当演员”。

刘夏对“你为什么想当演员”这个问题的答案准备太充分了，太满意了，可惜导演不问。刘夏拿着表格，一动不动。

刘夏不像刚才那么紧张了，她问：“你们为什么不问我，为什么要来考演员？”

评考员们乐了：“为什么要问呢？”

“因为我把答案都想好了，你们就问我这个问题吧。”

“噢？你的答案是什么？”

“在灵感与情感的世界里，我可以尽情地放纵、舒展自己，可以体验各种人生，这样将极大地丰富我的生命。”刘夏一仰头，十分得意地说。

刘夏这一番文绉绉的话把所有的考官都给逗乐了：“哈哈，真是有意思。哈哈，这个小姑娘真有意思！”

“导演，导演！”门突然开了，守门人无可奈何地耸耸肩。这时有位妇人到了导演跟前。

“我来应征的。”那位妇人指指她身边的娃娃，“这是我儿子。”

“同志，我不明白——”导演被搞得稀里糊涂。

“导演，是这样的，我嘛就想演中学生家长，我儿子就演中学生弟弟什么的。”

在场的人都边摇头边笑。

可那妇人仍然一本正经地说：“虽然现在中学生大部分是独苗，可也有个别……”

导演笑得更厉害了：“哈哈！哈哈！”

刘夏被撇在一边。现在算怎么回事呢？

“导演，我呢？”刘夏问。

“噢，刘夏，回去等通知吧。”

刘夏出了考场，发现门口仍然排着一长队的人，见刘夏出来，就拢上去取经：“导演问你什么了？”

“你考上了吗？”

刘夏一概摇头，她没心情答复人家。

## 还未开拍已入戏

傍晚放学时分的街巷，身穿各种校服的学生跻身“下班一族”浩大的队伍中。因为有了这些学生，有了这些少年人，整条街道都变得年轻起来。一群学生热烈交谈着嘻嘻哈哈地从你身边一冲而过，一对小男女生若即若离地从你肩头擦过，街景充满青春气息。

《你好，青春》的施导演正发愁呢。来应征的中学生的胆量和才能是不可低估的，可他们的某些方式也是让导演、让剧组无法接受的。不少中学生写信声明：“如果您不录取我，您会终生遗憾的，为中国影坛又少了一颗璀璨的明星而遗憾。”或者来电话：“导演，如果再不见您的录取通知书，请到南海里找我。”导演接到这类电话、来信甚感忧虑，一方面积极写回信，劝他们要以学业为重，一方面与他们学校、父母联系。

在众多的中学生里，导演选出了一部分演员，只是女主角天灵一直没有合适的人选。应征者数以千计，然而一批又一批被淘汰。这样，拍摄工作不得不往后推。同时，导演四处奔走，到各所学校文艺部去寻觅或请老师推荐。

一个星期过去了，刘夏还没有接到录取通知。她每天都满怀希望去开信箱，每次都扫兴而归。

“又没信？”任娜问。

“没有。”

“别担心，再等等吧。兴许，兴许明天就来信了。”任娜削苹果的技术实在高超，长长的一圈苹果皮不会断，“这叫好事多磨！”

“那就发了。人选也许早定下来了。”刘夏懒懒地在沙发上靠着，“那天我发挥不好，施导演老笑，他们肯定把我当傻女孩看。”

“施导，施什么？”任娜把苹果递给刘夏。

“施君健呗。”刘夏狠狠地咬了一口苹果。

“果真是他，可真发了。知道吗？他原先是我们舞蹈学院的副院长，后来转行了。我和他关系特别好，当初分配工作也多亏了他，不然这样，我去找他一趟。”

“真的呀？”刘夏一下子来劲了，“他一定会帮忙吗？”

“没问题，冲我和他的交情，他肯定会帮忙的。”

“这，这太让你难为情了。”

“为了我们刘夏，阿姨是舍命陪君子。”任娜从不让刘夏叫她“妈妈”，刘夏叫不出口，任娜也受不了。大家都是现代人，刘夏能把任娜当作一个很好的阿姨很好地相处就很好了，还想怎么样？像电视里那样很动情地喊一声“妈妈”，这好像不大可能。

“让我想想吧。”刘夏却觉得这么做很不妥，认真思考一番，然后说，“阿姨，算了吧，不是我自己考上的，我去干吗？再说了，就算让我拍片，人家心底里也是瞧不起我的。”

“有出息！这才像我刘宗耀的女儿！”不知什么时候，爸爸也站在跟

前，“艺术来不得半点投机取巧。”

刘夏由于考演员的事在学习上分了不少心。快期末考了，刘夏觉得很有必要收收心，抓一下学习，她开始淡忘了这件事。

有一天，文艺老师跑来告诉刘夏，剧组要来九中选外景，“刘夏你是不是……”文艺老师面授机宜。

好主意！刘夏决心再争取一回。现在，讲究的就是把握机遇。那些明星讲起自己的出道要么是走在马路上被星探发现了，要么是陪朋友去考试，自己反而被选上，“无心插柳柳成荫”！这些老掉牙的故事，刘夏不信。在她看来，凡事都要争取。

剧组来九中的那天，刘夏早早就“恭候”在教学大楼楼梯口了。

老远，他们就看到了一位白衣少女，乌黑的头发随意束一把放在胸前。她逆光站着，红艳艳的夕阳勾勒出她姣好的身段和标致的脸庞。她显得有些羞怯和腼腆，也正是这种羞怯和腼腆愈发使她变得恬静秀美，楚楚动人。导演和剧组的人顿时眼前一亮，暗暗叹道：真是“踏破铁鞋无觅处，得来全不费工夫”！

演员不仅需要漂亮的脸蛋，更需要表演技巧和才华。导演决定让刘夏试试，尽管他今天已经带上一个长得很洋气的女孩来试镜，听说她倒真的是通过后门进来的。

导演要考考她们的演技，看看她们的内在素质，看看谁更接近片中女主人公——天灵。

导演讲了戏的内容：天灵的父母离婚后，父亲再婚。后母十分不喜欢她，有一天，后母与父亲、弟弟出门，留下一桶脏衣服叫天灵洗。寒冬腊月，天灵艰难地洗着衣服……

刘夏先演，导演还没有说“开拍了”，刘夏就已经进戏了。表演真切

细腻，尤其是后半段，刘夏的泪水在眼眶中来回流动，那无声的哭非常感人，又恰如其分地表现了失去母爱的小姑娘在这个家庭中受压抑的处境。

导演问：“你怎么理解人物的？”

“遭遇相似，不过结局不同，我比天灵幸运得多。”刘夏确实比天灵幸运。刘夏把生活里对父母的感情搬到戏里去了。

也许刘夏演得太好了，给那个女孩子很大压力，她怎么也进不了角色，越急越演不好，怎么也哭不出来，最后是急哭了。

终于，刘夏被录取了，成了《你好，青春》的女主角。

## 幸运的红帆

刘夏带着对艺术的热爱，带着明星梦去上海、北京拍外景。所有的人都为她高兴。妈妈虽然一开始不同意刘夏去当演员，可当刘夏没选上，妈妈也不高兴。现在刘夏选上了，妈妈破涕为笑，毕竟这是一种成功。

下午，刘夏就要随剧组乘轮船去上海。同学们都来为她送行。

刘夏把头发高高束起，发上结了一条橙色带子，身上穿着一条橙色的膝上娃娃裙，脚上穿着橙色平底皮鞋、白短袜，清爽可人。

“刘夏，到了要给我们写信啊！”欣然说，“现在大陆还没有自己的青春偶像，你去当。不，你要当偶像加实力派的！”

“成了大明星我们都不敢认你了！”余发说。

“没事的。我会礼贤下士的。”刘夏顺着杆开玩笑。

这时林晓旭有些哭意。尽管林晓旭和刘夏平时总闹别扭，可真要分别，林晓旭又舍不得。

刘夏走近她，挽住晓旭的胳膊，俨然是对好朋友。

“晓旭，我走了，再没有人和你拌嘴了。”

“我会写信去和你吵的。”晓旭边说边哭。

“刘夏，多保重！”

“Good luck！”

刘夏感谢同学们对她的祝福。这时，柳清在刘夏耳边小声地说：“到时要是缺了个什么角色，你一定要告诉我。”

刘夏紧紧拉着柳清的手，觉得自己过去不该对柳清那种态度；又听说柳清要退学了，十分遗憾地说：“柳清，我不喜欢你退学，你明白我的意思吗？”

柳清看看刘夏，眼睛顿时红起来。

萧遥说：“刘夏，到了我们北京，学点京片子回来，改改你的四川味儿。”

刘夏笑了：“萧遥，下学年我还会投你一票。”

不知谁说：“怎么王笑天没来？”

“小气。”有人不满地撇撇嘴。

刘夏很遗憾。从始至终，刘夏的目光从未间断对候船室大门的注视。她希望出现奇迹，希望王笑天带着他一贯的微笑向她跑来。可是她失望了，她又气又恨又想。

由于画像风波，刘夏和王笑天吵翻了。刘夏曾想再也不理王笑天了，后来王笑天主动去解释，去道歉，“和平”解决了画像风波。这又令刘夏很感动。知错就改，说来容易，可真正做到的人并不多，王笑天还算不错，很潇洒，也许这就是王笑天性格中最闪光的地方。刘夏始终把王笑天当作自己最好的朋友。可是谁也不肯先说一句话，谁也不肯先去讲和。

可是现在，刘夏知道自己最想见的人就是王笑天。

广播里传出：“请乘坐开往上海的……”

大家都恋恋不舍起来。刘夏再次贪婪地向大门望去，终于她还是失望了。刘夏转身走去。

“快看，谁来了！”有人嚷道。

大家随指向望去，是王笑天！大家迎上前去：“你是千呼万唤始出来啊！”

“啊，好浪漫啊，像拍电影似的，电影中就是这样，男主角总是在最关键的时候出场！”余发的话把大家都逗乐了。刘夏和王笑天也不好意思地笑了。

“刘夏，这只红帆送给你。”王笑天手捧一只精致的小木船。

“真好看，谢谢。”

“到上海要来信啊！”

“第一个写给你。”

欣然开玩笑：“刘夏真是重情轻友啊！”

刘夏和王笑天相视而笑。

刘夏满意地向大家挥挥手上了船。

刘夏站在船头，望着南海，心里感慨起来。在夕阳的笼罩下，海面上只只白帆被染成了红色，就像王笑天送的这只红帆。

电视剧《红楼梦》中林黛玉的扮演者陈晓旭，也是从众多的候选人中选出来的，她曾说过：“一只红帆正悄然向我驶来。”

哦，红帆，幸运的红帆。

刘夏好像也一直在等着这么一只红帆，一只能带来幸福和成功的红帆。

## 并不意味着最后的成功

刘夏的父母同时收到刘夏的一封信，内容完全相同。

妈妈、爸爸、任姨：

转眼两个星期过去了，你们可好？现在我们正忙于拍片，很辛苦可也很开心。我结识了一大帮朋友，大家很谈得来。在上海女中拍片，上海学生挺热情，大家经常在一起唱歌。她们不会说广东话，但唱粤语歌却很准，好好听。你们说怪不怪？

导演对我们很好，就像对儿女一样。他为了拍这部青春片，采访了许多学校和许多中学生，所以自然而然地和我们成了朋友。他常常给我们讲采访中的见闻，有些事出奇得连我这个中学生都无法相信。

拍片也是一件苦差事，并不像过去想象的，出尽风头，吃尽山珍海味。有时要赶拍一个镜头，饭都顾不上吃，只能啃冷馒头。到深圳几年，我早已不习惯吃馒头了，没办法，只好凑合了。有一个场面，拍天灵和她的同学们在雪地上漫步、谈天，而现在却是夏天，穿短袖都嫌热，我们还得穿着棉袄，戴着手套，在人工雪下拍这出戏。戏拍完了，我们都以百米冲刺的速度跑回驻地，首先占领浴室冲凉。那速度比我在学校短跑考试还快。

空闲时间，我和其他演员一起补习功课，大家互相督促，高年级帮助低年级，好的帮差的，学习气氛很浓，施导很满意。大家都想出门不能让老师、家长担心。爸爸、妈妈，等我拍完片回深圳，下学年一定要再进九中，再和我们班同学在一起。为此我得抓紧学习。这段日子，我收到许多同学的来信，心里很感动。他们都是很好的。我深感友谊的珍贵。

在拍片过程中，许多朋友都对我说，好好演戏，一炮打响，将来当个专业演员；年纪小，吃得开，容易成名；多拍几部片子，以后可以保送上电影学院。我却不以为然。爸爸妈妈，你们一定觉得很奇怪吧，当初你们不让我搞艺术，我却满腔热情；如今有了机会，我怎么倒不热衷了呢？因为我知道，西方演员素质比中国演员素质高，她们中往往有大学生、研究生，像美国连续三届奥斯卡金像奖得主贝切儿，就是一名研究生。而中国演员素质相对较低，往往是长得漂亮的，但学习很差。漂亮的人不勤奋，我不要这个样子。我还年轻，我不想过早地固定在某一条发展道路上。任何工作我都想尝试一下，也许尝试过之后，再演戏，演技会有很大的提高。我一直认为个人的阅历与知识很重要。爸爸妈妈，你们同意我的看法吗？

在全市成千上万参加中考的学生里，我考上了九中；在数以千计的应聘者中，我被选上，当了《你好，青春》的女主角。这些固然都是成绩，但谈不上成功。过去看电视读小说，说到某人成功，通常是得了一个奖或得到阵阵掌声。比如一个女孩子就是登上时装舞台，成为一名模特儿，以此作为大结局。现在我觉得这实在是对成功的误解。一时的得志并不意味成功。成功是对自己将来相当长的一段日子有一定把握。谁都渴望成功。生活上成功，事业上成功，这需要天赋与机遇，但绝离不开奋斗。

由此，我想到女主角天灵——一位自强不息的少女，她的遭遇很惨，父母离异，在她幼小的心灵上投下阴影。她为此痛苦，为此自怜自伤。但她没有消沉，而是积极进取，终于成功了。而另一位同学杜茜茜出身高干家庭，养尊处优，从小受老师、家长的宠爱，被称为“天之骄女”，但后来因一点小事，受不了挫折，自暴自弃了。

我觉得我是幸运儿，无论哪方面都是幸运的。我欣赏天灵，我和她有

些相似，但幸运得多。有比较，感触就越深。尤其在这段离开你们的日子里，我特别想你们，想得厉害。

不要让我选择！我永远无法做出选择！因为我爱你们，也想让你们永远爱我！

爸爸、妈妈，你们知道我是最爱你们的，爱妈妈也爱爸爸，包括任姨，要我跟妈妈而离开爸爸，跟爸爸而离开妈妈，我都办不到。

但是，你们却逼着我做出选择：在我同时爱着的父母中究竟跟谁？（我越来越讨厌这个问题）现在我的回答是：属于我的，我都要。因为我心中的三角形只有保持等边才是最稳定的……

祝

夏安！

女儿：刘夏　上

×月×日

# 第二十五章

## 明日又是新的一天

### 晓旭日记

（×月×日）

红帆带走了刘夏，我唯有祝她一帆风顺。每个人都有自己的路，自己的选择，他们将如何？我又将如何呢？

与同学的交谈中，我得知江老师下学期带理科班，不带文科班，心里顿时觉得很难过。

欣然又问我：“你一定是学文吧？”

我静静地坐着，好一会儿，忽然说：“不，我学理。”

欣然很陌生地望着我很久。一上午我的心情都很不好。无论是上课还是下课，是上操还是下操……任何一切对我而言，都无法留下印象。语文课，我也是呆呆的。老师叫我们分段，我也没注意。江老师下来，小声地问：“林晓旭，你不舒服吗？”我看着江老师，什么也说不出。

放学，同学们都抢先拥出校门，唯有我落在后面。这时，身后的一阵铃声叫醒了我，是欣然，她递给我一封信，说是给我的。说完就骑车走了。

信封里装着一首诗，美国诗人桑德堡的一首诗：

……

我告诉你昨天是已停止的风，
是落下西天的夕阳。
我告诉你世上没有别的东西，

只有一个充满明天的海洋，
一个充满明天的天空。
我们在日落时说，明日又是一天。

慢慢地折叠起这张信笺。这诗真好，欣然真好。

小贝贝今天也拉了首《少女的祈祷》，调都不知走到哪儿去了。不过我还是很感动。

## 父亲当上“深圳十佳青年”

欣然家喜讯不断。先是爸爸的科研成果在国外获奖，接着是爸爸被评为“深圳十佳青年”，并给予多项奖励，其中一项就是解决户口问题。

全家人心花怒放，议论说迁来户口后，首先要买房，深圳人几乎家家都买房，这也是深圳的一大特色吧。不过今天要做的是，去八仙楼吃饭，庆贺一下。

爸爸穿上西服，打上领带。

“爸，我发现你打扮一下，挺有型有款的。”

“有型有款，什么意思？又是广东词吧。”妈妈说，“广东人就是能造词，什么‘搞掂’‘威水’啊。看香港的《大公报》《文汇报》，一篇短讯竟有10多个字不认识，前所未闻！我想我读了那么多年的书，到了广东怎么还成了文盲，还得再当回小学生！”

爸爸说：“这叫入乡随俗嘛。欣然开始叫我‘老豆’，我也好别扭的，现在不也习惯了。广东语管爸爸叫‘老豆’，大概是指做爸爸的总逗孩子玩，所以叫‘老豆’吧！”

欣然笑了：“对，入乡随俗。所以我刚才那句话可以这么说：‘老豆，我发现你扮靓下，好有型有款的，好靓仔哦！’那天电视上播放颁奖仪式，我一眼就发现了你！”

“那是，”爸爸信口开河，“不然，你妈妈当初也不会天天追我。”

妈妈对欣然说：“瞧你爸越老越不正经。”

“老？爸爸可是‘十佳青年’之一！说来也怪，爸爸完全是中年的岁数，怎么评个‘青年’呢？”

爸爸露出一丝苦笑：“中国的年龄界限就是这么不明确，青年、中年、壮年没有什么明显界限。颁奖那天和比自己小20岁的小伙子站在一块儿，心里真不是滋味。后来一想，人家大概是把我在‘文革’中损失的10年减掉了。”爸爸的幽默中饱含着苦涩。

妈妈说：“欣然，这下好了，不用回上海了，现在是深圳人了！”

欣然很得意，露出两个浅浅的酒窝。终于，户口可以来了，盼了3年啦！

“欣然，这回主要是爸爸的专利产品起了作用。”爸爸说。

欣然撇下嘴：“爸爸，你不要太骄傲了。我的书法在市图书馆展览着呢，反响很大哩，不过我自己还没去欣赏。”

“你那不是书法，是大字。”爸爸笑道，用手刮了下欣然的鼻子。

“你那也不是发明，是小制作！”欣然皱着鼻子反击。

欣然想把户口的事告诉唐艳艳，就按了唐艳艳家的电话号码。突然间，欣然觉得这样做很不妥当，连忙用手按住机夹，挂断了电话。欣然有些顾忌和担忧，但具体顾忌什么，担忧什么，说不上，户口真的就来了吗？

次日，欣然回到家，吃饭时，爸爸妈妈有些严肃。

“欣然，我们想和你说点事儿。”

欣然停住筷子。

“爸爸妈妈户口来了，要是先迁带的话，我们想先迁你哥的。你知道你哥户口在农村，年龄又大了，越晚麻烦越多。所以我们想先迁你哥户口来，你年龄小，又可以考大学，而你哥……”

欣然是个通情达理的女孩。对于哥哥，常常感到内疚，他得到的远比自己少。欣然理解父母，尤其这番话是出自妈妈的口，让她感到妈妈身上的闪光点。

“我知道。”欣然说，但不快是难免了。

再次日，爸爸妈妈又春风满面地告诉欣然，市委照顾杰出知识分子，解决他们全家四口人的户口问题。

望着兴高采烈的父母，欣然却高兴不起来。

“真的！”妈妈又补充了一句。

欣然笑笑。

欣然站在阳台上，望着深圳这座高楼林立、灯火辉煌的不夜城，她觉得有些茫然。迁移户口一波三折，欣然的神经都给折腾木了，以至于现在已感觉不到兴奋。

“欣然，高兴吗？”爸爸问。

欣然看了一眼爸爸，再眺望这座美丽的城市，她想了半天才说：“高兴。”欣然毕竟是爱这座城市的，向往这座城市的。现在她已跻身这座城市了，成了这座移民城市的一员，当然高兴，只是现在这种高兴不同于以前了。

“高兴。”爸爸下意识地重复道。

“至少，至少不用回上海和表弟挤一间屋了。”

当真正拥有深圳“绿卡”时，欣然一点儿没想起来应该给唐艳艳打个电话，告诉她这个好消息，倒是唐艳艳自己来了。

“怎么有好事也不告诉我一声！”

“你怎么知道？”欣然很惊奇。

“我消息灵通得很。”

“耳朵真尖。”

“恭喜你！”

欣然知道唐艳艳是真诚的，但她还是激动不起来，只是嫣然一笑。

“艳艳，那你呢？”

“我？”

“还在南海酒店？”

“不在了。”

“那在哪儿？”

“在旅行社当导游。我有广东户口后就换了份工。没有深圳户口很麻

烦的。”

“有了户口又怎么样呢？其实……”欣然没说下去，因为她发现唐艳艳神色不对。唐艳艳一时是理解不了的。当初自己也和唐艳艳一样，极反感别人说大道理，现在怎么也鹦鹉学舌了？

欣然改口说：“我希望你的户口也快点来。”

唐艳艳却苦笑：“知道吧，现在上海浦东开发，势头很好。人家都断言她会超过深圳，毕竟她是老城市，毕竟她是大上海啊！”

欣然盯着唐艳艳，感觉到她的后悔和不快。近来，欣然发现媒体频频报道上海发展的消息，过去的“去不了海外去港澳，去不了港澳来深圳”变成了“世界看好亚太，亚太看好中国，中国看好上海”。浦东的全面开放，企业的普遍搞活，加上老上海的雄厚资本、深厚底蕴，上海将重振雄风。唐艳艳却将户口从上海迁到广东的一个小城市，她一定后悔了。欣然低缓地说：“艳艳……”

唐艳艳看看表打断欣然：“我得走了。”

临走，唐艳艳又像上次那样摸摸欣然的头：“我说过，你会干得比我更好！”

欣然再次觉得感人与凄凉，似乎比上次更强烈。命运真的挺捉弄人的。唐艳艳比她更现实、更艰难地面对深圳。

“艳艳，你告诉我，你老实告诉我，你是不是有点后悔？在深圳‘绿卡’与大学校徽的选择上？”

唐艳艳捋着头发：“在家里，我爸妈也这么问，对他们，我向来一昂头：‘不后悔。’可对你，我得讲真话。欣然，这条路是我自己选择的，我绝不能回头，好马不吃回头草嘛。我承认，偶尔后悔过，但我还得走下去。就像小孩子摔跤，妈妈在他身旁，他哇哇大哭；妈妈不在他身旁，他

乖乖地爬起来再走。欣然，你明白我的意思吗？”

欣然点点头，觉得有些快慰：“你会干得很好的！”

唐艳艳笑笑：“当然，我对自己很有信心的。”

## 希望中国快富起来

课间，教室里有点闹，欣然却在专心致志地做题。她下定决心，要狠抓学习，考上大学。

“欣然，苏拉找你。”柳清说。因为柳清和苏拉在寒假托福班里认识了，所以苏拉叫柳清当传声筒。

欣然向门口望去，看见苏拉站在外头。

“找我吗？”欣然有点奇怪。

“我是来把书还给你的。”苏拉说着递上几本初中《英语》书，“谢谢你。”

欣然被苏拉这一谢，本来就拘谨的心更拘谨了：“不用着急，等你高考完了再还也不迟。”

“欣然，我是来和你告别的。我不高考了。”

欣然愕然：“为什么？”

“欣然，市图书馆有书画展，有你的书法，一起去看看好吗？”苏拉没有正面回答欣然的问题，却扯到别的事上。

欣然不得不佩服苏拉。两年前，她曾“害”过他，她想苏拉一辈子都会讨厌她的，她也从不期望苏拉原谅她，但今天苏拉的大度不能不使欣然佩服。

苏拉见欣然犹豫："如果你妈妈不让，那就算了吧。"

"不，我可以去。"欣然惊慌地说。她也没看过自己的展品呢。苏拉怎么知道图书馆有她的作品呢？想到这，她浑身燥热。

"那好，放学后我来找你。"苏拉高兴地说。

苏拉和欣然到了市图书馆。图书馆门前的建筑是一块硕大的金色的玻璃，通过玻璃，欣然看见自己和苏拉的形象，那一瞬间她觉得苏拉很像一个人。

"欣然，我是来和你说'再见'的。"

"为什么？"

"我要去插队了。"

"插队？"欣然一时没有反应过来。

苏拉解释："我要去美国了，我的签证批下来了。"

"真的？你要走了？"

苏拉点点头。

"你不是被保送上深大吗？"

"在我眼里，美国的大学文凭要高于国内的文凭。"

"你的手续都办妥了？"欣然知道，出国关卡重重，绝不是说出去就能出去的。

"嗯。现在我不上学了。不参加高考，再上学也就没意思、没压力了。我现在在一个大饭店跟一位师傅学手艺，到了外头就到饭店打工，凭这几手地道的中国菜，老板一定肯雇我，薪水也会给得高。"

苏拉做了一个炒菜的动作，把欣然给逗笑了："怎么突然想出国？"

"怎么说呢，"苏拉说，"我从小就按照一条看不见摸不着的规律生

活，小学、中学、大学，是我父母定的，他们要我按他们的意愿生活，把他们的思维方式强加于我，可我不愿意。”

“你想出国是出于反叛？”

“大概是有点逆反心理吧。到了国外会怎么样，我并不乐观，但我一定要去见识一番，美国现代化程度高，学习条件好，青年人想出去看看、学学、玩玩，都是好事。二三十年代中国不是同样有许多人出国吗？鲁迅、郭沫若他们都出过国门。我也要去见识一番，看看外面的世界是怎么个精彩法。”

苏拉说完又补充一句：“我已经18岁了。”

欣然有些伤感：“你以后还回来吗？”

“不知道。还没出去怎么知道回不回来。听说回来的无外乎两种人，最优秀的和混不下去的。回来，我也要以前者的姿态。在国外总有漂泊感，干得再好也是给人家打工，二等公民。前些时候，看了个专访，中国对留学生也搞优惠政策，职称、住房样样优先，用这些来吸引留学生。其实这种现象挺不正常的，干吗他们享受这么多优惠？就因为他们出过国？这不正说明回来的人少吗？我相信钱学森的那句话，该回来时，他们自然会回来，也包括我。而根本不需要什么优惠。”

“以后可能见不到你了。”

“我想……”苏拉望着欣然，没往下说。

这无语的目光让欣然觉得苏拉很像一个人，她感到很亲切。有一次放学，欣然看见苏拉和另一个大眼睛的女孩子一边走，一边说，她竟隐约有些恼怒，就像儿时被别的小朋友抢走她的玩具，哪怕这个玩具并非她中意的。“难道我……”欣然自问。她预感到他们之间要发生什么，便抢先一步：“我会送你圣诞卡的。”

“还通过唐艳艳吗？”苏拉打趣。

“不，我寄到大洋彼岸去。”

两人看完画展，走出图书馆，又通过金色的玻璃，欣然看到她和苏拉的影子，她笑了。

“欣然，我下星期就走了，你知道我最希望什么吗？”

“上飞机？当留学生？当……”

苏拉一再摇头，最后沉沉地说：“我最希望我们国家能有一天像美国一样，让许多国外学者、博士、留学生在中国餐馆洗碗洗碟，让他们尝尝这滋味，让他们千方百计来中国，我希望中国快富起来！”

## 有个女生报考西藏大学

欣然觉得很奇怪。圣诞节她送给两位高三同学的圣诞卡，都是写“祝你考上大学”，结果是这两位同学都放弃了高考：唐艳艳认为深圳的“绿卡”比大学校徽有吸引力；苏拉认为美国大学文凭比国内大学文凭有吸引力。他们都是为了自己的目标。

唉，高三的！

次日，欣然一到学校，就听见同学们议论一件怪事。

“真的？！”

“不可思议！”

“她到底怎么想的？”

“怪人！”

欣然不明白同学们在谈什么，只觉得奇怪。这时，萧遥走过来。

“谢欣然，高三有个女生报考西藏大学，你知道吗？”

欣然一下愣住了：“是吗？”

“真的，现在别说高三，就是整个高中部都在谈论这件事！”

可以看出，这事对萧遥震动很大。

“这个女生叫什么名字？”

“不知道。”

“这到底怎么回事啊？”

“听说这个女生父母都是企业家。她的成绩不很拔尖，但是考深大并不成问题。她从来没有跟别人说过她要报西藏大学，填志愿的时候却填了西藏大学。老师吃了一惊，问她是不是填错了。她说她是要报考西藏大学。这下子，她成了新闻人物，家长、老师、同学、朋友都不理解她。”萧遥说完，停顿一下，又说，“我第一次在我的生活圈里认识这么一位有魄力的女孩，我真佩服她。”

“我也是。”

“我就知道你会佩服她。所以你一来我就告诉你这件事。”

一个上午，欣然都受这件事干扰。她不明白这是怎样一个女孩子，她为什么要这样决定？离开优裕的都市生活，到令人望而生畏的西藏，与艰苦为伴。

课间，欣然跑到高三年级去问这件事，才知道这个女孩子和唐艳艳、苏拉一个班，叫李冬梅。欣然想起来了，不过印象不深，只记得这个李冬梅梳着校园里少见的双辫，脸相不开朗，郁郁寡欢。听李冬梅的同学介绍，她很温柔，不善言谈，在班上的地位属于可有可无一类，总之是一个不出众的女孩。

“这下她出众了。真不知她是怎么想的！”李冬梅的同学说。

“她人呢？”欣然问。

“被‘老古董’请到办公室去了。”

欣然更想认识李冬梅，想与她谈谈了。欣然从侧面了解到李冬梅的一些情况，觉得她很神秘。

欣然就在古主任办公室门口等着。果然，李冬梅从里面出来，古主任握住她的手，把“最高指示”做了些修改：“中国是我们的，也是你们的，但归根到底是你们的！”

等古主任进了办公室，欣然就叫住她：“李冬梅！”

李冬梅回头，像以往一样，微微一笑。

李冬梅十分瘦小，相貌平平，在路上行走，绝对没有“回头率”。

“冬梅，我……”

“等等先，”李冬梅反应非常敏捷，“如果你要问那件事的话，我只能剽窃大明星对小报记者常说的4个字。”

“哪4个字？”

“无可奉告。”

欣然笑了。她觉得冬梅不像她印象中的那么刻板，冬梅也有她活泼的一面。

“冬梅，我真的很想知道为什么，我们能不能谈谈？”

冬梅想了一会儿：“谢欣然，你知道我有个外号是什么吗？”

“什么？”

“有人赠我‘共产主义’的外号。不是‘社会主义’，是‘共产主义’。现在许多人都很自私，活着似乎就是吃吃玩玩。我不理解他们，他们也不理解我。”

“许多人问我为什么要去西藏，许多人表示不解。别看班主任在班上

表扬我，私下里却叫我‘要想清楚’。我不想故弄玄虚，可实在没什么好说的，人各有志嘛！英国有个女科学家钻进大森林与猩猩为伍，你说怎么解释！”

欣然又问：“刚才古主任找你谈什么？”

“当然是表扬我啰，说我志向远大，要把我树立为典型。古主任时时刻刻忘不了他的思想工作。不过我理解他，他是好人。”

古主任太注重光荣榜上的先进人物、先进事例，觉得只有标榜出来告知天下才能激发人，而不知小人物在生活中点点滴滴的影响和作用。

“冬梅，谢谢你。”欣然突然觉得冬梅很动人。

“谢谢？”冬梅奇怪，“谢我什么？”

“谢谢你这个人呗。”欣然说，“祝你考上大学！”

这是欣然又一次对高三学生说这话了，相信这次可以实现。

欣然很感动，为同龄人中有这样超尘脱俗的女孩而自豪。与之相比，她觉得自己很渺小，为了户口问题她曾经耿耿于怀，好俗气的。

欣然把自己的这些感想告诉晓旭，言语中充满对冬梅的佩服。

林晓旭瞪着老大的眼：“欣然，我看你是崇拜她了。可别哪一天，你也去了西藏。”

“不，”欣然摆摆头，平静且认真地说，“欣赏和崇拜不同。我不崇拜任何人，也不会依葫芦画瓢学冬梅。”

欣然又紧接着问：“你该不会觉得我言行不一吧？”

欣然不容晓旭回答，又说：“真的。我很欣赏这个女孩子。可我和她不一样，我又怎么可以单纯地模仿她呢？那岂不成了东施效颦！冬梅说得对，虽然我们生活在同一片天空下，生活的经历也大致相同，但每个人经过的心路不同，所以每个人的道路也不同。”

哦，在同一片天空下……

# 第二十六章

## 大家跳起来

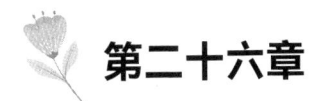

九中大操场上近千名学生不是在做操，而是在跳各种交谊舞。

舞蹈老师在台上教，学生在下面学。

都说学生新潮，可有时校领导比学生还新潮。放学统一留下学交谊舞，老师还幽上一默：“这是政治任务！”学生起先还有点不好意思，渐渐地，在节奏明朗、活泼欢快的音乐声中，同学们开始跳起来，扭起来，笑起来。

许多老师也加入跳舞行列。外籍教师、白老师，还有成天板着脸的政治老师也都加入了。同学们十分惊讶地发现政治老师穿裙子了。她过去从不穿裙子，同学们都笑她是“老三八”。今天她穿上一条深色碎花裙子。同学们一边跳一边围着政治老师，左看看右看看。

“老师你今天好漂亮，以前怎么不穿裙子呀？我们都猜想你的腿是不是有什么毛病呢！”

“老师，你应该穿裙子，你的腿这么修长，不穿裙子可惜了！”

“老师，你今天好漂亮，好青春，好灿烂！”

政治老师被赞得不好意思了，满脸皱纹笑成一朵菊花，“是不是啊？”

“当然。老师，你一美而不可收！”

“大家跳起来，等一下要评分。男生请女生跳。”萧遥招呼欣然，“我请你跳好吗？咱们带个头吧！”

欣然正和晓旭跳二十四步，听到萧遥的邀请，大大方方地说：“好啊！”

两个班长的带头带动了全班同学。

这时白老师走过来：“欣然，我有事找你。”

欣然停止跳舞，白老师拉着她的手到树荫下，亲热得好像不是师生，而是姐妹。

“欣然，我要告诉你件事，不过你先答应我不哭鼻子。”

欣然有些紧张：“啥事？”

“我要走了。”

“去哪儿？”

“去公司。我要改行，不做老师了。”

“做老师不好吗？你怎么也会走？”

“欣然，听我说，这不是好不好的问题。其实在深圳当教员，收入比起内地来还真不少，我只是……用你们的话说，外面的世界很精彩，我想到外面学点东西。”

欣然噘着嘴，大为不快。

“欣然，别这个样子。我要走了，你也不笑笑，给我留下个好印象。”白老师像个大姐姐似的。

“什么时候走？”

“下星期。我原本想在课堂上说。但快考试了，怕影响同学们的情绪。等考完试，你替我告诉大家，道个歉。”

“这叫‘下海’吗？”

白老师认认真真地想了会儿，说：“也算吧。但是我这‘下海’实在有别于通常所说的那种‘下海’，我想趁着年轻，多经历一些事，得到方方面面的锻炼，这样年纪大了，我的‘资本’也就雄厚了。现在不是唱什么‘平平淡淡才是真’吗？其实那是上了年纪的人的事，要我说呀，人就得活得轰轰烈烈精精彩彩，平平凡凡庸庸碌碌多对不住这大好年华呀，多多少少得体现一点个人价值嘛！”

欣然点点头：“老师，你要给我写信。”

“在落款处我会写上‘你的老师和朋友’。”

多么难得的师生情。

“欣然，有一篇文章，写得非常好。可以说，我当时能下定决心舍弃大城市来到这边陲小镇就是这篇文章激励着我。在艰难困苦的时候，我常常拿出来看看。现在我要走了，把这篇文章送给你。希望对你也有用。”白老师说完，从挎包里取出一本几年前生产的很土的红皮本，里面夹着一页纸，老师递给欣然，“现在先不要看。先去跳舞吧。不然等下学校检查人数，你们班要扣分的。”

欣然接过文章，有点哭意，拼命忍住。

“老师，你还欠我一支雪糕呢！”欣然原以为说完这句话气氛会轻松些，没想到说了心里更沉重。

“记着呢，还是朱古力的。”

同学们现在正舞兴大发，玩得很高兴。他们谁也不知道白老师要走。大家尽情地跳，尽情地舞。

陈明今天也破例了，这使在场的同学大为惊讶。陈明穿着打扮，都是很合潮流的，可在许多认识上，他与大多数人想的不一样。他肯参加跳舞

真是“太阳从西边出来了”。

“跳起来，跳起来！”班长又一次发号施令。

同学们开始一对一对地跳起来。林晓旭站在队伍的前头，一副腼腆娇柔的样子。陈明站在队伍的后头，一副不知所措的样子。

终于陈明穿过人群，走到队伍前面：“林晓旭，我请你跳舞好吗？”

陈明的突然问话，把林晓旭给吓了一跳，她没想到陈明会请她跳舞。

“我，我不是很会跳。”晓旭说。

“我也不会跳。”

在优雅温柔的乐曲中，陈明不禁注意他的舞伴：白皙的皮肤，细长的眼睛，小巧的嘴巴，有种古典美。不过，陈明已经不再激动。他知道自己一言一行的分量。

陈明同样需要友谊和理解。无论一个人是自觉还是不自觉地孤立自己、压抑自己，无论一个人形象是多么孤独冷峻，他的内心都是需要关心和爱护的。

陈明第一次放下“包装”，让自己比较本色地出现在众人面前，竟是一阵轻松。

林晓旭则低着头，提心吊胆地走着步子，唯恐踩了陈明。偶然间，晓旭抬起头，看见陈明那双年轻朝气的眼睛，像一匹年轻的骏马的眼睛。这是一双绝不同于江老师的眼睛，她感到惊慌和不安。

两人小心翼翼地看着自己的脚。

陈明今天很主动，问：“林晓旭，你选文科还是选理科？”

“我，我还没定呢。”晓旭反问，“你呢？”

“选理。”

“一般成绩好的都学理。”

陈明笑笑，他笑起来还是蛮温和的。

“你还是考清华？”

“嗯。”陈明点点头。

“清华好！我爸爸就是清华大学毕业的。可惜我理科成绩不好，不然我也会去考清华的。”

陈明听了这话真高兴。

“你不是对文科很感兴趣吗？怎么不学文？”

“我，”晓旭支吾着，不知怎么回答，“我……”

“人应该有理想和目标。上清华是我的一个目标。如果年轻的时候不去实现它，什么时候实现呢？”

林晓旭一愣，缓缓抬起双眼望着对方，“这真是一匹要腾飞的千里马。”她心里说。

陈明说：“你还是学文合适。”

林晓旭点点头，她很奇怪陈明怎么会知道她的兴趣所在。

“一起跳二十四步！”萧遥开始发挥他出色的组织才能，“跳齐步子，一起喊拍子！”

“一二三四，二二三四……”

在明快的音乐声中，在响亮的口令声中，同学们迈着整齐的步子，拍着整齐的巴掌，倾注出全部的热情，对年轻人来说，这真是一种青春的享受！

欣然抬头望着晴朗的天空，白云在蓝天里流淌，蓝天白云，天高气爽，真值得抒情一番。她想起席慕蓉的那首诗：

天这样蓝，

树这样绿，
生活原可以，
这样的美丽。

## 一定要考上大学

柳清已经两个星期没回家了。柳清不喜欢回家。其实她家离学校不算远，可柳清宁愿住校，说是“节省时间、全力学习”。柳清心里清楚，在学校里可不省时间，食堂吃饭要排队，换下的一大堆衣服要用手搓洗……不过她还是情愿，因为可以少听妈妈爸爸的唠叨。

今天又是一个星期天，住校的同学大多数都回家了。宿舍楼此时空荡起来，一反平时人丁兴旺、沸沸腾腾的景象。

柳清睡在上铺，靠在竖起的枕头上，手上拿着一本英语书。风扇在旁边呼呼作响。

“知了——知了——知了……”

窗外，梧桐树上的知了一遍遍地唱着自满的歌儿。树下的学生却埋头苦读，即使最优秀、最勤奋的学生在这迎考的关键时刻也不敢说一声“知了”。

柳清很不容易。家里文化程度数她最高，未来的大学生！进了九中，就等于一只脚跨入大学的门槛，因此九中可不是好考的。她没法和陈明比。陈明家人虽然也没什么文化，但他在家里就是天皇老子，父母姐姐都怕他，他有一个安静的学习环境。柳清家不但没有知识氛围，而且没有学习环境。初三，为考上这所重点中学，在家里那么闹哄哄的环境里念书，

容易吗？！妈妈和爸爸成天谈论的是股票，是钱，根本不顾她。不但不顾她，还反对柳清考高中，说她是“吃饱了撑的”。柳清学习一天回来，还得做饭，迎接妈妈这位刚从某一个股票交易所归来的“功臣”。也许因为柳清没有姐姐们漂亮，所以她比姐姐们用功，从一个普通学校，一下考进市重点……

柳清一想起这些就心酸。也许因为这是自己拼了命考上的重点学校，要柳清退学，柳清格外心疼。对于出国，柳清也有自己的认识。她没有萧遥的信心，没有苏拉的胆魄，没有姐姐的姿色，柳清对出国第一个念头就是“怕”：下了飞机，怎么走？我说的英语人家能听得懂吗？怎么生存？遇到坏人怎么办……像柳眉那么漂亮的人都混不好，何况自己这样不漂亮的人。自从柳眉第二次回国，柳清对出国总是惴惴的，可是一见人家出去，心里又痒痒的。萧遥不出国的事柳清知道了，她有些感动。萧遥在班上曾谈过他的一些感想，他最后说的一句话给柳清印象很深刻，萧遥说：如果你们中间有人正要或准备投身“洋插队”的潮流时，一定要量力而行，看看自己是否拥有那份财力、精力、智力、魄力！柳清觉得这话像是对她说的。她不得不掂掂自己的分量。她觉得至少要高中毕业后再考虑。

一阵急促的敲门声，连续不停，柳清没好气地问：“谁呀？”

“柳清，是妈妈。”

妈妈怎么上这儿来了？出了什么事吗？柳清腾地从上铺滑下，一边应着，一边飞快地收拾了一下房间，再去开门。

妈妈像柱子似的立在门口，手里拎着一个大胶袋，满脸恼火：“搞什么名堂？磨蹭这么久。”说罢，迈着正步进来。妈妈上下打量着房间，这是一间明亮而杂乱的宿舍。桌上残留下昨晚的瓜子壳，还有一碗碗仔面的

残渣，桌角一大堆参考书。

“有本事就一辈子别回家！”

“要期末考了。”

“你都不读了，还考什么！”

柳清撇了撇嘴，坐在下床的角上，不说话。

妈妈打开带来的大胶袋，缓和一下气氛：“这是干净的衣服。”

柳清心里有一点过意不去了。

“这是给你的。”妈妈递上一包水果。

柳清越发过意不去，她犹豫了一下，拿起一颗荔枝，开始剥皮，觉得喉咙有点堵。被冷落惯了的柳清猛然间受此“恩典”，竟感到不自在起来。

“古人说手摸得到脚，脚摸不到手，一点也没错！”

柳清觉得眼前模糊起来，她把荔枝放入口中，觉得不像以前那么甜，而是酸涩的味道。妈妈正在收拾柳清的脏衣服，把它们卷在一起，装进包里。柳清觉得被妈妈宠得难受了。妈妈这人就是这样，哪个女儿在身旁就骂哪个，哪个女儿不在身边就想哪个。

“妈，我自己会洗的。”

妈妈不理她，把衣服装好：“柳清，你到底考虑好了没有？”

柳清没说话，一动也不动。

“你怎么像个木头人！我告诉你，你别后悔啊，你瞧你两个姐姐多本事。你呢？考大学，考得上吗？再说，大学有什么呀，出国才威水（威风）呢！傻女，你怎么这么懵懂。唉，前世我不知道造了什么孽，这世摊上你这么个扫帚星！”

妈妈又骂上了，柳清没有生气，不过起先的负罪感已被骂跑了。被妈妈这么一骂，柳清倒觉得平衡了，舒服了，谁也不欠谁了。

“你再想想吧，我走了。”

还想什么？妈妈向来偏心，觉得姐姐什么都好，她什么都不好，柳清偏要做出点什么给她们看看。妈妈太偏心了，她说生柳叶时梦见玫瑰花，生柳眉时梦见凤凰花，生她时梦见狗尾巴草。这叫啥梦？柳清不服气。

“你好好看英语吧，我走了。”

柳清陪妈妈下楼。走廊上遍布着一堆一堆的垃圾，厕所里散发出刺鼻的臭气。那个负责冲刷厕所的女工，嫌工钱太少，扔下这一摊子，开小卖部去了。

“你们这儿真脏，要不是和张太约好去看家俬，我也不会顺路来看你。”

原来如此！今天来校探视对妈妈而言不过是“顺路”。

“股票又涨了，270多点。”妈妈十分甜蜜地说。

柳清望着妈妈离去，很心寒。股票的涨跌竟直接影响妈妈对她的态度。“我一定要凭自己的本事考上大学给你们看！”柳清愤愤地想。

## 离家的人最有出息

### 祝你成功

在英国，有人曾统计过，最富有创新意识和创新精神的人，绝大多数是生长在外地的人。以“创新”著称于世的美国人，很难找到一生固守一地的，所以人们讲美利坚民族是一个“无根”的民族。在改革后的我国农村，先富起来的农民中有不少是复员退伍的军人和跑外的人。他们广见博识，对党的政策反应敏感，领会得快。可见，创新的人才，只能出现在流动的社

会，现代人只能在流动中形成，这不仅是逻辑的推论，更是历史的事实。

一个人要有所创新，必须具备三个基本素质，即识、胆、才。识，指的是眼力，对事物的洞察力、敏感性；胆，指的是魄力，敢于探险的精神；才，指的是智力、文化水平、技艺、方法。三者互为依存，缺一不可。这三方面素质的形成，很大程度上取决于一个人所具有的信息量，而信息量的多少，与其工作环境、居住条件、流动性有很大关系。

一个人如果长期在一个相对不变的环境中循环往复地生活，没有新信息激发他去思考，去比较，很容易思想僵化，更难有预测未来的能力。相反，一个人若生活在无限广阔的天地里，处于不断变化的环境中，接触一些新信息，“摩擦生热”的法则就会发生作用。他可以思路大开，把自己在不同环境中观察到的东西加以比较，找出规律，并以此预测未来，发现社会的“大趋势”。因为社会总是处于平衡的运动中，某些地方的今天往往是另一些地方的明天。

一个人长期依偎在父母身边，每说一句话都要看看周围人的眼色，特别是父母对自己的反应，这就导致他遇事谨小慎微，工作循规蹈矩。相反，如果置身于大千世界，他就敢想敢说，敢于向传统观念挑战，敢于冒险，敢于创新。

一个人走向四方，会遇到许多新问题要加以解决。要适应新环境，这就激发了他的求知欲，学习、学习、再学习就会成为一种天职；与知识丰富的人一起工作，可以培养他的竞争力、进取心、好胜心，就会孜孜不倦地追求，以获得胜过别人的能力；新的知识的输入，不仅增大他的知识存储量，而且使他原有的知识发生“化学反应”，引起知识膨胀；广泛的社会交往使他思路开阔，乐于接受新东西；工作、职业和地点的变化，加强了他对环境的适应性，有利于对变化无常的社会做出反应；远离父母，使

他失去靠山，养成独立生活的习惯，有利于培训决策能力和果断性；选择职业自由度的加大有利于用其所长，发挥自己的优势。

…………

在现代社会，衡量人才的标准不仅是他的知识存量，更重要的是他的创新能量。如果一个人不把他所掌握的知识当作创新的源泉，他对社会将是一个废才。

…………

在未来的时代，我们不可能在父母的保护下生存，血缘关系的脐带不可能给我们输送生活的养料，家庭的地位不可能再决定我们自己的地位，救生圈不可能再是关系网。不应再把自己禁锢在家庭的脉脉温情之中，不应再为自己的出身感到骄傲或自卑。我们这一代人应该把爱的重心由家庭转向社会。

冲破一切狭隘观念的束缚，到祖国最需要的地方去干番事业吧！

祝你成功！

这篇文章就是白老师赠给同学们的礼物。谢欣然看后，觉得这些内容对同学们太有帮助了，于是连夜用毛笔抄在大纸上，第二天一早贴到墙报上。一会儿，同学们都不约而同地过去张望，墙报前站满了人。欣然看着黑压压的后脑勺，觉得为白老师尽到了责任。

## 评选“特优生”

课间，陈明仍坐在座位上，他又变回先前的沉默冷傲。同学们偶尔提

起那天跳舞的事，他也只是一笑置之，像什么也没发生过。同学们不由得赞叹陈明的心理素质，如此心无旁骛，实在不是人人都能做到的。

这会儿，陈明双眼直勾勾地望着黑板，像是什么也不做，什么也不想，养神似的。

“陈明，做什么？练气功呀？”余发打趣道。

陈明笑笑。他知道自己不是练气功，更不是养神，而是学习。板书还没擦，对着数学题，他在训练自己的心算。陈明总是利用一分一秒的时间，而且利用得天衣无缝。

同学们拼命地背，拼命地写，因为期末考试又快到了。同学们的努力是为了期末考，顶多延伸到为了高考。陈明则第一步就是为了高考。在这个商品社会里，在这个许多人对“四大元老”（百元人民币）顶礼膜拜，物欲横流的时代，一个渔家少年却认为“唯有读书高”，并在大多学生认为的苦海中荡游得怡然自得，确实新鲜。对此许多人感到不可思议，陈明也从不企望得到别人的理解，他甚至觉得别人不理解正是自己的与众不同，若大家都理解的话，他反倒觉得自己俗气了。

“陈明、萧遥，老师叫你们去办公室。”

在办公室，江老师对他俩说：“本学年的一名特优生将在你们两位同学中产生。”

话外音是：“你们俩竞争一番吧。”

陈明和萧遥对视一眼。特优生评选关卡重重，想脱颖而出，并非那么容易。经过反复筛选，就剩下两人了，而且还同在一个班上。两个男孩都是优秀的。

两个人谁也没说话，心照不宣。

出了办公室，陈明没有提特优生的事，反而说了一件听起来似乎与特

优生没什么联系的事。陈明问：“你是不是也打算考清华？”他好像听同学们如此议论过。

“大概吧。”

陈明点点头，觉得有些哀怨。可不，高考又多了一个竞争对手，再一想又开朗起来，毕竟是男孩子，不像女孩子那么小气。是啊，萧遥，也学理，也考清华，这多少对陈明是压力、是竞争。有压力、有竞争，才能奋进呀。陈明向来无敌。如今有了萧遥，陈明要与他一争高低，这多过瘾。

“我也考清华。”

“一起努力哦！”萧遥说。在出国的事上，陈明和萧遥达成共识。现在又有一件让他俩共同为之奋斗的事。

“对，一起努力！”两颗心开始有了默契，开始贴近。

谁不渴望出类拔萃？谁不渴望超群绝伦？

欣然认为萧遥实力比陈明强。陈明基础好，萧遥后劲足，而且全面，后来者居上。萧遥将会成为这一学年的特优生，享受学校提供的种种优待：免交学杂费，发给奖学金，优先使用学校教学设备，等等。

一次偶然的机会，欣然到办公室，却听见江老师说，萧遥放弃了特优生的评选，那么陈明就理所当然成为本学年的特优生了。

欣然一下愣住了，她十分吃惊而且遗憾。萧遥为什么这么做？一定是害怕失败，上学期知识竞赛的失败，使他再也没有与别人竞争的勇气了。真没用！萧遥，你不该是这个样子！他曾经让她何等的佩服与着迷。现在的他怎么会这样了？

不知出于一种什么动机，欣然决定与萧遥谈谈，她需要与他谈谈。可是一连几天，欣然都没有合适的机会。这天，萧遥推着跑车从车棚出来。

欣然就站在门口，一见到萧遥，开门见山地说：“萧遥，你放弃了

评选？”

欣然说得很响亮，她有些奇怪自己过去怎么会羞于和他说话。

“你怎么知道？”

“看来是真的啰！因为上学期知识竞赛的失败，所以你……”欣然有些气急败坏，“我知道你不稀罕那些钱。”

萧遥却来个“王顾左右而言他”：“下学期的知识竞赛，我还参加。”

“那你？”欣然有些底气不足。

“你以后会知道的。”萧遥没有多解释，他跨上跑车，“Bye–bye。”

欣然一个人站在门口，摸不着头脑。后来，欣然去问王笑天，萧遥和王笑天很friend，他应该知道。王笑天“嗯啊”半天，才说：“谢欣然，我也是问了老半天，萧遥才告诉我的，他叫我别对别人说，可是你问，我也不好不告诉你，我告诉你，你可别告诉别人啊。”

王笑天怎么也这么婆婆妈妈的。欣然要不是想从王笑天口中得到情报，早没耐性了：“好，你说吧！”

“陈明一直很紧张（看重）这些荣誉。他要考清华，可家里并不支持，如果评上特优生，学校会有书面报告，父母兴许就同意了。萧遥就是因为这个才放弃评选，他是想帮帮陈明的。这件事就我们3个人知道，你不要对别人说，不然陈明知道了，他会恼的，他的自尊心太强了。”

欣然点点头，觉得沉重。

王笑天又交代句“别对别人说”才走。

欣然独立在原地，第一个念头是萧遥是好样的，第二个念头是自己委屈他了，应该向他赔不是。

萧遥放弃特优生的评选，并不是害怕竞争。做出这个决定，萧遥是

认真考虑过的。他的父母虽然看重他的成绩和荣誉，但更看重的是他的实力。

于是，一切照常。上学、打球、放学，帮老师搞好班务工作，也和同学开开玩笑，看起来无忧无虑地没有什么变化。但这个年纪的人说不变也在变，身心日趋成熟起来。

萧遥推着车子出车棚，又看见欣然，和那天同一时间同一地点。凤凰花染红了夏日的晴空。

“欣然，不回家？”

“我是来和你说对不起的，那天我说话太冲了。”

萧遥想起欣然提的事，故意大手一挥：“算了，好男不和女斗。”

欣然咯咯笑个不停：“好蹿哦——萧遥。”

“你不回上海了吧？”

“不回了。”

“太好了！我们又可以在一个学校了。”

欣然被萧遥说得心里热热的。

“欣然，下学年还有知识竞赛，你做我的拍档吧！”

“还选A组题？”

“还选！”萧遥一只手支着车把，样子十分潇洒。

猛然间，欣然发现她的感情始终在萧遥身上。如果说她对苏拉有什么好感以及表现出那一丝温情的话，也是因为他和萧遥有些相像，欣然把他当作萧遥的幻影罢了。

“好，我做你的竞赛伙伴！”欣然答应。

萧遥高兴地看着欣然。这目光使欣然确信自己不再是童话里的灰姑娘。

在这16岁的花季里，现实与梦幻几乎没有界线。

“欣然，下次知识竞赛我们不但要选A组题，而且要拿冠军！”

“对！”

欣然知道萧遥有种怎样的性格吸引着她，说透了，她就是喜欢这种性格。欣然曾经渴望能在这个男孩子面前讲述灰姑娘的故事，然而现在，依然是红荔飘香的夏日，依然是绿草幽幽的芳草地，依然是同样一个人，欣然不会再有什么承诺与表白了。欣然感到自己确实长大了。高中一年，她仿佛明白了许多。

萧遥在那次讨论爱情的班会上一言未发，欣然和所有人一样，很想知道萧遥的心思。其实，那次班会对萧遥启迪很大。像所有的同学一样，经过16岁这多思年华，萧遥感到自己的成长，仿佛一早起来，他都会听到骨骼在咔咔地伸长，思想日益深广。有位同龄人是这么看待爱情的：有许多比“一个豆蔻的少女走进梦乡”“一个多情的男孩魂牵梦绕”更重要的事摆在面前。那就是自爱，是提高自己，加强自己，充实完善自己。我不愿做一个普普通通的人，不愿意只做普普通通的管理者、企业家，我希望像莫扎特说贝多芬那样，“震惊寰宇的将是他！”萧遥赞同他的观点。

“加油哦。”萧遥说，不知是对欣然还是对自己。

“嗯。”

“我的心，这只野鸟，在你的双眼中找到了天空。”欣然想起了泰戈尔的诗。

在班上，听到同学们谈论萧遥。大家都不知道是什么原因，都奇怪萧遥是“怎么搞的！”萧遥也真是好脾气，像个没事人似的。

林晓旭对欣然说：“你知道萧遥弃权的事吗？”

欣然点点头。

“萧遥真没劲，他不该是这样的。”

欣然真想告诉晓旭，告诉同学们真相。可她记住了对王笑天的承诺，到了嘴边的话始终没说出。

欣然和晓旭站在走廊上，欣然看见萧遥推着跑车，望着萧遥的背影，欣然点点头，觉得有种属于力量的东西充实她。

也许是因为欣然的目光过于“放肆”，晓旭感觉到什么，她笑道：“欣然，我知道你的一个秘密。”

欣然顿时满脸通红，她像是自言自语，又像是对着晓旭说：“也许这就是最好的结局。”

晓旭仿佛也恍然大悟，细细咀嚼着她的话，点点头。

## 明天会更好

晓旭日记　　（×月×日）

连我自己也吃惊，我会这么快、这么坚定地在文理科志愿表上写上“文科”两个字，尽管心中仍有份犹豫和缠绵，但我清楚自己是冷静和客观的，是经过再三斟酌的。每个人都应有自己的梦想。梦想能否成真谁也无法保证，自己实在不忍亲自去打破这个梦想。以后不能那么经常见到江老师了，可以后我每年都会给老师送圣诞卡，而且还用盛满红心的塑料袋。世间的爱有多种，只要是真情流

露，就值得珍惜。

不小心，上学期在梧桐山与老师合影的照片、梧桐叶掉了下来，我拾起它们，心里有种诀别的感觉。当时嫩绿可爱的梧桐叶如今已经枯黄，已经成了标本。我从来没有试图忘却什么。我记得有这么句话：刻意忘记只能说明你在想。仍然将照片和叶子夹回日记本。

这是最后一页，我要换新本了。照旧，我会将这本子订起来，包起来，锁起来。等不惑之年再看吧。现在是我结束它的时候了。

写完这一本日记，里面斑斑点点、零零散散地记载着我成长的足迹。随手左右翻翻，不禁要问：这是我吗？我是这样的吗？我有时也搞不清自己。

一本日记用完了，蓦地发现自己又长大了些，也冷静了许多。对许多问题的认识也成熟起来，原有的伤感、无奈和偏激是发泄，并非健康和成熟。

很清楚记得欣然送的那首诗中的一句：明日又是一天。

几乎一切如故。但我知道：明日又是一天，明天会更好！

告别往昔，自己祝福自己。

别了，我的高一。

别了，我的日记本。

期末考试一结束，同学们就来到小梅沙。这是深圳市有名的风景区。江老师和他的学生们来这里看大海。少年人特有的嬉笑声打破了海的宁静，浪花溅湿了他们的漂亮衣裳，沙滩上留下了他们深一个、浅一个的足迹。这一切是多么美妙。这一切本身就是一幅美景。

望着无边无际的大海，彼此的目光变得深沉起来。年轻的心开始启航了。

从小梅沙回头看深圳城，隔着梧桐山看不见，但不知为什么，心中特别有“深圳是我们的”这种自豪的感情。不知哪位同学突然唱：“明天会更好。”欣然乐了，“扑哧”一笑，迎着海风高声地冲大海喊：“明天，会更好！”

“明天会更好。”欣然仔细地品味。不要笑他们狂，以为他们不过是十六七岁不知天高地厚的孩子。也许正因为这样，才使他们无愧于“青春”两个字。

海边火一般的夕阳在燃烧，这是太阳对他们的召唤，这是太阳对他们的启示。欣然想起夸父追日。这是她童年印象最深、最富有诱惑力的神话故事。年轻的心渴望太多，企求太多，在这永远充满眷恋和希望的年龄，大家坚信明天会更好。

怀着美好的心情，手拉着手，面向大海，大家唱道：唱出你的热情，伸出你的双手，让我拥抱着你的梦，让我拥有你真心的面孔。让我们的笑容充满着青春的骄傲，为明天献上虔诚的祈祷。

# 后 记

听说我的处女作《花季·雨季》就要出版了，心里非常兴奋和不安。

几年的心血没有白费，当然十分兴奋。首先我要感谢。感谢培养我成长的深圳经济特区；感谢赋予我知识和思想的深圳南头小学、红岭中学、育才学校和深圳大学；感谢给了我种种鼓励与帮助的领导、老师和同学。当然，也要感谢我的家人，特别是我的母亲，她为这部书稿默默地付出了巨大的劳动。

同时，我也深感不安。这部习作开始于高一，到高三时草成。上深大后，因忙于功课，未能及时修改，直到我赴美前夕，才匆忙改出。可想而知，这样一部作品中的错误、纰漏、不妥，一定很多很多。现在，我只身在美求学，十分忙碌，手头又没有稿子，想再认真修改一遍，也已是心有余而力不足，只好向大家道歉，请大家原谅。如果这部习作能给读者们一点点什么的话，就是我莫大的愉快。

来美近一年，对世界有了新的体认，也积累了不少新的素材。希望将来有机会，将这些素材写成新的作品，比现在这部成熟一点，奉献给大家，弥补这部处女作的不足。

中国是伟大的，中国文化是伟大的。这是我来美之后比以往任何时候都更强烈的感受。我衷心祝福祖国越来越富强，深圳越来越美好。

正如我在作品中写的那样，目前我国还有不少未解决温饱的贫困地区，还有不少失学儿童。所以，我想用稿费的一部分，买书捐赠给“希望工程”，以尽绵薄之力。

郁　秀

1996年9月

美国西雅图